人生一世

清风 著

谨以此文献给所有向残疾人伸出温暖之手的可敬的人们……

　　当我死去的时候，上帝啊，让我默默地告诉你，我已经爱过了。
——泰戈尔

目 录
CONTENT

一　序言和引子 …………………………… 1
二　垂杨柳逸事 …………………………… 38
三　小土豆敲门 …………………………… 179
四　尴尬保姆情 …………………………… 204
五　跟弟愁的事 …………………………… 208
六　月坛冷雨街 …………………………… 223
七　三访潮白河 …………………………… 247
八　北皋是白本 …………………………… 281
九　薛凝是头猪 …………………………… 301
十　九九八十一 …………………………… 306
十一　取回无字书 ………………………… 316
十二　经文又落水 ………………………… 320

序言

一　序言和引子

纵观历史长河，我们只是其间一瞬，沧海一粟，一虾一蟹。而老天爷才是最好的导演，让你干什么你就得干什么。比如我吧，天说，你不是自诩是块好钢吗，去！刀刃上待着去吧！

在刀刃上行走能否做到游刃有余，就看自己的功夫如何了。

老天爷又是最好的监管，高高在上地遥望着众生情态各异的表演。管你是仰俯无愧、碌碌无为还是瞒天过海，一律监督你，既不埋没你亦不饶过你，要不怎么称"天公"呢？

残者的一生都处于炼狱之中，如同一只浴火的凤凰。天生万物女娲造人，配备各个大小器官，自然贴切无微不至，伤其一官，一世艰难。

身残意味着自身已有了短处，须以其长补之。这里所说有别于平日所指的取人之长补己之短，而是以己之长克己之短。自身之长从何而来？须由奋争中来，没有人拱手相送。

世间万物，公定了价码的寸金之阴又有着另一特质，既无价又令人无奈，既公平地均施于任何人又残忍地使人于无意间失去。因此从某种意义上说，时间是统治万物的主宰。

20 世纪 50 年代，荒凉的将军坟一带，广袤的土地被一条东西向的铁道分隔开来。道南不远处孤零零地矗立着铁路宿舍的几排旧平房,灰色的墙皮多已剥落,显出不很景气的样子。

岁月在这里奏着一支缓慢、懈怠、平庸的歌。

晚秋时节,夜风瑟瑟。昏黄幽暗的灯光从头排房子的小窗口上透出来,穿过矮小疏朗的秫秸围子撒向漆黑的街;街前的农家田野里青纱帐早已消失,只留下一片空寂与萧条……

祁跟弟、薛凝和我就是在这当口上脚前脚后地来到这个纷杂的世上的。我们三家挤在头排房子正中的三间阁里,近密得各家耗子可彼此分清辈分。

人们说我在一脸菜色的孩子群里俨然小家碧玉一般。生活兴趣极其狭窄的父亲本就喜欢女孩,因而我的到来恰充斥了他全部的精神生活。

左邻瘦小得猴子一般的薛伯在令人毛骨悚然的太平间工作。薛妈就是当年中了煤气又复苏过来,被他从那里捡回来的。您听听,那儿居然还能捡回大活人来?

送回时就拿着热脸贴了人家的冷屁股!人家不开门当是俩鬼呢。有句话说,撑死胆大的饿死胆小的,薛伯可能就是那胆大的,人家娘家不要,他要!

后来薛妈为报答薛伯的救命之恩嫁给了他,然而这回报之情很快即升华成了相濡以沫,以至于后来祁妈见了他们夫妇卿卿我我时,总说:"那小娘们一见着宝贵哟就跟见着她爹似的!"其实她爹若听了这话还有话呢:真要见了我跟见了他似的倒好了呢!

他们的这种爱情在那会儿的混沌里显得格格不入。有回薛伯下乡探母,薛妈竟把一个上好的小芝麻烧饼给搁成了锅巴,薛伯一咬即叫"哎哟,硌着我了!"当他从嘴里撮出烧饼来，惊奇地说："啊，这上边有一个牙！"待他扔完了牙漱完了口后才又分明觉出"哎呀，那是我的牙！"

那天医院里共进了十五具尸，有几具因某些原因尚未"对号入座"。晚上，太平间的灯光下，用大白单子覆盖着的尸体旁，薛伯一人正忙着（咱也不知他们那儿具体都忙些什么），忽然他的余光感觉着紧那头的单子怎么像是鼓涌了一下！心里就一咯噔：干了这么多年的这个了还至于毛得慌？以前光听说诈尸咱还真没见过！继而"那行子"的的确确又鼓涌了两下！他觉着不大对头了。于是壮着胆子走过去在那儿立定后心说，还真格的要诈尸呀？我今儿啥都不干啦！光看着你一人，看咱俩谁横！反正是你躺着呢咱站着呢，咱呀，比你高得多！

北方冬天的夜深了以后空得是这么厉害！西北风这是在刮谁呢？比那女高音还余音缭绕！这老鱼头一喝点那猫尿，这一宿就不知得往茅房那儿沁上多少回去！你说那八分钱一两的破散装酒总喝个什么劲呀？还有人家腌臭喽的那些个破鸡蛋，你拿着美得屁颠屁颠的跟拾了狗头金似的说："这够咱下一冬酒的了、够下一冬酒的了！"下什么下？下三烂！要依着我说呀，哪如自己个儿花上个不多俩钱买上几块臭豆腐的好哇？老鱼头一值夜班就一准喝！一喝还就一准多！一多还就一准说！那可是没完没了地说呀。他总说这就叫"酒壮怂人胆"！不行等赶明儿个咱也试试那个？也许是真的呢……

"大火烧"就知道成天价在那儿啃他那火烧，也不管什么甜的咸的芝麻酱的椒盐的，大概在补小时候没奶吃的缺呢吧？还说什么那东西又经饱又用不着就菜。一听见人家说吃菜有营养，他就咧开那胡子拉碴的大嘴，说他四十来年都没怎么吃过青菜，大便也从来没干燥过。说自己是因一值夜班一准受夜寒,一受夜寒一准上起茅房来没个完。倒是他啃那玩意儿啃的身子骨壮得跟牛犊子似的,不像那"老鱼头"喝酒喝得精瘦精瘦的跟那瘦型猪似的。说起来他俩这点倒心真齐啊,都特爱在茅房待着,一个是灌的得吐,一个是撑的得拉!说是仨人值班,俩人上那儿不回来,留我一人在这儿,合着我一人顶仨!瞧我这个党员、班长当的!

薛伯站在那儿这么想着还没三五分钟的工夫呢,就差了音地叫唤起来:"哎哟,我胆不大呀!妈呀老鱼头啊,大火烧喂——"他不顾一切地把自己的妈和老鱼头大火烧他们仨给荒唐到一块儿了!

原来那人刚才又鼓涌啦,鼓涌鼓涌着还突然一下子扶着墙坐了起来!而薛伯却被惊骇得顺着墙坐了下去!嘿,这回俩人一般高了。

那会儿故去的人无论穷富都极讲究穿那身装裹的,像是比那死还重要,像是不那样到了阎王爷那儿不放行。哪怕生前穿得破衣烂衫,死后都必得穿上那深蓝色的新装,那样的颜色于那样的灯光下显得是那样的惊悚。

薛伯觉得从今往后自己再也不会喜欢那个平生所爱的颜色了。从今往后……哎哟,谁知还有没有往后哇?他脸色蜡黄地瞅着那个蜡铸似的人儿,他此刻头脑里是空的,他距离那个坐着的人儿竟是这样的近,想离远点是不行啦,自己动弹不了了。

她瞧着他,他瞧着她,薛伯哆哆嗦嗦地说:"你、你、你、你怎么活啦?"她立时瞪着眼质问他:"你才死了呢!"薛伯在那一刻是哭的心都有了。他心说是差点死喂,差点让你给吓死喂!她动作迟缓地朝左右瞧瞧问:"这是哪呀?""是太平间。""啊,是搁死人的地儿呀!我怎么到这破地方来了?""哎,我说咱俩谁也别吓唬谁啊,咱俩不相干涉行不行?"薛伯与那人谈判起来。

"你就是不吓唬我,我也害怕你!"她说。他心说,哟嘀,怎么替我说话呢?但嘴里仍是这么问的:"你到底是人是鬼呀?""你们这儿的人怎么这么说话呀?那你是人是鬼呢?""我当然是人啦!""你们这儿有人吗?""废话!"

厕所很近。大火烧提着裤子,老鱼头捂着嘴,两人闻声双双从里面跑出来,边跑边相互嘀咕:"哎,'矬地丁'(薛伯的绰号)这是怎么啦?出的不是人声呀?""是呀,咱赶快过去瞧瞧吧!"

等到了门口,他俩一听,里面的动静不大对,谁跟谁说话呢?这地方这会儿除了咱仨还有别人吗?俩人就谁也不进去了。只听薛伯在里边又喊上了:"大火烧、老鱼头,你俩死在外边啦?怎么还不赶快进来呀!"他俩只在嘴里应承着,而身子根本不动:"哎!哎!"老鱼头的酒劲还没过去呢,隔着门问:"哎我说矬地丁,我先问问你,你说到底咱俩谁是谁爸呀?""你是我爸你是我爸!哎哟你倒是快着点进来呀!""这还差不多。"老鱼头嘴里这么说着晃悠着走了进去:"我说瞧你这通咋呼,有人奸了你了是怎么着?"等他进去后一抬头紧接着就又叫唤着蹽了出来:"哎哟我的妈呀!你是我爸得啦!"

他撞着了门外的大火烧,大火烧嘲笑他说:"嘿,我不是你爸!哈哈哈……"大火烧心说,往常你老不是横着呢吗?今儿个怎么也有了你怕的了?他嘴里嘟囔着:"噢,看来是有人奸你喽?"同时就进去了。他先见着了薛伯的后脊梁:"哎,矬地丁,怎么更矬啦?"可他这一进去就出不来啦,俩腿像钉在那儿了似的惊叫起来:"啊——啊——啊——"因他继而就见了蜡人的脸。

他叫唤了一阵后缓了口气哀求着老鱼头道:"鱼头哥啊,快点拉我一把吧!"老鱼头在外面应着声心里说,我才不进去呢!不单今儿不进去,往后我都再也不进去了!我明儿个提前退休了我!这可真是个名副其实的"鬼"地方呀:"哎哎,我赶紧打电话叫人去啊!"

没办法,谁让仨钉这儿俩呢,只人家一人还动弹得了那就由着人家来呗。大火烧把大嘴叉子一咧朝薛伯说:"咱悉听尊便吧!"薛伯脸上的蜡黄捎了色似的对着那个仿佛亦化了些的蜡人说:"悉听尊便吧!"

"你是什么人啊?"那人说着还扶着墙站了起来!但很快又顺着墙出溜下去了。薛伯见状本能地也扶墙站立起来但他没有出溜下去。他兴奋地发现:自个的两腿又是自个的了!于是他好像都有点美滋滋的了,就回答那人道:"我是看尸的。"

"啊,我害怕你!"那人说着同时依墙后退了许多。薛伯亦是依墙后退得更多,心说,你还害怕我,哎哟,这理儿上哪儿说去呀?大火烧吓得在一旁无端地主动坦白:"我也是看尸的!""啊?你们这儿干这个的人怎么这么多啊?"她又想后退但已然是靠了窗没了路。大火烧朝她解释道:"对不起,是你一时糊涂说错啦,害怕的真应该是我们!这儿是我们的地盘。""你这话让人听着当是我爱来你们这个鬼地方,跟你们抢地盘呢?"大火烧心说,还我们这鬼地方?咱不定谁是鬼呢?

老鱼头慌慌张张地跑进值班室,哆哆嗦嗦地拨通了上司的电话,他首先断断续续地向其汇报了刚刚于夤夜时分发生在本院太平间里的"鬼情"……

上司指令他说,现在大黑夜的,先别兴师动众了,一切都等天亮以后再说,也好再为那人检查检查身体,看看留下什么后患没有。

"那这会儿怎么办呀？""你们几个就先陪陪呗！哎，是男的女的呀？"老鱼头一咧嘴："对不起，还没来得及给您瞅好喽呢！"

蜡人听说了上司的旨意后真的鬼哭狼嚎起来："我干吗要陪你们这些人呀？"那仨听了心里头那骂人的话都连成串儿了：谁愿意跟你在这儿呀？当我们都缺姑奶奶呢？可她哭得都快背过气去了……没办法，老鱼头又说："要照这样，过一会儿可就真得死啦！明儿个头该又有话说了，'噢，交给你们死的你们说活了，来领活的你们又给个死的！'火烧，你再给头儿打个电话去！"大火烧使劲地摇着头："我这人老记不住电话号码！"老鱼头骂道："你就记得住啃火烧！烓地丁你去？"薛伯说："鱼头哥，那好人做到底呀，还是你轻车熟路地再辛苦上一趟吧！等明儿个我请酒好不好？"大火烧听了薛伯这话也于后面找补了句："我请饭！"老鱼头无奈起身又去给头打电话。

老鱼头抄起电话来急得都快要哭了："我的头儿，我的大爷！您要真等到明天给那人检查呀，那就大可不必啦！"头儿一听又是他气就不打一处来："我看你现在就像个诈尸的！刚才我分明把事都给你交代清楚啦，黑灯瞎火的非折腾什么呀？不是想趁火打劫吧？"气得老鱼头也顾不上什么上下级关系了，张嘴就说："有那鬼便宜我怎么也得给您留着呀！""那你是为了什么总不让我安生呢？""我让你安生了，那'鬼'让我安生吗？我什么都不为，为让你白捡一个'造七级浮屠'的机会！这么告诉你说吧，这等回头就把她给等死了啊！明儿个倒又省事了……""我把机会转让给你了！你就自己瞧着办去吧啊！几小时之内就不要再打搅我了！你是我大爷！你知道我刚从哪儿回来吗？明儿还得到哪儿去呢吗？挺大的岁数了办这么点事都没主张！"老鱼头心说，你们家管这叫"一点儿"事呀？我哪知道你刚从哪儿回来？我管得着你明儿个还到哪儿去吗？

那时候电话还没有普及，电话都是打到街道值班人员那儿，但也常常是没打着狐狸闹身骚！一个睡得迷迷糊糊的男人在那头听了便嘟囔："我怎么这么晦气呀？这深更半夜的什么死了活了的多瘆得慌啊？"他还自己嘟囔道："没影的事，定是有人在打骚扰电话！"老鱼头心说，嘿！我是真晦气！我一个黄土埋半截的人了吃饱了撑的骚扰你干吗呀？他只得给自己医院里的救护车司机"不好商量"打电话，说打算连夜把人给送回家去。

那"不好商量"接了电话没等到听完呢就开口先骂上了："你大爷！怎么还有从咱这儿往外拉的呀？咱这儿是许进不许出！您老不是那黄汤子又灌多了吧？再者说了，谁死了明儿早上拉不行啊？咱那儿冰不是有的是吗？先镇上不就完了吗！这会子深更半夜的怎么这么会差使人呢！我今儿也喝酒了，不能开车了！先挂了啊！"老鱼头就在这头也骂："嗨嗨，别别别挂嘿！我是你大爷！要是死了的还倒好了呢！""不好商量"在那边就又骂："怎么死喽倒好哇？您老是不是越活越糊涂啦？"他这头也又骂："孙子，听好喽，是一个死了的又活啦！""不好商量"截住他的话头说："哎哎哎——您这儿给我讲故事呢？等我醒完盹再说吧！"老鱼头暴怒道："嗨，孙子！你就甭跟那儿废话了，赶紧着吧！头那儿要怪罪下来，反正是你工资高有的降，我死猪不怕开水烫！"

车来了。战战兢兢的人们将战战兢兢的人儿抬上车，而后但见那三位失魂落魄的鬼脸伙计，只将六只大小不一但血丝统一的鬼眼相互对瞪着：谁跟着押车去呀？老鱼头一指大火烧:"那他知道哇,我这一会儿就得跑厕所吐去,我去不了哇!"大火烧一指老鱼头:"那他知道哇,我这一会儿就得跑厕所拉去,我去不了哇!"薛伯一听说:"合着里外里还就我一人去得了哇?我责无旁贷了我!"

"不好商量"的拿手好戏就是朝这个冲那个的两眼一睖:"嘿嘿,那道怎么走哇?"那俩货紧着跑前跑后地连写纸条子带拍马屁:"你呀,就从南路往北边开,过了前头那条横着的马路照直走别拐弯,到一个面朝西往东手里走的街口停下就行了!"

"不好商量"这一路上也没停住嘴。等到顶着风摸着黑听着噌鼓踊到了那儿,这辆缺德的大型车还开不进那条缺德的窄胡同里去!

"不好商量"刹住闸后边掏着烟边朝着一旁的薛伯努嘴:"去,进里头敲门去!"薛伯刚要下去却又被他拦住了:"哎,对了,薛哥我刚想起来,你太累了还是我去吧!""哎,把纸条给你!""甭介啦您呐!我认不了三个半字,捣什么乱?"

他边往胡同口走边在心里揣度:"是我刚想起来,让你一人进去了,回头我一人跟这儿守着那具活尸呀?我才不傻呢!"

可不一会儿,他又折回来了:"哎,薛哥,到底是哪个门来着?"薛伯说:"我说你怎么这么麻烦呢?没脑子啊?不是曲麻菜胡同新鲜七巷就是新鲜七巷曲麻菜胡同,反正第四个门口是没跑的!进这个路口也是一准没错的。你看啊,这不是老鱼头和大火烧说的:右手里一根憋了泡的路灯杆子,左手里一棵死就了的老榆木疙瘩么!""那、那人叫什么来着?""全忘啦?'鲍录'!要不然还是我去吧?""不不不,你累了,你歇着,歇着!"

"不好商量"独自再往巷子里走,可他仔细一瞧,这缺德的胡同私搭乱建的建筑比那原建筑还多,而且,这哪叫憋一个路灯啊?这叫没一个不憋的!就像专门为我设计的似的!

"不好商量"上前一敲门,马上有人应着声来了:"谁呀?""我!""你是谁呀?""太平间的!""去你的!我还火葬场的呢?"里边的人说着开门冲了出来,是个大小伙子!他见阵势不好撒腿就往回跑!见那人因黑灯瞎火的倒也没怎么真追就骂骂咧咧地回去了。

他在心里嘀咕:平常都是我不好商量!今儿个怎么轮到别人不好商量了?怎回事呀?他略看了会儿慎路才举起高度聚光的手电筒远远瞄了瞄,方知由于自己总想着往后慎而慎过了两个门!

再敲下一个门时他心里更没底了。一个老爷们从屋里走出来,到院门跟前挺不耐烦地问:"找谁呀?""找鲍录的!"谁知还没等他说利落呢那儿先骂上啦:"你夜游子吧?都什么年头啦还报录哪?神经病!"砰!那人一摔屋门进去了!

"不好商量"又退回远处去再拿手电筒重新晃,见是又往回走过了一个门!都怪自己刚才光想着后退三个门竟连那老鲍录的也给算上了!心里又想骂人家又想骂自己,后来越想越气,怎么跟那鬼打墙似的啊?我怎么这么倒霉呀,我不去了我!

他闷闷不乐地顺原道走回来。可又一想,这一回去怎么跟那矬地丁说呢?他非得骂我是个废物不可!那也不行,那也得勾搭着他一块儿挨人家找去,单留下"鬼"一人不就行了嘛!不是麻秸杆打狼——两头怕嘛?这么一来不就两合适了嘛?这么好的主意我刚才怎么没想起来呢?想到这儿,"不好商量"觉得自己真是聪明,就信心十足地走了回来。

他跟薛伯编了个瞎话:"薛哥,人家说什么也非让咱一块儿进去,说是一个人证明不了身份!"薛伯信了他就跟着去了。真是没有高山不显平地,以往没发现这矬地丁有这么大的震慑力呀?这样一来,"不好商量"就狐假虎威起来,兴冲冲地走在前面主动去敲门,把薛伯拉出一丈多远,好像他刚才就是这样大胆来着。

鲍老头因为家里有事睡不踏实,又听着左邻右舍老不安宁,心里更不踏实了。人不说了么:一家有事,四邻不安。鲍老头正在那儿胡思乱想呢,突然外面有人敲门!他心一慌,伸手将屋中控制院灯的绳用劲一拉,灯憋了。若在平时,灯憋了照样出去,可眼下这种时候他不敢。老婆子虽说在这一天里都堆在床上,但两手还是自如的,就递过手电筒来。他打着手电走出来,见那微弱的光线一忽闪一忽闪的,真让人心烦。

"谁呀?""我!""你是谁呀?""我不知道!""不好商量"忽然意识到自己说错了紧跟着找补道:"噢,我知道我知道!我是鲍录!"里边听了他这话,默然了。"不好商量"忽然又意识到自己又说错了,跟着就又找补道:"噢,你是鲍录你是鲍录!我是医院太平间的!把你闺女给送回来了!"里边听了他这话,更加默然了。

接着就是薛伯的事了!可任凭薛伯怎样地费尽口舌告诉那老鲍录:我们把你那鬼(闺)女给送家来了。鲍老头一听,连门都没开!反说谁知道你们是人是鬼呀?这深更半夜的,万一要是丧地游魂或是趁火打劫什么的呢?还非说:"你们说的要是真的,那让我闺女出来说句话!"可他那刚活过来的闺女眼下只是比那死人多一口气而已,一时哪迈得动步呀?

"不好商量"纳闷地问:"哎,薛哥,那白天'虾米钩'他们来的时候,那人是怎么弄出来的呀?"薛伯说:"你废话!那是'大套包'、'铁蚕豆'他们几个大老爷们给抬出来的!"

"嘿,早知道这样,我还不敌跟他们换换班呢!""早知道?早知道个屁!早知道尿炕就睡筛子了!再者说了,谁有你'不好商量'啊?你也真会想还更会说:白天让你这运尸的车拉活人?等晚上再用他那救活人的车运死尸?让人家一听咱医院成了什么啦?""哎,行行行行,哥,我的哥!您就别跟这儿批评我了!""反正现在就咱俩倒霉鬼!要给弄进去也只能是背着……"

"不好商量"一听薛伯那话音,一瞅他那眼神,连气都顾不上喘了,头晃得跟拨浪鼓似的说:"啊?那就你背吧!""说什么呢?就我这个?你想把我给压趴下了你背俩呀?还是……""不好商量"不等薛伯说出下面的话赶紧将他的话截住:"您是我哥,您饶了我呗!我这儿早快尿裤子啦!""嘿!谁没尿谁是孙子!""还是的!合着您就会跟那儿瞎出那馊主意呀?"

鲍老头不开门,隔门给扔出的东西倒不少,吃喝穿戴的全都有。又热切地说了点隔门的话:"丫头哎,你死得早死得惨,想要啥托梦给咱,盼你冤魂早升天!爹为你祈福到永远!"

接着鲍老头又对他俩说了点拜年的话:"好汉壮士,神仙活佛!您行行好,行行好,您看这离天亮也没多大工夫了,您老也和我一样辛辛苦苦坚持坚持,咱们是骡子是马明天再拉出来遛吧?您大人有大量就体谅体谅我这孤老吧!实在是……外头冷了点,这是我丫头剩下的衣裳,您好歹地将就着用吧。反正呢，神是什么都不怕的，若真是老天有眼，您神仙爷爷说的是真的呢，就把衣服给她穿上，要不是呢，这东西也没什么用了。是神呢，明儿个我这儿就烧香拜佛，是人呢，明儿个我这儿就热汤热馍！"

无奈薛伯先抢过了那些吃的喝的来，回头冲着"不好商量"一努嘴："走吧！""不好商量"拎起那个大包袱来问："哎，薛哥，这衣裳给那位吧？""废话！你穿呐？""我穿上成了司马懿了！""人家司马懿从土里扒出来也比你强啊！""'墙'倒了加篱笆！我现在每礼拜都看电影，他知道电影片子什么样啊？知道人家夏梦……""行行行，你瞎梦去吧！"

俩人在司机楼子里倒磨着这家子之怪癖的时候，薛伯吃着人家给抛出来的那隔墙饭，估计是白天祭奠供的羊头肉，让他给吃了个够！这"不好商量"吃着吃着还乐了："嘿！真是'饿了吃糠甜如蜜'嘿！"薛伯给了他一脚骂道："甜个屁！"

接着他俩又抢起那张圆圆厚厚的发面饼和"不好商量"车上每日必备的大搪瓷缸子来，而那家给的水呢刚才给了那鬼！

"哎，我跟你说啊，现在天快亮了，兄弟你可记住喽，反正她要不是个'东西'呢，天一亮，那就一准得蹽喽！""哎哎你别吓唬我啊？""我吓唬你还不是吓唬我自己吗？现在咱俩不早都拴一块了吗？""哎哥，我可不是蚂蚱啊！""咱说好喽，可得心往一处想，劲往一处使，不论是个啥景，咱就是跑也得一块啊……"

一下车，见天色尚早呢。俩人壮着胆子转到车尾处，各自瑟瑟发抖地用那快散了光的眼同时往车里看去——啊，空的！

只见那褪在一旁的蓝色寿衣,像是一具什么东西的壳还孤零零静悄悄地卧在那儿……

薛伯脑子里立刻设想出几种情形:那鬼地遁了?抑或化作了一缕青烟飘逝而去?再不就是那种会隐身的鬼魅,她能够于暗中窥视我俩而我们却看不见她?他越这么想,就越觉着头昏脑涨、骨软筋麻,从后脖颈儿里阵阵地往外嗖嗖冒凉气!

啊——他俩忽然听到后面有声音,就双双转身朝外瞅,哟,没有!他俩拔腿想走但紧跟着就相互对视了一下:走不了了,腿被人抱住了。

原来,她刚才在车上也吃了点也喝了点,接着就想上厕所……可发现自己周身都不适,吃吧牙不听使唤,喝吧嗓子拉得慌!她急得想要哭,就连那眼泪都不听她使唤!她慢慢想起了她爸——鲍老爷子屋子里那煤气的烟熏火燎,把她给烤炙了一样……再经过太平间里的冰冻三尺,继而那一群无名氏们又令她饱尝了那死人车上浓重的来苏水的味道。啊,这是多么的可怕!

可自己怎么着也得上厕所呀,她抬腿时才发现自己根本走不好,俩腿好像已是别人的了!她只得将身子挪至车帮上顺着那儿出溜下去。可等到她再要上来时却上不来了,见了他俩当然本能地如同见了救星一样,抱住了一个人一条腿……

哪知他俩也正在紧张之际,吓得都说不出话来,还是薛伯有本事,他抢先叫唤出来:"哎呀我的妈呀,跑这来啦!""不好商量"接着说:"啊啊啊,是是是谁呀……"他们只在那儿叫唤却动弹不了。

"啊啊啊,是是是我呀。"蜡人此刻才又感觉出,自己连说起话来那发音都沙哑得那么厉害。他俩就悉闻着那么厉害的沙哑之音慢慢低下头——于是两人在同时看见一个顶了绿头巾、穿了红棉袄的人,待她一抬头,啊?煞白的!

"不好商量"哆嗦地问:"你你你,到底是个什么鬼呀?""鬼"反问道:"什么什么鬼呀?你们怎么老是鬼鬼鬼的呀?哪有什么鬼呀鬼的?""不好商量"还跟那儿打肿脸充胖子:"我们可不怕你……我们是……是大老爷们!""我现在也不怕你们啦,我是俩腿不听使唤了,你们扶我一把吧。""我们俩腿也不听使唤了……"

薛伯狠命地提着自己的丹田气说:"我们扶你回家去吧?""我眼下可走不了。""不好商量"说:"那我们眼下也……也走不了……""你干吗呢?学我呢?""我们也……也不想学,可是我们自己……也不会说话啦!""不好商量"解释完,喘了口气接着又道:"我的姐姐,我的妈,我的奶奶……""哎,你干吗呀?你这人说话怎么这么不文明啊?我还没结婚哪!""不好商量"跟着说:"那我也没结婚呢!噢,我结婚啦……"薛伯给了他一句:"你在这儿说这个干吗呀?"他也真急了:"废话!我不是不知道说什么了吗?"

缓了一会儿,他们把她给箍上车去,才看清原来那鬼竟是也吃了一嘴,看样子很像是绿豆糕。薛伯想起刚才人家是给了包点心,他觉着比那烙饼软和点就给了她。此刻他又心说,我就是下辈子也决不再吃那玩意儿了!只见蜡人那红花小棉袄也穿上了,带穗子的翠绿绒线方巾也包裹上了,哇,女的!

"不好商量"问:"哥呀,咱谁开车呀?""废话!我要是能开,早一脚把你给踹一边去了!""不好商量"又挠着头问:"薛哥,拉哪儿去呀?"薛伯说:"那还用问,还能怎么着哇?先拉回医院里去,等明儿个头儿来了再说呗!"

"不好商量"说："那得多远呢？你知道这一道上我是怎么开过来的？这会儿可是该有警察了，要还那样非得让警察给揪住不可！我开不了那么远啦……""哪儿近呢？"薛伯问。

还没等"不好商量"开口呢，有人替司机说话了："你们那儿净是死人！我可不去那儿了啊——"薛伯心说，是，让你折腾得我们都快成死人啦！

"薛哥，那拉哪儿去呀？""不好商量"又挠上头啦。"我知道哇？你干吗老问我呀？""不问你问谁去呀？你找来的活！""你爱拉哪儿拉哪儿去，我也不管啦！"薛伯说完索性回身进了司机楼子不言语了。

"那我可就做主啦？""不好商量"一边上了车一边拿着俩眼乜斜着薛伯说。薛伯不醒其悟。于是他开上车就走，薛伯见事情有了眉目自是欢喜，就问："想好地儿啦？""不好商量"坚定地说："想好了！""拉哪儿去呀？""你们家！""啊呸！怎么不拉你们家去呀？"薛伯差点上来抽他。

"那你快停车！""干吗呀？""我下去！""薛哥你看你这是干吗呀？""干吗？你说干吗呀？你们去我家吧我不去了！给你钥匙！""哎哎，薛哥薛哥，我的哥啊！您先别长火、别长火呀！""不好商量"用自己的俩胳膊拽牢了薛伯的一只胳膊，十分亲切套足了近乎说："不是不是，哥啊，我是说咱先缓一步不是？我们家那儿不是还有我那口子呢吗？不管怎么说，你家不都是些个大老爷们嘛！明儿个咱不是还跟领导商量呢吗？""你说得倒轻巧！那屋子往后我还住不住了？"

等到了自己家里头，薛伯仔细一看，哇！这个蜡人还挺俊！他赶紧铺好了自己那单人床让蜡人先躺下，又为其盖好被子。而自己则可怜巴巴地拿起"不好商量"给留下的那棉大衣和那种车上的垫子铺了躺下了。

第二天,"不好商量"拉着老鱼头来了:这是咱头儿让给你带来的两盒"黄金叶",头儿说你真是好样的,真是太辛苦了,说让今儿个接你去上班,到那儿他跟你了解了解昨天的情况。薛伯推托说自己昨天晚上被惊着了,今儿个不想去了。

第三天,"不好商量"又拉着大火烧来了:头儿说啦,是谁也得受点惊吓,歇一天呢就歇一天,不但不扣除工资呢还得给咱四个人那天算是双薪,以资鼓励。今儿个就又派我们再来接你一天,也好把那天的问题紧着处理处理。薛伯推托说自己累着了,还得歇上个一天两天的,弄不好还得到医院去看看,吃点药压压惊呢。他心说,我这辈子也豁出去这一回了!若是有什么人认为白捡了什么便宜的话,那就谁爱说谁说去!

事不过三,第四天,"不好商量"拉着顶头上司来了!那上司还没等到进门呢就咬牙跺脚地朝屋里头吼:"薛宝贵!你小子给我滚出来!"

薛伯赶紧快步起身躬腰开门:"在下不知上司驾到,实在是诚惶诚恐,有失远迎,万望恕罪,恕罪!""你小子现在是胆子大了去了!真等着我开除你呢是不是?""是,啊不是,可话得来回说呀,我连'鬼'都不怕了,可不是胆子大了去了吗?念在薛某是初犯,且今后极愿将功折罪,咱们下不为例,如有下回,敬请领导数罪并罚!""就这种事还能有几回呀?嘿,你小子是越发地猖狂起来了嘿!"

年底的工作总结大会上,医院领导对本院建院以来发生的首例"还魂事件"加以大肆渲染,对相关工作人员进行了表彰。真是"好马长在腿上,好人长在嘴上",顶头上司那话讲得好哇。

一 序言和引子

17

全体医务工作者同志们：

大家好！

经过我们一年的共同努力，咱们医院今年取得了不俗的成绩！

大家都知道，就在头前没多少日子的时候，我们医院里出了件奇事：那就是把死人给变作了活人，亘古未见啊！用一句我们的本职术语来讲，就叫作"妙手回春"！这虽然是件骇人的怪事，同时也是件好事！也是一个考验我们医务人员平日里是否训练有素的难得的机会，它验证了我们上下一心，能够完成而且还能够单独完成党和人民交给我们的一切任务！

事后，院领导对此事极其关注，当组织上处理善后问题的时候，我们的薛宝贵同志又主动地为领导排忧解难，自己在底下把下一步的工作也处理好了，并且处理得特别妥善！这也验证了他不但能够在紧急时刻冲锋在前，并且对于问题的善后工作方法也十分妥当！这就叫作遇奇事就要立奇志！薛宝贵同志于前前后后所做的，就是这一点。

鉴于薛宝贵同志所取得的优异成绩，下面我宣布：我院今年评选出的先进医务人员、先进共产党员、先进共产党员代表为——薛宝贵同志！先进医务人员为于得理同志、霍大树同志、我院司机郝尚良同志！大家鼓掌！

哗——

薛伯在底下坐着听着，头儿在台上说一句，他在底下来上一句，像对对子呢：说的比唱的还好听，你是把死的都给说活喽！好事，你怎么不出头哇？难得？你怎么不得呀？机会，你怎么不抓呀？它验证了你的高高在上、验证了我们上下不一心！是，是单独完成！什么叫为你呀？我那是主动地为自己排忧解难。那天晚上你是多难请啊？这会儿又在这儿人五人六的了，真是人前一面，背后混蛋！

薛伯和薛妈举行了简单的婚礼，只把薛伯那小屋粉刷了墙架了张床，摆上盘糖，不起眼的仪式上最为起眼的是在北墙上贴了张横幅，那是头儿为炫耀自己的两把刷子而送的：两世为人，幸遇良善恩公薛宝贵；三生有缘，恰逢红颜知己鲍春晖（鲍春晖是薛妈的名字）！

医院里奖励给大家的毛巾暖壶洗脸盆，还有"钢笔铅笔文具盒……"，大伙权当集体送礼送给了薛伯夫妇，还有鲍姥姥家为了报答医院而送来的一些钱，大伙也都转送了薛伯用作筹办婚礼，薛伯就用这笔钱买了"姑娘喜欢的小花布，小伙儿扎的线围脖……"

送来的那面锦旗呢，大伙说这给咱头儿吧！头儿一听这话一看这地一咧那嘴一指那墙道："挂！挂！"太平间里的锦旗，我看它定是会在那儿永远地独树一帜了。

等往送礼的物件上贴红喜字的时候大火烧可就不干了："哎，我怎么就不明白了薛宝贵他怎么饶了娶媳妇还得奖啊？""是啊，怎么咱连个火烧都没落着哇？""不好商量"朝他挤眉弄眼道。大火烧瞪了"不好商量"一眼接着说："怎么什么好事全让他赶上了？平时吧，是班长当着，先进戴着，高薪拿着，嘿，就连打光棍都打出理来了？""那你明儿个也赶紧着打呀！""不好商量"又说。大火烧又瞪了"不好商量"一眼接着道："矬地丁才三十六就拿六十六块啦！跟咱们那三只（把）手都伸得一般长啦！我今年都四十出头了，不还是那四百六十大毛吗？比起我那岁数来都多不出一个人的伙食钱来！"老鱼头就更冤啦："美吧你啊！我都五十出头啦，不也是比你一毛不多吗？比我那岁数还差着半个人的伙食钱呢？我找谁说去呀我？嘿，我还问过他呢：矬地丁，你挣那么多一个人咋花得完呀？你们家真格的'糖炒票子'呀?他那话多啦:什么他有娘没爹、他娘有家没业、他本人有房没妻……嗝,一听比我还冤呢!"

大火烧接过话来又说:"我是说,咱抬死人的时候也没少卖力气、也没少受惊吓呀!那不行!怎么着到晚上闹洞房的时候我也得亲上那女的两口!"老鱼头又赶紧跟着火上浇油:"就是就是!没听人说嘛,三天之内不分大小!""不好商量"又开口斥责他道:"边儿上待着去吧你!话是那么说,我说您那岁数也忒大了点啦,都快火葬场去了还老那么贼心不死!"老鱼头骂他道:"呸!你怎么还往咱这儿添作料哇?我说咱这儿还不够丧气的呀?这会儿你倒充起好人来啦!""不好商量"说:"就冲你老不死,咱这儿能不丧气吗?"

后经论资排辈,薛伯他老人家竟比人家薛妈大着整整一轮!

"你长得倒是不忒寒碜……""怎么说话呢?应该说是'不忒好看'!""就是怎么那么矮呢?""瞧这话说的!没听人说过吗,'当着矬人不说短话'!可说来说去我比你还是高着呢啊!""你说这话自己羞不羞?那你到底是有多高呢?""我呀……"薛伯见薛妈在静静地等着听他下面的话,故意卖着关子放慢了速度,他就爱看她那么睁大眼睛看人的表情。

"倒是说呀!"薛妈催促他道。"我呀,比咱们那敬爱的周总理少上一厘米:一米六十八。"薛妈说:"那我怎么瞧着你像是比总理差着一头似的!""这就对了!要不说人家是伟人,咱们叫小人呢!"薛妈一听薛伯说这话就乐,日后他一说她就乐。

一想起娘家对自己那态度来,薛妈就气堵脖颈子,她便发誓要弄得她那爹妈老来求她原谅,希望能够与她冰释前嫌。但任凭那老两口怎样叫门，薛伯都不开，"哎哎，你爸你妈那儿叫春呢。"

无奈，鲍老头踅摸见小篱笆院这边的我的母亲，便笑容可掬地走过来搭讪。他身子贴近矮篱笆朝着母亲恨不能一躬到底："大妹子……"母亲闻声抬头，心说这是哪儿来的哥呀？"您瞧我这大老远的也来了，这宝贵他……嘿嘿，您能不能受累帮着给劝劝呢？"

母亲的口、手、脚与其性子同样地快，她紧步上前走到薛伯家的门口说："宝贵呀，来客啦！怎么老是听不见呀？没起呢？"薛伯对我母亲那是言听计从！只见门吱呀一声马上开了，就像是我妈亲手转的那门钮似的。薛伯也不乐："哎呀，不敢开呀！还当是俩鬼呢！"那老两口听着也只得咧咧嘴。

母亲朝他说："快让进屋去，上炕歇歇脚，给沏点水喝、做点饭吃！""哟！我们家炉子还没拢呢！""那先拿我们家的去！""壶里没水！"母亲就又走回来，提起我家刚开的水壶追进门去为人家沏茶。

薛妈先是见母亲为其引狼入室，便无奈地应允薛伯开了门。但她只头朝里地躺着不肯起来。后见母亲前后地张罗，无奈又坐起来，但仍是面朝里对着墙。薛伯就这样说："哎，你倒是转过来呀？"鲍老爷子赶紧说："噢，不用转不用转！这就够对得起我们老两口的啦！我们是没脸见她！"

鲍老头坐下以后那嘴咧得比他闺女还惨呢："闺女啊，我们老两口是对不住你，但说起来我们也有我们的难处哇！"他只先说了两句便先拿俩眼偷偷地瞧瞧薛妈有什么反应，见似没捅什么娄子就再往下说："闺女呀，自打把你搁在了那个鬼都不爱待的地方哎……""鬼都不爱待你让我待呀?""那不是没辙了吗?爹心里头那个滋味呀比你在那里也好受不了哇!""那你怎么不去那里呀?""你爹不是还喘着这口气呢吗?那还不如爹替了你哪!你妈呀,当时就拽在炕上啦,我们老两口是死的心都有哇!你想想啊,我们就你这一个闺女呀!唉!别提你哥你弟啊,别提!就当你爹我没养活他们、你娘没拉扯他们就得了!自打我给他们一个个的都操持着娶上媳妇,他们就跟那一只只鸟飞出窝去了似的,好像压根儿也没有过爹娘、都是石头缝里蹦出来的一样!合着有了媳妇就丢了爹娘呀!那人们都疯了似的非生他干吗呀?老天有眼,我闺女又回来了!我们老两口今后还是跟从前一样:吃饱了喝足了谁管也不服了!""就甭说那些个了!那天我回来的时候你们都干吗来着?""嗨,这不是打咱家出了事,爹这脑子呀是一点也不清醒啊!精神特别的恍惚,一闭上眼呢,就是闺女你的冤魂哪!你想想,等到你真的来了,爹已然是真假难辨啦!爹我可不是不敢开门吗?"

他见薛妈已渐渐转过头来了,就讨好地朝她一努嘴说:"就像你们小时候学的那课文里讲的那个'说谎的孩子'似的……"薛妈瞥见了马上又转了过去!嘴里道:"那我早给忘了!"他又自寻台阶地转过脸来朝着薛伯说:"那宝贵说,是吧?"

一直坐在门口的小板凳上、不愿与那老两口为伍的薛伯一摇头说:"我是文盲,没学过!"此刻他越琢磨着那红袄绿头巾、沾着一嘴渣子的薛妈抱着自己腿的场景……心里头就越是来气!一时真恨不得能踹上那鲍老头子几脚!心说,不是你个老东西把什么都推到我身上,何至如此呢?

"我们呐,怕你呢,万一是个那个……什么的呢……""哪个呀?什么呀?都是你们这两个敢作不敢当的胆小鬼,迫使我落到了这个丑鬼的手里!"薛伯一听这话,立时"嗖"地站起来,把个板凳子也给弄翻了,嘴里叫唤着:"嗨嗨嗨!谁是那个丑鬼啊——"

"我是怕你妈呀,再也顶不住什么啦,她要是再一什么呀,那我可也就再经不住什么啦……"鲍老爷子说的是泪如雨下,鲍老娘在旁是绘声绘色,搞得薛妈心里挺不是滋味:"您瞧您说的这都是什么和什么呀?"

鲍老爷子见这阵势,知道事情有了缓儿,赶紧趁热打铁:"闺女啊,你是知书达理的人,自然知道爹平时是拿着你当掌上明珠的吧?"他又死乞白赖地表示着其不白之冤:"你可不知道,待到第二天早上,你爸爸我呀,搀着你那可怜的妈呀,凑凑合合地走出门外一看哪:啊?就跟那《聊斋》里头的事一样啊,夜黑里的那话全都踪影皆无啦!你妈当时'咣'地就一下又倒啦!我到医院里一打听,得知了详情都不敢信呐!直到你们这里放了鞭炮闹了喜,我们才……"

虽说事情是发生在我家隔壁,可我却不甚了解,因那时我还未出生。也不知最起始是由谁先告诉谁的,反正到后来已然是尽人皆知了。

再后来一论资排辈可把母亲给乐坏喽:"哎哟,鲍妹子,可真对不住,我还以为……"薛妈赶紧笑着说:"嫂子没关系的!"薛伯也赶紧借着由子抢道:"哎呀嫂子,没关系的!就以为吧、就以为吧!"

祁伯与薛伯是比我父母与薛妈大一轮的马,而我父母与薛妈又是大我们三个孩子两轮的马,祁伯说我们两家是《三套车》,薛伯说他们爷俩:"那你们家正好是'二马一错镫'!"后来我称此现象为《三家巷》里的《八骏图》!

薛妈重返医院检查身体,不顾起死回生后已不宜生养的医嘱，冒险生下了薛凝，薛伯瞪眼道："不要命啦你？"她的眼比他瞪得还大："我这条命是你给的，就还你一条小的！"有旁人问："你真的不怕死呀？"薛答："我都死过一回了。"

于是薛老太打从乡下来看孙子。薛老太一生信佛，被乡人称作"薛半仙"，她命中本无子，多年才落下一个薛伯，自称是自祷自告求来的。人说你儿刚落生你夫就蹬腿儿去了，也是自祷自告求来的？

届时我正水葱一般乐得逍遥。偶见薛老太时，不想她即刻将她那两片干涩的薄唇张成了一道圆圆的月亮门，一口参差的残牙上下启合着叫道："我的天哪，这孩子本是龙女私下凡间，来年定要……"她悲天悯人地望望已在颤瑟的母亲，又和缓了一下情态说："不过但得她剩有一线游丝，你家是要沾灵光的。"

穷人不要灵光。杨三姐语录：平安即是福。

自此，我们平庸寡淡的小家庭中唯一的坦然宁静被打破了。父母双双惊恐着什么莫名的东西到来，又虔诚地祈盼着灾祸能够早早平安过去。

不知是否确实应验了薛老太的占卜，第二年的一场"间间屋漏无干处，雨脚如麻未断绝"的大雨，使我沿着高烧的边沿驮起超负荷的小儿麻痹后遗症走进了人生。

家被阴霾笼罩了，遇上丁点事就人仰马翻的父亲被这突如其来的厄运击昏了头，旷野的夜色中传荡着他透尽骨子里全部疯狂的号叫——

邻人们先后赶来，祁妈急切地指挥祁伯："快把孩子抱出去！别吓着孩子！"瘦而高且极度近视的祁伯，慌乱地抱着我抢步出门时先撞了门框后撞了薛妈。薛妈举着铲子在围裙上揩着手说："祁哥，把孩子抱我家去！"

薛家正在炸胡萝卜素丸子，后来方知薛妈人家敢情不会做饭，只是帮薛伯翻腾翻腾丸子。合着她手中挥舞的铲子就是为了差使人家祁伯的？

我吃了拿了又被抱回祁家。祁家早已经用完了晚饭，一大海碗两样掺的素炸酱面坨坨地放在桌上。祁伯索性把我也搁在桌上，边吃边又喂。我过饱了，在桌上悄悄地便出了一个干蛋蛋。

祁妈收拾碗筷时问："这是什么？"祁伯将其捏起来凸着镜片后的鼓眼珠看了又看："老薛家给的丸子。"祁妈用鼻子一闻道："什么呀，这孩子屙啦！"

家里的雷霆万钧过去后，父亲如一段朽木般卧了床。他时常毫无缘由地哭或笑，哭得酸涩透出无望，笑得粗浊叫人闹心。有时他也起身随便将哪个物件无端地拿起，而后又放哪儿也不合适地重复着这个毫无意义的动作；要么就是于屋中最黑暗处枯坐着，既不瞅人也不理人。父亲持物必掉、端水必洒、处人必吵、遇事必乱、出去后必不关门、家人在外时必要反插门。总之，逆反事都被他干过了。

父亲是在半年以后才勉强上班的，但已不再做他那司炉工，而是在厂里有他不多没他不少地看起了澡堂子。一旦有个什么嘴尖舌俏如祁三儿类的切贬上他几句话，父亲的病情便如同兵临城下般急剧恶化。

青天塌下一根柱！我家的世界倾斜了。在这沉重的气氛里，母亲一人肩负着身心两重压力苦撑在人世。母亲是位无懈可击的人，她人虽说不上漂亮，却极干净利落、眼明手捷，干活起落有秩、快而无声；她闲时能说会道忙时一语不发，即使边说边干也绝对两不耽误，从不似有的人那样手忙脚乱。她的这辈子像是为活儿而生、为活儿而来的，整个人的状态都像是在疾呼：活儿们，你们来吧！

母亲没有文化,是新中国成立后上的扫盲班。她学习文化的速度像她冲进教室门的脚步一样快,可随着回家的脚步,她又将学到的知识忘在脑后了。她把自己毕生的能量全部无偿地给了我们父女及周边的人们。英明伟大的雨果曾说,"最高的神圣便是为旁人着想"。母亲就是无论家里外头都在为旁人着想的人。她本不喜欢女孩儿及这个父母包办的男人,但在我们双双遭遇困难时,她反倒加倍关怀起我们来。

不管生活有多么难,母亲从未断过我的钙片。饿了时有饭吃,渴了后有开水喝。母亲这一生都在为我们付出,她把母爱沏入杯子里,使原本平淡如水的人生变成了悠长而清香怡人的甘泉,日久天长地滋润着我的心扉。

每到换季时,将小手小脚煨在母亲温暖的怀中一觉醒来,我和父亲的枕边准有洗好后叠得平整的衣服。她竭尽心力地将我们父女及这个四壁肃然的家侍弄得令人无可挑剔,以至于我走到哪里,人们都会说这是一个干净整洁的小孩。所有这一切都弥补了生理缺陷带给我们的心理缺憾。母亲像是一台永远超负荷运行着的、永不会停电的机器,抑或就是一台发电机。

啊,朋友,如果你有缘惠然肯来我家,那么当你一脚踏入之时便可感受到那扑面而来的母爱,因为这里有着一位不一般的母亲。

我如一缕挡不住的春风时刻都在奋争,起初只是到处爬。记得每爬到门口,母亲就把我抱回来,我那心有不甘哟,于是就再爬……

不知是在什么时候,咱就站了起来!有句话说走着就比站着强。那咱就走!何以挡我青春少年?

初时,我于人前一点也不觉得晦涩,正所谓"少年不识愁滋味"。草长莺飞的二月，在那青纱未起的大野地上，我们几排房子的孩子们及野地前面大片居民区里的孩子们，一同嬉笑撒欢野调无腔，那时在我们心里头满以为除了天地便是我们呢。

月移花影时，我常和薛凝坐在他家的小院子里傻子一样地直了脖儿听薛伯讲鬼故事，吓得我们于黑暗中左顾右盼。

不知有过多少个白天和夜晚，我都是在薛家那爬满喇叭花的小院子里度过的。不知怎么的，我从没因薛伯的工作而联想起过任何的东西，就是在听他讲鬼故事时紧挨着坐其身边亦是如此。

薛家不似我们这里的各户们：一间屋子半间炕，一年三节一层皮。薛妈不仅有色泽鲜亮的大红毛衣、缀着大蝴蝶的花裙子（尤其是花落莺啼时分，那衣裙于清风中的飘洒令人印象深刻），还有一个令人艳羡的梳妆台，那是她那曾不认她的娘家在又认了她后找补给她的陪嫁。锃明瓦亮的台面上左右各镶有两只精致的小抽匣，台中间另一只略宽大些的抽屉上方的镜框里镶着面溜光水滑的椭圆形镜子，上边绘有婆娑的柳枝，写有"琴瑟之好互敬互爱"八个令我不懂的大红草书。镜上常蒙着一方绛紫色绣帕，小巧的一树杏花绣得活灵活现。那是薛妈的力作。

薛妈是个儿子迷，声言只爱我这一个丫头。每见我来，她脸上的神情让人感到世间全是美好的东西："闺女来了！"话语说得仿佛从唇齿间吐露出几颗珠子，立时让人有了色与质的感觉。较之母亲似一团火，薛妈似一湾止水。后来薛凝讲话："要不她怎么给你取了那么个名、给我取了这么个名呢。"

薛妈从北师大女附中毕业后在夕照寺的一家服装厂工

作，她的缝纫机活儿做得可说是上乘。她很早就教会了我打珠算、织毛活和绣花，后来我就比她弄得好了。薛妈一直想孝敬半仙一双毛袜子，可她老人家那双裹了又放了的老脚叫薛妈很是为难，怎织怎烦！后来我给织了，半仙一穿，薛伯先叫道："这哪儿是织的袜子？这简直是织的脚哇！"

　　薛妈因此奖励我一件她亲手缝制的花棉袄罩，蛋青色的底上缀着一片片或深或浅的小绿叶，绿叶上托着一朵朵或深或浅的小藕花，听说薛妈为这件花棉袄罩花了两块多哪。半仙还从她那一层一层又一层的手绢包里拿出钱来，给我买了条二尺来长的嫩粉色纱巾。母亲不落忍了说："你们娘儿俩花的这钱呐，够买几双现成的袜子了！"半仙蠕动着那参差的牙说："哎，有钱难买人——不——卖！"

　　我在当时不知，薛妈所教授的这些活计竟使我受益终身！因为残疾人不仅需要别人的帮助，而且更有帮助别人的需要！

　　跟弟是右舍祁伯家的老丫头。出生时上边已有了一帮子吃死老子的家伙。不知怎的，祁妈生的丫头总嫌阳世不好，都争先转回阴世去了。在旁有一南方人长住户，孩子生多少活多少！他们取名都叫着什么"根"啊"弟"的。所以跟弟一落生，祁伯便似吓惊了的骡子般地一窜老高，抢着给取了名叫跟弟，说咱这回也叫跟了弟的，跟个弟弟似的养着，许就活喽。哎别说，跟弟还真没死。

　　祁二和祁三儿是一对双胞胎，但凡孪生就再也没他们那么相像的了，有时连祁妈都认错喽，如祁三儿在家偷了嘴或是在外惹了祸，祁妈常错拿祁二顶账，不过巴掌一下去便泾渭分明了：祁二是个结巴，舌头吃饭时忙不开，说话时用不上，人家祁三儿可是净干了狗掀帘子的事啦。

俩人最大的共同点就是那高小老念不完，气得祁妈说："得！也甭老跟那吃荤油似的了，当我多爱花钱供着你们哪？宝贵呀，赶明儿个叫他俩跟你上太平间得啦！"那会儿的事由好找，经薛伯一搭顾，没几天俩人就报到了，不过祁二只干些烧死人的零碎杂活，人家祁三儿没些天就又去掀帘子了。

祁妈除了生孩子，旁的本事不大，成天价哼哟嗨哟砸夯也似，有时连饭也做不了，这若搁在别家可就崴了泥了而人家反倒因祸得福，几个大瓢抢着做饭，均是米刚下锅就开捞，管你生熟！待出了锅后，糙饭也就成了稀粥，只饱厨子。有回母亲做葱花炒焖米饭，每人一碗，而我看得出母亲的那碗最少，不想还没动筷儿祁妈就涕泪横流地推门走进来。"怎么了？"母亲问。"到我那儿饭没了！"照理说挺大的人不至于，可您知道那会儿是多么缺吃的啊！母亲赶紧找了个碗将自己本来不多的饭拨一半给她，祁妈竟是破涕为笑。

祁家的胃口有一个算一个，全是填不满的壑！只有看见他家吃饭，您才知道那饭去了什么地方。后来三年自然灾害时期，幸而有个远房亲戚搭救，把祁老大过继了去当孙子。祁妈哭哭啼啼舍不得时祁伯说："得嘞！他算是享了福了，人家是不要我呀！"

祁老大他干奶住在永定门一带，敢情有些地方的人管姑叫爹，我说的跟弟成天价大爹二爹三爹的那么多爹呢。

那女人顶着一脑袋黄稀毛，饶了软还因烫过而打着卷，像是顶了一头变了质的豆芽，叫人一看比吃了大荤还倒胃口。她穷白话时手一叉腰嘴一咕嘟，才真是笑比河清，由于脸太窄、块头又太小算不得什么泼妇。论年岁，豆芽只跟祁妈相仿，祁老大之所以叫她奶，实在因她萝卜虽小长在了背上。

祁伯脸上的笑从没收过,这让我常常以为他睡着了的时候也是这个样子。他看到哪个电影就说我像哪个明星,长大了后才知道他那是博人一笑。他对我们前后几排房子的孩子们均视如己出,令生人很难看出哪个是或者不是他的。而父亲呢,竟是在跟弟七周岁入学那天前来找我搭伴时,才极其惊异地问母亲:"这是谁家的孩子?"当时我们多少人惊异于他的惊异……

祁伯脸上的笑从没收过,这在他吃糠咽菜时亦是如此。棒子面粥亦如珍馐,一手捧着那大海碗,一手用筷子反复迅速地左右划拉遍碗内圈的全周长,吃不吃都没时闲。

祁伯脸上的笑从没收过,隗娘(我们无论哪一辈儿都这么称呼她)总说做父亲的不兴捆打女儿。祁伯眼里不兴捆打的可不单单是女儿而是包括他的任何子女,哪怕只一小巴掌呢。就那祁三儿,我妈讲话,那要打还撂得下棍呀?一泡尿浇得家中杯盘碗盏一个不落!当然我们那会儿的家什也少得可怜。祁伯对他的行径视而不见、充耳不闻。您若到他家串门,可千万别喝他家半口水,因为那杯里兴许不是水。

在当时我们还都不知喝口别人家的水能怎么地的时候,别说就有人连人家一口水都是不肯喝的!当年豆芽前来接祁老大时就标榜从不喝外人的水,而是随身自带一只小泥壶。不是说"水贵活,茶贵新,普洱贵沉"吗?豆芽说她那壶中的水就活普洱就沉。她时不时地嘴对着壶嘴咂上一口,好像在那里向人们宣布:那里盛的既不是三儿的尿又不是她的普洱,而是一滴滴的小磨香油。

豆芽来接祁老大那天曾带给祁家四只鸡蛋。届时正赶上我出水痘,没别的,母亲只给我熬些芦根水喝。听说这种病该吃鸡蛋，祁妈竟从那鸡蛋里拿出一半来给我！每每想来令人感动不已，那是什么时候？那是什么精神？是国际主义精神！共产主义精神！本来除了祁老大，人家孩子原是可以一人一个多一个的，如此一来一人一个少一个！况且那跟弟、祁三儿能让祁二吃吗？

那天留豆芽吃午饭的时候，祁伯好面子，说是对人家好点，日后人家对咱孩儿好点。于是破天荒地花了也不知几毛几分几买了根粉肠来。祁伯在前切祁三儿在后捏，骨肉难舍的离情和祁伯极糟糕的眼神作了祟，一下子把三儿的小手指给切在里头了！他慌疯了，忙一手抱起三儿一手托起孩儿的伤手，往外走时见眼面前就只刚才也于一旁眼馋着的祁二，只得无奈地叫他："快叫你婶儿去！"

祁二跑得不慢跟人似的，喘得也不慢也跟人似的，就是等到了说话的时候就不跟正常人似的了："婶——婶——婶——"母亲正用竹箅子往桌子上端刚烙好的菜贴饼子。她耳音极好，早听见隔壁鸡飞狗跳的，加上祁三儿那被鬼拽了腿似的一路尖号，以为是祁老大不肯跟着豆芽走在挣命呢，觉着人家今儿个孩儿要离娘了咱先别掺和。见祁二恨不能连俩脚丫子都使上、打手语般地来了，就问："别光叫了，什么事？"祁二想说"不好了"，可他说什么也说不上来："啊不——不——不——""噢，没事你这么急赤白脸地瞎闹腾什么呀！我这儿躬忙的！""有！"祁二一下急哭了，他这一哭竟说出句干脆的来。

母亲见状不等他了。她一出门即断定了事儿的由头，三步并作两步地于大野地里追上了手足无措的祁伯，母亲抢过孩子来问："你带钱了吗？""没有！"母亲急道："没带钱你干吗去呀？快回家拿去！""哎哎，我拿去我拿去！"祁伯跑回来时正遇上一前一后从西头公厕里走出的祁妈和豆芽，祁妈哆嗦着边掏钱给他边申请着："我也跟去吧？""你去管个屁呀！还不够添乱的呢！"

豆芽四致惯了，才系着大红裤腰带扭过来问："咋的啦？"祁妈哭丧着说："三儿切手啦！"豆芽一听再一见地上的血，说："那快着吧！"她错把祁二夹在胳肢窝就走，祁二以为要带他回去呢，就四脚蹽蹽地连踢带闹连哭带叫："我——不去——你们家！我才——不……"豆芽一听不对，将他"啪"地往地上一扔："噢，是你呀？你要去我还不要呢！"

三儿的手指接得有点歪，不过还能活动自如。

紧西头那家姓隗的被人叫作"西头鬼"的好勤谨（且全家都跟其"沾了光"，娘为鬼娘、妻为鬼妻、女儿隗妹为鬼妹，只祁三儿称他们做我娘、我妻、我妹），工作之余在后排房子与铁轨间的夹道上开垦了小片的自留地，先后种上好多的小麦啊玉米什么的。

我们从麦青时即开始偷吃，直到麦黄时。况且早早晚晚都不乏往来穿梭于铁轨旁踢着石子路过的男孩们，有哪个是省油的灯啊？有时西头鬼恼了，便囚在一旁想逮着一个教训一下可杀一儆百。可他想教训的却逮不着，只一个好逮的我又不好教训。我在隗娘的眼里那是珠圆玉润，每见了都要搂在怀里。还有他那大上我们五六岁的女儿隗妹，既嫌她爸抠还帮我们偷。隗妹长得圆圆的脸圆圆的眼，祁三儿说："你不应该叫隗妹，应该叫'委员'哪！"

西头鬼只得给我们解释说，现在吃了太可惜了，等成熟了以后才出数。于是在秋景天里他即煮给我们吃，刚收获的东西鲜嫩得很，嚼起来香喷喷的。

有一次，祁三儿他们把西头鬼的地祸害得是太厉害了：像熊瞎子掰过的一样。西头鬼真的急啦，开口大骂，三儿就领着一帮半头小子躲在不远处的一个土坡上高唱:"西边的太阳快要下山了,我娘我嫂我妹就要上我炕……"祁二也在一旁滥竽充着数:"西边——边——的——下——下了,我——我——我——就要——我……"

从隗家再往西走上没几步,是南北朝向的男女各一间公共茅厕,过路的人也时常光顾。西头鬼认为不能白挨了熏,便在春夏时节于茅厕里近水楼台、就地取材,而秋后则又跑马占圈似的把收获了的粮食晾晒在茅厕西边。我们便要在那麦垛上玩出花样儿来,那才叫个不亦乐乎呢,也不顾麦茬扎轰,回头小裤儿里是怎么都抖搂不净!记得每每归家时分,我们都极不情愿地往回走,看着天空看着大地,夕阳涂抹在麦穗上,尽染了的大自然与你相拥,那份散淡惬意非常。

过了茅厕西叫作二工区。说起来可能我们那拨崽子们都印象颇深,那里头的甘蔗可多,人家收获后我们即成群搭伙地去捡剩落,一棵一棵地尝遍了人家用镰刀削得斜抹茬儿的棒子根,不辞辛劳而且兴味无穷。

大雪纷飞的时节,门前冻上一条光滑的雪带。荧光下的落雪附在门前的小栅栏上,十分耐看。此时我依旧是长在外头,决不辜负上苍赐予的金色童年。

房前屋后,青纱帐里,均留下我小小的、艰难的足迹。

祁家与紧东头那家在过了东头小马路的一家工厂边上,合开着个小杂货铺。什么烟酒糖茶、山楂片、海棠干、煮熟了的羊脸兔子头,招揽得大人孩子们一天到晚进进出出。夕阳里、雨幕中,三两间茅屋担负起解决这一带人们的油盐酱醋问题的重任,这些情景给我留下了极其古朴的畅想。铺子旁红墙内的工厂里常放着"社会主义好……"、"二呀么二郎山……"等歌声,多少年后犹觉在耳。

跟弟是个狡黠鬼，被爹娘宠得似如今的猫狗一般，瘦而不干、黑而不糙的长脸上一双细眼总在骚动不宁，不琢磨你就琢磨他。我的质朴常在她幼年时期就已开始显现的奸狡中显得可笑，我三番五次地被人捉弄仍不知所以，过家家被她喂过满满一嘴炉灰；再有一回，我俩同时看到地上有一块钱，那会儿的孩子谁见过一块钱哪？没等我回过神来，人家就已弯腰拾起并迅速挖个坑生给埋了！嘴上同时说："咱谁也不要啊。"我省不过闷来就去问薛凝，当薛凝不信跑去挖时，那钱早已不翼而飞。

　　不想在外面乐乐呵呵的东头竟于一生一世里都在打老婆，兹别见着面，没事都得捅鼓两拳，甚至有一回还当着丈母娘的面！忽然有阵子东头的老婆不挨打了，人们以为发生了什么事，原来他老婆怀孕了。东头盼子的心多年来已提到了嗓子眼，往往挡住了他所吃下的饭菜。九个月以后，东婆生下了个黑瘦黑瘦的小丫头，东头一怒之下想把前些时日没打的损失找补回来，于是把她娘儿俩给撂在医院索性不接了。东婆从医院里让人带出话来，说为今之计只有让肖嫂（我母亲）前去相劝了。大人孩子接回来后，东婆从此便对母亲感激涕零。

　　二次怀孕时，东头说什么也不管禁忌了，因此东婆没有再次享受到孕期的特殊待遇。她每每挺着肚子抱着孩子跑来向母亲哭诉，母亲就劝其忍耐些，说等生了儿子一准好了，并得空即劝东头也要忍耐些。东头说："嫂子，这我要不看您的面子岂止如此啊？"东婆于临产前一刻还在挨产前最后一打。

　　孩子被打下来后东头一看：是个白白胖胖的大小子！激动得他的岳母、他的妈前前后后追着他："你快说说、快说说呀！是带小鸡的吗？是吗？带吗？你说呀？你带吗？"

"我带！"

东婆真的不挨打了，当然这只限于哺乳期。气得她为孩子取名：打生。东头不干，觉得这里面分明有记变天账的成分，母亲即劝其中和为：达生。

突然有一天，有事没事就叫母亲去一趟的东婆又跑来叫母亲去一趟。母亲比她要快地跑到后见门上了锁就问："这么急的事、这么两步道，你锁哪家子门呐？"她哆嗦着从裤子兜里掏出钥匙来开着门，同时嘴里还啰唆地解释说，如若不锁，孩子丢了，东头说剥了她的皮抽了她的筋剁了她的骨头嚼了她的肉！我妈说："你跟他说，干脆让他把你给活吞了得啦！好歹落个囫囵尸首！"

白白胖胖的儿子满炕叽里咕噜地打着滚，哭得死去活来，就是发不出一点声，脸上憋得青紫，看上去能急死活人！母亲上前撬开小嘴一看便知是白喉。那时候我们的居住地离医院又远而且人们又穷，大家基本上不知道也不舍得看病。亏得母亲曾看过乡间是怎样治这种病的，也亏得这种病多发在人还无齿之时。母亲用东头家常年不断的散装白酒洗过手后，撬开孩子的小嘴，用手指将业已长满而把孩子的小嗓子堵得严严实实的白喉弄破，孩子即刻活了起来。到了晚上，东头从小铺里回来后，见早起走时还如同打蔫鸡似的儿子，小嘴正在那儿乐着喝糖粥呢。一问缘由，没吃饭就跑到我家来向母亲致谢。

那时人们之间实在是没什么好送的，他就请母亲卷上几棵他那有劲的旱烟抽。本来我是极不赞同女人抽烟的，但对母亲则不然，总在为其抽烟寻出各种各样的理由：比如开党小组会留下的习惯啦；劳累了一天的酬答啦；多少回饿肚子的精神补偿啦；打发家庭没落的寂寥啦……

薛妈只织衣而不善织裤，就像她的珠算只打"归"而不会"除"一样。然而人们绝不是只上穿衣而下不穿裤的！这不，有人上门求援来了！我的脾气是有求必应，母亲说，你要能把毛裤给织喽，我就能把它给吃喽！

那家南方人住在二排的紧西头。家中一奶一爹一妈和五男二女共七个孩子，人们叫那种形式为"五男二女满堂红"。南方人织出的那衣服、鞋帽像是要活了一样。当然这些街巷里的琐碎信息母亲绝对是不得而知的，祁妈管这叫作"大人可没工夫跟你们喘这份闲气"，只我这样一天到晚像个户籍警的人方可耳听八方：谁若跟谁打听谁，甭找别人就找我！保证不让你失望，咱的代号仿佛叫作"希望"！一是情况准确到位，二是服务必定到家：领着您去！

只苦了那时没什么这包那包塑料袋之类的应用家什，我只将那线用包袱皮裹了，把几根针横穿于包袱结上权作提梁，像李铁梅的提篮。提起来咱就走！想办的事从来不搁着，要么不办！

我适时地来在南方人的门前，只清脆地道一声"奶奶！"便全了了其事。南方人凡于晴天里即挂在门前的那只笼子里的"南方鸟"，带着浓重的南方口音，学着各类过往的人们口里各类的话："奶奶——"

我可算是能够教给薛妈织毛裤了，但还是不愿把辛苦织得的东西给母亲吃掉……

母亲从苦巴苦拽但仍就拮据的生活里，为我节省出一台在当时实属奢侈品的无线电收音机，它立刻锁住了我的心魂，什么刘流的《烈火金刚》啦、什么冯至的《敌后武工队》啦、什么曲波的《林海雪原》啦等等，再无什么人能够把那么众多的英雄形象从我心底里驱走，就是这个小小的总叫我找不出人来的话匣子，带给了我许多文化素养贫瘠的家庭所不能提供的精神食粮。

凄风苦雨，落叶无魂，早熟的果子先知了酸涩。我日趋发现了自己与常人的间距，常于烟锁黄昏里独自坐在铁轨旁望着落日发呆。恢宏的天幕像是一匹无褶的丝绸，与渐渐远伸的铁轨形成一个夹角。那更远处该是些什么呢？长城是个什么样子？是不是很苍凉，听人说过可我没见过，我没有出过这个小小的方圆。

二　垂杨柳逸事

一九六二年的岁尾，将军坟的人们纷纷用三轮车手推车，推着各自或许也称之为家具的物件，离开久居的故地走过漫长的一段路，来到陌生的"垂杨柳"。一个多么旖旎的名字，让人即刻想起李清照的《醉花阴》来……

我则是待遇优厚，坐上祁伯他们拉货的大卡车，陪着坛坛罐罐们站在高高的卡车上，一路别开生面的场景一望无际，觉得那一天自己像是长大了许多。

那会儿的垂杨柳还叫鹿圈，据说是旧时公子王孙们的养鹿所在。那时的垂杨柳远不如今天这么水灵，如同一位妙龄少女还只在黄毛丫头时期，浑朴而纯净。楼房只是寥若晨星，到处稀疏错落着的低矮土房，四野空旷、寂寥……

我们的落脚点，像是一块工字钢。工字钢的上横轴北路是后来我及母亲共同迷信、久久向往的华北金属结构厂；竖轴路西是公共汽车站和一家小小的百货商店；路东为一片尚未开垦的大苇塘，我们刚来时，塘上是一片黄绿色的衰败，使冬显得更加凝重。

塘南二号楼是我们的新家，薛家和我家分别住进一门二层的西、中单元里，他家三代住整单元，我家三口只给一间。从我家阳台上一眼望去，萋萋芳草中坐落着跟弟家和他们公私合营后的店。

这座楼房的特点是每个门口都前后畅通，后来经常被人用来涮的哥，下了车叫人家在前门等，人早已从后门跑了！

　　从将军坟到垂杨柳，真是小巫见了大巫。

　　半仙无论如何住不惯城里的楼房，很快回乡去了。回乡不久后又因乍一离开亲人们觉得特别孤闷，很快即不下床了。在薛伯往返探望中，半仙的病越来越重。半仙快咽气时，薛伯说是看一眼少一眼了，就带了薛凝去，买了几个平日她爱吃的雪花梨。削梨皮时，说话已不自如的半仙用目光示意薛伯将那梨皮略削得厚些，给站在一旁的薛凝吃，因他久不来。

　　躲在门口的没出五服的叔伯兄弟薛老大、薛老三眼巴巴地看着，馋得口水吸溜吸溜。待薛凝出来后，他们便羡忌地刮着脸皮羞他："你怎么那么馋呢！"错来馋的是他们。薛凝回来后就二薛的表情给我们大家形容，当他说到"吃着梨皮了"，因我自幼不近水果倒无所谓，可旁的孩子有所谓，当时祁二那哈喇子就掉得老长了！别的孩子那艳羡的目光亦如薛凝吃到了山珍海味。后来，说楼房像匣子的半仙，真的被人装进匣子里入土为安了。

　　第二年绿尽春深的时节，我恰逢其时地得遇了终生难忘的启蒙人。她那年才十九岁，如一片翠色欲流的杨柳叶般动人，一袭素裳拥裹着她那刚参加教务工作的满脸喜悦，周身上下一团清凌凌的仙气，霎时给人以明月照人的感觉："小朋友，你们这儿有该上学的孩子吗？"她的声音像流云里滑动的鸽子，顷刻间叩启我闭锁的心扉。"有！我就是！"

　　"你叫什么名字？"她打开一个硬壳笔记本。

　　"肖冰！你叫什么名字呢？""哦……"她略一沉吟，长长的睫毛一忽闪（此后我再未见过谁不经化妆而拥有那样的睫毛），两个深深的酒窝现出来："叫我黄老师吧。"

老师？多么生疏而又亲切的称谓啊，我有老师了！从前总羡慕大孩子们有老师，如今也要别人来羡慕我了。得赶紧启用这个至金至贵的称谓："黄老师，我们这儿还有薛凝、祁跟弟、梁绮华……"

我伸出指头热情地点数着向她靠拢。蓦然间，她脸上的笑容僵住了，疑惑的目光一动不动地滞在我柔弱的双腿上。时空凝固了良许……

"黄老师，你教我们吗？"我的问话像突然破了她的穴道，她忙用极不自然的和悦掩饰着自己的窘态，下意识地对我说："老师教你！"她不知此刻这一句便使自己"走向深渊"。

学校像一座长方形的小城坐落在小路西，是荒芜的垂杨柳一带唯一修行之所在。校园中有南北两座四层教学楼，中学小学各为"一半王国"，当间用一行拴起的齐齐整整的青树干截开，正中央留有一个门框，酷似篮球架，两校间有事可直出直入、礼尚往来，但通常是大的敢来而小的不敢往，只在人去楼空时打打擦边球。校园的四角坐落着几间平房，院落中的一些翠郁森幽的树木沁出古香古色的基调，给人以乡舍的温馨，从而使你想起远古的山川桥路。

学校里的一切使我犹如刘姥姥走进大观园。校领导照顾我们班在紧西北角的一间北房里上课，教室门前一棵枝叶扶疏的大槐树，于日后的六个夏天里无偿地赐予我悠然的碎纷纷的槐花香……

开学的头一堂课上，那笑吟吟的黄老师对大家讲："同学们，我们班上有个肖冰同学身体不好，我们大家都要尊重她、帮助她，注意走路时不要碰倒她。"雨天里，老师亲自抱我如厕，并在放学后将我送至校园外等候的母亲身边；打预防针时，老师知我跟不上同学们那长长的队伍，便提前抱我到医生面前，为我挽好袖子先打先撤。老师的言传身教极大地安慰了我，又极大地引导了同学们。

腿疾武断地剥去了我享受那从未尝食的禁果——体育课的权利，老师体谅我的酸辛，届时总是找来一些带有汉语拼音的彩色连环画报，并叫同学给我搬把椅子让我坐在槐荫下风光地读书；她还每次在同学们春游前记得留给我那么多的书、报。然而，有一次绮华告诉我说，在北海划船时老师仍惋叹："肖冰要是也能够来该多好啊！"这话在当时我并不解。很久以后，长大了的我脑海里出现了这样的镜头：当双桨荡起后，老师欣慰地望着自己的孩子们，突然间发现少了一张小脸……触景生情，勾起那温文尔雅的女教师心中的一缕惆怅……

第二年六一节的前夕，薛凝在课间兴奋得脸上红白交替地奔进教室："我背你看少先队员名单去！上边有你也有我！"我俩在跟弟的睨视下好不容易才挤进教学楼里光荣榜前的人群里，上下左右踅摸了好一会儿，刚从那红纸黑字间寻见自己的名字，上课铃就迫不及待地响了，迟到自是不可避免。远远望去，我那老师竟宽慰地候在门口迟迟不进……

我时常想，她实际上只是个大孩子，每当酷暑里，同学们燥热不安时，她耐心地告诫大家心静自然凉。不知她在自己妈妈面前是个什么样子？似这般天使的她应生活在怎样的景况里呢？料定是个至玄至妙的所在。

六一节那天的早晨，少先队新队员入队仪式在华北厂大礼堂举行。华北厂大礼堂我们来过上千遍了！一切校外活动都是在这里完成的。

"小鸟在前面带路，风儿吹向我们……鲜艳的红领巾，美丽的衣裳……"薛凝把我带进宽阔明亮的大礼堂内，迎面的主席台前高高地悬挂着大红条幅：热烈庆祝我校二年级同学第一批少先队员誓师大会！

少先队大队长卢志永宣布大会开始！请校长讲话。清楚地记得校长讲的最后一句是："下面请新少先队员入——场！"在那震耳欲聋的队鼓声中，薛凝背起我随着队伍从墙角的旁梯上几步便冲上主席台。每个新少先队员由一名老队员给戴上红领巾。我们共同敬慕的大队长是薛凝的熟知，在为其戴好后薛朝他一努嘴，大队长又为我戴上了红领巾！

宣誓仪式开始了，由大队辅导员马老师领誓，我们一个个地紧跟……刚说了一句时，薛凝便瞅了个空小声对我说："有那么攥拳头的吗？"我一听一怔，一瞧他又一瞧自己，他将拳朝我暗晃了晃，我忙改过来，看来以前都是错的。

由二一班徐敬民二三班温墨玉领唱、全体新老少先队员合唱的"翻过小山岗走过青草坪，烈士墓前来了红领巾……"唱得我们小小的心灵中热血沸腾。

大会在由全体师生们合唱的"我们是共产主义接班人……"的歌声中宣告结束。

家与华北厂间的路近而悠悠，一街的垂柳都在向我洒下快慰的欢悦，一街的人们都在对我投来和蔼的微笑！清风徐徐地掠过耳畔，薛凝兴致勃勃地背我回还。刚刚过去的那一幕仍在眼前，过去了的歌声犹在心里，仍在口中……

由于大多邻人都是从近、远郊而来，因此一直沿袭着许多农人的习惯，常年中只要不是冻得瑟瑟发抖的季节，便每到了晌午饭口上，满楼道是手上托着大小不一且饭菜各异的饭碗的主，像是盛在那里的粗茶淡饭一经聚在这里就会变成佳肴美馔似的！那"七嘴八舌不停口"之人人要参与的氛围，在为人们无偿地奏着进餐交响曲。

人家西头鬼分在了一门四层，下楼来吃情有可原，而东头分在了四门一层！也要不辞辛苦地肩头搭着永洗不出本色来的背心，手上托着硕大的饭碗前来凑热闹。西头总说他："你那背心到现在我都不知是个什么色，我那衣裳嘿，该洗了都比你那刚洗完喽的干净！在将军坟那会儿，但凡有点辙嘿，我也不吃你卖的那酱油哇！"

东头有时碗里的热汤面盛得浮流浮流，用手倒着班端着还得不时边走边用嘴吸溜，烫得龇牙咧嘴的那也得来！有回他只顾着低头拉车不顾抬头看路，把碗蹭在了刚从三层下来的那个平日因这不吃那不穿的而被人称作"酸三色"（一种颜色与红绿灯相似、有着酸甜味道的硬质水果糖）的女人最怕蹭和最碍事的地方了。人说那女人既看不出岁数也看不出喜怒，饶了黑还爱把自己打扮得跟圣母玛丽亚似的，白衫儿透着白乳罩，白裙儿配着白凉鞋，想那内裤也定是白的没跑儿了。

东头的老婆炒菜还爱用肥肉煸锅且酱油又多，大概是在当初近水楼台习惯了的，墨汁一样都能染祁妈那头发了。那汤随弯就坡地把人家给爱抚了一回，气得那女的恨不得把他吃喽！横眉立目地抖落着裙子跺着脚："没事儿跑这儿倒什么骚来呀！在自个家塞不就完了吗！非跟这儿毛毛虫摆碟——越咸（嫌）越鼓踊！"东头涎皮赖脸地弯腰扬脸："别价呀姐姐，裙子脏了给您洗洗，要么我给您洗洗脚？""呸！""老街旧邻的别扯什么咸了淡了的，要不然回头人家说您不文明！"等那女的走远后他即嚷嚷道："哼！牛什么皮呀？都是从将军坟搬过来的，谁不知道谁呀？觉着自个怪不错的，其实有什么呀？论搞对象还没我好说呢，黑人嫌她白白人嫌她黑！"西头说："得得！她不牛皮你牛皮，人走远了，你那本事大了！"

别说，东头有天还真的端了碗好饭来：白米饭上托着略勾了些薄芡的黄瓜丁烩豌豆、西红柿炒鸡蛋，还顶了两片香肠！这在我们只有"绿色食品"的那会儿如何了得！只是那碗比往日略小了些。"嗨，东哥，今儿你们家请皇上啊？你媳妇没舍得给你大碗使啊？"西头馋得紧追着问，像是追紧点那东西就能吃到自家嘴里点似的。"嗨，甭提啦！我一进门嘿，厨房案板上有碗饭，一看挺好端上就跑，边跑边往嘴里扒拉，我媳妇在后边喊了一句差点没把我给噎死！'哎，上班的（那时对有工作的男人的统称。不过我纳闷的是偶有个女人上班却并不被人们这么称呼）！那是对门的！'敢情对门来客了，客不知哪个是他家案板，给搁错了！对门媳妇一出来见我都塞一嘴了就说，'算了，吃吧'。""人家是没法要了，瞧你嘴那脏！"西头笑他道。东头不顾一嘴的饭粒子忙不迭地反唇相讥："瞧你嘴这脏？"

东头是吃饭也堵不住嘴："哎，西哥，听说昨儿夜里你们家怎么着，'天翻地覆凯而康'啦？""嗨，哪儿呀！在将军坟搭双人铺那会儿都没事嘿，到了这儿了宽绰了倒掉地下了！"东头板着脸一本正经地憋住笑说："宽绰了不行！得你媳妇挤着你才行哪！"气得西头骂："去你的！"将军坟每户不管多少萝卜都一个坑。西头男女老少三代同堂没法子，即搭了个双层双人铺，您听过吗？老小在上边吧上着困难，夫妻在上边吧睡着困难。

一天，东头叫媳妇滚蛋，于是中午没了饭。那会儿的男人们只要媳妇一顿没做即不食周粟！午间他肩搭着破背心蔫头耷脑地来了。"东哥，今儿这么早吃完了？""吃完了？吃晚了！"他顺手掏出棵烟来刚要往嘴里叼，凑巧杏花端出刚做好的一大碗山西人爱吃的炒疙瘩来，花娘炒那疙瘩色可全了就是醋太多！东头一看，哟嚌，买卖来啦！"啪"地把烟卷往地下一摔，趁杏花不注意，上前一把夺过来就往嘴里扒拉，一边躲着杏花抢一边就势坐在薛家门槛上三下五除二吃了个干净！不过也噎得哏喽哏喽的。意犹未尽时，刚好西头举着个老玉米啃着下楼来，见了他的狼狈相说："瞧你这点出息！抢孩子的！"东头不由分说，起身劈手夺过西头手上的玉米说："那抢你的！我这儿正没饱呢。"他那肚子也不知咋那么大，也不管西头的老玉米已是被啃得豁牙露齿了。要搁我给都不吃！我会感觉是在吃西头的牙！

东头想着今儿的饭还可以，美不滋地就又掏出棵烟来往嘴上叼，靠在薛家门上吸起来。不想他那女人并没有回娘家，不是没午饭而是没他的饭！东婆子在这之前不知多少时候，用单田芳的话来讲就是：真个"胆大包天天包胆"。自己买了包绿豆糕，偷偷地躲在楼门后的角落里狼吞虎咽，殊不知那东西岂是那个吃法？她没吃过猪肉也还真没见过猪跑！

她好倒霉地撞见了祁三儿，三儿耻笑她说："好你个东婆子，自个在这儿狗舔碾子——干咽沫呢！"她就骂着追他，他不跑自家跑薛家！冲进街门，后门都没来得及关就一头扎进薛凝屋里反插了门。他可尝过东婆子拧人耳朵的滋味！在合开小铺那会儿，怀了孕的她老是偷捏铺子里的山楂片海棠干的往自己嘴里塞，三儿就往那篮子里浇尿，让她逮住了这通好拧！

此刻东婆倒着三儿的后路追进薛妈的屋一瞧没有就问："老祁家的那个缺德的狗屁三儿哪儿去啦？"薛妈纳闷："没仨俩的呀？街门就响了一声不就进来你一人吗？"东婆说："不对，那个王八下的小兔崽子肯定是藏起来了！"她嘴上越是骂，嗓子里就越是噎，便向薛妈讨水喝。

下夜班后躺在床上的薛伯，听得东婆子与薛妈对话即翻过身来："老刘忙——呐？"东婆子就骂他："你说句话干吗非大喘气呀？"薛伯一瞅她手里托着的那东西"噌"地一下子又翻回身去！还故意用被子蒙上头大叫："吃这鬼东西干吗？"

三儿突然憋了尿趁机溜进厕所，不想东婆子那老货沾吃喝可是个茬儿！很快地就倒过气来了，她在嘴上叨咕着："我今儿个怎么这么倒霉呀？"三儿听了心说：我今儿个才倒霉呢！

"这小兔崽子他可别让我逮着！我这回非给他来个关门打狗！"她嘴里说着，便下死狠地把街门拍上了。三儿在那里心说：关门打你！

俩人就这么僵持着，全不管外面的风起云涌。东婆子边骂着边里里外外地跫摸，眼看着就要瓮中捉鳖了，三儿心说咱破釜沉舟呗！他猛地从厕所里一把拉开门，铆足了劲地一膀子撞歪了东婆夺路而逃！冲过门槛时就把个东头给撂在那儿了。

东头的身子迫不得已往后一骨碌，仰面朝天时正见了自家的女人。三儿在同时抬脚迈过他去，一溜烟地冲下楼梯，东头边起边骂想追又首尾难顾，无奈时眼睛即转向了自家的女人，好嘛，这撮火！一场好戏就又开了头。

下午消停了后，薛妈上前就一把"掀起了他的'被'头来"："薛宝贵！你老小子给我听好了啊……"薛妈趁他转过来的那一瞬抽冷子塞进他嘴里一块绿豆糕，而后又得意地笑着叫："看你敢给我吐出来？我说以前老跟我这儿装神弄鬼的，说什么不吃豆制品类的东西呢！"于是他就在那儿嚼着噎着笑着："啊，久违啦，此'品'只应天上有，人间哪得几回'吃'？还有吗？全拿来！"薛妈在一旁一时直笑弯了腰。他又突然地惊叫道："拿水来——"

东头和祁伯不愧为同室操戈之人！俩人在各自的屋里共同得如两颗釜中泣豆：他们的两个内室过起日子来均是明年无鱼的主！而东婆总在挨打，人家祁伯一辈子未捅过祁妈一手指头！就像从没有捆打过他的那些孩子们一样。

这天，在满楼道又聚餐之时，祁妈来了。因她打从来到垂杨柳也还没住着楼房呢，尽管我和跟弟及别的人们怎么告诉她，她仍弄不清楼的门次序该从哪头算起，她"走走走走走啊走，走得那没了头……"于二三门里转悠起来没完。让张三李四王五赵六的给气了一溜够才上了我们楼！嘴里喘着粗气骂着家里外头的这个那个的："都让他们把我支使糊涂了！从前我就跟人打听过，昨儿个还问丫头了呢，明明那谁都告诉我了：是一门嘛，怎么就会找不着呢？"东头听了撇嘴笑道："就您老人家还拿这话问谁呢？我说这也忒废物了点吧？这从打哪头算起也不能够哇？我看哪，要不是人家支使您呐，横竖连自己家那门都回不去啦！"祁妈使劲瞪了他几眼，因她此刻顾不上说话。

她明天要到广渠门外的一个小药铺去，不知给他们老两口谁买眼药，你很难说他俩谁比谁瞎，今儿个前来向母亲打听药铺的门朝东西南北哪个方向开。

母亲说："正好，我在药铺旁边的鞋铺里给冰排了双布鞋，你就手给我取回来吧！""这还不是张飞吃豆芽——小菜一碟！"祁妈那也是个热心肠，母亲顺手递给她一张纸条。西头见了不屑地说："就你呀？""怎么着？就兴你姓鬼不兴别人鬼？明儿个要是取不回来呀你拧我脑袋！""嗨嗨，谁姓鬼呀？'傀'知道不知道？跟伟大的'伟'一个音！"祁妈瞥了他一眼道："就你还伟大哪？"见他依然那样的目光,东头说:"西哥,别门缝儿里瞧人!人家祁嫂虽然无力无气的,这么点儿事还是不在话下的,取不回来你拧我脑袋!"祁妈觉着更不是味了,就又瞪了东头一眼道:"谁没气呀,谁没气呀?"弄得东头连连点头自认道:"啊,我没气,我没气。"

等到祁妈都回去了他自己还在那儿嘟囔呢:"哼,没事还老嫌人家祁哥挣的少!人家挣得再多,就冲您老人家那姓氏他这辈子也发不了哇!"他这一关子卖得大伙同时问(连我都想问了):"她姓什么呀?"当时跟给他脸了似的,还就不往下说了!

回屋后我不死心地追问母亲祁妈姓什么,母亲听了倒忽然想起来:"哎,真是的呢,从来也没听她提起过!"后来大伙儿死乞白赖才把那话从东头嘴里给掏出来,他得意地拉着长声道:"就是啊——姓那什么那什么'裴'啊!你们说说,人都叫她们'老赔家'那能发得了吗?"原来祁妈她老人家竟是由打她出生之日起,即姓着那个连她自己都想将其忘喽的姓啊!

第二天,正赶上药房排大队。晌午歪了的太阳如火,立下了军令状的祁妈糊着满脸擀了毡的头发、顶着一脑门子汗珠子、连气带喘地空手而归。满楼道的人一起乐,母亲看看祁妈和东头,问西头:"这回拧谁的脑袋?"祁妈气歪了脖子气歪了嘴什么都歪着地朝她道:"拧你的脑袋!给我的什么这是!"母亲接过那张纸一看:原来是我两块五的学杂费收据。

一天,满楼道正说着话呢,祁妈又来了。东头说:"我说您老人家死得屈是怎么的?""你妈才死得屈呢!"祁妈骂他道。因我给烧死人的和掀帘子的各织了件同色同样式的大线衣。敢情人家是给我送新衣服来的!是她亲自挑的布又亲手用缝纫机缝制的一件半袖夏衣,听说祁妈花了一块八!好漂亮啊,雪白的底上印着一个个翠绿色圆圆的点,真是水灵极了,人们说这件衣裳才算是找到了真正的主人。

我穿上以后美得难受,赶奔到祁家,结果差点挨揍!跟弟用她那瘦如芦柴般的手叉着酷似麻秆般的腰,一双小眼里像喷火一般,弄得祁妈赶紧朝我朝她都笑笑安抚她说:"不是不给你买,妈是说等下个月咱再买。""那她怎么不等到下个月再穿呀?"跟弟咄咄逼人地咆哮起来。结果祁妈又跑了趟鹿圈小百货商店,给她找补了一件红点的半袖衫才算了事。我虽跑不动但也尽快地跟在祁妈后面逃了出来,并在很久的时间里都没敢再去祁家。

可塑性极大的孩子们在老师的点化下很快替代了母亲接送我的任务,这使她得以出去做工,使家中捉襟见肘的生活开始好转起来。其中对我帮助最大的就是薛凝,我们几乎干一切事均在一处。他那一脸的恬淡让人打心底里平实,不论何时都让人感到:这儿,是世间最美好的地方。下雪时,他让人拿笤帚在前先清出一条小道,然后背着我走过去,还为我披上他漂亮的绿呢子大衣,绮华即学着他的样子给我戴上漂亮的黄呢帽。

薛凝是个少年书痴,读起书来昼夜不舍。从薛妈认祖归宗后,那书香门第的鲍姥姥家使得薛凝借书有道,我便常常从他那里取我所需。

一个永驻心中的黄昏,我和薛凝屏气凝神地坐在他家梳妆台旁读书。落霞如梦如幻地栖满西窗,时深时浅的玉黄色的光泽使得小窗显得格外地玲珑剔透起来;熏风吹起"一帘幽梦",身旁参差的盆花香气浓郁;小屋中一片宁静、协调,给人以辽远幽深的感觉,从而产生了欲留住岁月的眷恋。薛凝突然站起身来,白皙的脸上一阵抽搐:"来,我给你朗诵一段!"他正在读《红岩》,已经神不守舍好几天了。我忙放下手中的《卓娅和舒拉的故事》,抬头迎着他那突发的兴致。他走过去关了门骄矜地说:"不叫别人听。"而后于屋中立定,双腿略叉开,双手拉着架势,一脸庄严肃穆地吟诵起那千古的绝唱:

任脚下响着沉重的铁镣,任你把皮鞭举得高高……

他的脸被激情鼓荡得异样了,一头蓬松的乌发上下耸动,这使得他在刹那间成熟起来,内在气韵释放出摄人心魄的魅力,宛若一位后起之成岗。我顷刻被他的情绪所感染,耳畔响起的渐已不仅仅是他的声音,更兼他的心灵、他的思维、他的全部……

晚上,星月交辉。我披散着刚洗过的满头乌发与薛凝坐在"对窗柳"下,这是那年的一个春日里我们共同栽下的。那日上午放学归来,看到满街筒子的人们往来穿梭、一片繁忙的景象,原是在遍栽垂杨柳!正是有了那时的青苗入土,街巷里、小路旁才有了今天的绿荫笼翠。跟弟麻溜要来一株柳苗,我们把它遥对我家窗子栽下,边给它浇水边兴致勃勃地唱起黄老师教的那首动听的植树谣。

如今这柳树已是婀娜多姿。如水的月光透过斑驳的树影,碎银子般地洒落在我们身上及脚下的大地上。富于幻想的年龄伴着引人遐思的夏夜晴空,望着薛凝那纯净的眸子,听着他有白天余韵的谈吐,令人感触良多。少年的话语迄今想来,稚拙得有些令人发笑,但一点神韵不容置疑:在他的眼中,我应得天人别样看!

呵,天地间正绘起一幅明快亮丽的青春豆蔻图。

我们浅显的阅历,完全没有料到这美好的日子有一天会失去。史无前例的运动开始了,薛凝突然变得灰灰瑟瑟的。跟弟在班上撇斥拉嘴地透露:"告诉你们,我三哥都跟我说啦,他爸是坏蛋!咱甭跟他好了!"她那神情幡然醒悟一般。

薛伯?是坏蛋?我反复地琢磨着他那侍弄小院时叫人心忙的样子大惑不解,就在没人的时候问薛凝:"你怎么了?"他情绪极其低落:"我们家出事了,我姥爷是地主。"我心中一阵寒噤,下意识地咀嚼着"地主"这个名词的含义。"大字报上说了,我爸身为共产党员,竟敢救了甚至还娶了阶级敌人的女儿,这叫'同流合污'。还说他经常散布封建迷信,是继承我奶奶的'衣钵'。""衣钵?"这是个新词。

"大字报上还说,要不是我奶奶死得早,连她也要一道揪出来!"啊,我感到万分惊恐,仿佛连自己也要被一道揪出来。"我们家可能得还乡,那我以后就不能再接你上学了。"一磅重弹迎头痛击!薛凝,那就是半个我呀,假若走了他,日后……

薛伯被停职反省了。薛家被勒令从整个单元搬出,一家人挤住在我和薛凝读书的那间小屋;而祁三儿则敲着得胜鼓堂而皇之地住进了薛家大屋。跟弟更加狂妄地在班上及时公布薛家近况:"窝头咸菜棒子面粥!"

晚上,祁三儿坐在我家床头津津乐道薛家夫妇探视之情,他那粗卑的样子令我如同吞食了苍蝇一般。我在脑海里设想着薛妈探视时,走过那似曾相识的太平间旁的感悟是如何的呢?

不久,薛家真的还乡了,薛凝这家伙竟不辞而别。我只从祁三儿他们抄获的那些物件里攫取了那手帕及薛妈那本时常引其热泪盈眶的《梁山伯与祝英台》。此后它们便为我每临地震消息唯一带在身边的东西。

更不堪言的是,那水灵灵的黄老师竟患有严重的心脏病！在她断续的住院期间班上的纪律渐如一盘散沙，还产生了刀裁斧剁般的男女界限，好端端的班集体一度被搞成分裂。裉节儿上，跟弟不同凡响的投机主义得以极尽能事地发挥，以疏间亲地拖曳走大半女生，教室与槐树间的夕阳小路，铭刻着薛凝走后我和绮华力不可支的岁岁艰辛……

绮华生得矮且胖，一张圆脸上尽透着诚挚。她从不似跟弟那般妒我，如有谁不识哪个字时她必热情推荐："去问肖冰，她是活字典！"又有谁对自己的答题产生怀疑时她又劝道："去跟肖冰对得数，不一样就是你错了！她是一个半大脑！"

绮华的家近得快要住到学校里去了，但她却风雨无阻地坚持每天前来接我，且得避开她那患脑血栓后走路颤颤巍巍的娘！病娘怕绮华背我后变成我那样，总在后面费劲地追着费劲地喊："扶着，可别背着！"

有时我俩被肆虐的北风推搡得倒退着走，有时逆风骤起、大雨倾盆中我俩都想哭。落雪时再无什么人扫道，绮华背着我一下子跌倒在雪地上，令人费解的是她死活不肯让我下来，硬是自己咬牙站了起来，我恼怒地问她为什么？她竟说怕弄湿我的棉鞋！

一次，学校开自带板凳操场会，放学后，我和绮华双包双凳便支应不开，绮华建议向前掷凳，于是到家时我们得到两只碎凳。

父亲很早抱上了药罐子，很快毁了牙倒了胃受了罪。我对他的关爱除了亲缘外主要因他每每不能感知世界。那会儿的人们不知什么是养生保健，我只凭直觉再三再四地撺掇母亲给他订份牛奶。母亲说："就咱家这情况，连水都快喝不上了，还订什么牛奶呀！"我提出拿我的钙片换取。

后来拗不过我，母亲订了牛奶，后来父亲好了。父亲自此每日早餐为：一杯牛奶两块桃酥。"几十年如一日，这才是最难最难的啊"。

一日，绮华来我家跟我说："哎，我爸他们学校进了一批便宜的《新华字典》，三毛一本（市面上为五毛），每个老师可以买两本，你要吗？"绮华眼里的爸如同我眼里的妈。"那敢情好哇！"同学们中几乎只我没有字典，机会难得。

绮华前脚刚走，父亲后脚就炸了蹦，所有的事由在他眼里均可为茬儿。"噢！非得她爸给你买呀，你有爸爸没有哇？""那你给我买。""我们厂不卖！干吗非得买字典呢？买字典你就能上大学呀？上大学你腿就能好哇？好不了！你得死吃我一辈子，吃死我算！你是我这辈子也脱不了的虱子袄！你……你……你……"他不知是没词了还是生怕我不知被骂的是谁，瞪着眼反复强调着一个"你"字，一时做了祁二。

后来这小字典使"我心飞翔"，荒废的那一年（全体学生辍学在家）我将它熟通脉络，于年少时期即已开始不自量力地东涂西抹。

要我静了，除非是睡沉了！一个孤寞的午后，我躺在床上，心里面痛惜着眼前荒芜的大好时光。我本来是杜绝躺着看书的，但翻来覆去的痛惜使我还是拿过了身旁管桦的《小英雄雨来》。看至激动处不由得读了出来："这是谁家的孩子呀，跑得这样慌，是要累坏的呀！"忽然一阵唏嘘，抬头看去，见门口齐刷刷地站着一排小脑瓜！一对对的小眼珠正滴溜溜地望着我：杏花拉着小妹如花、东头的黑黑瘦瘦的小丫头拉着白白胖胖的大儿子……

那会儿的孩子们生活内容相对简单，广播里前前后的全是"夜行着"的侯宝林、"打电话"的马季和"钓鱼"的高英培。居民楼与大苇塘间的空地上有时在晚饭后高高挂起大银幕，看露天电影便成为我们生活中一道最亮眼的风景，过年也是如此。只要哪天一有放电影的通知，绮华及我家对门的山西小姑娘杏花便老早跑来带我去占地。她们带我看《红日》、《列宁在十月》、《列宁在一九一八》……有次才悬：看完潘冬子刚一散场，人们忽地拥挤了起来！我两手分搭在她俩肩上，双脚离了地并一直那样地到了家！长大以后每想起来，真真悬死了。

杏花家刚搬来的时候俩眼一抹黑。有天她哭着跑来说她妈要找我妈。现在有困难找民警，那会儿有事就找我妈。进门见她妈肿眼婆婆地围着窝子。见我们来即收拾起来让我们坐而后哭丧着说："都说有事找肖嫂，我说我是新街坊，行吗？"

"行！"母亲边干脆地应着边坐在床头上抱起还没断奶的小妹如花。花娘接着说："'上班的'老打我，嫌我连生俩丫头，还总骂'在家白吃饭老生丫头片子！还不如养只鸡下俩蛋！'我们没辙搬了出来。这不是昨天他开支回家给送钱，一挑唆回来又打我，完了还跑了，说是总也不回来了！"说着又哭了，哭着又说了："您说我刚从老家来，在这儿一个亲戚都没有，我一个家庭妇女带着俩孩子可怎么办呢？米缸都见底了！"母亲说："先别着急，回头孩子吃了火奶怎么办？明儿个咱先去你婆婆家看看。""去我婆婆家？"花娘没等母亲说完即胆怯地抢着问，形同要进老虎窝。"到时候你甭说话，听我的！"

母亲用自家的粮食给她们熬了粥烙了饼，人说谁能吃上母亲烙的饼谁有口头福。那烙饼有数不清的层啊，虽干不了活却吃得了饭的父亲，一生总在数。

第二天，母亲花钱打了车票，带上她们娘儿仨开路了！当她们众志成城得胜而归后，花娘逢人就说："人家肖嫂真行哎！一进门花奶问'您是？''她嫂子！''噢，有嫂子？''有！娘家人还没死绝哪！'然后朝我说'倩女，拿自己从娘家带来的东西，人家的不许动！不许眼皮子薄啊，把俩孩子撂下，那不是从娘家带来的！'"

姐俩夺门而出，俩孩儿大哭，花奶急拽，花爹忙出来带着孩子大人归了家。一路上花爹说花娘："你要是如嫂子五成，我也不打你呀！"这使我想起了三堂叔说三堂婶的话："你要是如嫂子三成我也不打你呀！"后来，东头灯尽油干的时候让他的老妻前来唤母亲，不承想他最后说的竟是："你要是如肖嫂一成我也不打你一辈子呀！"

搬到垂杨柳，母亲又带花娘去办事处找了一个临时工作，还跑去劝了她婆婆："老太太，树叶早晚得落在树根底下，到老了指着谁呀？"她婆婆见花娘挣钱了！一高兴也帮着看管如花了。不承想后来花娘竟歪打正着地还转了正！老了以后她常对人说，我这退休费呀，是人家肖嫂给的！

母亲她们去办事处那天把如花留给了杏花和我。我很少摸过那么小点的孩子，爱都爱死了。和杏花吃烙饼喝粥啃咸菜疙瘩时她怎么办呢？其实花娘给留了瓶牛奶，但让杏花三尝两尝的就没了。

说来我有一只要命的鸡，因我上心，所以它每日一蛋，七天一歇，跟"上班的"一个频率。那会儿的人们谁舍得买鸡蛋吃？而我恰又偏好吃鸡蛋，于是它下一个我吃一个，从不隔夜。届时杏花坐上锅，我拿了当日的蛋胡乱地打了蛋花放了盐。

可能是水搁多了，因我一直误以为搁多少水就出多少羹！蒸出来以后稀汤寡水的，尤其那色很像是什么东西的汤！如花饿苦了,也不管像什么汤便狼吞虎咽。

跟弟经常一副君临天下、让人受不了的救世主情态。秋深了的一天放学后她心血来潮地把我带到大苇塘边。塘里淌着活水,由西头不知何处顺流而来,经过工字钢横竖轴交接处的一小型桥拱入塘,在塘中做短暂的逗留后向东途经一个叫作"二闸"的地方奔往通惠河。

这儿是个充满童趣的地方,过去薛凝常带我来。这里的夏一片葱郁,清澈的塘水拥吻着湛清碧绿的苇叶;如茵娇绿的小草抻你的眼揪你的心;许多不知名的野花招徕无数的蜜蜂、蝴蝶、点水的蜻蜓,与孩子们一样地肆意嬉闹,把夏点缀得无限神秘、怡情、曼妙……

苇塘中栖息着为数不多的野鸭,时有从草丛里浮出一两只野鸭蛋来的情景,我曾多次有过在那清水中"小舟撑出柳荫来"的幻觉。残者总好把一些不可企及的事物化作幻觉在脑海中实现,比如在世上畅快淋漓地跑上一天啦、当上一回私人侦探啦、在运动会上参加一次乒乓球赛啦均为我念。

暮色四合时,跟弟由于不惯伴我而在回家的时候将我忘却。令我自想:何苦来?我只得在昏暗中踏着枯草半黄的小路侧侧歪歪地独自往回走。秋虫已在悠然低吟,风吹动着苇梢儿呈一片暗灰色;四周寂如野郊荒丘,好像什么都能趁此时向我袭来,而我又必会一败涂地。我惶急地走着,不由得又翻肠搅肚地追忆起那个美好的少年形象,不知不觉地就停在了薛家门口。

绮华家的两间平房接着学校的东外墙。从她的小北窗口刚好可以遥望进出学校的人们。我们全体毕业班提议,临行时绣一幅巨型毛主席画像留给母校。正是主席在延安头戴八角帽的那幅,英姿勃发。

这一周的周日晚上轮上我们这组绣。绮华、跟弟、杏花和我四人只绮华自己一屋，于是就聚她家。绮华家我常来但从不过夜，每每吃完饭后她便将我送回去。孩童时代无忧无虑，我俩走着说着根本没有过结束的打算。晚风中白杨树疏朗的叶子刷啦啦地作响，是那么惬意，那么令人不忍忘却。因素爱柳而不慕杨，所以对杨朔的《白杨礼赞》不甚深究，此刻竟有些自责起来……

　　别看绮华人样不济，在家中却有着相当的地位，人家家重女轻男！她爹待她着实令我羡慕了一把：仅考上个可怜的80分便可坐在梁父腿上起腻！想吃啥买啥（当然那时我们的吃食也少得可怜），穿更甭说，尽管市场上成衣色彩过于单调，只军绿、银灰、海蓝色，那就三样都买！她常可以吃父亲的下酒菜而梁兄则不能。有次她在父亲倒酒时将盘中的五个丸子捏去了仨，梁父都没有皱一下眉头。而她娘还每每说："肥狗胖丫头充门面！"好像全天下只她家趁丫头似的。

　　绮华的小屋只能放下张比单人床宽比双人床窄的铺，大家挤在一起过夜还是头一次，兴奋得恨不能晚饭都没吃老早就出来了。说是俩人一组，一组先睡另一组先绣，可谁又睡得着呢？都抢着先绣……

　　千针万线绣不尽少年心中对自己伟大领袖的无限敬爱：是谁"让我们荡起双桨……是谁给我们安排下幸福的生活……"

　　几张小嘴麻雀一般搞得另一个屋她生病的娘都没有睡好。夜深以后头有点发沉了，两个瘦鬼顶不住了，死狗一般睡去。

　　我从没熬过夜。原来整个的夜晚是那样的神秘，窗外的夜色一个时辰起着一种变化，而一种变化又给人一番不同的感受。清风夜起，似有微吟的箫声传于天籁，盈盈于耳感受在心。较之乡村的夜晚给人那种亘古不变的感觉，城市的夜则有些从沉重走向轻灵。时而有一两辆车从门前经过，让你感到有人尚未歇息从而体味此刻自身的优越；时而有猫儿跳过墙去，让你感到万物的平等。

突然饥肠辘辘起来，绮华常熬夜缝手套有了经验，只见她变戏法似的从兜里掏出一个金黄的袖珍玉米面贴饼子来！她将饼子一掰两半，我届时已顾不上谦让，仅三两口便吞下了玉米贴饼，像是猪八戒吃人参果，可它没吃出味儿来而我吃出来了！哇，玉米面原是这等的香啊？

只眯瞪了一会儿天便亮了。马路上的车逐渐多了起来，学校里传达室的灯亮了，大门还只开了一半，有早来的老师推着自行车走进去。因素日人们常说我不用梳洗的，所以自己于这方面挺自由不羁。啊，母校，我这就奔了你去，就奔了你去……

又一度芦花飘飘里，我们小学毕业了。望着面色苍白的老师，我心中突然一阵涟漪散乱，一时竟欲语无言。老师微笑地望着自己悉心培育的得意门生，也在极力地躲闪着那一刻的情绪。

最后一次踏上夕阳小路，绮华忧心地说："就怕上中学咱分不到一块儿，老师对我们说'无论你们谁和肖冰分到一个班都要帮助她'。""老师也对我说了！""也对我说了！"又几个女生接着嚷道。

她们所描绘的情景多少年后仍使我震颤不已。上了中学，我的老师你于我已没有了义务呀！我肖冰何德何能劳你如此挂牵？光阴六载，我的存在曾为你的工作添出多少琐碎？

那年外语学院的人来校招生，进门即相中了我，待老师为其介绍了我的身体状况后他们又惋叹着离去。我立时放声大哭。但凡残者哭时必集起半世的辛酸,那情景真如萧红所说"一颗心也要哭出来似的"。

我的旁若无人招来外班老师们的嗤之以鼻:"黄喜,你也忒耐性了点!"你用那般的目光制止了他们,用那般的话语慰藉着我,残疾人所受到的精神制约真真被你体悟了去!活在你身边我别无所求!正是从那一刻起获悉到你叫"黄喜",我把这名字镌刻在了心头……

那好像是一次全校师生操场会吧,天上像下着火,一切都被烧得明晃晃的,人和树木像是裹挟在了一团热气里。同学们的嘴上都干起了皱褶,虽说学校里给大家凉了凉开水,可分到各班后就杯水车薪了。你端了水不假思索地径直奔我!仿佛你只有这一个学生!那身影在我成年后的记忆里,仍常常轻盈盈地走来……

我只抿过一小口断不肯再喝。会将散时你急令薛凝:"快!背肖冰回去喝水!"那表情俨然渴在你自身,甚至比那还要严重,像是出了什么事……

啊,我的老师!你日复一日地抚平着一个残疾孩子心底的重创,学习和生活在你身边我如沐春风,从而逐步形成了较理性的思维方式,获得了较有智慧的健康心理。园丁、春蚕以及蜡烛等辞藻已被人们运用得过于浅白,但你确如园丁一般在我心中拓得一方明媚的净土;如春蚕一般在我眼前织出了一个五彩的春天;如蜡烛一般毫无所求地燃烧着自己,照亮了一个残者最初的启蒙之路。

绮华因家距学校近,经常不断地为我们传递一些最新消息,像是她一直在盯着那里似的。正当我们焦躁不安地听候着新的差遣时,录取通知下来了。绮华一反常态地冲入我家,两手兴奋得交拍不到一块儿了,她说:"噢噢,我们一班喽！噢噢，我们一班喽！"

她那失态的举止令我为之酸楚：与我同班或能带给她些许快慰，而她又将为我付出怎样的代价啊！

静下来后，她又懊恼地说："哼！就是'眼镜'还在咱们班！""眼镜"为跟弟的谑称，她承袭了祁伯的近视但往死里拒绝戴眼镜。"哟！是吗？"我心中也立时不快起来，像是刚和好了的面被人揉进了沙子生生择不出来！又得劝慰绮华，表示要一改平日对跟弟的忍从。她刚平顺了些又记起一桩麻烦来："哎，对了，还有个从外校来的刘剑呐！听说在小学的时候全班男女生他没一个不打的！""噢？"我想不会再有比跟弟更难缠的角儿了吧？

风，习习地吹过一阵秋的温馨，金色的九月洞开了一扇步入青春的大门。和同学们簇拥着一起踏上中学的热土，眼前倏然只觉天高地阔、心旷神怡。周身上下一团书卷气的班主任佟老师大步流星地迎上来。这是位三十出头的细高个男子，清癯的脸上架着副度数颇深的近视镜。多年来跟数学公式的接触使他为人显得机械而不圆滑，笑便笑，不笑便收了，一张冷漠脸一眼望知："我本善良。"一件浅竹布短衫，一条洗得很妥的浅灰色的确良裤，腕上一块廉价的国产表，脚上一双极普通的前后包头黑色塑料凉鞋。师生们一见如故，如果说小学老师把我们当作自己的孩子，那么我感觉中学老师待我们则如兄弟一般。

学校里又照顾我们在校园的西南角上的一间南房里上课，门前一株细柳正嫩弱得叫人不敢去碰。一个新的里程就要开始，我再也抑制不住内心的激情，趁大家到操场上排队之际，我于教室中脱口而出："革命风雷激荡……"恰被迎面而来的老师听了个满耳！富于多年教学经验的知识分子洞幽烛微。老师怜惜地对我说："自己挑个位子吧！"

"嗯？嗯！"我胡乱地点头，断不敢相信自己的耳朵！心中极震惊地想：这，大概极其少见的吧？

我忙不迭地选坐了自己久已渴慕的第三组第四个位子。

呵，就是这个得天独厚的位子，鬼使神差地又把他派到了我身边，给我留下了那么一大段的魂牵梦萦……

他，正在发条，眼中的神韵依似当年，只是唇边已生了些软而黄的有髭须，显出已不是幼时的他。一颗心急遽地起落，一连串的疑问骤然升起：他怎么会在这意想不到的时间、地点，突如其来地出现在我面前呢？首先闯入的就是：老天没有亏待我！忽而见他也痴得很深，忙仓皇地收回自己的目光。

老师点名时我得以认识了大名鼎鼎的刘剑。原来这不是位凶神恶煞，而是生着一张与其传闻相去甚远的漂亮脸庞，整个的人洁净得可以从皮肤里洇出色泽来，一双闪光的大眼睛早熟得令人吃惊，个头高大健美，单就这个头即足以使人惧之三分。他坐在二组最后一个位子上，与一个谁见了都要多看上几眼的苗条姑娘同桌。

一下头节课，跟弟便窜窜搭搭地嚷着过来了："嗨！薛凝，排队的时候咱就认出你来啦！""是吗？眼神好呗！"薛凝舒了一口气不冷不热地说。"去你的！"跟弟目色撩人地瞪了他一眼撇了一下嘴道。她生就一张地包天，平日里看上去就总像是在撇嘴，所以此刻当她真的撇起嘴来时，样子实在是不好形容。她紧透了口气又接茬儿嚷道："肖冰你看他嘴，老那么损！那年我们家猫瞎了，他就说'配套！'"

哗——陆续聚拢来的几个熟人全笑了。跟弟生怕人抢了身份似的靠近薛凝问："哎，你们家什么时候回城的？现在住哪儿呢？你爸的问题平反了吗？"一串连珠炮，打得人们尽把那直射的目光在他与她之间来回地反弹。这种交谈方式令薛凝老大不满,加之谈话内容又着实勾起其切肤之痛,薛凝眼神僵硬地所答非所问:"嚯!嚯!还有什么都倒尽喽,省得闭不上眼!"跟弟知他历来话语灼人,就坡下驴地捶了他一拳道:"臭缺德!"这话为流行在我们女生间的一句口头禅。

　　人世间的事实在是说不清楚,我们之间竟没有被时间割断的痕迹,不知从哪一刻起一泓潮水从天泻!所有的自习课都成了我们的自由课。薛凝告诉我,他爸的问题已经得到了初步解决,医院里酌情补上了工资和房子。可回城的只有他们娘儿俩了,薛伯在还乡后不久就暗气暗憋地寻了短见!

　　我心中陡然升腾起一腔说不清的复杂情绪,不知所以地追忆着那个连脑门上的褶子里都藏着故事的人,怎么竟会出了如此下策呢?我躁乱地追问详情,薛凝细白的脸上显出沉重的惆怅来,四顾左右轻嘘了声道:"过去了就不提了。"鉴于他的威慑,我再也没有提及此事。这,于我便成了一个永远的死谜。

　　当我郑重地告知那本书那块手帕的消息时,他出乎我意料地并没有显出一丝的欣慰来。他告诉我,他们娘儿俩眼下就住在我家东南角斜对过三号楼顶层西北角的那间房子里,竟与我家能够遥相呼应。"怎么没见过你们呢?""才回来不多日子,再说我妈现在除了上班连楼都不下。"他的声音里掺尽了苦涩。

　　"想到咱们分一个班了吗?"我岔开话题。"没有!"他认真地注视着我,肯定地摇着头说。"更没想到——"他脸一红露出两行纯玉般的牙齿笑了,那样子好令我不安。"是我自己挑的位子!"我生怕人家体味不到自己的轻灵。

残者无论灵与肉均随时伴有一种极强烈的坠落感，有人托便擎住，无有即就势坠落。佟老师总在平复我一颗悬浮不定的心，凡有机会即交付我一些力所能及的工作，这使我能够感受到于人有用的充实。老师甚至在评定班委人选时有意无意地将记名册推至我面前，然后对大家说："今天我们的骨干分子先在一起酝酿一下班委的人选问题，希望大家都能各抒己见。"我领会了老师的良苦，便抄起册子煞有介事地说："我先抛砖引玉啦：一组徐敬民在所不辞，在小学一直担任年级干部。二组刘剑这不是现成的人才嘛（全班只有他值日、板报做得最好且会生炉子！更主要的是捋顺了这条"头驴"的毛，就相当于捋顺了一整拨的叫驴们）！三组梁绮华踏实肯干，四组薛凝品学兼优；五组呢，祁跟弟还是有一定的组织能力的。"我不知此刻的这一失算又于无形中给自己上了一道无形的箍。后来直到快活回去了，才明了跟弟的基本策略：那就是她不死谁也别想活着！或说谁也别想活得好些。

我自觉适时适度地将册子还给老师说："别光我一人说，大家都发言，您一锤定音。"老师同学们连同我自己都笑了起来，我觉出自己笑得很畅快。

激情饱涨的我在初次年级作文比赛中一举夺魁！语文老师徐老师话语和煦得如春风一般，先指出文章略欠些政治色彩，然后便叫我朗诵给大家听。我一时周身通泰，竭力将自身的音色调整得清清爽爽……

坐下后我良久不敢抬头，深知必有各样的目光在考究着自己，只是禁不住偷望了一眼身边的薛凝，见他的目光业已潮润，蓦地记起他朗诵的《我的自白书》，自愧不如地悄声问："我读得好吗？"他声音有些颤瑟，一字一句地道："读得、写得都太好了！"老师又讲评了些什么我们均未听见。

可想而知,我是怀着怎样的心情迎来这头一堂外语课的,把自己潜藏心底不名的情愫倾注了笔端,洋洋洒洒地写下了初次作业,在年级里爆了冷门!继而一发不可收。人称"俄"老师的俄语老师鄂老师,比我更加振奋地将保留多年的三枚俄文专用蘸水笔尖赠送给我,眼里含了天大的希冀。

入中学后不久,同学们彼此间生疏的那点约束消失后,一些人开始浮躁起来,表现最明显的自是那个又当巫婆又弄鬼的刘剑。打从当了小组长后,他总是好坏事混合双打,往教室门上搁笤帚撂簸箕、招男逗女自不必说;徐老师是我们唯一的女老师,他竟舍得用教室门去挤!待老师挤进来后,他又将锈垢的炉圈套在老师脖子上!把老师那烟色底菊花黄的丝绸小袄搞得一片黑灰。

老师和班里没少帮助他,我注意到这人还死要面子呢!便从不与其发生正面冲突,而是一分为二地看待他,并常在矛盾激化时将其缓解。他绝顶聪明,给脸即兜着,平日里总伺机为我献上举手之劳,如上大字或图画课时他总要事先嘱咐我不要带用具,而将他的墨汁、水彩什么的放在我的课桌上,自己反倒跑来跑去地蘸着用。他甚至乐于接受我的批评,有次逃课回来,一双骨骼健美的大手上满爬着湛清碧绿的大螳螂!引得别的男生们心旌摇荡。老师干部们他谁也不放在眼里,我揣度火候悄然递过一道眼色,他便将那些劳什子甩出窗外。渐渐地,我们之间形成了一种公认的相辅相成:他若闯祸时,必受牵连者舍我其谁!

一天,刚进校门即听得被刘剑取名为"小草"的女生扯着嗓子喊:"肖冰快来——"

我费劲巴力地尽快走进教室,见密匝的人圈中围着高高在上的刘剑,准备过冬的炉子不知被哪个好事者提前点着了,想也是他生的事。此刻他正站在炉边的一张课桌上神采飞扬地抖落着一条天蓝色乔其纱方巾欲投火,那红红的火舌贪婪地舔舐,纱巾的斜掉角随时可就势垂落。他那同桌林天霞在一旁无助地啜泣着,这姑娘性情薄得如同一张纸,好像任凭谁都可随意将其撕碎。瘦小枯干的徐敬民在一旁徒劳地劝解,刘剑涎皮赖脸地取笑他:"快哪儿凉快哪儿歇会儿去啊!她能嫁给你吗?"人群一阵哄笑。我见势忙提高嗓音但绝对调准了态度叫道:"刘剑!那是我的纱巾!"就像是吃了什么特效药,他立时跳下桌子分开人群,讪讪地笑着走过来将纱巾塞在我手中。

又一日课间,猛听得教室门外东墙根一声尖利嘶号,欲把整个腔子挣裂一般。我一惊,与此同时薛凝不屑地示意我:是祁跟弟。那神情分明是示意我不要出去。不行,我得出去!

出门见跟弟正缩颈藏头死抵墙角蹲着,面部表情十分怪异,扭曲得像是在吞食一条蚯蚓,既咽不下去又吐不出来,难受至极。周围除了我们班的男女生还聚集了不少外班的人,都在那儿嘻嘻哈哈地瞧着乐子。刘剑身子从后面紧贴着跟弟站着,得意地开怀大笑。他手上提着根短绳,绳的另端已探入跟弟白衬衫的后脖领里,不知在捣鼓着什么。我见状忙喊:"刘剑!又出什么洋相呢?"他闻声朝我嘿嘿一笑同时将那绳猛地一抻!哎哟喂,别说跟弟,我都快哭了:竟提搂出一只早已被抻巴急了的黄绿色的小癞蛤蟆!那一后背麻痒人的疙疙瘩瘩哟!一边还斜吊着脚在往下拉着尿。

学校近年来在操场上修了许多防空工事,于两校间堆起一座丘陵般的黄土坡。在那撼人的秋色里,就在这丘陵般的土坡上，林天霞似一朵祥云飘至我身边。白纱巾事件后，她即对我如仰神佛。原来这姑娘说话呃！

那一天我们直谈到风摇动星斗，任凭那快慰的思绪在夜空中飘得很远很远。既为残者，生活总在逆水行舟，东西南北风不顺，林天霞的出现陡然为我单调的生活平添了意想不到的七彩内容。她较之绮华个高力大会骑车，且助我时家人鼎力支持。我不说我是虎，但我如添双翼也。

天霞的家在我们楼南不远处的一所简易楼房里。她常在周六其父上夜班时把我带回去。四层的小楼他们住在顶端，楼不怎么样家却不错，林父林母加之天霞恰都为勤快之人，将小家的里里外外归置得井井有条。南窗下紧放着床、床紧挨着条案、案紧贴着西墙，床单被褥浆洗得干干净净。外窗台上被其父用铁丝吊起一块板，放着盆开着小藕花的"明开夜合"，小屋整体看上去素雅清幽。林父林母真是太大方了，他们说："上楼让天霞背着，人的力气是越使越长的！"

天霞家的饭菜直觉就让你以为他们是回民。和我家同样的蔺米饭，同样的素菜，不一样的是菜的味道。天霞吃张烙饼就像在我面前变戏法似的常常让我愣在那里，我手里的这牙饼还没决定从哪儿下口呢，天霞的烙饼已经下肚了。因饭量问题讲不得四致，一大缸腌水疙瘩没来得及腌掉其辛辣味就已开吃多时了，那颜色着实令人没有食欲。但天霞有食欲，她根本用不着看盘子、碗，没咂摸到滋味呢东西就咽下去了。

星期六来住上一天两夜后，星期一的早晨和天霞共进蔺米饭白疙瘩丝当早餐，然后双双到学校去。祁妈十分羡慕母亲，说有人替班，十分恼怒跟弟的此项空白。她老人家的这个想法对我可说是大大的不利，这不是在跟弟面前给我上眼药吗？那我在她面前本来就满目疮痍了，还用得着人给上药？

林父林母是一对真正的严慈。有天"严慈"给我派下任务了：在冬天的时候林姑妈要来了。耸"我"听闻的是：林姑妈守的竟是望门寡！据说她那早死的鬼为她留下一所院子一沓票子，这便使她直截了当地成了祁妈她老人家崇拜的偶像，每每拿来做口头典范："人家才不改嫁呢！人家有钱！"

终生未嫁的具体甘苦唯林姑妈自身知道。家人哀其不幸在她面前讳言极多。而天霞则是有那样的优长：于陌生人、在陌生地，话过多，并且若在气头上，便极善于当着矬人说短话！林父林母托付我届时须盯牢了她。

林姑妈来了，林家要吃肉了！天霞老早把我接了去。多不好意思，像是在等人家锅里的肉！待肉端上来后，我好后悔跟着来了：一小盆大块白色的肥肉没半点色！让人瞅着心慌，若再想要走可来不及了。林母除了媚，和天霞哪儿都不一样；林姑妈除了不媚，和天霞哪儿都一样；林父和林姑妈哪儿哪儿都一样，他穿上她衣便是她，她穿上他衣便是他！

此时，眼见着他们一样不一样的人们都将几双筷子同时伸向盆子，并又在同时各夹起一块肉来伸向我……天霞还夹着那大块的姜片往我碗里放，我看出那分明是姜但不好意思挑明，但过一会儿就又好意思了："那是姜哎。""是姜才给你的呢，傻呀？我还没舍得吃呢！别人我还不给哪！""啊？求求你快舍得吃吧！"于是天霞急抢走送入口，咯吱咯吱地嚼得那个香。俗话说，吃葱吃蒜不吃姜，那是说我呢。

林姑妈带来了点心，那年月，百姓家中单只见着蛋糕、桃酥和酥皮等那么几样，原来那小酥皮竟是可以那样吃的啊：只见天霞就着偌大的一杯凉开水，一会儿一块儿，一会儿一块儿，一会儿一包就没了！

林姑妈是来给天霞做丝棉袄的。当她把丝棉铺展开来后我和天霞全愣在那里：那东西薄如蝉翼洁如雪，还可一层一层地揭开来。没想到那小小的虫儿，竟有如此之神奇的功能！绿叶紫花的棉袄面真水灵，本来天霞在穿着上已是给点颜料就上色了，待穿上这个您就瞧好吧！

原来林姑妈也是上的母亲她们那种扫盲班，但她从此便琴棋书画了。我说的呢，林父林母也是文盲，但条案上方的墙上竟贴有墨迹那么规整的对子：室雅何须大，花香不在多。

做完棉袄后，林姑母竟教起了我俩打"归除"！这项绝对的额外"收入"叫我欣喜若狂，因当初薛妈也是不会归除的，我的此项还是空白。林姑妈说，会"归"不会"除"，不如肚子无！于是这些时日里，我都担惊着怕林姑妈走的日子到来。天霞则不然："她快走呗！在学校我就死的心都有啦，这儿又来了一个多余的要命鬼！"

正月十五林姑妈要走了，我又被接来了。元宵上来了，纯白糖馅的，我只要了一个，算是在人家家过了元宵节了，倒是喝上了两小碗那浓浓甜甜的元宵汤。天霞一口气吃了33个元宵！回来学舌母亲不信，笑我胡说。

林姑妈在的日子里，我除了叫她和回答一些她的问话外从不言声。走时她丢下话说："那姑娘行。"从此我在林父林母的眼里更加色彩陡添：林姑妈您肯得认可谁呀？

学校里要组织看电影了。薛凝问我："一人只许订一张票，你去吗？"人说我之善解人意已发展到疯狂的地步："不去，我那张给你。"跟弟吃吃地笑盯着薛凝和他交在我名下的钱，引得他反感地喊着鼻子："瞧什么瞧？不认识我？"

放学后，跟弟独自发票，这类的事她总不让别人沾边。刘剑突然野马般地从外面飞奔进来，将崭新的军大衣一下子捂在跟弟头上，伸手掠过整沓的电影票嚓嚓扯下两张好的，而后将余下的塞给正朝他嚷的徐敬民，转身来递给我："给！你的！"我解释说："我没订。"他傲慢地叫道："我订了！"我纳闷地问："那不是人家有规定嘛：一人就一张吗？"他得意扬扬地叫道："那不是我也有规定嘛：我就两张嘛！""我上不去汽车。""叫林天霞骑我自行车带你去！"后来得知，由于他抢票，使得佟老师未能前去，而他又以这为由骑了老师的车并给骑坏了，从来老师为了我都是有苦不言的。

有了刘剑的车，我们兴奋得疯了一般。我和天霞并肩走向电影院时，心底里一股盎然情趣由衷升起，觉得青春怎么那么好哇，脚步也较之轻松起来。这回可弄懂了平日人们所说的影院单双座问题，真是一处不到一处迷啊。同学们攒动着惊叹：哎，肖冰是西边出的太阳！忽然我看见了……

"薛妈妈！"我感到自己的声音干在了嗓子里。忙扶着椅背深一脚浅一脚地奔着她走了去，她迎上前来拉着我的手："闺女来了。"无喜无恨。神情萧条，面容瘦损，当年的丰盈一扫而光，整个的人在灰色的工作服里晃荡。若无薛凝在旁引着，我断不敢相认。我们就这么拉着手，一时都不知说什么好，好一会儿，我才像背过气去又缓上来似的说："散了场您到我家去！""我下次去。""今天就去！"我似儿时般娇憨地晃动她冰冷干涩的手，像是在晃动着一个木乃伊。

铃声骤起,代替了她的不知怎样回答。

我满脑子薛姓一家人,有点失神地坐回刘剑身边,茫然不知所见,耳畔里听得加片中似在解说烤全羊,一直在上蹿下跳的刘剑忽儿叫道:"这还不得一罐气!烤全这烤全那的就差着烤全人啦!"跟弟忙不落空地嚷道:"那赶明儿就来个烤全你!"

散场后,天霞怕人挤了我说最后走,我没能再见到薛妈妈。

都说学校是个文明世界,但它有着与其旁的载体迥然不同的独特风景,就拿这座位来说吧,老成问题!请看我班座位表:

董和/刘清蓉(豆)	谭天/王寅虎(子)	(河中)何中水/伍妹(五味)子
宋迎/沈小宝	张秋丽/刘杰(流血)	白清莲/田续(子)德
"癞瓜"/梁绮华	"铁头"/乔彩云	朱江/"病猫"
(种花的)种梨花/卢志远	肖冰/薛凝	白玉莲/田留德(子)
徐敬民/王蓓(王皮)	刘长青(流肠子)/花娟	郑天时/"小草"
柳(子)嫣然/旷科(课)	刘有良/焦守成	祁跟弟/"媳妇"
刘小雨/胡超鸾	汪(着泪)泽卫/于旋(鱼悬)	李玉成/马如飞
程大彪(子)/刘剑(蛋)	林天霞/于海潮	"丁大个"/田美(子)德

因我班人忒多而女生又忒少,所以兹你是女的,周围就全是男的了。而又因梁绮华过于憨厚,佟老师不是别有用心而是实出无奈,将四个刺头放在她周边,好打不起来呀!她的左边是"癞瓜",右边是"铁头"(因打篮球获其名,后来可能是习惯了,跟人打起架来拳脚都不用了,只用头去顶),前头沈小宝那鼻涕老也甩不完,喝,把个绮华给气得哟!后边是比刘剑还爱逃学的卢志远。有次绮华向我哭诉,我一劝还给劝毛了:"敢情你自己挑的好位子!""哎,那我也不知道是他呀!"她又笑了说:"反正你是一个半大脑!"

刘剑精力过剩，到处滥用，老拿位子大做文章，不定哪天抽冷子一瞧：六排全都单打一了！下周一瞧哟，又全给扎一归堆了！乃随心所欲也。

　　他还总在自个儿给自个儿调换位子，班里哪个不来他坐哪个位子，好像在寻新鲜感。那全班顶数卢志远不来的时候多呀！所以刘剑就坐卢志远座位的时候多。

　　学校为了保护学生视力，规定每周一组一挪位子。每当我临窗时，便要欣赏一下那株和我一般青春的门前细柳，尤其是夏日窗开着，它和我们很亲很近，那鹅黄细嫩的柳丝迷人极了，它用青春陪伴着我，与我们共享阳光雨露。疾风暴雨处，它枝条扫了地，雨似铜壶滴漏时，它昂着头托着温柔悄然的雨珠。或偶得一丝熏风，或偶见一两只小鸟立在枝头啁啾几声，那种盎然不可言表。我自幼酷爱数学，学起数学来如饥似渴，每当一上有人头疼的连着两节数学课时，我就如同跟弟说的吃了蜜蜂屎似的了。在汗流浃背的午后，全班人马都变作了被晁天王智取了生辰纲后的那帮子青面兽杨志的兵，有的竟还打起了呼噜！嘿，可显我高，这无疑是我最好的释放自己的那一刻。佟老师对得起我，他虽无奈于孳起同学们，但还是有权继续讲课的。哎哟，我上了私塾喽！一个人讲一个人听的景况您见过吗？和自己一般青春的嫩柳陪伴着、廉价上着私塾，夕照下窗外的静谧蛊惑人心，我总想问但不知问谁，还有比课堂更美的地方吗？

　　卢志远视力不好，虽个头不小但老师仍让他坐在前面（当然这里面还有别的成分），每隔周便与我同桌。他做笔记时不抬头，反正他也看不见，只等我小声念出便抄写。我视力不错但有回给念串了行！等笔记一发下来连我自己都不信。各科老师对我的作业都习焉不察，可他的则不然，于是卢志远有口难辩。这不平等若不是与我相比较,他早拿着本子到办公室里论短长去了,可此时只一咧嘴:"我当真是……"

比起刘剑的张扬来,卢志远只愿搞地下工作。两人连穿衣风格也是反的,他的深而刘剑的浅。他不喜活物而只喜那些静物,于岸上顺手"折枝柳条做柳哨",在水边信手"拔根芦柴花"。与刘剑的共同点是,区别于旁的缺心少肺的孩子们:孩子们一回来便浑身的草刺,不看便知是从苇塘边上来的,给老师做了有柄的烧饼;而他俩回来时周身上下一如既往。

说起来卢志远逃学倒比不逃学的好,反正他就那两件事:要么逃课要么趴桌子,永远处于似睡非睡的状态,别看个头挺大,给我的总体印象就没直着过。可说起他趴着的姿势来,我竟没有看到过他的后脑勺。

有回他还睡凿实了,待醒来后已是全班无人:"也没个人叫咱一声,这帮子人真没点集体观念。"卢志远一般情况下不作声,一切均为肢体动作;偶尔说起话来没高声没低调,永在一个平音上,看不出情绪来。

当化学老师问他什么叫作"溶液"时,他回答说:"就是总汤。"老师又问什么叫作"扩散"?他说:"你连这都不懂何以教人?扩散就是放屁呀!"物理老师让他给大家解释"异性相吸",他说:"这应该我们问你,你是过来人哪。"徐老师生娃娃时,另一个倒霉蛋代语文课来了,当问到卢志远什么叫作以身殉职时,他说:"就是牺牲在了自己的工作岗位上。"那老师也是半瓶子醋:"大家听着,我给他纠正一下啊,应该说是牺牲在了自己的革命工作岗位上。希望同学们要努力多读书,不要满足于一知半解。"卢志远已坐下了,听了老师这话又重新站起来说:"大家听着,我给他纠正一下啊,有些国民党官员也同样死在了自己的工作岗位上,也同样可以叫作'以身殉职'。希望同学们要努力多读书,不要满足于一知半解。"

后来新来了个脸和衬衫一样白净的小巧玲珑的无锡女音乐老师,问他:"什么叫作乐器?""柳哨。""那什么叫作民乐呢?""口哨。"他永远不说话但口哨永不离嘴,咱歌还没学会呢,人家那哨早吹出来了,腔准得半个音符也不放过,就是李德伦来了也不会挑剔了。得心应手,目不斜视,余音缭绕,回味不绝,令你笛中闻折柳!给我印象最深的就是"河边水蛭从哪里来……"和"彩灯把蓝色的大海照亮……"

我开头以为是这两首歌最好吹和最好听呢,回家后便迫不及待地用自家的口琴、绮华的快乐琴甚至梁兄的笛子,并采取了薛凝的敲击饭碗式"演奏"这两首歌,可均不是那味。他那哨音能让人感到春风得意、景色宜人,从脑海里自然而然地即勾勒出一幅美妙的图画,像是连我脚下的步子都轻盈起来了。

一次,无锡人被他气走后,刘剑在后面晃着脖子把下唇揿长喽,扯着嗓子拖着怪腔怪调拱火地唱道:"万里长空——且为——忠魂——舞……"熟悉的各位任课老师都臊着他令其自生自灭。单田芳讲话,谁没事惹这爹呀?有半生不熟的不知轻重,届时就说上两句想让他脸红,我心说,你傻呀,找不自在哪?这不,不自在的来了。

从吐鲁番来的须眉稀薄的农基涂老师初出茅庐,带着吃足了北国牛羊肉后的倔强,善于在各个班的刺头们中间矫枉,但绮华说矫枉通常都是过正的。

"茅庐"说话办事有些失之偏颇。"我从来就不信什么什么邪,卢志远你给我站起来!"卢志远站起来的速度比我慢，身子挺的没我直，舌头又捋不过祁二："站——起——来。"除了语速外，他还复述老师的话。"回答问题！""回答问题！""答什么呀？""答什么呀？""我问你什么了？""问什么了？""废话！""茅庐"急了，"废话你就别说了。"卢志远更慢了。

"中午留下到办公室！""茅庐""啪"一拍桌子，还没下课就走了。我一哆嗦如听到了惊堂木。还没等我不哆嗦呢眼又直了：只见卢志远默默地跟在"茅庐"后面，还没下课也走了！

这天中午卢志远真的留下了，"茅庐"也没先走而是踩着下课铃声说了句："卢志远坐在位子上等我！"

老师怕他跑了，到食堂没有顾上买菜只买了一个馒头一个窝头，又和别的老师差兑了条酱黄瓜便赶了回来。"你看看我，啊，为了你多受罪，只能吃咸菜了！"老师没好气地把窝头推到他面前，而自己准备吃馒头。"你先弄明白主次，是你找我，我又没找你。咸菜就挺好，你这人太馋忘了本了，伟大导师列宁教导我们，'忘记了过去就意味着背叛'。"卢志远胆大心细动作麻利，抓过馒头两口就吃下去了，同时动如脱兔般地捩过那条唯一的咸黄瓜。"哎哎，那是给我自己买的！""噢，对不起，我当是给我自己买的呢。"等午后我们重回教室，以为得怎么怎么着了呢，结果怎么也没怎么着，"茅庐"还是"茅庐"，卢志远还是卢志远，只是他们一时都变作了哑巴。究其原因是老师默认了卢志远所提出的方案：只要你不请家长，事情还是可以商量的，但如果你敢像对待白莲教那俩、没德行那仨那样地请我妈来，那咱就"兔子，等着瞧"！

我平日爱把一张自制的书签夹在语文课本里。上面是一句千古奇联：江氏在江亭追悼江西江县令。

据说此联由一江姓官僚在陶然亭追悼江西的一个不错的江姓县令而偶成的，既顺理成章又毫不牵强附会，说是迄今为止无人答对，一直为我之所爱。某天一进门陡然见黑板上醒目地写着硕大的一行字：涂门秃氏自吐鲁番徒步参观"屠城"现场。"茅庐"看了说："这甭说呀，准又是卢志远的大作呗？""作不好瞎作。"卢志远慢条斯理毫不掩饰地说。"噢，合着我从新疆走到南京去呀？干脆你把我给屠戮了得了！""请注意为人师表不要带脏字，要知道骂人是最无能的表现。"卢志远平淡地告诫"茅庐"。刘剑嬉皮笑脸地瞧定"茅庐"无奈的脸："老师老师，他写的是千古奇联，您创的是万古奇迹！""你小子别趁火打劫啊！我万古长青得了我！"

坐在我身后的瘦干狼子刘长青，是个恨不得谁瞅上一眼都不行的东西！他们也不知怎么管那叫作什么"犯照"？无论哪个老师的课，不管人家说得有多么的正确，他都要在底下来上一句"挺会编地！"平时说起话来就像是从嘴里嗖嗖地往外窜刀子。"哎哎，打架别伤街坊嘿！我招谁惹谁了？"

"茅庐"即刻瞪起眼来迁怒于他："刘长青，待着你的！都跟着起什么哄啊？"刘长青立时将眼睛睖得更加气焰嚣张："我没不待着我的呀？我说话了吗？我都气死哑巴了我！""茅庐"叫道："你没气死哑巴，你气死我了！"卢志远立刻抓住契机："哎哎，可别价，俗话说，'气死活人不偿命'！您要这样死喽，可不值个！"刘剑同时道，"他说他是哑巴嘿！"呵，不知该听谁的喽。我心说，得，这节课又完！心里这个气呀，恨不能从半空里甩出一根套马绳，将他们一个个的脖子给扎口袋似的套住。

刘剑在卢志远逃学的时候就坐在他的位子上看他的小

人书,我也想看可不愿掺和,跟弟愿掺和就将书掠走了。卢志远回来时问:"哎,我那书呢?"跟弟怕他看到书是从她这儿传过来的,就拐了个弯递给薛凝,薛凝拿起来刚要隔着我给递过去,刘剑突然举手:"报告老师,薛凝看小人书!""嘿,我……"薛凝气得一时语塞。

　　这天,卢志远看着小人书还觍着脸睡着了!"茅庐"上前轻轻撤走了他的《三打祝家庄》。醒了时他伸着胳膊打着哈欠,可能是忘了境地了,同学们见状窃笑。"茅庐"问:"卢志远,做的什么好梦啊?"他吧唧吧唧嘴说:"今儿个还没真做梦。哎,谁又拿我书了啊?"大伙一笑,"茅庐"急了:"我又拿你书了!你站起来说!""噢,站起来说。回答老师的问题得站起来,不然不礼貌。睡蒙了忘了,请原谅啊。""茅庐"气得脸红脖子粗:"我说卢志远,你这人怎么这么没上进心呢?你是不是以为你在回答我的提问呢?以为自己怪配合老师呢吧?""配合得不好,瞎配。噢,不是提问那我就坐下了,就不耽搁您了。""就你这还上什么学呀?""也是。"卢志远弯腰从书桌里提起书包,顺手把桌上的笔、本收了,于众目睽睽之下扬长而去。

　　"茅庐"没想到卢志远真敢造次,以为拿话寒碜寒碜他,他准得就坡下驴了,所以他说完后即回过头去抄黑板了,同时在嘴里还继续叨叨:"集苑集枯,各行自便!大爷似的,当谁请你来哪?"那场景就十分可观了。刘剑他永不磨灭:"哎哎,老师我不懂您的话,谁极愿意哭哇?""茅庐"心说,你来什么劲呀?刚抬头想要斥责他,一瞧正是卢志远的背影:哟嗬——他在后面气急败坏地喊道:"咳!卢志远你小子真等着我找你妈呢啊?"哎,就这句管用!卢志远刷地回转过来,用手点指着他一字一板地说:"茅庐。"哗——全班哄堂大笑。

尽管我校校风很差，但在校史上据我所知还没有人敢在老师面前直呼其名呢，何况绰号乎？"茅庐"本来就已被气得说话没什么底气了，此时气更短了："你……我……"卢志远愈挫愈勇："'茅庐'我告诉你啊，你也别你、我也别我，你不是爱上纲上线吗，兹你敢找我妈，那这事性质就变了……""变了怎么样？""茅庐"激流勇进，上前一把薅住卢志远的脖领儿，"你放开，放开！"卢志远将他一扺，转身大步离去，口里道："我也找你妈！"

哗——全班前仰后合。"茅庐"也甩手而去，口里也喊着："我找佟老师去，他这班的农基课另请高明！我教不了了！"刘剑又在后面喊："哎别价吧——不'浇'你怎么长粮食呀？哎呀，真遗憾呐，说起来这六科里我还最爱学农基呀！"丁大个一口啐在地上："啊呸！我说你说话怎那么孙子呀！"

丁大个是唯一的从小学陪我至中学的男生，也是班里唯一个头比刘剑高的男生，周身上下一码黑且粗壮得很，尤其那脸上也特糙，嘴里一边一颗虎牙，这使得他在说笑时显得既憨厚又狡诈。他自幼失去双亲，与同父异母的姐姐相依为命。

大个为人实在得很，在当年班里没分男女界限的时候时常是最早到家接我的一个。记得有次雪很大，刚刚早晨五点多钟，我还在被窝里就听得楼门前的斜坡上"吧嗒吧嗒"的大脚步声。"大个到了。"我的心先踏实起来：今儿个不用踏雪了。大个背起我来走得像一溜烟。有回学校门口为埋什么线而挖了个二尺来宽的沟，他不管我怎样劝阻就一个箭步窜了过去，差点惊飞了我的魂，吓得我忍不住"啊"的一声尖叫……

那还是我以学生身份迎来第一个春节的时候，那时候我们都是上半天学,哪有现在的学生们这么足兴啊!因下午要开春节联欢会,所以今儿是整天,在我就是过年!母亲和黄老师都比较疼我,在头天就安排好了:明儿个中午由别的同学帮我带饭。第二天第四节课刚半截的时候黄老师就开问了:"哪位同学给肖冰回家取饭,请举手?""唰"的一下有多少只小手同时举起啊!大个坐在底下就说了:"老师,我道儿熟,我家没事,我跑得快!"他就这一次嘴皮子溜,三个条件一经出口,他被批准了。

大个跑得快!他冲进门来打开手巾包那饭还冒热气呢。好香啊,母亲做的什么要是和别人一样喽那不叫本事!哎不对,怎么是肉味啊?我家的饭我还不知道吗?虽说母亲总在穷日子里让我们过个富年,可这离着春节还差好几天哪,哪儿偷肉去呀?许是闻差了。那时候没有塑料袋,包里垫着几层厚厚的牛皮纸,紧里边的纸上托着的是热烙饼,热烙饼上托着的是……啊,让我先透上口气:那分明是三大块煨得红彤彤烂糊糊的猪头肉!这么多啊?后来才知是母亲想让大个吃一口的。我让大个吃,大个把个大头晃得跟拨浪鼓似的:"我吃完了!一进门我姐正擀面呢,我说'先给我下一大碗,吃完好走!'我姐损我,'就你还能有什么任务啊?'我说'哎,今儿还就有!'"

他笑着我笑着,进来了动辄疾言厉色的马老师,啊?她竟也在笑着!好个马老师,没跟她老人家打过交道,跟您这么说吧,凡调皮捣蛋的男生见着她即敬而远之;差一点的女生提起她也不寒而栗;学习尖子生们对她亦是尽量地简而言之。刚才黄老师让我到教师办公室里等她,也怪我,从小即坚持瓜园决不纳履,一探头见空无一人马上将脚缩回来。一辈子只怯过这一次场,哎!就让她给逮着了!她误认为是被老师留下的落后生便狠狠歹歹地质问我:"哪个班的?""黄老师班的。"她越横我越怯,以为是"进了人家地受着人家气呢"。

这会儿她是怎么了?反正大个是出溜了,我来不及。她后面跟着笑盈盈的黄老师:"肖冰,什么饭这么香啊?咱们换换哪?"她买的是米饭炖黄花鱼。马老师马上跟着说:"咱们换、咱们换!"她把"咱"字咬得重重的。她买的是金银卷和一碟方方正正的肉皮冻,那肉皮冻像是一块晶莹剔透的琥珀,可以清楚地看到含在里面的颗颗青豆黄豆花生米及胡萝卜丁。

我向黄老师甜甜地笑着作为回报,我向她怯怯地笑着作为祈求。黄老师向我长时间笑着作为慰藉;马也陪着黄长时间地笑着作为祈求。在这以后的几年里,马老师对我一直是微笑着的,直到和黄老师一同微笑着送我们升入中学。啊,我感念我的黄老师,同样地感念我的马老师……

大个因其姐到南方省亲,无奈地带了几天午饭;等其姐回来后又有意地带了几天午饭,为让班上的哥儿们尝尝其姐从南方带来的笋干。那时男女生之间已是冰炭不同盆,跟弟惦记着人家的笋干已快要疯了,她不识那个是个啥滋味,我也不识但我不惦记。

终于在某天中午,大个焐在锅炉房的笋干不明去向了。跟弟抢着抱着大家的热饭盒回来,连男生们的也包揽了,弄得我们几个连男带女的都用异样的目光望着她。她不等任何人言语边走边解释:有人把大个的饭盒给弄歪了,亏她给接住了,里面的米饭还好。她又把饭盒打开来给大家看,说大个也没菜了吃我的榨菜吧。大个羞得夺过饭盒跑开去躲到一边吃白饭去了,几个男生便端着饭盒追了过去。绮华盯着跟弟冲我好一阵撇嘴。

"癞瓜"的左边是"病猫"。她体弱多病天生胆小,发言时声不如蚊子且眼不敢看大家。不看大家那就得看癞瓜,她一看癞瓜就躲,一躲便有了空隙,于是她就势又歪,她歪癞瓜无处歪只能贴着墙,于是风景迷人。全班开始只是窃笑单那刘剑老是放声,什么事都坏在他身上。癞瓜吃不住劲了就骂病猫:"去你的!"病猫吃不住劲了就哭了起来,给班上留下了长久的话题。

小草一发言直脖大嗓,刘剑在底下喊着:"真矬老婆高声嘿!我说你是不是属鸟的呀?"当她说道"我举个例子"时,刘剑突然站起身来说:"我举个枣!"大家一回头,见他真的用铅笔尖扎着一个红枣,大伙一哄笑,小草哭了。

我们班里还有道绝对特殊的景色:两拨绰号组合!从华北厂那边新转过来的五个男女同学刚一进门,刘剑立即哼起《运动员进行曲》并大吵大叫:"欢迎欢迎!热烈欢迎华北'自由乱爱旅行群婚'五人小集团前来参观捣蛋!"日后他就叫他们作"白莲教那俩"和"没德行那仨"。

白玉莲白清莲姐俩不是双胞胎,而是姐姐不巧生在了九月一号将将入不了学,可能是白娘子下次长记性了,继而将妹妹恰巧生在了来年的八月,刚好与姐姐撵着走。

五人的家长对学校提出把他们分到一个班里好有熟人。白娘子还是不放心,又要求班里把两姐妹分在一个组里,好在做值日这天回家晚点也有伴儿。于是田美德、田留德、田续德三个同族叔伯兄弟的田妈们,也如法炮制请求老师照方子下药,好让哥仁在往来的路上互相监督。因此上铁头就又有事啦:"真掴着裤裆过河——瞎加小心!"

气走了"茅庐"不等于免掉了农基课,这下可苦了佟老师,继同学们群起而攻之气走"俄二世"后,他一直身兼双任,现在又得身兼数职啦。

不久前,学校来了位年轻的俄语实习生,为给其锻炼的机会竟来换取我们俄老师?这一事项引起了众人并且还绝对包括我在内的极大不满。那五十多岁的俄老师和蔼可亲得如父母一般,全校甭管哪个年级哪个班的,甭管多不是东西的男生,凡跟他学过俄语的都乐于亲近他。实习生杨进门即官职不小,被刘剑封为"俄二世",铁头趁火打劫:"黄嘴未褪乳臭未干,谁教谁呀?"刘长青更是有便宜不占王八蛋:"看那毛嫩劲,弄不好还得管我叫点什么呢。"

旷科其人肤色过白又一头微黄卷发,让人看着不知是哪国的崽哪邦的色。他在给大家示范俄语《国际歌》时唱得真如己出。铁头当众自言自语:"哎我说他怎不旷课吧?名不副实啊名不副实!"

这回是卢志远冤了点,因他跟铁头在声音上尤其在生人耳里听起来很难区分,而二世就是生人,并在进入我班之前先对各类同学的口碑粗略地了解了一下,那么就认定是他了!"卢志远,你站起来再给大家唱一遍。"卢志远站起来后不看二世也不看大家,低着头跟自己商量:"我吧,那什么……还是用中文给大家唱吧?"刘剑在后摇唇鼓舌:"哎老师,他爱国!我证明!"继而卢志远琢磨了一下又说:"老师,要不然我还是给大家朗诵吧?"刘剑又恍然大悟地说:"噢对了,老师,让他说,他说的比唱的好听!我证明!"

"起来,起来……"卢志远自行开始了。"行行行,你呀也别起来啦还是坐下吧。""这可是你让我坐下的啊。"杨点头道:"是我让您坐下的。""说话算话就好,不然我后患无穷,我这人胆小。"卢志远在坐下的同时永远也不会笑地说。

刘剑借机下了位子窜上讲台抄起根粉笔在黑板上划拉:证明人——他很想用俄语写上刘剑二字,写完刘字后发现自己不会剑字，扭头问杨："哎老师，'剑'字的俄文怎么写呀？"于是班里的惯用伎俩——起哄架秧子随之开始。杨无奈地瞪了他一眼，不知对他俩谁更恨些地甩手而去。刘剑朝他的后影逗着乐："无可奈何花落去也——"我心说，花落去的是我！这堂课又糟践了！

猛然又听得铁头唱了起来："似曾相识燕归来也——哎我背的没错吧，'才子'？"他还转过头去问李玉成，李玉成白了他一眼没言语。抬头见脸上那火比杨老师还大的佟老师，正运着气倒背着手从教学楼门口向我们走来。刘剑脸皮真可谓厚，此时还朝着老师那儿气愤愤地说："老师，您这下可就是三只手了啊！"老师瞪了他一眼没言语。刘长青紧跟其后说："老师，您可得给我们做主哇，可不能官官相护、与羊共舞啊！"老师接着又瞪了他一眼还是没言语。不知是该说我们班挨了佟老师多少瞪，还是该说佟老师瞪了我们班多少眼，反正他从不肯发火，为这个我都替他累得慌。

我们老师过于憨厚是全校师生尽人皆知的。兹他眉头一皱腮帮子一咬便是其最无奈的顶极了。至于跟弟总说的"老师一咬腮帮子就坏事"的话，实质上就是他眼睛瞪得大了点（还在眼镜后面），脸略红了些（平日还就是个红脸），嗓门高了点（往日就忒低）。比起别人班的别人家老师来那真是"毛毛雨"啦。我想，哼！他此刻在心里不定得多气恼呢，肯定在想，我怎么摊上了这么一帮子哪？

佟老师的衣裳若不洗得掉了色好像就不是佟老师或说这不是佟老师的衣裳，令人瞧着不敢去碰，好像只悄悄那么一想那衣裳就会出来个洞似的。卢志远永远不说话，可不说话不代表他不办事，他还净办那些别人办不了办不巧的事，如枯燥的数学课上老师往黑板上写字时，大伙顶多只蔫蔫地分神，而他则独出心裁地悄悄站起来走过去，将老师便服的后底摆轻扯下来，撤退的时候比上前时还快且绝对面无表情，当老师回过头来，宁猜到我头上都不能猜到是他！

时间久了，知了不如不知，因你无论怎样都别想撩起他的情绪来。俄语毕竟不是佟老师的本行，时候长了还得那个"又红又专"的实习杨来，由于智多星做了大量的工作，把杨又重新捧上了被称作"特级班"的我班的讲台。这下可给这帮人留下话柄了：什么二进宫啦，好马不吃回头草喽，等等，层出不穷。当时杨差点背过气去！扭头又走啦！铁头说："马儿哦，不对，羊儿哎——你慢些走哎慢些走哎——"

杨刚走不大会儿就又回来了，智多星足智多谋哇："你这人太幼稚了点，跟一帮子毛孩子们在一时一事上较什么劲呢？他们正处于有逆反心理的年龄段，要么他们怎么叫孩子而你叫作年轻有为呢？得连哄带吓唬，你不是想在实习中为入党打下基础吗？这正是考验你的好机会。你说呢？"

杨听了这话就又不抬头地回来了，铁头佯装认真地对他说："哟，革命队伍欢迎落后同志，为人师表可不兴三天打鱼两天晒网的！再这么着我们以后可真不带你玩啦！人的忍耐是有限度的嘛！啊？"他朝大家煽惑着，刘剑头一个响应："人家杨老师不计前嫌嘿！我是'烈烈'欢迎！什么叫烈烈欢迎呢？就是连脚巴丫子也跟上一起欢迎！"说着他就甩掉鞋扒下袜子把两脚抬到课桌上。刘长青把自己有多长押多长地向前够着喊："高风亮节！你们不知道人家马上就要加入'刮民党'了嘛！"杨强压怒火装着听不见继续上课。

于是，第二天黑板上出现了以更大的字号写着的又一绝对：杨氏出羊圈放洋屁佯装不知羞。

期末宣布农基成绩时，"茅庐"可能是有些怯场，特请了年级主任智多星在前边压阵，自个儿抱着卷子走在后面，面对大家站定了后幸灾乐祸地说："好久没跟大家见面了，这回的卷子是佟老师判的，这不重要，重要的是许多人特别不重视农业基础知识，所以全年级农基成绩普遍考得不好。还有人竟由此而看不上农基老师，真是狗眼看人低！告诉你们，别拿豆包不当干粮！难道你们竟孤陋寡闻到没听说过'县官不如现管'这话吗？我劝有些人别太不识时务喽！现在宣布一下咱们班几名成绩不错的同学的名字，下面我念一下啊：肖冰100分，薛凝99分，卢……"

"茅庐"怔在那里。大家都知道他捅娄子了，但不作声。就那几个臭来劲！刘剑先喊："老师老师，往下念，往下念！"刘长青接着骂道："结巴磕子赶大车的！"卢志远则不慌不忙地断后："哎，你拉一字啊'茅庐'。"

为了巩固学习俄语的成果，年级里举办了俄语《国际歌》比赛，当时我们班怎么都选不出一个指挥来。大家就起哄，张三推李四，李四推王五，王五推赵六，推来推去刘剑成心地哄起了不善言语的梁绮华。哎，他这一起哄还把绮华的火给拱上来了，拦都拦不住了！一向散漫的我班和一向不善沟通的绮华俩一搭界，就一次性地出了彩。

因操场上的舞台太高，我就幸免于难了，坐在台下和别的班一起坐山观虎斗。刘剑当时瞎推荐，到时他捣乱：身子歪斜，面上嬉皮笑脸，两眼东张西望，嘴上说长道短，搞得绮华一时惊慌失措，只见她两手是越倒越快，同学们那节奏是越跟越紧，且随着进展事态愈演愈烈：绮华似兵越战越勇，同学们似风越刮越猛，搞得台上台下笑成一片。

我一看，经她这么一指挥呀，连祁二恨不得都不结巴了！

Вставай, проклятьем заклейменный Весь мир голодных и рабов Кипит наш разум возмущённый……

下得台来，大家都忙活了一身汗。大家一问，呵，梁绮华比谁都横："咱们班唱得那么快，让我有什么办法呀？"刘剑赶紧嚷嚷道："别强词夺理嘿！让你这么一说麻烦了！我问问你，应该党指挥枪还是枪指挥党啊？"

刘剑他不知廉耻得令人无奈，若哪天没拿谁开个涮或有哪茬儿没让他接着那非得死了去不可！语文老师在讲课时偶然提到苏联文学作品《第四十一》，说那里的敌军军官长着一双蓝眼睛。在下课之前就把刘剑给憋得呀，那哪儿还活得了哇，铃声刚一起老师刚一转脸，他就从横向里窜出来，兴奋已极地高呼："大个大个蓝眼睛！"

在他招惹刘姓男女时我说："你看你们都是一个姓的，这点面子还没有吗？让人说多不够哥们意思啊！"他不等我说完便嚷道："行行行，不就是那'一笔写不出俩刘字吗？'得，就冲你这句话了啊！哎，我现在宣布了啊：以后凡是姓刘的咱就永久牌的啦啊！"我想趁热打铁："哎，刘剑，干脆百家姓也都这样得啦！"他反感地望着我，眼里的意思是：你要求得也忒苛刻了吧？我得让自己下得了台。于是我就又赔笑说："我是急茬儿了啊！"他虽不乐意但因死要面子便违着心说："到时候事在人为吧！""对对！事在人为。"我点着头应着声，心想真是岂有此理！

我打抱不平时不少挨天霞说，"就你破缸子——瓷（词）多！搭理他干吗呀！"我说这也是没办法呀，"打一个和尚满寺羞！"

一天，也不知他从哪儿鼓求来一个说不出名的东西，好像过去妇女纳底子用来纰麻绳的，有柄，柄上托着块月牙形木头,他用它去托这个那个女孩的下巴颏,把那白莲教给弄得那个哭哇。这天他作死地比画到了绮华的脸上!他的理由是"我以为是五味子呢"。您听听说这话多缺德啊!噢,有些人就该你欺负哇?听得伍妹子在一旁咬牙切齿,她从来都是敢怒而不敢言的;绮华在当时也只是瞪了他一眼没作声。她的一贯策略是后发制人,从不当时言语,单瞅合适机会发言,那叫一个能押都能押死我!

这天的午时,绮华老远就瞄着正走过来的刘剑,她悄悄藏到教室门后,待时机差不多了突然地爆发,用门稳准狠逮兔子似的夹住了进门进到一半的刘剑死死不放!因是有心算无心,刘剑着实吃了亏,吃的是他有史以来最大的亏,这也是我们班级组成以来头一次有人与他正面冲突!这景象叫各类人也包括了刘剑本人,懂得了自家关心的那部分道理。他见了众生表象,竟将此事不了了之。打这时起,绮华就走出了刘剑的白色恐怖之低谷,而加入了我的"唯我"行列。

事情有了一次便容易出现第二次。时隔不久,又有男生与刘剑动了手:丁大个!那天教室里人不多,只祁跟弟、梁绮华、张秋丽、伍妹子和白莲教等几个女生。当时我们正在学习"老三篇"。老师要求大家在一周之内一字不落地背诵下来,没想到各班中都有永远也背不下来的,而我在第二天即已连标点符号都背下来了,于是我被智多星派往办公室给年级里别的班的同学传经去了,没能看到整个事件的始末。但历来善于洞见症结的我,似乎觉察到大个的眼里分明隐含着极大的投机成分。

今天的课是上不成了,我的戏没的唱了。班上的"就事论事"讨论会开始了,也不知谁出的鬼主意,说是"有事不隔夜"!班里那还不是天天有事?!还上不上课啦?哎,不上正好！全班男女依了绮华的智又仗了大个的力，义愤填膺地开始声讨那个掉进了山涧里的刘剑。

"普天下被压迫的人民都有一本血泪账。""盼星星盼月亮只盼那深山出太阳了！"可出了一口恶气了！纷纷无所顾忌地众口一词，头一个就是那个极惯于无风起浪的祁跟弟，二一个是小受气包五味子，接着是人云亦云的张秋丽、可怜的病猫与小草、东北人讲话"老母猪还愿——俩不顶一个"的白莲教、仨拧不成一股的没德行的永没得见天日的刘杰、刘有良、焦守成……

矮人看戏何曾见，都只随人说短长。大伙儿一个个怒不可遏、群情激愤、斗志昂扬！我一见到袭人故智且步步相随，像见到一节燃着了的柴火棍，一时想把它用脚连连踩灭、踩碎！一看那言辞那气氛，认为今天的事得用上平日里母亲告诫我的"事从两来，莫怪一方"那话了，于是我举起手来，但看得出老师并没有叫我的意思。梁绮华一直坚持着在举手，轮上她发言了，那个脸上委屈得跟什么似的，一直处于百口莫辩的刘剑一瞧哟，单田芳讲话：完喽，完喽完喽完喽完喽完喽……

不想梁绮华语惊四座："刚才大家说的话我不同意，今天的事从头到尾我都在场，完全可以证明：刘剑没有过激行动，是丁大个先动的手！"哇，班上一片哗然……

稳坐在钓鱼台上的丁大个此刻愣傻了，他心想，嘿，真是什么人都有啊，你这恩将仇报啊？"正直元因造化功"！刘剑眼里的两行泪立时刷地秃噜下来，似滚珠般像要滚落到教室的每个角落，吃惊的程度就差把眼珠子掉到地下了！他在吃了大亏时没有落泪、在众人的疾厉声讨中亦没落泪，可在绮华为其平反时却大开了闸门！

那天到了也没有摸清老师的意向，不知他愿否我与绮华一致,反正我想他是很为难的。

不久,语文老师要我们以给毛主席写封信的形式,做一下前些天学习"老三篇"的思想汇报,这使更多的人一个字也没抠出来。

语文老师看上去文文弱弱,讲起课来声音仿佛都是透明的。一件按她的年龄应说是显得老气些了的烟色底儿缀有黄花的丝绸便式小袄,不知怎的穿于她身上却更加映衬出她的年轻、稚嫩。诚然,老师批评起人来是极不饶人的,其口头禅为"怎么的了这是?""怎么的了这是?咱们这回是真新鲜哪!写得怎么样先不说,我教的这几个班怎么着也得好几百人呢吧,一共就交上来三五份啊!"大家一愣,什么感受的都有,多数人心里先有底了:不是我一人没交哇?法不责众,于是"更加众志成城"!

老师又说:"更有甚者,还有一份是母亲拉痢疾的化验单!过分不过分哪这个?"底下就有人偷偷乐出声来,刘剑总嫌不乱:"老师老师,痢疾就是拉稀!"老师白了他一眼继续说:"按说我不该点这位同学的名字,可不然的话大家该说我畸轻畸重了,李玉成,咱们怎么的了这是?"

大家又一愣:怎么?是才子?好学生最怕失误。先于老师前面进来不一会儿的李玉成刚从医院里折回来,他在上午已经跑回来一趟了,是向跟弟索回早起错交给她的化验单。他的脸从一开始就红得跟那什么似的……老师这一问他不忍了,不客气地冷眼转向祁跟弟,眼光中什么内容都有。他这一来弄得大家都将目光投向了跟弟,跟弟翻着眼皮闹道:"都瞅我干吗呀?我……怎么啦?"

忽地想起今儿早晨李玉成急切地跑进教室,交给负责收作文的祁跟弟可能是作文呗,又托付了些什么。而祁跟弟应着接过东西来一瞧,不由朝李玉成远去的背影扑哧一声诡诈地笑了,当时也没看出她有什么寓意,反正知道在她这儿没好事,心说李玉成也真敢用她。这会儿一听,噢,敢情她不利己也损人哪。

后来听同学们说大致是这样的:他陪母亲到医院后才发现误把化验单和请假条一起夹在了作文里托跟弟交给老师了!向跟弟讨还时跟弟翻脸不认账:"你说的是哪儿的事呀?不就是请假条和化验单吗?还什么作文呀?你看顾你妈都顾不过来,还有空写吗?饶管了你吧倒还把你给得罪了!什么好病似的!我还嫌脏懒得拿呢,怎么没好人走的道了?"李玉成用手扶了扶眼镜说:"这话应该我说!"他因情急顾不上,从老师那儿请回单子就又跑回医院去了。

"她说那话都欠抽!什么病算是好病啊?病有好的吗?"天霞无时不想抽跟弟。我说:"我也没忒弄清楚,也不敢断定什么。""反正事兹一沾她准没好!"

几天后,语文老师在课堂上讲:"这回呀,可能是题目稍难了些,同学们普遍地感到困惑,各班情况都不好……"当老师说到这儿的时候,一些人开始看我,那意思是:你怎么也成了咱们了?

当老师说到"可是有一份相当不错,我给大家念念"的时候,跟弟那表情都有点不像话了。"你们看啊,肖冰采取了一个特别适合的方式,她是这样写的:先用一个小自然段作为开头,接着再用一大自然段紧扣中心主题,铺开来叙述。第三又是用一个小自然段来作为全篇的结局,整封信总共三段,既合情入理又简明完整。我认为大家可以试用一下这个形式。另外,这次祁跟弟同学的作文也是不错的。"嘘——人们你看看我,我看看他,那个眼光里就又什么都有啦。

一日,鹅毛大雪旋舞着铺满了垂杨柳的大街小巷,将切的喧嚣覆在下面，天地间显得无比宁静、美好与祥和。雪带给孩子们神奇的妙趣，焕发人们一度想拥抱大自然的冲动。哪一年冬天要是不下上几场像样的雪啊，老天爷简直对不起孩子们。

　　课间的校园是一片打雪仗的喧哗，绮华从不参与这个，她此刻正告给我一个令人痛心疾首的消息：由于她母亲的病日益加重，频繁地往来于医院和家，常把她在远处当小学教师的父亲累病，所以她们必须搬至家属医院附近，因此她要转学！这消息对我的冲击不亚于那次离开黄老师。

　　我正气急冒火，天霞攥着个雪球逃进教室，后面紧追不舍的跟弟瞎头误撞地一雪球砍在我身上！我哪里肯吃这个暴亏，急向天霞索要雪球，天霞这人不仅平日里话老不到位，一到关键时刻还准掉链子！依似以往般斯文地说："我还得亲自砍她呢。"绮华历来嫌她转不开磨："快给肖冰！回头我赔你！"

　　待我接过雪球来，不假思索急急往门口砍去时，哪里还有什么跟弟的影子！随之而来的竟是矜才使气的薛凝！嘿，怎么那么寸，雪球飘飘然恶作剧般地刚好命中他的上兜口！随即盐花似的散开来落入他的兜里兜外。人们一阵爆笑旋即又止。他愤然寻顾肇事者，目光自然一下子即逮住了我。心忽悠一下，生怕彼此间那条默契的纽带被这小小的意外给打上结，我略一思索便孤注一掷地朝那怒红的脸上补救了一个狡黠的笑靥，薛凝即刻悟透它全部的内涵，大度地报以宽怀的释笑，像事态发生得刚好合辙。

　　第二天是星期天，我正为绮华赶织毛背心，思绪极乱，忽东忽西。绮华的走，无疑冷丁摘取我一颗心星！忽然门"吱呀"一声，跟弟幽灵般地闪了进来，脸上一副令人不可捉摸的神情。她这人哪，您甭打算从面上看出其内里来，说起瞎话来比您那真话都真！就是她明儿个要生孩子，今儿个都敢公然地绕世界宣称：不曾怀孕！这么说吧，在跟弟那里，你可以得到最精练最准确且最到位的瞎话真传！

"给谁织的？""梁绮华。""等明儿个也给我织一件？"她用眼睛试着见没下文就在嘴里嘀咕说："薛凝这人可真是的！""怎么了？"我问。她故作平静地说："爱上你了呗！""啊！"我被蛇咬了一口似的。您想，在我们那个时候、那个岁数听了这种话能平静得了吗？"哎，你怎么说这种话呀？！"她觉出了严重忙解释说："不是我说的，人都说。"我审视着她："'都'是谁呀？""反正外头已经满城风雨啦！"她表现出对我之颠顶怒其不争。

我看定她的脸心说，即便是满城风雨也指定由你兴的妖！"他也太露骨了！连电影票钱都替你交！"她见我无奈了一刻便又步步紧逼。"那是我把票让给他了！""那你也去了吗？""那是刘剑给我的票，是两码事！""那雪球的事呢？怎么解释呢？你说再换了谁能行呢？"我哑然。她忽然哀叹起来："唉！反正薛凝是瞎了眼了，放着好的不要！"她的口吻里透尽了悲凉，快要夹带了哭腔。我方感悟了，好像若不是我的存在，薛凝必得倾心于她，那么这个世上唯我们两个女孩？我在心里又不知应问谁了。

我快要遏制不住，我就要爆发！跟弟见我变貌变色的，自寻着退路说："肖冰，你可千万别生气，我也知道不怨你，全赖他一个人！"她眯缝着细眼屁股向门口退着说罢，哧溜一下滑了出去。

心随着她的走更加沉坠起来，紧迫得怦怦乱跳，像有什么躲闪不及之物恰给她罩住，又不得不暗叹她揣度得准，大凡贼人都揣度得准。人的意识之潜在性真是错综复杂，我曾告诫自己别对薛凝报有奢望，但依然发现自己爱，同他在一起，一感到身边有了他做什么都兴趣有加，连他那业已毛了茬儿的格子外衣都觉得耐看，甚至认为唯有这样穿才更加舒适。我曾暗自欣慰：若非老师恩准了自己挑选座位，若非冥冥上苍佐令自己下准了赌注，若非恰有个造化天成的小薛凝，自己的生活该褪去多少成色啊！

心车向两岔口迅疾滑下：一面巴心巴意地企望薛凝真如跟弟所说的那般赏识我，一面又深恐那些飞短流长招致来什么不测，忧虑厚重地渗入我体内。

大个笨嘴拙舌，俄语中的那个带颤音的"Da"永 Da 不上来！气得俄二世叫他到前头让其面对着大家颤，岂不适得其反？到这儿可就光看着他颤啦！只见他大脸一黑大嘴一张大舌一伸发出一声："你——大……"刘剑岂肯错过这大好时机？忙不迭地做手捋胡须状频频点头笑道："哎，我大！我大！"

说起这俄语，不知怎那么不招大家待见，班里交作业率就没上过百分之五十！而一个个满嘴的理由还充分得不得了：我连中国话还说不好呢。把个那么好脾气的俄老师都给弄气了，认可了二世提出的新方略："从明儿起一个不许落！"并且跟弟在底下加言说从外语课代表旷科那儿听说：一次不交就给点颜色看！咱也不知那到底是什么颜色，反正一辈子没落过作业的我这次落了！您听听像不像在编啊？不是编的！

今天到校后，见旷科在发同学们昨天的俄语作业！我这才忽地想起来自己还没写呢！于是什么也顾不上了，坐到位子上用了比以往快的速度写好，又用了比以往快的速度走到办公室交给俄老师，极诚恳、简要地向他表明自己虽忒不长眼但实出偶然。

老师的表情仿佛根本没发生什么，都不屑听我解释，迅速在本子上用红笔打上了对钩并和以往一样加盖了红旗印章。

加上我声速也快了点,所以等我再回到班里的时候上课铃声刚止。坐下后冥思苦想:自己这是怎么的了呢?为什么呢?因为绮华走?因为绮华走!

绮华走啦!为使天霞半脱产我开始带中饭,不想这头一天即出了事。冬月的午时薄日倦倦的无半点生气,同学们都回家吃饭去了。冷寂的教室中,我就着窗外的连日冰雪,没滋没味地咽下那一口于死眉塌眼的炉子上烤得兀兀秃秃的猫食。天霞尽快地赶了回来,踏着厚厚的积雪到学校北头的锅炉房为我打开水。

刘剑突然兴致勃勃地破门而入!叫我好不吃惊。他在军大衣里揣了……那么一大摞书!他走到我身边把书一下子堆放在我课桌上,热切地说:"全是给你带来的!"恰如残破之中飘来一阵如酥细雨,顷刻间濡湿了我的精神阡陌,这是何等的慰藉啊!刘剑他竟能想得如此周到,啊,我又要对你刮目相看了。

我贪婪地先逐本浏览,然后打算再逐一细读。哪知刘剑不走也不坐,我看哪本他看哪本!这叫我好生不适应。深知他每见我便会无缘无故地振奋,心存不快起来;不一会儿,我感到他青春悸动的灵魂每欲出窍,俯向我的身子愈来愈迫近,人也变得气咻咻的,我怕自己产生错觉,低头戒备地瞧了他一眼,见那脸上已是挂着暧昧的笑!我气愤但仍有节制地推却了所有的书:"不看了!"他甫点就透!灰溜溜地将书不很容易地挪回自己课桌上。

正在两人均进退维谷时,班里的"邋遢大王"沈小宝毛发横生地推门走了进来,这是个和徐敬民同样的苦孩子,从小浑浑噩噩地长大。可徐敬民没妈,他爹倒是甭管窝头馒头准给预备，而沈小宝那后妈的饭却啥时吃啥时不是时候。他平素就是刘剑的小菜，此时又撞枪口上了："你来这么早干吗？"沈小宝碍于我的面子不得不低眉顺目地抵辩了一下："家里没饭！""家里没饭这儿有饭哪？出去！""不出去。"哪知刘剑上前一把薅住他的脖领便往外连推带搡，沈小宝透不过气来脸憋得通红，俩人立时撕搏到一块，桌子也倒凳子也翻，沈小宝的鼻子很快淌出血来。

我惊恐地叫道："刘剑——刘剑——"他循声回头，是一片晦蒙的目光。沈小宝趁机逃脱冲了出去，不想与正在雪上小心翼翼走着的天霞撞了个满怀！

用双层叠起的毛巾托着的一饭盒热气升腾的开水，没糟践地全泼在了沈小宝那飞花打籽透着青的破棉袄上，素常见了狗也要害羞的天霞，打从借了我的"凤"后也逐渐地"火"起来："嗨沈小宝，我可告诉你，这可是肖冰的水啊！"孩子们是人来疯，陆续地来人陆续地指责，沈小宝像个已料定审判结果的犯人一样躲在门外干脆不进教室了。我原本就同情他，加之刘剑一打、天霞一烫皆由我起，我更加深感歉疚，忙走出来劝慰他说："沈小宝烫着了吧？"他一抬头忙说："啊没，没！""多冷啊跟这儿，快进教室吧，我给你烤烤棉袄。""啊甭，甭！"

上午快下第四节课的时候，智多星在大喇叭里广播："下面请初一各班的老师到办公室来一下。"老师前脚走，刘剑后脚就跟出去了，不一会儿他又溜达回来了，不过没有回到座位上而是直接上了讲台，抄起讲台桌上的记名册笑音儿没有地对大家说："老师说待会儿就回来，让我先管理一下，大家谁也不许捣乱啊，要自觉遵守纪律。下面念到谁的名字就走到讲台前来。"大家你看看我我看看你，交头接耳地互相问，"哎，什么事呀？干吗让咱站那儿去呀？"

"我这几天都交作业了啊!""哎,我没逃学呀?"刘剑说着拿起册子大声念起来:"啊豆啊丁、啊花手绢!白莲教那俩!没德行那仨!病猫小草癞瓜媳妇!铁头王皮河中鱼悬啦!五味子汪着泪流肠子流血——"班里一阵唏嘘,大家伙乐着相互推着起哄驾秧子地还真上去了一些人。

佟老师只是听了一下下午开会的时间地点就回来了。他打老远听到班里的哄笑声气就不打一处来:怎么我一挪窝的工夫就准有事呢?怎么就没有一回拉空落时候呢?怎么这个班赶前错后地就到了我手里呢?

他一推门,哎推不动,就使劲推开个门缝挤进来,一抬头看哟,见一堆家伙都站在讲台前,"取而代之啦?这这这是干什么?"他鼓着腮帮子挨个拿眼睛和嘴同时询问:"怎不坐位子上写作业,都挨这儿戳电线杆子哪?"大家伙你看看我我看看你,大个龇着俩虎牙忍不住小声嘀咕:"您不说叫我们都到讲台前来吗?"那刘长青是谁呀?谁能让他小声呀?他立时把大个的话给扩展了一遍。"什么?我让你们上来?我什么时候让你们上来的?你们上来我上哪儿去呀?"老师直接地怒视刘剑。刘剑立刻把那张白脸笑成了一朵玉兰花:"哎老师老师,您先消消气啊!"他又马上转向大家:"啊,是这么回事,现在大家听着啊,刚才由于本人假传圣旨,特向老师和全体同学道歉!此次活动立即取消,下面请大家迅速各就各位,继续由佟老师统一指挥!听我的口令啊:立正!向后转!齐步走!一二一、一二一!"

人们稀里哗啦地涌回去后,铁头在坐下的同时口中还极努力地配合刘剑道:"一二三四!"佟老师再也忍无可忍了:"铁头,你给我闭嘴!"铁头假作委屈地小声说:"哎,又赖我又赖我!还叫人家外号!"佟老师赶紧补充了一句:"噢,刚才是我急了点,对不起啊。"

下午，雪在淡淡的日头下泛着炫目的光，带哨的丁风卷起雪后的冰碴子抽在人脸上生疼。全年级教师到外校开会，各班同学自己上自习。班里像是一时被人捅了的马蜂窝，嗡嗡嘤嘤地把教室门权做了城门，沸反盈天！沈小宝在没有对手和随行就市时也横着呢，他那人见着弱的就是强梁见了横的就要逃亡。屎壳郎跟着屁轰轰地将教室里所有的门窗大敞窑开，直把我的两脚冻得恨不得揣兜里！

我心绪不宁地写着作业，跟弟昨天的话反复在我脑子里翻浆，偷眼望望薛凝：不知他知也不知？忽然，刘剑扛了块尺把宽丈来长的木板子，直追得祁跟弟哭爹喊娘地窜了进来。我忙上前阻挡，刘剑说："她有好事不告诉咱的！"跟弟此刻也卖够了关子便说："就是华北厂演《列宁在十月》呢！"

一听说有电影，唰啦一下颠儿了大半个班！这是胆大的；既而就仨一群俩一伙地往外出溜，这是胆中溜的；位子空下来后，刘剑忙不迭地靠拢我："肖冰，咱可不走啊！不就是那个'面包会有的'嘛！早知道我都不问！"天霞轻飘飘地走过来："哎呀肖冰，就这么点儿人了，咱也别跟这儿冻着啦。"我想也是，要说旷课我胆最小，但这还是课吗？

刘剑看出我动心了就一句话说给天霞我俩听："人家肖冰可不走啊——"天霞听他这么说反而收了我的学习用品装进课桌抬腿在前就走，我默认地跟在其后。刘剑无奈地在我后面说："哎，等明儿个老师可说你们呐！"

果然，第二天一上课佟老师就光火啦："今天不上课，昨天走的挨个做检查！"不知谁消息这么快，实际上昨天有没走的人吗？定是有人用了心机。刘剑在后面幸灾乐祸地嘟囔："我说什么来着！我说什么来着！"我知道这话是说给我一人听的,就不屑地侧头白了他一眼,心头却也打起鼓来,自己可从未在同学们面前栽过面子呀。随着大家一个个地筛完心一阵阵地紧缩,刘剑不厌其烦地在后面敦促:"快点坦白吧肖冰,别抱着什么侥幸心理,没听见老师说'凡是'昨天走的得'挨个'吗?想要拖是拖不过去的!早觉悟早进步嘛!"事态愈演愈烈。单剩我一人时,下课铃适时地炸响!老师显而易见地刻不容缓:"下课!"我长长地吁了一口气,不无得意地瞥了一眼愣在那里的刘剑,他悻悻地说:"嘿!还真让她给滑过去了!"

  我自幼有着极强烈的表演欲且极听老师话。记得老师们常说,同学们要积极举手,大胆回答问题。因此我老举手。后来物理老师说,学习好的同学要把机会留给后进同学去锻炼,于是物理课上我便不举手了。三年下来只一道物理题不会,哎,就这回老师叫了我!我不会但我不坐下,我说:"我愿想。"老师说:"我愿等。"跟弟小声说:"瞧这一唱一和的!"刘剑也嘟囔:"我不愿等!"他们越说我越想不起来,脸上汗津津的,老师见我们仨人状索性掏出手绢擦着自家的汗不慌不忙地站到一边去了,嘴里同时说:"我劝大家不要着急,你们想想,几曾见过这样锲而不舍的同学呢?我因为有这样的学生而感到此生不枉为人师,你们也应该因为有这样的同窗而感到骄傲和受到鞭策。"为了老师的这一句,我暗下决心:老师,日后就是忘记了我自己也绝不能忘了您哪!

  校南门东侧是我们的校办工厂,全校师生每班一个月地在这里轮训。那时为普及英语,俄文班已缩减到唯我们一个班,于是俄老师兼任了这里的厂长。

  暮春三月,我班进了厂门。女生兵分两路,一拨上磨床,将一寸段粗铁丝的两端磨细且光唯不能尖;另一拨坐在条案旁,将磨好的铁丝各端铆上一块五分钢镚大小的铁片,要铆平实而不能凸凹;其中细与尖、平与凹之间的度量把握,可意会不可言传,两拨人半天一轮换。小小的校办工厂,不似教室不似家,里外钉子和铁砂,不是磨手就是扎!你不留神别怨它。

傍晚时分,当夕阳的最后一抹余晖从操场上滑走时,头一批活验下来了:磨、铆两项均过关者唯我独得!

首战告捷的我身心欢悦地同大家席地而坐。就听俄老师夸花儿一样地说:"同学们,我早就说过,快船迟开先进港,凤凰折了翅你不能叫她鸡!"我想此刻跟弟的嘴又要撇入地下了,果不其然听得她在后面愤愤地小声插着话:"不叫她鸡叫你鸡!"忽然我看见了——刘剑那我从未见过的目光……

那热辣滚烫的气流似隔着诸多的人们已然烤炙了我!我立刻惊惧不已,像只受了惊的耗子既得防着前后的猫又得避开左右的人。什么事都瞒不过跟弟,她亢奋地隔着天霞伸长了胳膊捅我:"哎哎,肖冰,快看刘剑盯你哪!"我试图甩开她的手,但她却誓不罢休地将屁股离了地、押长了自己的身子、挤歪了两旁的人、抓住了我的肩头不屈不挠:"不信你看——你看哪!"我被她和自己的猎奇心理同时驱使竟真的又一次向刘剑望去,因而再见了他那更加肆无忌惮的目光。

从第二天起我就不理刘剑了。可有回他又要烧白莲教的乒乓球,看到泪涟涟的那俩不由心颤巍巍的,无奈又老调重弹:"哎,刘剑,那是我的球!"事后他对我说:"你看,咱明知道不是你的球,咱都没烧,咱多给你拔份儿哪!"

毕业成绩快下来时,突然听到永跟弟在窃窃私语,又忙活上了："这回连谁谁都没……"当她说到"谁谁"二字时分明压低了音，直觉告诉我她在说我。

我的耳根子不消停了两条腿忙活起来，方知自己化学出了问题。多么倒霉透顶，快要毕业时，我们最最亲爱的化学秦老师病倒了。临时取而代之的是一位颇没人待见的艾老师（大家称之"哎老师"）！搞得我不得不在秦来校送假条时追到了办公室里："秦老师——哎，您为什么不再给我们上课？您什么时候回来呀？我们不想接受这个'哎老师'！"秦假意板着脸训斥道："不想接受也得接受！不许背后说艾老师的坏话！赶快给我回到教室去积极配合艾老师的工作！"

毕业考试结束后，那个眉头皱得如同在李元霸的"一字眉"中间打了个结的姓艾的，竟把我的答卷给人为地降下了三五分！差点使我们整个年级里仅有的两名全优女生少去一位！是可忍孰不可忍！

我拿起卷子去办公室找那个"宁丧种"。一时脚步也快了。当然到了那里后态度就令人容易接受了："艾老师您看，我的卷子全答对了，为什么要扣去我的分数呢？"那老师对待好学生的态度还是好的，乐乐呵呵地说："噢，是肖冰啊，别站着快坐下，情况是这样的：这道题两个答案都为对，但我想你不同于一般学生，对你就要求高了点扣了点分，再说这几分对你来讲也不像搁在别人那儿那么重要。"我听了之后心里恨不得挠他！但口里依然和气："噢，艾老师您还不知道，这几分对我来说实在不像搁在别人那儿那么'不'重要！我就差这几分就满籽满瓢了！您大概也是知道的，这样一来咱们学校将要产生的全优生有可能会少一名，最重要的是我也并没错，如果错了今天决不来找您！栽不起跟头。您觉得这会儿咱们师生俩的商榷是不是在共同为咱们年级做最大的努力呢？您对工作敬业就下次再对我以儆效尤吧。"说完不再与其争执，边走出办公室边头也不回地补充道："老师请您抓紧时间啊。"

不一会儿，学校的大喇叭广播："同学们请注意，下面宣布一个好消息：经过我们全年级的全体师生三年来的共同努力，今年的应届毕业生中产生了两名全优生：一名是×班的×××，一名是三年级三班的肖冰同学！"

最后一搏是三年以来我们班上有些琉璃球的学费到现在还都没交呢。像徐敬民、沈小宝、程大彪等确实困难的同学，学校里已经酌情处理，有的学费减半有的减免。可刘长青则不然，他的木工爸因当时正吃香呢！那活儿东北人讲话贼肥！并且有的学生一听说老师要找家长即紧着交上了，他可倒好，越催越不交！

无奈老师对他安排了家访，又知他爸那活儿没晌没夜，怕耽误人家干活和休息就在傍晚遛弯时拐了个弯来到他家门口："刘长青同学在家吗？"没回声但有动静，动静很杂听不出来是什么声音，不一会儿，那货趿拉着一双女人现在都不爱穿了的那种女鞋，穿的那背心不知是老婆的，还是儿子的反正前边没盖上肚脐，恰那货刚灌完酒，睐着红眼哼哼唧唧地走出来："哎，别找他，找我，我是他爹，在这一亩三分地上我说了算，他是我孙子说了不算！"他们家的辈分怎么这样啊？

一见是老师他也稍收敛了那么点："哟，是佟老师呀，天天见您在这块儿溜达，怎么着今儿遛到我们这儿来啦？别是无事不登三宝殿吧？我猜得八九不离十了吧？"佟老师说："什么三宝殿不三宝殿的，就是大堂我也得登啊！"那货咧了一下嘴，借着倒腾脚下鞋的由子说："您瞧瞧我一见您来了高兴得把鞋都穿错了，这是我媳妇的鞋！"他又前后地抻着那背心，可背心跟那大裤衩子还是挨不上边儿。"这背心也是你媳妇的？"老师不屑地多说了一句。他自嘲道："啊不不，这确实是我的！您说我老婆跟我睡了这么多年还总不知道我的尺寸！让您见笑了啊见笑见笑……"

他又好像想起来什么似的："哎，您什么事啊？"当老师说明来意后，不想刘长青他爸比他还横："哎，别找我、别找我啊！你可别找我，我就纳闷了哎，就我们家孩子都得罪你们谁啦？从上托儿所的时候，那阿姨就为我们孩子吃饭扔了点烙饼就总找我！跟我多爱她，要不就跟我好看似的！我告诉她啦：他在家就不吃烙饼！我心说了扔的又不是你们家的钱！真是马路警察——管得宽！你说是不是呀佟老师？现在说说你吧，你都多余来！交什么交哇？先说你们学校都教给我们孩子什么啦？我那小子去的时候就够浑的了，现在比我还浑！你要是知趣呢，就赶紧着走吧啊，千万别抱什么侥幸心理，他是要交来着，是我给拦住了，我说了，'孙子！你要交了嘿，回家就别吃饭！让学校养着你去吧。我又跟他摆事实讲道理，您说说咱这做家长的多操心哪！我说啦，当初爹就不主张让你上什么学，我瞎字不识比谁挣得少哇？那钱不好使呀？买东西人家不给呀？没听说过！就是学校非得让你上的，所以要上他们那儿吃去嘛。还说什么为我们孩子好，那我们孩子好不好的碍着你们哪根筋疼啦？真会拿嘴甜哄人！一真吃不管饭了吧，还得他爹我吧？这就叫路遥知马力，日久见人心。您看没文化咱也懂得诗吧？再者说了，你瞧瞧人家张铁生多给他爹争气呀，一张白卷就了事，完了人家还弄了个全国第一！"佟老师耐心地给他讲了道理后，没想到他竟然以酒盖脸还叫唤出来："出去！"老师这回还真没理他，找了门边上一个凳子坐了下来。"你不走那我走！"他那小平房也便当,说着趿拉着那女鞋还真出溜了。

他可没承想,等到了毕业分配时,人家接收单位一看他那宝贝儿子那份履历,比不接收我的态度还坚决呢!

毕业的脚步声已踏在我的心上了,人家祁跟弟的"得病"工作都已是开始啦!我能坐得住吗我?像一个孕育在母腹中的胎儿要面临分离母体之痛一般,那空前的飘忽感凭空袭来,令人六神无主。三年的母校生活使我一生都不想与之扯断,这就是我终生渴望为人师表的最初起因吧。

现在看着这里的每一个角落都像是在排斥我。佟老师知道我脑子和心里都正十五个吊桶打着水呢,抽机会找我谈话,叮嘱我不要有太大的思想波动。

有天,老师正跟我和天霞谈呢,只见刘剑快似狸猫欢似虎地纵身从门槛上跳进来,唯恐天下不乱地叫喊:"报告老师,'流黑肠子'来了!"佟老师听了,瞅了他一眼一皱眉道:"这又是什么乱七八糟的?""不信你看呢!我只不过就多快好省了一字,又没给他们家改姓!"说着他又以同样的姿势同样的速度窜了出去。

老师、我及天霞一同抬头望去,哟,不交学杂费的来啦!后边还跟着他儿子。其实刘长青是我们班里的"三高",可就因为他瘦,才显得长,让你冷不丁一瞧,以为他比大个、刘剑都猛呢。

只见刘长青的爸老远举着钱一脸笑呵呵地赶过来:"佟老师啊,我来给您补交学杂费来喽!"他边说着边求之不得地递过三年的三十元学杂费和一根我不知什么牌子的香烟。"不是给我,主谓宾语要弄清楚喽,是给学校哦,我不吸烟。"佟老师绷着脸推开他的烟同时纠正他。"哦对对,给学校给学校。老师们最辛苦最操心了,那点薪水太薄!不容易啊!您不用给我开发票!""你什么意思啊?赈灾哪?"

我一看佟老师今儿个可以哎，整个一义正词严！"啊，没什么意思没什么意思，回头您就跟学校说我没交就成了！我可不怕他们！他们算个屁呀！""那你别交了！""您可千万别生气，佟老师您瞧瞧我这人有多糊涂哇！其实我们这小子早就在家说过，您可是个大好人哪！是全校教师中最好的大好人哪！您看看我上回的那个态度多不是人呢我！你就宽宏大量别跟我一般见识，我是个文盲大老粗，不会说话不会办事！""我看你这不是挺会说话挺会办事的吗？"佟老师没好气地说。

"哪儿呀哪儿呀，您看我这一回一回跟耍猴的似的让您见笑啦，我这儿给您赔礼道歉啦！给您敬个礼！敬礼——"他说着将长身子直立好然后一躬到底。佟老师看都没看他，说："你到底有什么事？说正事吧！""那我可就圆方脸抹索长方脸啦，您看孩子在您手里这三年呢，多少也得有点好不是？等那招工的人来喽哇，好的呢您就发发善心多给抖搂抖搂，孬的呢您就受累多给包涵包涵，我呢是个木工……""这你不用介绍我知道！这跟你说的事有关系吗？""我是说您呢，要是不嫌弃的话，我给您打点什么都行！""叫你给我打口棺材也行啊？"佟老师气哼哼地直对着他说（那时节严禁土葬）。"哟哟，瞧瞧瞧，您还生着气呢不是！"

刘剑趁正乱的时候偷偷捅鼓了刘长青一下："哎，你本来想交来着？"没想到刘长青竟说："别听他的，净往自个脸上贴金！"噢？他们家对贴金是这么理解的啊？

在文盲交费签字时我们方知，他的真名敢情真叫刘黑子哎！佟老师写收据时问他："你什么单位的？""啊啊，我说不好。""那你工作证上是怎么写的呢？""啊啊，我没工作，啊证，我有木工证，我是农转的。"

三年的时光只作一瞬。我在我的老师同学们的大爱无疆中行歌坐月地活得似没有了残疾！寒窗十载的校园灯火点燃了我终生不灭的烈焰！可它过去了。

我怀着被学校开除了似的心情，最后一次摸了摸那陪伴我三年多的门前柳，无限依恋地离开。归家的脚步过度沉重。学校里安排我上高中，可过早地有了宿命感的母亲只巴望我能够有一份适合的工作。

天霞知我日后难，两人商量共剪长辫。而她又戏谑地提出：怕后者说了不算须一人先剪一辫！她的这个歪理弄得我后来笑了多少回。站在她家的穿衣镜前那一人一辫的样子您是没见着。

剪落四辫的我俩提着辫子来到和平三村废品收购站。收购员接了辫后即叫："哇！这才是真正的辫子！"待抬头又叫："哇！这才是真正的睫毛！"

梳起一对小刷子的我被人们称作粉团。走在夕阳里，我和天霞心里乐不迭，意犹未尽！走着走着，但见几户矮矮的篱笆出院现在眼前。"哎，这是刘剑家吧！"天霞道。"是吗？进去看看！""哎哟……"天霞又犹豫起来。

她可说是万事开头、结尾、中段均难！没容易的。一次我俩在前门迷了路，我拉着她找人打听，就好像拉她上阵似的，她把个身子拧得不知要向何处！最后还是行动不便的我找人问的路。

届时我又只得只身前往，小栅栏门开着，身着月白色中式小袄的刘娘一人独坐在院中甬道上的小地桌旁，我上前自报家门。"你是肖冰？"刘娘既吃惊又意外地问了又问。"那你可别走了，我这俩耳朵都灌满了，你可得等刘剑！"说着再三挽留我们，刘娘到外面拽了天霞："哎哟，这不是'贞玉'和'贵玉'嘛！"届时电影院里在上演朝鲜影片

《摘苹果的时候》。

　　无奈刘娘的盛情,我死等刘剑。身旁相配竹篱笆的是小地桌小竹凳小茶碗,茶碗中和夕阳一色的茶水……

　　刘娘的家似刘剑的脸,刘家的饭似刘娘的心。初次登门即喝下人家一碗香气四溢的热片汤,那是怎样的一碗汤呵!刘娘是老北京,她做的面片真真薄如纸,蓝花细瓷碗里白色的面片上撒了绿葱花,打了黄蛋花,滴了鲜亮的辣椒油花,还漂着几只金红色的小虾;刘娘炸的肉皮呈琥珀色,形状、大小及咸香酥脆很类似于当今的锅巴,让人光想看而不忍吃。我历来不吃干粮,只夹了两块肉皮放在嘴里享受着。仅仅一面之缘,人家便如此盛情,我的心都要溢出泪来。我从不惯与众多男人共吃,刘娘便遣刘伯、刘弟到院子里。她笑婆婆似的对我说:"嗳,我呀,这辈子也没得着个闺女,姑娘回家跟你妈说说做我干闺女得啦!"她的话使我想起薛妈的话:"我这辈子也没个贴心小棉袄,跟你妈商量商量给我做干女儿行不行?"我依似对薛妈般对刘娘笑而作答。不知她们的话为笑谈与否,我若应允时怕是要有众多干妈了。

　　夜幕太快地降临,刘剑过迟地回归。"辫子哪?"刘剑问,嘿,那表情像是水大漫过桥去了似的!刘娘说:"看她梳这小刷子多好看哪!""得嘞!您那是没见着她梳辫子的时候!"我说:"你看你不回,刘娘不让走,你回晚了我走不了了。""老咱背着!"刘剑他愿意老!"哎哎,背着背着!"刘娘不错眼珠地瞅着我口中连连说。

　　夜空中星斗分明,刘剑背着我一路摇头晃脑地走来:"天上布满星月牙亮晶晶……"他唱起来。我说:"天霞你看他的五音全得都没六了!"天霞笑说:"猪八戒背媳妇嘿!""谁是猪八戒?"刘剑怒道。"谁是媳妇?"我怒道。

"嗨！我怎么一句话得罪俩人哪？"天霞怒道。

进门后母亲惊诧道："我说听脚步声怎么不像呢，噢，背着哪！哎？辫子哪？"得，抽冷子咱又做了一回客，我喜欢这种方式。

一九七二年的夏滞住了一般。我俯身阳台孤寞地注视着悄然静寂的午后街头，除却对窗柳柔情依旧外我再不与谁相依相托。上午学校门前那徐徐远去了的大轿子车，无情地拉走了我的一切：天霞、薛凝甚至刘剑……

只留下这空蒙多梦的悠悠岁月。我颓斜地缩在对窗柳下一任热涩的泪瀑滚落下来，心中大有壮士一去兮不复还之感！

曾几何时，薛凝在春光融融里走来，趋近成熟的个子穿着入时的带有垫肩的劳动布夹克衫，十八岁的样子令人刻骨铭心。

"林天霞没来？"他寻着话题。"回老家看林姑妈去了。哎，你怎么有空？" "待得浑身都起腻，鬼才没空呢！" "哎，你收到毕业鉴定了吗？"我长时期没有收到自己那张全优生毕业鉴定，急得眼蓝，逮住谁问谁，恨不得快去问那小脚隗娘了。"早收到了！"薛凝理所当然的口吻令我既羞涩又吃惊："谁发的？" "祁跟弟呀！没让她进门！她往里挤，我接过鉴定就把门推上了。"

我这才大彻大悟：我那可怜的鉴定再也见不到可怜的我了！真不懂跟弟的奸狡怎么会发展到如此卑劣残酷的程度。

整个春天我俩都是在一起度过的，那是一个多么令人难忘的春天。起初是一个上午或下午后来便一个上午接一个下午。薛凝带给我一些高等教材和小说，带来整套的《红楼梦》。我们都是红学迷，一天他来时我正落泪，他问为什么，我说是哭晴雯。真的，整座红楼中再不为谁落泪。

　　薛凝和我之间已没有了儿时的返璞归真，完全归属于一种隐敛的气氛。彼此的精神状态无端地就处于莫明其妙的恐惧之中，然他终不肯离去。我常借故给他的茶续水，他则常起身立于窗前，从那儿刚好可以望见楼下人家的一架葡萄藤、一蓬月季花。那碧绿的藤子上生着曲曲弯弯的黄嫩细蔓，一串串的小青葡萄尚未成熟；那大朵的粉或红的月季花拙朴地点缀着浓烈的季春、初夏日的黄昏。他那么出神地望着，像本就为这藤这花而来。

　　我们努力避开彼此目光的碰撞，仿佛从那里能击出一道闪来，会照彻两人心灵的隐私。我们双双被一种与日俱增的朦胧感所左右得相互企望，有哪天他若来迟了，我便于阳台上久久地张望他家那楼角，直到听见他那能够令我融化的脚步声，有时先是他于楼门内的一声轻嗽便提前踏实了我的心。我感觉自己已是离不开他了！这种感觉令我焦躁不安得如偷食了禁果。莫不成这就是那贼跟弟所说的爱？于是惶悚地去问母亲。

　　母亲如同一头负重的老牛，为这个"贫贱夫妻百事哀"的家做出了过分的屈己贤达。十八年的畸形岁月滤去了她做女人的一切成分，夫妻间的冷漠让人感到他们从未有过青春，她日前的生活就是将我的一切用以完成她的人生。我的问话使她如一眼古井被一石激起浊浪，又被什么灼痛般地惊悸不止："这是干吗？这么小，又老街旧坊的，回头让人说三道四的！再者说了，咱压根儿也不能往全貌全翅那儿想啊！从明儿起插门！"

　　母亲的话总是对的，她为我付出了几乎白来一世的代价！把她奉若神灵业已形成我的固定意念，正是这个意念锈蚀了我的一生，凡事均顺她水而推我舟。

薛凝没有赶上过关门的时候，这是我们之间的一点默契，所以他今天几乎是一脚膛在了门上，随后便纳闷地提臂敲门，敲得自然而有信心；随着时间的推移，他逐渐感悟，敲门声变得怯而脆弱，丝丝入扣地勒索着我的心，他的声音也为之干涩起来："肖冰开门，我知道你在家！"待他全明了后，他有些急迫掺了些恼怒地说："你开开门，我就再待五分钟，只说两句话就走！"回报他的是一片死寂。我的心像在炉火之上煺着一般，腔子里拼死探出一只几欲开门的手，但终被头脑里闪现的母亲言辞之锋芒利刃所斩断，一时间心血迸溅！

薛凝在门缝中留下了过多的遗憾，不知他所要说的那两句话包含何等样的内容，不知他是怀着怎样的心情离开的，就在今天上午，他随着同学们一道下乡去了……

一叶失桨的孤舟搁浅了。正待蓬勃向上的青春被残疾撕扯得什么也不是！我竟与自己痴得那么深的学习无缘了。最黑暗的时刻到来了，唯有那上下弦轮回的月还肯施给我一抹泪光。该怎么办？记得有位烈士说过，"五更应是黎明前"！我想，这个世上既曾有过我，就该像戏里唱的那样，"莫负时光流水过，莫亏天地造化功！"残疾是永久的而黑暗却不是！我不能让我十八岁的衣香鬓影在死样的淡泊中消逝了，要努力从这黎明前的黑暗中闯出去！

万卷古今消永日，一窗昏晓送流年。我于淡泊中走上被人称之难中之难的自学之路。但须得避开父亲，自打我落残后，他对我的态度一落千丈，于是我饱尝了阳台上隆冬里与酷暑中苦读的艰辛，他洞悉时便歇斯底里地爆叫："还学什么，你这废物！"他甚至有时捶胸顿足："老天爷呀！为什么让我的孩子学习好哇？"

他的吼声在我听来如远雷袭至，望着他那茫然空洞的目光，我的逆反心理每每作祟：决不做个废物！即使生活、命运都不要我，我要我！

满溢着一腔渴望，随时企盼着伸展自己，像奔涌于滩洼中的一泓溪水，这方堵塞那方流，下意识地做尽毫无意义的挣扎，使尽浑身解数，但终是种种优长替代不了双腿。我像一粒水底沉沙般被各个招工单位三番五次地筛了出来，世界如此冷漠！挡不住的陨灭感铺天盖地而来，我的精神状态濒于崩溃！

又一次万缘俱断的阳台久立是于绵绵秋雨中。在无人的夜雨秋声里，"往事依稀浑似梦，都随风雨到心头"！薛凝，你在想我吗？"……若说没奇缘，今生偏又遇着他；若说有奇缘，如何心事终虚化？……想眼中能有多少泪珠儿，怎禁得秋流到冬春流到夏！"

秋暮的冷雨淋透了我的心，那伫立于倾斜的雨丝中的薛家屋角让人联想起欧洲的古城堡，他是否在家？为何连在窗口晃一下都不肯？我用心灵感应呼唤他："薛凝你在哪里？怎么像是从这个城市里消失了？"这种呼唤不知在心底里回荡了多少年，令人感到人远天涯近。

幸而有堂姐。我和堂姐都属人类最早的朋友——马，她大我几个月，是匹热时的马，因此名为"石榴"。我很早即将元代诗人张弘苑的诗"游蜂错认枝头火，忙驾熏风过短墙"书写了配上画送给她。可我的画极糟，石榴枝像一捆沾火即着的干柴，枝头上悬挂着的三五石榴，稀疏干瘪得像在那儿已挂了万年。我在书画方面一点天分也没有，在校时是因图画老师偏我，要不然怎么老招得跟弟叫："你是六科老师的宠儿"呢。

较之我的孤寂，堂姐显得过于忙碌。她的脸略糙些，个略高些，腰略弯些，随她母亲的地方略多些。三堂叔人好手巧，给人当了没几天麦客便携回一妻。三堂婶干活别人看着慢慢腾腾，她自己已是忙忙活活了。三堂婶最大的特点是做不熟饭，三堂叔便到对面的小酒馆里灌，时常烂醉如泥，人称"酒精球"！有回实在不行了，酒娘子就往回送，谁知半路找不着了，原来倒在一拐弯处睡了。这以后人们找他便去酒馆，若在家中找到反而奇怪了。

　　三堂婶永远做不完棉活，堂兄堂姐们常常抱了棉絮棉鞋底子什么的登门，这些活可没少"便宜"母亲。母亲每见他们来，不管心里多不乐意，大面上总过得去，活做完了还得捎回两瓶二锅头、两包动物饼干。酒是那种最普遍的四毛八分钱一斤的，饼干是一群鸡鸭鹅猪猫狗四不像地罗列在一起、做工粗糙且半生不熟的，略讲究些的人家买到家里后还要用饼铛炉上一炉，那我们也是轻易舍不得买的。堂婶别的不行，悟性却挺好，往后孩儿们就总那样儿来了。

　　堂姐一来，我俩便叽叽呱呱。忽一日，姐俩走至鹿圈商店的马路上，骤起的风中忽传来"肖冰——冰——冰——"的呼喊声，那名字无辜地被风抽得很远，彰显出呼喊人的情真意切。我们惊讶地循声望去，不见来人。风稍定后，见小商店西墙根蜷缩着一个用皴手紧揪着破棉袄领子的人，一辆残破的像已报废了的农用手扶拖拉机停在路边，说不上与主人谁更脏些。"沈小宝！你怎么在这儿呢？"我热情地上前叫道。"给这儿的商店送点煤。""现在生活怎么样啊？""还能怎么样？吃饱喽混天黑呗！""别价呀！好好干。到家里暖和暖和去吧？""不了。""那有机会去啊！""行。""再见啦！""嗯。"走远以后堂姐操着乡音问我："谁呀？""我们同学！"我兴奋地说。"揍（就）爱你的那个？""哦……啊？"

天霞在下乡一个月后突然从天上掉下来一般出现在我面前！我俩像死了一回。此后她每探亲必探我，我过着一曝十寒的日子。直到两年以后一个细雨洗净落阳托出彩虹的日子，她才飞燕掠水般踏着楼前的雨中积石向我走来："我回城喽！"

鹿圈小百货商店改作了商业托儿所，天霞分配在那里当幼教。有机会她便把我带去玩，午间喂饭时，一个阿姨合几个孩子，我也算作一分子。我将肉、蛋均分给每个孩子，美的丑的灵的痴的一样待，我是平均主义者我承认。看到孩子们吃饭时小嘴一张一合的，觉着自己此刻活得好有价值。

夜晚明亮的大玻璃窗内一排排的小床上，一个个黑白丑俊的宝儿们裹在自家各色花样的小被子中甜甜地熟睡着，他们使我们平添了许多绮思，总是联想到自己的将来会怎样怎样，我们疼爱他们就像在疼爱自己将来的孩儿。总会有的，我历来决心把自己嫁掉！笑面人生处，腿能奈我何？临近春节时，孩子们被真正的亲娘抢走了，不再与我们玩儿。

天霞有空便带我转悠。有回路过芳草地，因听说末代皇妃在关厢医院挂号处做事，"哎，咱看她一眼吧？"我说。天霞万事惧出头："看她干吗？谁看我呀？"

天霞正在执拗时，医院的门开了，出来一人怀抱了骨灰盒低头行走。虽骨灰盒上面蒙着黑纱，可我认得那东西，直觉就让人感到瘆得慌！刚一躲开，哎感觉着不对！脸怎么那么熟哇？忙又双双转过来："绮华！真是你呀？"我俩同呼。一看那孝便知没的是近人，怎么也得上阵呢："你妈？你爸的？""我妈、我爸的。"啊？

"我妈去年就走了……这回是给他们合葬，我哥在里边办手续呢。"绮华没落地说。没想到她和梁兄这么早即成了一双孤儿。

熏风飒飒地吹得路两旁的垂柳怡然自得。每到夜晚，华北厂大门处泻出彻夜的灯光与匆匆骑车奔家的人们，构得此处也算是个热闹所在。天霞我俩千百次地走在这小路上，想这小路若有知，早已窃尽我们的隐私。

我们去看《早春二月》。不知柔石这奇才横溢的家伙要用肖涧秋这张王牌网罗住多少代女儿心，我们意犹未尽地倚在对窗柳下。世界在少女们眼里美好得蛊惑人心，天霞轻柔地说："咱们非找一个肖涧秋式的不可！哎，刘剑这狗东西下乡后又窜了多半头哎，老穿红背心特帅吧！你说他那会儿多缺德呀，说徐敬民爱我，我就是一头撞死喽，也不能嫁给他呀！瞧他那鼻涕！"我俩大笑。她的话在这美妙饱和的夏日黄昏里勾起我残留心底的一缕深深的怀念，但我终没能鼓起勇气启齿打听那个撼我心魄的名字。

一个百无聊赖的上午，佟老师敲开我家的门，说是去年曾来我校招工的那家仪表厂此番又来校招工，老师望我亲自见面借以随缘出道。

仪表厂正顶在工字钢的底轴上，是距我家最近、活计最轻且与母亲厂同路的一家工厂。去年招工时冤家路窄，待分配中唯剩我和死不插队的跟弟两个女孩。眼看又要与魔鬼共舞了！谁知还是咱自作多情了，人家厂坚决要鬼不要人！因着我的病情。

招工人郑芳春大不了我三五岁，五官端庄，富而不俗，唯眼中似有一丝不易令人察觉的黯然。在路上得知她搞政工，便从这块介入。啊，适者生存！大概我正合她的眼缘，半小时后她即拍板定案："肖冰，等我的好消息！"

郑芳春的消息迟了四个月！整整一个季度拐了弯差点

拐死我！当她明了上司的意愿后方知自己在捡了石头给人掷。她如同一只受双桨摆布的船在厂方与校方间打了旋；厂方说本单位实不属于福利事业，没有接收残疾人的义务。校方说你方若自食其言，肖冰若步了其父后尘，哪个肯负责？哪个敢负责？厂方进而提出：肖如能通过我厂的高中化学、英语两项测试，问题犹可另当别论，否则请自圆其梦！

　　公元一九七五年隆冬的一个五更寒里，古城依在酣梦之中，我们母女踏上了奔命之旅！厂三面环村，所以那儿叫和平三村，往西一出溜是幸福大街。出了家门顺着工字钢的竖轴一直向南走，到拐弯处不拐弯便是母亲的厂，到拐弯处一拐弯便是花娘的厂，过了花娘的厂便是我厂！

　　在厂办公室里，我见到了这个近乎男性的厂里的头面人物宋质斌。一进门她就用那紧压着我心的目光无情地剥赤了我，我很快从她那皮糙肉不厚的脸上悟到：自己被视若了一堆倒塌后的瓦砾。

　　这里便为比武之地。厂内的十三太保鱼贯而入且均向我洒下毫不掩饰的探究目光。我如落难佳人一般努力地维护着自己可怜的自尊心。

　　答完试卷，我被临时拍卖给打扮得十分花哨的组装班长徐冬梅。随她走进窄长幽深的楼道时，我有一种被吞噬、再也走不出的感觉。这使我联想到集中营的阴森，后来我管那集中营叫作"一层小楼"。

　　一层小楼里的南北两排门口，窥视、议论的人们令满身温室效应的我如芒刺在背，一时似泥鳅被煎在锅里一般。

　　被押解进紧西头的一个有着东西南北四通门的房间里。徐冬梅让我坐下后朝东西两屋里喊："小凌子、小霍子，出来嘿！新学员分在你们点焊组哩！"

正寻思：小玲子、小霍子，多么脆生的一对！待出门一看，原来是两块大铺摊！傻老爷们一样的小凌子窜出来即火燎腚似的叫道："不是说新学员是瘸……"她注意到我，忙用一只粗糙的大手捂住酱色的卷唇顿了下说："让她蹬点焊机？这不是赶着鸭子上架嘛！"已有了一把年纪的小霍子正在用手指头抠脚趾头（后来方知她这毛病犯得忒频繁，无论何时何地当着何人均犯，所以被大家称作她之强项），好一会儿才趿拉着鞋臃肿地扭出来道："我说小徐子，饶了咱自己没得吃，怎么还往家拉要饭的呀！"得！没三分钟，我是鸭子、要饭的各当一回！

东屋也出来人了，大家个个有份，对我评头论足。我如坐针毡，目光零散地不知该落向何处，冷汗沁出来。于学校里的多梦时节获取的那种崇高心理在这荡然无存，好比一只人参果原本是煞好的东西，放置久了竟浆得不如一块地瓜。

门"咣当"一响仿佛窜进一簇火苗。一个健朗壮实、身着包纽大红袄的姑娘风风火火地闯进来，将手中的两只头号竹皮暖壶"哐"的一声蹾在桌子上，大声武气地嚷道："咱厂这锅炉房，你什么时候打水它什么时候写着'开'，其实什么时候都不开！"她又单转向徐冬梅吼道："哎我说'徐特派'！怎么我听说头又逮什么破烂就往咱这破烂堆里塞呀？"说完一屁股砸在桌子上，把那三十九号的大脚丫子蹭在徐冬梅那勒出沟来的屁股上。

徐忙不迭地用手扑掸着屁股惕怵地说："青云哪，咱还不是碾坊的驴——听喝。""不对！咱是碾坊的磨——听驴的！"她瞥见我立刻眉眼如鸟翅般地扑棱着道："哎，咱可不是冲人家新学员啊！"我努力想使自己松弛下来，但一切仍旧那么尴尬，弄不清嘈杂声是由什么缘故、在什么时候停下来的。

消息传来：英语成绩我仅次于厂里唯一的大学生江海波，化学因有道锰低钾高老配不平的题目迷惑住了众人。我之"每临大事有静气"的习性再次使自己春风一度，恍惚记得有种叫作什么"高锰酸钾"的药物？这使我稳坐在了点焊组西屋南窗下的大工作台前。

点焊组头一道工序就是点焊！末了更是道绝活：须用左手捏住一只绿豆粒大小的前留孔后带槽的金属件，右手用镊子夹住一只同样大小的细铁丝崴成的弹簧往后槽上一套，再用左手拇指从后至前轻轻但须稳准地一推，随着轻巧的一声"啪"将弹簧的双钩恰扣入金属件的两只前孔里。这活儿使好多人踢不开头三脚，所以厂里每逢无意留的客必从此处逐起。

路，没了选择，照直走已是必然。

母亲给我买了辆小三轮并进行了改装。活计、人际、车技，几年的艰涩很难诉诸笔端。但"皇天不负苦心人"，尽管厂里不断地从这儿逐走相继的来客，我却与集体共融了！如今我不但和芳春、青云几个好得被徐冬梅叫作"不知道谁要嫁给谁"，还带了个徒弟金萍。

点焊组加我共八个人，外带两名长期"临时工"。一个就是那大恩不敢言报的芳春，这人见人没有寒暄，有话就说，无事则连头也不肯点，起初我曾想：跟这主怎么交流哇？不想自打招工之日起她即与我合拍！原来这是位极度悲凉的独身主义者，干活如喷一团火，闲下来便结一块冰，这一点在她拒绝了江海波的求爱后更加显露无遗，人们均不明她妙。她得空便来寻我祈求共鸣，竟声言要与我终生厮守。金萍那人也忒实在了点，每每令其签字画押，生怕她说了不算而闪了我，大家伙儿也乐于迎合着她。

芳春像是一辈子都在吃好饭，让人不解的是为什么她的任何好吃的从第一天起即有我的份儿。她每日一松花蛋，在她不辞辛劳地劝道中我拿起一颗松花蛋，一口咬下紧接着又一下吐出！后来终于上了贼船。从而品味了松花蛋那默然的幽香，深知了它之所以能够流传得如此悠久之魅力所在。

芳春把她办公室的大座椅搬来供我用，并常在我的工位旁唱起一些抒情歌曲，唱得忧郁、舒缓甚至凄凄怆怆，仿佛在咀嚼强化着某种无边的伤感。有时，她竟现出一脸娇憨地恳请我：给我唱张淑桂的《夸手》，有时则会更加严肃地命令我：今天你就得教会我苏小明的《军港之夜》，你三天之内必须学会李谷一的《乡恋》，要不然不跟你好了。难得她能有此放松之处，我便舍命也配合。

另一位是厂里唯一的"开头"市井庸愚张毛弟。此人个头不高，特有灵性，黑头发剪成一层青茬儿，一双大眼总在叽里咕噜转，整天价陶陶然地神呼海哨国内外党内外均搁不下他！他那气势真叫人想问：您是不是还吃过蛇脚、恐龙蛋，穿过金缕玉衣呀？他一天到晚无端地向着厂内的ABCDEFG等女性们凭空雀跃："我爱你像秋天的湖水呀！""我爱你像翠绿的竹林！"人们最怕的是他那艺术激情一饱胀开来，就像京剧齐派艺术中的那"回头叫小番"，但他不是自己而是令别人"脑后摘筋"！一有谁的耳朵受不了，就得掏出几毛钱来让他去买葵花籽吃。

厂食堂的菜饭于工人们是有照顾的，而对于少数民族还另有补贴。张毛弟拿着回民补贴，吃着汉家猪肉，仍每每冤屈得被劫了道也似。凡卖饺子丸子元宵等类吃食时，食堂窗口那队伍排得气死白给！这种情况下张毛弟更得吃，不管何时来了都要窜在紧头里，从那第一位开始，没偏没向，捏上众生们每人一个！他既饱了还先跑了。

他原是个大厂的汽车修理工。徐冬梅爱逗他："毛弟呀，干吗非从那么个厂到咱这么个厂，多掉价呀！人说宁要大家奴不要小家女儿！""我干吗'非'呀！都怪那儿的厂长老'表扬'我'好的修坏喽，坏的修废喽'！"有时候张毛弟烦她了就说："哎哎我说'徐特派'！您老人家可就差着'鸡司晨犬守夜'了啊？"徐不解即问大伙："什么司什么守什么呀？"青云抢着给她解释："'饲料'、'守寡'！就是说您要是守了寡呢，不是吃不着什么好的了吗？也就吃点饲料了呗！"

张毛弟在这儿像条没驯即服了的狗，早知他意在金萍，可金萍却冥顽不灵。有天我们几个在东屋吃中饭，他悄没声地把金萍叫至一边，将一张俏生生的荷叶薄饼抹了甜酱夹了香葱铺上油光润泽的烤鸭片，卷好后柔怯地奉上，双眼不离金萍只想瞅着她吃。谁知金萍全然不知转身给了我！毛弟只得呲鼓呲鼓眼又卷，继而又被她毫不在意地给了青云。毛弟窃然皱了皱眉头咽了口唾沫，无奈地再次"卷土重来"。

一口咬下，那香糯滑适的口感使人飘飘欲仙又惊诧不已：世间竟有如此这般的东西？看来于以往真是白活了！瞟了青云一眼，见她也正乜斜着看我。

毛弟不光替金萍干活还常连带帮我，芳春说这叫"拐弯亲戚"。有次我工作台抽屉的锁怎么也打不开了，毛弟费了老半天劲才把锁给卸下来修好后再重新装上去，大热天的累了个泗脖子汗流都不敢应承我的谢意，咱不是称金萍徒弟嘛。

他只对小凌子像是总没好气，还赶上小凌子无知无觉，兹毛弟一占她座，她就要于那人见了都要绕着走的东西面前咕嘟着老人家的那"点绛唇":"哼!占着茅坑不拉屎!"毛弟听了即站起来:"给你,你拉!"小凌子爱吃馅儿,在自己的工作台上搁了瓶老陈醋。一天毛弟将那瓶子举起来明知故问:"谁的?"一般是青云嘴溜:"你不知道咱们凌师傅'爱吃醋'吗?"毛弟嚷道:"就她还有'醋'可吃吗?"说着胳膊伸出窗外,将那醋瓶子逐渐往下歪,那里面的醋就呼呼地往外流……大家眼里含着各种的成分望着他,他也嬉笑着望大家。正待半截时小霍子把本来就粗的声压得听起来像个半圆仪:"嗨,小凌子买饭回来了——"毛弟朝她眼一瞪嘴一撇,就见那手中的醋瓶子随声而落,碎在了窗外的水泥地上。

进门而来的小凌子端着包子找不见瓶子,闻着醋味满屋子找。"谁吃我的醋啦?给我们留点呀!"见没人搭理便如狗寻踪似的寻到了窗口上,探出头一看便心知肚明了,但她只能是佯装不知:"真是人在人情在啊!刚出去这么会儿……"张毛弟既听不得又不好应,站起来走出去口里说:"就您哪,是人在人情也不在!"

有回破天荒的,毛弟没来!下班时传达室喊,金萍电话!我先自明白她却木讷地说:"谁给我来电话呢?"那年月,确实我们这些织席贩履小儿除却热恋者均不摸电话。不一会儿,她灵魂出窍似的回来了。胡乱地抓这放那,生得很古典的小脸上嫩肉直蹦。我悄声问:"毛弟约你干吗呀?"她浑身一激灵差点哭出来似的惊问我:"你怎么知道?"我机敏地笑了笑。她为难地说:"他约我去看电影。""你答应了?""嗯。"她的声音像是要去赴死。

"那就快去吧!"我催促着她。"哦,不不!"她身子退得像是我要抓她,苦苦地咧着嘴道:"我一点也不喜欢他!""那干吗答应啊?"她搓起手来:"不好意思推。""啊?

呸!"我由惊转怒道,"这事还有模棱两可的哪!行就行不行也别耽误人家!""那怎么办呢?"这回她真的要哭了。"明儿个赶紧跟他说,你男朋友不让你去!""哎哎——"金萍急乱了不知该捂我俩谁的嘴,面红耳赤地朝着我申辩道:"我没男朋友!""嗨!这么说不就了了嘛!"

　　第二天,毛弟就追青云去了。青云不光长相晃人,说话办事还水样的流畅,自己讲话,除了学习哪儿都好,本钱就够吃了。她最大的嗜好就是吃,其中唯猪的头蹄下水备受其青睐。尽管毛弟是个回民,也只有兴味盎然地看着那些卤透的心啊肝的逐一涌进她的喉咙。毛弟对她是全天候全方位地呵护,就是在下班后也不失时机地从食堂请回俩馒头俩咸蛋。青云便大显其身手,在大庭广众之下毫不忸怩地各手持一只馒头夹蛋,左右开弓地就着飞尘对咬,仿佛在这一整天里期盼的就是这对馒头和蛋。有次上厕所回来手都没顾上洗,便将放于罐头瓶上的热馒头连同沾起的瓶盖一并咬了。

　　青云是个义气人,待我们像哥们儿一样。一天快下班的时候,她打开饭盒叫我:"肖冰,这还有一牙饼、两块鱼,咱哥儿俩把它打扫喽得了,省得我还得往回带。"那时候我肚子也真有点饿了。徐冬梅见此情又贱嗖嗖地凑过来,不等我们往嘴里放即乞求道:"青云哪,也给咱点尝尝啊?"难得她也真说得出,难得青云也真做得出,哼哼唧唧小了小气地给撕下一纰儿饼,往里面夹了个鱼渣,那量及那态度搁着我无论如何也饶不了自己。谁知人家徐冬梅竟眉开眼笑接过来便吃。后来我想,她是不是在咀嚼一种参与的滋味?

　　徐冬梅过起日子来细如发丝,除去紧着捯饬外,吃喝上扎脖儿,干活时坐的自制椅子垫布头拼有上百块之多。

青云别有用心地当众用了那么大的声问我:"哎,肖冰,你能找出来徐师傅这椅子垫上最小的一块吗?"我怕徐冬梅脸上挂不住就摇头说:"不能。""我能!你看啊,今天咱哥儿们就叫你开开眼!"她竟粗胳膊大手地指出一块儿小拇指指甲盖那么大点的来!我最不笑话勤俭持家的女人,认为这才更叫女人,感觉这样的小日子过起来才更有意思。

青云每自设出许多的话题来供人们探讨。一次问我:"哎肖冰咱问问你,下辈子……""哎哎迷信、迷信啊!哪有那下辈子呀?""考虑的倒长远,这辈子您还没过完呢还下辈子?吃饱了撑的!""乐意、我乐意!气死猴!"她们几个吵嚷了起来。

我被她们闹得不知所措。青云就骂我:"别分神,回答问题!"我说:"真有下辈子的话那可是太好了!我一定得好好好好过!""没问你这个!我是问如果下辈子你是男的会怎么着?""无论身为什么性别都要好好过!""甭废话!说正题!""正题就是我要真为男人,就娶上一房好媳妇生上一双儿女,好好地学习工作,度过一个无悔的人生!""错!绝对的错!"青云越发眉飞色舞了:"你说的那个我就偏不!下辈子老天爷可别让我当男人!兹要敢让我当,我就成天价招摇过市,手里举着一大瓶硫酸?盐酸?哎什么酸最烧人呀?"

我瞧着她,连摇头都没有赏给她,其他人对她投来鄙视的目光,而她旁若无人地继续猖狂:"反正是什么最烧人就拿着什么……""嗨嗨,您可别忘了您现在可还是个女的呢啊!"小霍子提醒她,芳春气愤已极地冲着小霍子说:"你没事搭理疯子干吗?她配当女的吗?"小霍子转向了芳春:"那你说她是什么呀?"芳春朝地上啐:"什么都不是!根本就不是人!"

青云接着逞能:"我手里拿着瓶酸成天价绕世界踅摸哪个女的最漂亮,我上前就往她脸上泼!"她的话招来了一屋子人的骂,我管不了又听不得,现在还恨这句呢。

毛弟知她肠子里没弯那就是成啦!于是大张旗鼓地宣称:近期完婚!谁想她变了卦。

跟弟如同斜侧里杀出的一个套马手,隔过毛弟一竿子死勒住青云,把人们均带了个蒙头转向。人家的下水比毛弟的强啊,开店的嘛!青云即随风就势择了吃向。

"她这又唱的哪出哇?"徐冬梅急不可耐地催问小霍子,小霍子放下手中最强项的活支棱起肿眼泡斥责道:"呸呸!像咱这揪了脑袋一肚子屎的主,你都多余问!问那个睡着了都比咱醒着聪明的去!"她老人家把富态极了的双唇使劲地朝我这边努,其实这回我也蒙了。

有消息说厂里要被东郊火车站附近的一个什么单位所吞并,为赶在年前扫尾,我们初次倒了夜班。

青云挽着我如厕回来,不让往里走而是停在了夜云下。午夜的厂院,没有了白天的喧嚣,完全是另一番情趣。初夏夜的风不紧不慢地吹散人们额角眉梢的汗水。少女的思绪在月满衣襟的时候总是情满衣襟。青云向着我指指戳戳:"我是什么也憋不住!告诉你啊,我和跟弟她哥好了!""跟……"尽管她说的水样的流畅我的舌头还是钝住了,脑了里迅速地闪现着那对活宝,自然是祁二儿,可那家伙心浮气躁的……

青云的致命弱点是人怎样画道她怎样走,怎样套圈她怎样钻。您还无法点化否则她给你来个"立斩曹无伤"!您想您连伤都没有就让人给斩喽多冤呢!所以我时常装哑巴也是出于无奈。"哎宝贝儿,快缓缓、缓缓!怎么跟我们家老太太似的一听大那八岁就窜秧子!""我觉着……""觉着什么？不是让你嫁！"青云神情亢奋得都要摁不住自己了："就咱这娘们群里，找人家国营大医院的还嫌不划算？跟弟说了，挣得多吃什么都香！还说结婚用不着花我一分钱，还说等俩老人筷子一蹬腿儿，连那铺面房都是我的！哎我问你，就咱这破厂这辈子还能有个窝儿吗？"她像是谈论着别人的事似的那么轻松，口中滑出的那些跟弟的话像一串虫蛀的糖葫芦般膈应人。在跟弟的眼里，世上真的原本没什么不可为的！就像那匈牙利人的香肠千奇百怪。再者说人家还有话哪，"路本来就是人走出来的！这是鲁迅先生说的！"先生让你开条路去害人啦？

望着青云那样子，我知她已是匹拖不住缰的野马，更兼顾及那个野狐谈禅的跟弟，我终于闷腔了。

金萍、青云、跟弟等人上一个夜班便要如同鸡打蔫，而我则可连上两周不倒架，所以青云在底下打了我的主意。她先朝着大家伙喊："小的们，预备——齐！"然后再领着众人齐转向我："肖冰，救人一命吧！"我便常造浮屠。而又因我劳神于造浮屠，同时招至更劳神的来。

库房高大的东北人老马，因在全厂女职工中鹤立鸡群且只在右边生有一颗虎牙而被无孔不入的厂人叫作"单出头"。他一从家乡回来准熬好了那黏糊糊香喷喷的大豆粥，于吃午饭时端着头号饭盒来找我，跟弟见了总咬牙切齿："单出头来了！"青云便抢先老马嚷道："先给肖冰！她动换不了窝儿！"气得小凌子说："嚄，动换不了功劳不小！明儿个咱也动换不了个试试！"老马说起话来嘴皮子比那唱单出头的还溜！"你呀，就是瘫痪喽，我也没那多余的东西喂你！"

电容班的湖南人细牙子妈老贺、机加工班的川妹子小吴，是我们午饭时常传换辣椒熟悉的。川妹子常带泡菜来，泡菜对北方人来说挺新鲜，青云喜欢那里的洋白菜，跟弟爱吃那浸泡得特别漂亮的心里美萝卜，而我则要那小段的青莴笋，金萍只是怯怯地接受几根细嫩的豇豆。有回川妹子捧着饭盒前来找我，打开一看，哎，又不认识，她大勺大勺地往我饭盒里扪，放在嘴里一嚼，哎又比肉香！我不禁要动问：这世上到底有多少比肉香的东西？不妨拿来我尝，不如此不甘心。

"吃噻！"川妹子又给添上两勺炸辣椒。"什么呀这么好吃！"她贴近我耳根说："搞了一个天津对象噻。姐，以后干海米吃噻！"一日小吴拿来俩螃蟹，便拉我到中屋里。那时因老有人进了中屋后转从东屋溜掉，领导便将我的点焊机堵住了东门，因此这儿成了我们偷吃的地方。谁知刚押下一蟹爪，跟弟便窜了进来，伸手抄起一只就跑，气得小吴左右摆着头冲我俩嚷："我给姐带的，姐快吃噻！让人抢跑了噻！"跟弟也得意地左右摆头："脸皮薄吃不着，脸皮厚吃个够！"

老贺因走至人身边总没一点声人称"一阵风"。见我那小三轮在楼道里停着便前来找，还没等进门呢，"一阵风来了！"跟弟把头稍低，口里狠歹歹地道，"找你！没活干不在自己班里穷忍着富耐着睡不着眯瞪着，跑这浪走伢什么来呀！"老贺则旁若无她、扬扬自得地说："一看小三轮车在就知道肖冰准在加班！咱就来啦！"她把个来字抬得像是高英培买鱼的那秤。待看着老贺如同上了大烟瘾似的越待越没够，跟弟又说了："嘀，还真是酒逢知己千杯少啊？"老贺便不饶她："别忘了下边还一句哪，话不投机半句多呀！"

比起我的该张嘴时总怕露牙来，老贺显得过于披肝沥胆，既不顾跟弟的白眼又任谁戳后脊梁，作死地当众评头论足:"你们大伙儿听听我说得对不对啊,好比要分东西吧,人家肖冰拿了好的就说'拿好的喽!'金萍呢你也真贱,总拿次的还说什么'都一样都一样',什么都一样啊?一样个屁!窝囊废!跟弟不是我说你,哪回你不拿好的呀?话可总跟人家金萍一字不差'都一样都一样!'一样得了吗?一样你怎不拿那个呀?饶占了便宜还卖乖,又当婊子又立牌坊!"她怒其不争地数落完金萍又切贬跟弟。

金萍不接她茬儿只转身问我:"什么叫婊子呀?"她弄得我好不尴尬,一咧嘴小声说:"妓女。"殊不知这种话就是被窝里说都会有人听见!于是情形令我更尴尬了。谁知她更有甚之:"什么叫妓女呀?"没等我说话呢,青云即大叫起来:"不得了了!肖冰流氓成性啦!"金萍又不接她茬儿依然接着问:"什么叫牌坊啊?"我又逞能:"过去守得住寡的呢,有的就给立个牌坊。""守不住的呢?""找男人。""找男人干吗?"她逼得我只得文明些:"不是说点灯说话,吹灯做伴吗?""那等赶明儿我守了寡就不用找男人,我们家有男人,我和我哥我弟点灯说话吹灯做伴。"

青云嗖地起身走去敲开了门:"快去传达室打电话叫派出所来抓肖冰啊!这什么师傅哇?纯粹教唆犯!"她又转向金萍:"'木瓜'吧,你呀,就好好给我活着吧啊!告诉你,等不了你守寡呀,你哥你弟不定早就点谁的灯做谁的伴儿去了呢!"金萍看看一屋子的人都在乐即纳闷地摇头说:"我干吗给她活着呀?"

工厂生活无拘无束,玩笑开得无边无沿,嬉笑怒骂无止无休。夏日里吃辣椒过了敏的老贺,忍不住趁午休时背人蹲在工作间的旮旯里洗了洗,恰被前去索辣椒的二百五小凌子给撞着,没挪窝儿就山嚷鬼叫地给抖搂了出来!这个没眼色的竟还在楼道里劫着副厂长大告其状。

耳不聪目不明且没排上厂食堂队的副厂长毫不理会地在那儿侧耳细听又一时不解:"啊?什么'一阵风'?今天这么热哪儿来的风,没风!"他俩的声、色引得满楼道的人爆笑。弄得老贺恼羞成怒地大骂:"小凌子你可真是个凿凿实实的二百五!一点没糟践哪!白投胎一回,一点没教养啊,你爸爸也嫌廉,要在当初积点德把你甩在墙上喂蝇子,这会儿得多消停啊!"

金萍又想问什么,被徐冬梅一把捂住嘴给拖了回来:"哎哟,我的小姑奶奶,你快给我省省呗!"她将金萍塞回屋后对我们交代说:"都回屋给我看着去!什么七问八问的!"说完就屁颠屁地跟在副厂长后面解决问题去了。

过了午时三刻,小凌子又被徐冬梅开门塞了进来,她没事人似的坐在工作台前又哼哼起"大姑娘窗前绣鸳鸯"来,又在用手指头抠脚趾头的小霍子说:"就您这位大姑娘啊?"

徐冬梅第三个塞进来的是副厂长。那老头嘴里嘟嘟囔囔地说:"就不进去了,我还没吃饭呢!""咱这儿有哇!"徐冬梅是有病还是重症!但凡是个男的她就狗舔碾子——咱咱的。因她总在吃窝头,此刻就毫不吝啬地将自己晌午剩的大半个窝头殷勤地献给副厂长,小霍子于是赶紧东施效颦似的把剩下的半个咸鸭蛋奉献了出来。

老头一咬窝头噎着了,一就咸蛋又齁着了,徐忙递过自己被青云叫作"狗屁糟茶"的大茶缸,副厂长一喝又呛着了,徐赶忙摩挲前胸捶打后背,只恨自家没生第三只手。副厂长那人烟又徐又没人给归置,喝完茶后缸子口上便显而易见地留有带窝头渣儿的唇痕,徐其实不渴,但为了表示对副厂长的十二分敬仰,忙就着那唇印咕嘟了两大口。

副厂长吃饱喝足后给了我们班以极高的评价:"我本来

不爱吃窝头,年轻的时候在老家都快成了棒子面脑袋啦!今儿个也加上饿了,吃着还真香!"徐紧着说:"厂长,我往里头掺了白面和豆粉!"副厂长又接着说:"再有,我们家孩子多晴时也舍不得买咸鸭蛋吃。得,谢谢你们大伙啦。"本来没事了,青云非得赶在还能瞭见副厂长后影的时候突然大声发问:"哎,霍师傅,我刚想起一事来!您刚才抠完了脚趾头洗手了吗?"

跟弟有时候也会乐于助人。一天厂大门外来了个用粮票换螺蛳的小贩,我历来视螺蛳如命。跟弟说:"肖冰,拿粮票来,咱给你换去!"真令人感动。在粮票马上要不值钱的那会儿,除了人,拿它换什么都行。跟弟做事怪招迭出,从不失狡狯,没占着便宜即是吃了亏!占便宜处还须得拐弯!她不管别人是个什么价,只管提出自己的价码,要用一斤粮票换两毛钱的螺蛳。那小贩听了并不争辩反而乐呵呵地说:"那我给您一斤粮票您给我两毛钱!"跟弟哑然。她的一贯策略是打得过就打,打不过就走,从不怕碰一鼻子灰。回来之后还嘻嘻哈哈地跟我学舌,在这一点上我远不及人家。

为努力填补婚姻的空白,毛弟不明就里地接受了跟弟的自告奋勇。"姊妹易嫁"的直接受益者为毛弟的妈,因此凡是跟弟则出血,而之前养青云则得拔她的毛。一箭双雕在厂里哄哄了一时也就熄了火,既是周瑜黄盖连蒋干什么的都乐,碍别人什么事?

一天夜晚,听到中屋里有人在叽叽喳喳,拉开道门缝一看,小凌子、小霍子正兴趣盎然地扒着东屋门的上亮子鬼鬼祟祟地往里窥视,小霍子不够个还搬了个凳子,看得过瘾即招呼一旁的青云:"快过来,告诉你一好事!"谁知这一分神,"啪"地一下连人带凳子全翻到了地上,小凌子一个人越急越拽不起来,青云过来搭了把手才把这坨老肉拽起来。青云问:"什么好事?"小霍子此刻哪还顾得上这个,龇着牙咧着嘴说:"磕着我脚脖子了!"青云故意调侃她:"就这好事呀?"

怕惊了东边,都回了西屋,小凌子眉飞色舞地白话着:"张毛弟他俩……嘻嘻……"她还卖乖地一缩脖子仿佛有人胳肢她。小霍子扒下脚上那跳丝漏洞的袜子,这回可是能够明目张胆地操作啦,她揉着肥硕的踝子骨没好气地说:"哼,甭美!结了婚也保不齐胡打乱衔毛!"青云白了她一眼道:"得得得,剪您的大褂去!"

嗯?这又是哪儿跟哪儿啊?青云得意地四顾着说:"在很久很久以前咱霍师傅的当年勇啊!发了白大褂弯着腰翻过来掉过去地这通比画,'嗯,长、长!剪述子的!'等咔嚓一剪子下去,一直剪到肚脐啦!"听的说的一时都笑失了声,小霍子喊着鼻子欲把脸皮刮破一般羞着青云道:"哼!还没出门子呢,就向着婆婆家!"

青云跟她妈翻了车,死不回头地钻进了祁家的避风港,祁家大喜过望地逢迎着就手洞房花烛了。这家子最对得起青云的就是在物质上赔了血本,连什么什么都给买啦。谁知婚假没歇,她抽冷子绕回了车间,大伙这才是惊恐万状:"新娘子,吃糖忙什么呀?"她黑着眼圈没头没脑地骂道:"吃吃吃,吃你婆婆的粪!"说完一屁股撅在凳子上紫涨着脸不知瞪谁,满嘴呼哧呼哧拉着风匣冒着怒气,时髦的白色高领衫跟着其胸大起大伏,让人已看到了内中那冲天的火光。

人俱围拢来。"大喜的日子干吗呀!"徐冬梅不无艳羡地问,青云突然哇的一声哭出来:"我的肖冰哎,我的徐师傅,我的霍师傅,我一头栽进火坑里嘞,你们谁也不拉我一把哎，祁跟弟这个狗娘养的，我操她八辈祖宗！""哎，怎么骂起大媒来了？"小霍子总不识时务。

"您甭提这壶！"青云的哭声戛然而止。"你这到底是怎么了？"我尽量平心静气地问。青云捋胳膊挽大腿掰着手指头数落道："叫你们大伙说说她们家办的这是人事吗？敢情她那哥是双胞胎！"半天都没插上嘴的小凌子可逮了空子撇斥拉嘴地显摆道："这你都不知道哇？真是吃猪头吃多了变成猪脑子了！连我都早知道了！""废话！人家又不娶你！知道什么，他们见着我就藏起一个来！"徐冬梅安慰道："青云，藏不藏的那不碍咱的事。""不碍你事碍我事！先头说是祁三儿跟我搞，回头睡觉的敢情是烧——""烧？"小霍子又迫不及待地抢了一句，"烧死人的祁二！"众人均一时哑然。

换了？我脑子"嗡"的一下腾了空，这个骨子里尽藏着骗惑的跟弟，玩的竟不是一箭双雕而是一石数鸟！八十年代，且天不高皇帝不远，竟能有如此胆大妄为、刁钻促狭的偷梁换柱？"还是个结巴！哎哟，甭提喽，我真是喝了迷幻汤啦！"青云又呜呜地哭起来。

人们纷纷有节制地笑了起来，青云自己也气乐了，乐完又哭。"告她去！"嘿，这回连哑巴金萍都急了。"告谁去？"她朝金萍怒火冲天道，"我连正经坟头还哭不过来呢，大那八岁，我妈那儿还寻死觅活的不依不饶呢，回头这包子再露了馅儿，我妈非嚯儿喽一下弯回去不可！"她缓口气掏出手绢擦着眼泪鼻涕，劝旁人似的说道："离是早晚的事！先赚些日子钱，把我妈稳住喽再说！"说完站起身四下寻摸："祁跟弟呢？"我说："多少天没露面了。""人家现在……"小霍子朝大家格挤着眼说："我找她去！先抽一顿再说！"青云不由分说抬腿往外走，俩眼直得像吞食了拍花子药。

这么一来，厂里又吵开了蛤蟆塘，片儿小人少沾火星子就爆。人们挤在门口、窗口，七嘴八舌地议论："哎哟，她不上当谁上当啊，统共没见着几回面就跑人家家睡去啦！这回崴了泥了吧？""可不是，就这么个急毛火性的倔驴给配个结巴，不活活急死？""得嘞！她呀就得！要再嫁个横的，那还不得成了，哎有个头叫什么来着？噢，杀（沙）——千——里了！"

跟弟俩月没出水，毛弟送来一沓子胃炎、肾炎、乳腺炎之类的假条。金萍二愣子一样地问我："什么叫'乳腺炎'？""乳房的病。"她依旧茫然："什么叫乳房？""嗯？"我望着这位二十有四的姑娘，心中掠过一丝柔软的残忍，只得悄悄指指自己的又指她的，青云大叫："金萍呆傻！肖冰流氓！"

青云在哪儿也没有捞着跟弟，只得满脑子跟自己打着离婚到医院里上了环。徐冬梅见她老不怀孕，颠前跑后地无微不至："青云呐，快去医院查查，是不是你俩谁有毛病？"青云没好气地说："我俩都有毛病！"谁知那环跟它主人一样无政府，自己溜达出去了，她怀了孕。引流时大夫问："你的环呢？"她怒不可遏："我正想问你呢！""你这人怎么这么说话？""我怎么说话？你教教我，我应该怎么说话呀？我应该感谢你们发的那个'戒指'，把我给坑苦啦！"

我厂有个绝对的"集体特色病"：就是对每个人的那个人都要评头论足到无以复加，要不把人切贬死就对不起你对不起他！这么说吧，哪个人的那个人兹敢于厂大门口一露头，您就甭想再缩回去了！自然是我们班先睹为快：窗子正对厂大门呀！自然又是我头一个发现，但我的反应定为视若无睹，并在事后绝不做任何渲染。二一个则是青云饱眼福，您想想还有比这姑奶奶更劳神的吗？她几乎与此同时撕扯那本来即已盈天的嗓子："啊，同志们！某某某的那个——来啦！"在她的嘴里，那人已变作了旧堂馆里的一道菜。于是，由"一花引来万花香"，唰啦啦的目光直冲着你死盯直至盯死！盯不死也脱层皮！

江海波大家实在太熟视了自然免去了诸多麻烦，要不然单他那身穿着就谁也饶不了芳春。依我看，若不是厂里发工作服的话，他可能就打算光着了，真不知道在只发白大褂的阶段他是怎么"熬"过来的？

只跟弟一人给了句"没风度！"芳春竟不解其意，把个脖子拨浪鼓似的扭向一个个的人："什么是风度？"一时把众人给问得有乐的有吃瘪的，突然有人说："就我们毛弟那样的！"吁——一石激起千层浪。

江海波房顶子开门，全厂只认芳春一人，说句话难的恨不能让人从嘴里往外掏！大伙儿扫雪时毛弟贱贱地说："我逗逗他！"上前拉住江海波，指着正前方用大扫帚扫雪的小凌子问："哎，海波，你说我俩谁好看？"就那还用说吗？毛弟那小白脸儿让雪一冻红扑扑的，小凌子那疙瘩留秋的大驴脸再被风雪抽得紫里坷耗。谁知江海波真有绝的，不紧不慢地抬头相看相看毛弟又瞅瞅小凌子，好像以前根本不认识他俩似的，还是用以往那低得不能再低的声音慢得不能再慢的速度说："差不多。"嘿！大伙儿这乐。毛弟正在愤愤时，不巧小凌子刚好停扫了，猛地把手中的大扫帚往肩上一抗，那扫帚苗不偏不倚正扫着毛弟的全脸！可能是刺着了眼睑，哎哟，那鼻涕眼泪哈喇子哟，这下，他没小凌子好看了。

祁二惺惺呆呆、温里温吞地到厂里送假条，楼道里自是一番景致。人们越逗他越吭哧瘪肚，他越吭哧瘪肚人们还越逗他。祁二慌怵得脑门子上冒着大汗，拿假条的手挓挲着颤个不停，徐冬梅哄他："你媳妇好吗？""好。"这是决定性的话所以痛快。"多给买吃的！""买。""时候一长了就有感情啦！"她又凑到跟前捅鼓着祁二阴阳怪气地小声说："体贴着点。""嗯。"祁二在人前一般只说一个字。

　　副厂长那老头可是个大老实人，拖着蒜辫子似的一帮孩子没了老伴儿。听说近期有好心人给撮合了一位不少挣但挺"拧"的老姑娘。呵，消息这一传开，我厂可是再没消停日子喽，弄得有些人天天不憋好屁。耐着性子赶上厂里发电影票，哎哟，机会来喽！人人争先让票，只为一睹新娘真容。因影院太远我没去，等回来后那俩耳朵哪儿够使呀？小凌子、小霍子、跟弟、青云均是俩人拽我一胳膊、俩嘴对我一耳朵，分明是女子混合双打！我既听不过来也听不清楚，忒乱了时就听青云"嗷"的一声喊叫："都给我闭嘴！肖冰你今天要是敢听别人的嘿，回头瞧我抽你不！"得，这下一来是大伙也不敢说了我也不敢听了，都老实了，她用那双伸出来比小霍子胳膊短不了多少的大手拦截着我，同时一屁股拍在桌子上，眉飞色舞地话冲着我、眼乜斜着别人说："哎，肖冰我问你，去过动物园吗？""中学毕业的时候去过，这有关系吗？你倒是想说什么呀？"我不解地答和问道，大伙听了她这话也都愣了神。"那你在那儿见过母狼吗？"我不由"哇"的一声笑出来，接着，大伙也就都没了完了……

　　事隔了好久咱才知道，我刚进厂的时候的小凌子敢情才二十七！我的妈吔，就差让人认为她七十二了。怪不得毛弟说她是倒找钱的主呢！他还用俩手比画着："给你们打个比方啊，好比说小凌子手里举着一沓子钱来推某男的门，那人开门一瞅,一手接钱那手就得赶紧关门!"我说:"那人家也嫁出去了呀!"那会儿青云还正跟毛弟打得火热呢,因此赶紧助阵说:"哎哟你是没见着呢,一嘴黑芝麻牙两手白癜风!"

小凌子的两个女儿上学后她婆婆弹了弦子,她的家务即多了起来。"有回我做完了饭等她老半天也没回来,到茅坑一找,好嘛!人家正低着头跟狗找自己尾巴似的在那儿转圈拽裤腰带呢……那天下班一进门,那老两口嘿蜷在床上跟一对烧煳了的麻雀似的。我过去一扒拉,其实我声挺小的,'哎没死吧?'哎,还真没死。我婆婆一翻身骨碌起来了,饶了她把我吓一跳吧还说我把她吓一跳!开口就骂我,'你妈才死了呢!'我说对,我妈是死了,我妈多自觉呀,老早不给儿女们添麻烦了!没想到她还急了,'是,你妈死得早,比我脸皮薄,可她要真的脸皮薄哇,就该趁当初没生你的时候死,大家多省心哪!'我问她,你什么意思呀你?你什么意思呀你?""那她说什么呀?"徐冬梅不逗咳嗽比真咳嗽了还难受。"咳!倒了霉啦,还没等她说呢我们那位回来了!""那他向着谁呀?""他倒没抄茬儿,他那人不爱言声,就抬手给了我一嘴巴。"噢,这就是"不知道向着谁"啊?这就是出了差后差点把小凌子想疯了的那个啊?好嘛,那是想疯了吗?那是美疯了。

小凌子老说孩子不吃她做的饭:"人家霍师傅那仨儿倒是光不爱吃馒头哇!"小霍子急辩道:"谁说的我儿子不爱吃馒头?他们就是不爱吃我蒸的馒头!人家她奶奶蒸的那馒头,这仨死崽子一人一吃好几个!"青云听了说:"是,是不爱吃,那能吃吗?您那馒头蒸得就跟您老人家那张脸似的,死面饼一样!再说了,回头再加上您那强项!"小霍子一听扬起手来……

有天吃午饭时，小凌子掏出自己烙的素馅儿饼来："肖冰、青云，你们尝尝，准不好吃吗？"她就这点不如人家小霍子：人家大多时候是回家去吃午饭的，就不这么难为人了。青云先接了一个顺手一掰，我还爱那馅：杨树毛毛。不想青云用鼻子一闻眉一皱眼一瞥牙一龇嘴一咧，趁我还没接呢，眼睛冲我眨着嘴上朝她说着："哎哎凌师傅凌师傅，我俩一个就行啦，回头您该不够了！"她趁小凌子低头咬饼时嗖的一下把那咬了的和没咬的都从敞开的窗口扔了出去，神情仿佛救驾一般。

有回要命的小凌子又带了她那要命的"丸子"来，中午追着青云我俩给我们吃。您别看，别人她还不肯给呢！青云已吃过了馅饼的亏，不敢再轻易造次，但又不好轻易回绝，（好在她总为我挡驾）便用自己的勺子端着小凌子的丸子于眼前晃来晃去地审着："我说凌师傅，您这是丸子？""丸子！"小凌子回答得理所当然。我的眼光马上跟了去，见一个圆圆的小扁家伙卧在青云的勺子里，倒能让人看出那是土豆与胡萝卜的混合，而不是什么别的成分。"土豆胡萝卜丸子！快尝尝，我那俩崽子又喊不吃！你们说说，现在这孩子连丸子都不吃了还要吃什么？"小凌子愤愤地嘟囔着同时用厚厚的唇将丸子们一个个卷起。

干活的时候，徐冬梅和小凌子都是青云的下家，青云每天须供她俩九十个半成品，每人四十五，因定额为每小时五个，所以除去八个工作时外有一小时的余头能够多挣上六分钱奖金。为这六分钱，咱那徐特派员是呕心沥血啊，她这人于家里外头办事全得秤称斗量。头一次发奖金那回，鬼迷心窍的她一时都不会乐啦！光在那儿嘴咧着眼瞪着，前来发奖的库头小徐见状说："怎么着'咱特派'，不要？不要好哇，我要！拿——走——了！"他口里唱着这三字抬腿开拔。"哎回来！回来！回来！"急得徐冬梅紧追其后喊叫抓天。

这天，青云不知怎的，一抖机灵给弄出九十一个来！哎哟麻烦喽，俩这个打哟，先是徐特派往地下啐，接着便是小凌子摔自己的饭盒，摔瘪了又自修，越修越来气时她就又接着啐，俩都吵吵着说对方把唾沫星子溅于其脸上了，于是大吵。就这还有脸吗还怕溅？张毛弟在一旁说："这就是贱！"

青云唯恐天下不乱："开——锣——喽！"于是全班谁也不干活了，外班也干不下去了，都跑来瞧热闹。徐特派一哭，脸上的粉一道一道的，黑黝黝的底色彰显出来不用化妆即成了窦尔敦。正在不亦乐乎时，忽听站在门口上三顾六盼的张毛弟大叫："哎'大裤裆'来啦！"外人立时急流勇退，班人即都低头不语，喧闹之声戛然终止。

那副厂长仿佛一辈子都没有换条裤子，春夏秋冬一条又松又软还看不出色来的旧裤子，所以厂人敬献绰号"大裤裆"。

我们厂不大，但人人有外号，这你没办法。比如我吧，叫"农民代表"又被青云称作"流氓"，又因常言事若神（如猜几点钟啦、谁和谁恋上啦、谁又孕上啦以及未知人的个头、体重、有几个孩儿什么的）而被人们称作"活佛"；徐冬梅因无论什么事没她不掺和的，人称"徐特派员"；还有人叫什么土匪啦、疯子啦、狗啦；人们仿佛觉着绰号更能体现人内在的东西，倒比那名字还贴切呢。就拿小凌子来说吧，那大号有多么的准确啊！人说当年她刚怀孕四十天便腆腰叠肚地满厂乱晃，时不时地就说腹中那卵踹了她一脚！

副厂长进来即乐呵呵地问："刚听着热热闹闹的，怎么我一来鸦雀无声了呢？是不是不欢迎我呀？"人们都不吭声。小凌子岂肯憋着："那不是毛弟说的嘛，'大裤裆'来了！"哎哟，这下大伙能忍得住吗？哄堂大笑起来。副厂长见人们都笑就也跟着笑，但又摇着头纳闷："大裤裆？谁是大裤裆啊？"

哇！人们忍无可忍索性撒了泼。小凌子真把人来疯当是人们夸她呢，竟提高了嗓门毫无顾忌地嚷道："厂长您怎么装糊涂哇？不是都管您叫大裤裆嘛！""啊！管我叫大裤裆？噢，我是大裤裆啊？"

副厂长不知是后悔问了，还是觉得亏得问了，看不出来。但脸上的笑分明不多了，大伙儿都觉着不合适，但一时又都想不出合适的应对之策来，唯别有用心的徐冬梅趁机卖乖地岔开话头："哎大厂长啊，叫我说您可真是老来有艳福哇！那天看电影的时候我们可全都看见啦，大伙这通夸呀，不信您随便问问谁，您问问小霍子……"小霍子听了吓得忙用其粗手捂住了厚唇不再笑也不敢言语。徐冬梅又想说让他问问小凌子，忽想起刚才吵嘴之事就忙转向青云、金萍、祁跟弟，她转向谁谁即立刻转向别处。于是她重新转向副厂长："您说您那新老伴有多好啊多漂亮啊！哎呀没不夸的呀！"这下可真没法弄了，要说徐特派这不是害人吗？那谁还忍得住哇？可话又说回来了，忍不住也得忍呢！她那蒙小人不蒙君子的拙劣表现使得那老头无可奈何，只得讪讪地走了。

青云打医院回来便分派祁二："去！买只鸡、五斤鸡蛋，再带点下水什么的！"祁二支支吾吾地迟误着干搓手不动窝但又不敢看她，只把两只死眼胡乱地瞪向别处。"钉死木桩子啦！"青云斥打道。祁二小声说："钱——""什么前啊后的？""工资——不全交——交给你了吗？""行啦！

青云膈应虱子跳蚤般地横了他一眼煞恨道:"你交的那钱呀,告诉你啊,儿媳妇的那儿——甭指着啦!麻利找你妈要去!"她见祁二仍不动窝,下床就是一脚:"去不去?买不买?你给我个痛快话!想要追着买的人可有的是!"

祁妈闻得这祖宗奶奶犯了馋,不知所以,乐得那张老嘴一时要耍了圈。虽说是俩小子,一个贼子一个痴儿!三儿这不着调的东西!说起来没少给往回领丫头片子,吃了喝了临了一个肯给生孙儿的都没有!弄得老两口还总得住阳台去!老头子总说,要不是老大送了人,咱俩合着就得住茅房去!如今老两口这把头发都枯啦,一个孙儿也没抱上。瞧瞧人家老张家老王家老李家老赵家!

唉!头些天丫头鼓捣个青云来,老太太一听就不妥:"你不怕下辈子不投生啊?"跟弟说:"您赚好呗!这青云她尿不远,只要把好嚼裹给盯住喽我俩哥睡她都行!"祁妈说:"你就缺德吧你!""您说您,求爷爷告奶奶的一个赖的都求不来!给您弄个好的来又不敢要,正经八百的下三烂!"老太太一见丫头那气吞山河的架势就又瘪茄子了。

这回敢情是老天爷睁眼了?于是她老人家拖着个瘟鸡似的身子给买了个凿实!外带两听红果罐头。累得那颗老心是死跳仿佛要跳死。进门就吞药,那药瓶也小上边那字也小,里外四个花镜让老头子摔了仨,剩一个还得紧着他,要不然他就真跟那没头苍蝇似的净往人家脸上撞去!这下可苦了咱祁妈!把那1~2片给看成了12片,吃完就请救护车了。

东窗终于事发,祁妈肺管子炸裂,跑到跟弟门上兴师问罪。

连日来跟弟见青云也没怎么踢蹬,自恃早已把她看到底了,估摸着上轨的列车大概其不易翻了,便舐糠及米地来到厂里为老娘拔份儿！不料想一露头即让人把那半个时辰才能归整好的发髻给扯了个好瞧！跟弟一把不黑不多但极滑亮的头发，时而披肩时而绾髻风情万种。

"你个母狐狸到底是出洞了！"青云只这一句往下便哽咽了。二人似两头着了魔的母狮立时扭在一起，嘴里叨唠着些令人齿冷的言辞，全无半点遮掩避讳。按说跟弟不是青云的对手，可今儿个青云气昏了头，俩人才落了个平手。徐冬梅、金萍俩人上前让人一甩一趔趄！

我深知此刻情急话不足，喊了声"快叫人去！"随后俩手一撑上了工作台。小霍子也想上台但上不去，只得临时随之躲闪，人家打到哪儿便从哪儿躲开，她比谁都累！

俩货撞翻了所有的凳子，均是一身土一脸血！敢情女人们掐起来比那斗惊了的蛐蛐不善！跟原始社会里母系们火拼似的。小凌子在一旁跟着蹦，人打到哪儿她跟到哪儿，似摔跤裁判一般。徐冬梅、金萍喊来宋质斌、郑芳春，俩拽一个才把这对连体活宝分开，二人双双朝天喘着气，像是要把所有的灰尘吸入。跟弟总是恶人先告状，占便宜卖乖："你上当你活该！我怎么不坑别人哪？不管怎么着，先说我们家对得起你不？就甭说给你花钱，单说我妈整天价给你当驴使……""甭你妈当驴，你们家拉出一头是一头，一个好人揍的没有！""你凭什么断我们家的后？""喊！你们家这辈子死喽，坟头都不长草啦，还想往下续烟儿？再者说了，许你先放火不许我后点灯？"嗯？大伙听出了毛病。

跟弟的脸像陡然被揭去一张皮充起一层血点子来，接着便母猴一般扑挠过去，把正拽着她的徐冬梅一下子甩到门框上，芳春急急将她拉住："没完了你？"跟弟狂怒难遏地叫嚣："有完没完关你屁事！跑这儿公报私仇来了？"

"喝，你还逮谁跟谁来呀？""怎么着？嗤——"跟弟口中突然发出蛇吐芯子般的声音，"有的人呐也别老跟这儿充什么正经大姑娘！"芳春的手一下子松了，如同梦中惊醒，满屋子的人连同窗外来客统统怔得像集体食物中毒，本来小凌子们就为刚揭开的点灯放火之奥秘，兴奋得恨不能先抽自己俩嘴巴！还没来得及消化呢，这么快又加了餐，您说说什么阵势？

人们直把那刀剑般的目光齐刷刷地戳向芳春，层层剥笋似的把她剥个精赤。只见那端庄的脸上一阵惨白，暗青色的双唇似乎翕动了一下又终没能发出声便一头栽了下去！宋徐急将她架住，金萍奔过去时都差了音。小凌子兴奋得可着屋子蹦："热闹喽、热闹喽！"满楼道里全是胜诉者：瞧瞧她们班，成了安定分院喽！

宋质斌那脸上急得汗珠子扑哧扑哧地直往嘴里掉，找了半天才在曲里拐弯的厂食堂门口逮着正嚼着满嘴鸡蛋黄的张毛弟："毛弟快！往医院送趟芳春，她晕过去了！"张毛弟膀子一晃抆开她的手急歪歪地说："得得得！我刚送货回来还没吃饭呢，她嘛不早会儿晕？和东西一块拉多省事！""哎哟，那玩意儿能定得了时吗？""哎，我五脏六腑可全瘪啦，回头我要是饿晕喽谁拉我呀？阎王爷还不差饿鬼呢，她算哪路神仙？"

人们陆续地前去探望了芳春，每每这种时刻单我百无一用。良知谴责着我一颗焦灼的心，金萍随时为我赴汤蹈火："明儿下午咱俩倒休，我陪你去。"

"你说你来干什么？"已是脱了相的芳春未语先悲，引得金萍即刻盈盈欲泪，她这个人，人家伤心她先落泪，人家要哭大发喽，她就能哭死过去！

我努力把持着自己，记得像是《水浒》上说的吧，探视者不能哭。我只悲悯地唤着"芳春，芳春……"却不知自己的表情比哭还惨。一抹染血的残阳从斜刺里照射着与病房中的一切同样苍白的芳春的脸，她偏身慵懒地侧卧在被子上，像秋暮里一朵凋零的花，与前一个芳春判若两人。

在那凄凄惨惨戚戚的氛围里，她语无伦次地讲给我们一个近乎天方夜谭的故事：一九七四年的一个可诅咒的日子，跟弟她俩到京郊办事。因跟弟肚子疼误了归期，返家时天色已晚……

走过杂草丛生的小树林时已是路断人稀，夜黑里树冠们变得狰狞可怖，树叶被风弄得瑟瑟作响，样子很像是被猫耍在手中的耗子。正在惕怵间，果然从树后闪出一个相貌猥琐的男人，秃鹫一般先扑向了跟弟，跟弟哇的一声都忘记了叫妈！芳春见势上前一口咬住那人的手腕，哪知解脱后的跟弟竟自顾往回跑！口中喊着"我去叫人！"迅速得像只母獐，一点也没有了肚子痛的影子，待人们赶到……

跟弟自是经常受到人们的强烈谴责，但法律还够不着她。村里表示坚决抓凶手和弹压此事，跟弟也流着痛悔的泪表示永不提及。

"其实要我俩都在就不至于……"芳春目光钝化地叨念着这句已是失去意义的话，仿佛是痛苦长久积发的宣泄。

哦，我终于悟出那一缕伤情的底蕴，感到世界残缺了，我的血倏地腾空而又倏地降落，内心割痛地强化着芳春那孤立无援的境地，仿佛陷落的不是她而是自己本身！我的心一阵紧迫险些叫出来。她竟然还在企盼着"你俩都在？"我只对芳春做了些毫无价值的安慰，因此刻好像更需要安慰的是我，甭提金萍！她是来陪哭的。

打医院出来已是浆糊的头脑，眼前总横亘着跟弟那具没了灵魂的躯壳。不料一下子将车横在了一辆降速后驶上医院门前缓坡的救护车前！那车急急地"吱嘎"一声不平地尖叫着刹住，金萍一下子扑在我身上！匆忙中不知被什么剐住，粉白花泡纱裙从纤细的腰间扯开尺把来长，我俩顿时慌作一团。

司机急火火地从车门里探出头来暴怒道："轧死——"此刻我已被眼前的一幕完全惊醒正不知迁怒于谁，不待他吐出下面的字紧步其后接上一个"你"字！我之果断与大胆把那人着实吓了一跳！旋即我们四目相对了，呵，但愿这是一个永不要醒透的梦。

那是一张魅人的脸，眉眼熠熠生辉，鼻梁及双唇布局得饱胀性感，这一切顷刻间迷惑了我的心神。他的心态也明显地起着变化，良许，他友善地甩了下潇洒的发型打趣地说："噢，合着我自己轧死我自己？"

晚上，天霞我俩走在相伴我们长大的垂杨柳的小路上，柳色温柔极了，清朗的月像是单为我们悬在净空，空间被拓展得深邃无边。几年来，这小路似被我们专权了，有事没事的都要走上一趟。

"你和那司机一见钟情了吧？""去你的！"又徘徊到母校门口了，这个常令我心心念念的地方，却又每每令我近乡情怯、望而却步。正待折回时，校门里疾步走出一个男人于我们面前站定，真是讨厌！

"肖冰！"嗯？这可是谁？高高的个子端正的五官，乌黑的寸头鲜明地托出一团正气，浅灰色方格半袖衫及长裤套装，脚上蹬一双烟色交叉皮凉鞋，洒脱的样子加之那黑框眼镜，竟大有当年图画老师贾老师的风采！那可是荣获我们全体女生公认的美男子称号的权威人物啊。

"您是……"我露出一丝歉意。"猜！"一霎间筛尽了脑海中所有相识的异性，无奈地用眼光求助于天霞，她则更加惶惑，我们只得低头认罪。"真是目中无人哪！在下徐——敬——民！""徐……"我们双双瞠目结舌，真是士别三日当刮目相看！当年那个让人感觉总也洗不净脸的家伙怎么会摇身一变，成了眼前的这位文质彬彬的白面书生了呢？一个人怎么竟会有如此大的变化呢？

"你怎么在这儿？"我为自己的不识庐山搭上了过多的热情。他一努嘴："师范毕业回母校任教。""噢？太阳底下最光辉的事业！"我不无羡慕地说。"'我不下地狱谁下地狱！'今儿我值班，打门缝就看见你俩了！"他神采飞扬地说。"如今你就从那儿看我们啦？""啊不不，你真会钻空子！走，进去看看，学校这几年变化可大啦。"

我是多么爱戴教师这个职业啊！由于多年来老师们的关怀，我感觉教师真是能够献给人类最完整的美的职业，无论在梦中或是幻觉中甚至在祈祷来生时，自己都是一名神圣的人民教师！因我想永不离校园，所以对这个职业的幻念如潮似梦。却又极愿搞成人教育，认为他们不用扬鞭自奋蹄。

梦里几经萦回的母校一游，竟是这样完全意想不到的结局，命运多舛带给我过多的臆想，平日里早措好了的表达回母校时的心情的词裉节儿上全都用不上了。

校园中此刻真乃疏松影落空坛静，使我今天的这一脚踏入大有当年的那一脚踏入之感。月色在校园里泅出了一个朦胧的天地，给人以清夜无尘的超脱，似应着一个遥远的清梦，于脚下微颤起来，仿佛再度还魂。教学楼被一片倚墙攀缘的爬山虎拥得静雅清幽，当年的防空工事已被拓展成平坦而开阔的二合一大操场，敬民说现在两校业已合并为工大附中。近南墙根的三张乒乓球台正偎在月辉里静谧地安睡，它们岂知我今日到访？就是在这些球台上，薛凝教会了我发旋转球,让我赢了那么多的女生。

啊,我的母校,在你怀抱中的十载学生生涯融贯了我的一生,充盈了我的整个生命,奠基了我的终生意韵,多少年物换星移初衷不改。

啊,我的教室,那株门前柳正值青翠可人,随风翻动着轻俏的腰身,柳梢在月下流光溢彩。推门走进去用背死抵住它,目光痴迷起来,千载难逢地捕捉到了这一时刻……这里曾是怎样的喧嚣,那业已空空荡荡的座位上恍然突兀地再现了一个个早已消失的或顽皮或稚气的脸庞,那最后的班上联欢会;那亦师亦友的佟老师感情极其投入地为我们更确切地说是为了我而演唱了那首"革命风雷激荡",脖子上暴起的青筋何时想来都倏然入目。

有人说,人生最美好的时光就是中学时代。大概是因为小学尚属懵懂而高中又趋于成熟,唯有中学阶段才真正是"月朦胧鸟朦胧"。

"佟老师还在这儿吧?"我理所当然地问。敬民说:"早调走了,连俄老师、徐老师、贾老师全调走了!"我木然亦觉喉中干涩。还来看谁?谁还再需要我看?自己在这里已如同一个弃儿!沉默过后,我舒缓了一下仍摆脱不了的情绪说:"老师们太好了!"敬民大概身居此位深解其甘苦,加之想缓解气氛,忙颇有同感地接应道:"对对!老师们太好了!"天霞于一旁不求甚解地看着我俩,如同断了线的木偶。

"现在在哪儿呢?"徐敬民总是避开木偶只同我谈。"你知道前边那个仪表厂吗?"我自愧不如地说,但总在答时反问过去。"噢,窝那儿啦?一水的家妇!我姑就在那儿。""徐冬梅呀?""你比鬼都精!我姑说厂里属姓徐的多。"徐敬民用食指点指着我说。他大概出于职业习惯总以为谁是孩子。

"嗨！傻子都知道，一个库房小伙子一个传达室老头一个进进出出派出所的丫头，家里人提起她来不似你嘴上这么顺溜！"

到了小学这边了，因夜色里看不出年轮来的那大槐树、槐荫模糊的那校舍前，那曾牵动我缕缕情思的根根窗棂，此刻已是触手可摸……

"哎？当年我们的黄老师还在这儿吧？"一出口便知我错了。敬民迟疑了一下说："你问黄喜呀？"心弦绷之要断但依然抱了一线希冀，巴望着能够听到她已然调动甚至又去住院了的消息，然而我又错了。敬民的表情打破了我所有的幻念，完！"黄老师……已经不在世了。"已是意料之中但还是难以接受，一阵眩晕紧接着泪囊肿胀，心绪沉浸在了遥远的思绪之中……

啊！我的老师，当年你那一脸闪闪烁烁的笑靥，如一泓清泉滋润着我幼小干裂、自惭形秽的心田，因为残者最懂得"出门看天色，进门看脸色"这个颠扑不破的真理。还有你那于夏日熏风里飘动着的素色衫裙、那双伸在白色皮凉鞋里的纤巧的光脚，曾留给我——一个残疾孩子至深永久的轻松感。

啊！我的老师你知道吗？入中学后听到你再次住院的消息，我和绮华在一个周六的下午前去看你。没买东西是绮华的主意：老师绝对体谅咱拿不动！绝对……听说前面去的女生们倒还懂得给你买些可口的食品，而单因医院门口只有个孤零零的小瓜摊，咱们班上的那十七名自认聪明的傻了巴唧的男生们，竟由此而令人贻笑大方地做出了如此光荣伟大的壮举：为你买上了十七个西瓜！搞得你啼笑皆非。听人说老师望着那把医院的地上堆满了的西瓜哭了，一会儿又笑了……许多家长们都说，看来黄老师出院也不能够再教你们啦，得赶紧着改行卖瓜去了。

　　同仁医院在哪儿啊？我们只知离家越远仿佛离你越近，一下子被滂沱大雨劫在了幸福大街。黑色的天幕像匹乌纱，好像随时都可能降落下来并定要将我们覆住。我们害怕极了，只得在雨稍住些时默默地往回赶，绮华背着我一脚深一脚浅地蹚着没膝的浑水，我伏在她小小的背上，望着那逐一被她破坏掉的乐此不疲的水波纹感到阵阵晕眩。那次终没能见到你，不想竟是永远地见不到了……

　　啊！我的老师，你就那么匆匆地去了吗？叫我反倒要去羡忌别人的老师，我原本是有世上最好的老师的呀！你离开烦嚣的尘世去向那寂暗的冥冥之界，叫我痛彻肺腑地感伤你的被抛却、感伤你的孤独。今日噩耗已隔数载，已是无处吊唁。这样一来，我就欠下了你一笔永无偿还之日的人情债！你去了，永远地去了，唯留下那千古的月色在继续抚慰着我。啊！我那音容宛在的老师，天边有月，心中有你！

　　敬民说，当年黄老师的追悼会举行得十分隆重，教育部门给予了这位风华正茂、如湛蓝色晴空中飘浮着的一朵静云似的姑娘以极高的评价，足以慰藉我那英年早逝的恩师。

　　从母校出来已是夜深了。夜云轻轻地俯视着静下来的垂杨柳，街巷里人迹寥落，簌簌的风透着凉意，我们大谈着徐敬民，"你说他变得像了谁？"我历来是从天霞的脸上找寻她发问的答案的："那咱一齐说！"于是我们双双竖起一根食指对叫："肖——涧——秋！"我们为彼此的心有灵犀而欣慰地笑起来。

　　天霞之笑轻盈动人，清秀的凤眼、长长的人中相映成趣。蓦地,我又从那标致的鹅蛋脸上找到了另一答案!就调侃地问:"那你不嫌他那鼻涕啦?再说我也怕你一头撞死呀!"天霞捶我,乐不可支。

三两日后的下午,天闷得让人起躁,人们纷纷躲开我的点焊机到别屋里偷闲,我厌厌地打发着差事。几年来的失意使我动辄伤感,未谙世事之前从未料到,直面人生时还有道在劫难逃的几乎是跨越不过去的沟坎!仿佛早有一条命定的路。苦度荒寂中,冗长的艰涩掠夺着我的青春,女性的形象被贬到叫人晾晒的地步!残疾人极度的孤独感以及异性间的神奇魅力,使我对恋人们寻常的一句便感触至深,但无奈只得将自身的情愫恪守在无谓的深谙世故之中。我避开一切人的目光,好像谁都有能力有权力洞穿我内心的伤楚。沉舟侧畔,已是千帆过尽,所落得唯跟弟们届时不忘的零敲碎打,无所不用其极,像尖利的玫瑰刺般毒灼着我的心,渐又添置了毛弟的每露讥诮之色,亦似一把无形的刀。

一个冷雨洒窗的残秋日,当我借伞给毛弟时竟换得他皮抻肉不动的一笑,那神情分明误以为我在焦渴地巴结他!他的亵渎顿时化作一股强烈的屈辱感浸淫着我创痛的心,本来该受鄙夷的是他们!现在却转成了我。原来奸人看我们也像我们看他们一样不可思议。我既稀释不了内心的愤然之情,又无处发作,只得默默无语,机械地平衡着自己。

去年一个雪压冬云的日子,一上班徐冬梅即说:"给你介绍个人。"心蓦地沉坠下来,不知命运又将怎样地捉弄我,因此类事发生在我身上已屡见不鲜。不知愿时光快些还是盼望它停下来,这个最不解人意的东西仍执拗地依循着以往的常速优哉游哉地挪到了下午四点半。我在母亲和徐的陪伴下一个轱辘一道印地走向刑场,婚姻在这里被勒令成暗色的葬礼形势。我悲叹诗人的句子：是谁多事种芭蕉，早也潇潇晚也潇潇！

漫天飞絮垄断着世界，天地一片苍茫。车轮下滑出干涩的咯哧咯哧声令人周身不快，心一时像块冻豆腐似的拌不开。天低云暗欲塌陷一般，空间显得过于狭小，让人透不过气来，憋闷至极。

于广渠门外恭候我的是一个看上去很难感知世界的生命。使我感到曾经是那么亲切的广渠门此后变得那般的陌生。五官长得十分怪诞，别的全小，只有牙大，横七竖八；一双眼皮像是从出了娘胎就未抬起过似的；一条大红布带从裂开的裤口处分别吊下长短两个头，见我们来了依旧哭丧着一张脸。徐冬梅忙上前挤眉弄眼地提醒他："哎小屈，肖冰来了！""来了来了，我也来了。"他不知所措地说着，同时用左右手轮流揩、甩着鼻涕，又摸摸索索地从旧棉袄兜里掏出一把混着玻璃纸糖块的葵花籽向我们塞来："我妈说这是罕见物，让你们吃这个。"他的声音像被内里什么物扯着，缩在那儿不肯出来。我死命地躲闪，徐冬梅一并接了忙不迭地边往嘴里塞着边放入自家口袋里，又一心四用地忙着边给他抻身上那黑不黑蓝不蓝灰不灰的旧棉袄一边说："肖冰，他不是矮，是天冷穿得多，加上男人肩宽。"后来跟大家白话时，她还为此挨了青云的骂。"那男的长得不错……"青云叫："是不错！得闭着眼瞧！"徐冬梅也急了："闭着眼还瞧什么瞧？"

我木在那儿，像被人摄去了魂。

母亲看出了我的想法，便客气地对徐说："徐师傅，等明儿个我们再给您回话吧。"

母女俩落寞地走在忽而变得很长的归路上，天地时空俱已凝固，连同我一颗死灰塌塌的心。心也随着天渐渐寂暗下来，雪依旧笼罩着惆怅，它不知怎的越发白得出奇、亮得刺眼、拥堵得令人心乱。我漫无目的地举头望望幽冷的天际，它显得更加低矮、空间亦更加狭小，已容纳不下我一腔的怨气。

晚上，苦苦地感念着命运带给自己的不平，本应顺畅的事却要那么狼狈地去办，婚姻被腿疾搞得如同下赌注般。心想若真嫁了那个屈鬼，岂不枉了自己平生的情趣高雅，糊里糊涂地将一世为人空去白回地做过了！

又一个不眠之夜，光影摇曳中的对窗柳，透过薄纱依稀舒展着自己光秃秃的枝权……

大大出乎我意料的是：人家还不同意！我劝慰着愤愤不平的徐冬梅的同时，心随之又被重重地砸上了一锤：这号的尚且看不上我。"师傅，您这活好嘿！"一声醇厚的男中音宛若一道厉闪惊断我的沉思。猛抬头时视线中竟出现了那个"自己轧死自己"的人！这是怎么回事？

"您找谁？""啊，来您厂办点事，咱们不是有合同嘛？呵呵，那天吓着您了吧？""不不，那天实在是怨我，真不好意思，您是司机呀？"他轻轻一摇头："业余爱好，学学方便，我是妇产科的。""噢，大夫！"我敬慕地称道。"高栋林。"他谦逊地说，"您这活儿真有意思，我来试试！"他寻着一个无可无不可的由子，说完一个健步纵身跳上窗口而后敏捷地落入屋中。

于屋中立定后，他目光迅速扫了一下四周问："怎么就您一人呀？""都出去了。"他于我斜刺里坐下来，这使我深感不适。"您怎么称呼？""肖冰。""肖冰，肖……在仪表局获征文奖的那个？""您也知道？"我舒心地笑了。"我们跟那儿也有合同。我说那天瞧着怎么那么眼熟呢！没错就是您！照片上穿的是花格衬衣绿毛衣对不对？在阳光下俨然类画!"他挥着手欣喜地说着又颇有兴致地拿起一只活学着我的样子做起来。"您说的那是织毛衣奖。征文奖没照片,发的是书签!"

那张俏脸完全去掉了那天的矫饰,平和怡人如春风遍至,眉眼生辉而不轻佻,使人迅速产生一种不寻常的信任。约为一米八多的个头,上穿一件浅水蓝色特利宁短袖衫,修长而饱胀性感的双腿上一条米黄色的确良裤(由于腿疾我素常过分注重健全男女们一引一向的双腿)。无论从哪个角度上看,这都无疑是一位令男子们为之侧目、女子们为之心慌气短的尤物。

他反复地做不来红了脸问:"您干这个多长时间了?""有几年了。这活欺生,只要闯过开头就齐活了!""您哪届毕业的呀?""七二届。""您这儿不必修行也可成佛哎。"他随手翻弄着我桌上的书报,拿起一本《隋唐演义》来说:"这书单田芳现在正播呢。""您也听单田芳的评书?"我对单田芳顶礼膜拜,每及于此必觅知音。他悟到我的振奋顺茬儿接道:"喝!一日错过食不甘味呀!""啊,我家半导体坏了,肠子肚子拖在外地听!他把一个个古人说得像活在你身边,这才叫妙手回春呢!让人感到设身处地。那台风让你觉着不是艺人而是育人!""说得太精辟了!"

我发现自己已然是兴趣盎然。我们从单田芳谈到文学继而又谈到他的医学,因我时常针灸自治,所以逗起能来还不见外道。他说:"您父母是搞教育的吧?""不是。"他的语言简单轻松而富有内涵,使人有一种面对神似的感觉,因而自身愈显得倍加空灵。

"咦?高大夫今儿个怎么不酸啦?"青云拖着长长的哈欠走进来(她不知此刻自己的这一哈欠就值上一刀),无意地打断我娱心肆情的一瞬,然而这平生仅见的一瞬涵盖着一个寸金光阴的永恒。

"肖冰,这就是跟我吵架那大夫!"青云从高转向我。"刘青云,到了你们这儿就别这么着啦。"高栋林气度不凡地站起身说,笑着陆续同进来的人们打招呼。"哎哟喂!"徐冬梅又是叫唤又是拉手还既不松手也不停叫,像是拉着自己的什么人且想要拉到哪里去似的!小凌子、小霍子就唱:"东方红太阳升……"敢情人家已婚者对他都已熟识吧!

"高大夫,我说您一个大男人家的成天价摆弄屁股多没出息呀!"青云说着又从我转向高。"啊,没出息没出息。"高栋林光可鉴人地唯唯诺诺,仿佛今天的各种事物全没了阴影。青云兴致亦很高就又问:"哎,高大夫,听说您就一妈呀?""谁俩妈呀?"大伙全乐了。"我是说……""啊,我父亲过世早,就我们娘儿俩过。""您好条件呀!牌又靓条又顺,自己个儿一个单元吧?""一个单元,有空去我家玩儿啊,咱们医院正对过的那个四层的黄楼,紧东门三层边上就是我家。"青云羊也似的"咩"的一声撇嘴叫道:"咂,您家那门槛高我们进不去!"高栋林用光洁细腻的大手点指着她道:"刘青云就爱开玩笑。"他又转向我说:"肖冰去啊。"我点头应承着,并不同大伙那样起身相送。这是我于生人面前的惯用伎俩:利用女性矜持掩盖残疾双腿带给我的自卑感。

他是从中门走的,路过我窗口时眷恋地停下来,大概他以为轻诺寡信便用眼神够着恳切地找补一句:"去啊。"那份流转再分明不过,一时让我感到深深的不可抵御。

风乍起,吹皱一池春水……阵阵隐隐的酸楚袭上心头,久拂不去。被冷漠销蚀的逆境中突然闯入这超凡脱俗的处子,搅乱了我人生的经纬,勾起缠绵悱恻的夜夜春梦,梦魔中高大的身影陡然幻化成那丑陋的屈鬼！惊惧地醒来后，整个额头被冷汗渗透，双眼涩辣难耐，一缕柔情倏然散尽，一股莫名的泪水无止无休。

　　三两天以后，传达室老徐头喊有我电话，旁人和我皆惊诧不已。每见恋人们接电话，自己便心里一片晦涩，如今莫不是……

　　是高栋林，电话里他屁事没有，随意找些少油没盐的话茬儿七问八问。传达室里很乱，我用手捂住另一只耳的同时老觉得那些人肯定在盯我，无端地向他们报以胆怯的笑意，极像是在致歉，仿佛自身出了什么丑事，不知招惹着谁了？撂下电话时，两手像长在了别人身上。

　　按捺不住内心的欢愉，被一条无形的链锁牵引着着了魔似的走向边缘。两性间强烈的相吸相悦淹没了少女心中的羞涩，如今也没了可商量的人，我的为人作嫁衣的行为得到了徐冬梅、姑侄们极大的感恩，他们各如其意了！我却如同断去了自己的手臂。天霞这家伙重色轻友到了无以复加，她狭窄的心空中只容纳得下一片祥瑞，在这里，敬民将我排挤得无影无踪。于是独自萌发了高门一探的念头，又兼凡要尝及此事必立即着手的习性，便于天刚断黑时分走了出来。

　　万家灯火勾起我缕缕伤情，天一下子风凄月暗起来，近乎枯涩的月光似在嘲弄我。夜黑里不敢骑车，于是别人十分钟的路在我走来是那么的漫长，仿佛要走上一辈子，此生就要回转不来了。

　　渐渐稀疏起来的行人懒散而冷漠，凄凉地穿过条条冥寂的小巷时，心中郁悒地暗想：人生到此，天道宁论！

　　这是一座在青藤绿蔓中的很规范的旧式四层楼房。期待中的目标步步逼近时，原有的勇气在节节败退，想自己怎么就来了呢？简直是荒诞至极。要么回去？然而情感总是不听理智的忠告，无论前方的陷阱将会怎样地陷得令其不可自拔。下坡的路总由常理来论定：分明是他先扰乱磁场的！青云常说，打不着鱼也得和弄和弄水！殊不知和弄水也可能掉进河里！

终于，我于东门不远处的一株青枝绿叶的海棠树下停了下来。抬头望去，三层楼紧东边通往房间的大阳台上，摆放着些吊兰及倒挂金钟类婆婆拖曳的花草，合着室内现出的蓝瓦瓦的灯光，一并透射出一种静谧、安闲、舒适。我就在这茫然独立中分分秒秒地惊骇着自己此番有惊无险的行动。在树下严严地藏身后，油蒙心窍似的轻唤了一声"高栋林！"

我被自己不高的声调唬得周身惊悸。呵，他在家。高大的身躯推开纱门走至阳台上，探出一头浓密的乌发四下里张望、巡视着问："谁呀？"又是一声醇厚的男中音。呵，这便是酬答了！让我就此感恩上苍！没有亏待我肖冰。我长长地吁了一口气，紧张得死也不过如此。

他回转了，他不属于我。

"嘿！二位老弟这排场可真盖了帽了嘿！"参加婚礼回来的徐冬梅嘴角冒着白沫，艳羡不迭地渲染着跟弟的喜车喜炮以及她那妖冶撩人的搔首弄姿。弄得青云没好气地说："真少见多怪！她要再不快着点呀，就成了'二头妈妈'了！"

几个月后跟弟住了院。徐冬梅兴奋得跟自己要生了似的追问着毛弟："哎哎我说，二位老弟打算生个什么呀？"届时张毛弟把那眉毛挑上了天嘴唇撇入了地："咱这人，生，就生小子！我是谁呀我？"

三天以后，当他蔫头耷脑地来厂办理孩子出生后的一

二 垂杨柳逸事

切啰唆事儿时,徐冬梅还是如同不说闭不了眼似的追着问:"哎,毛弟呀,你到底是生个什么呀?"张毛弟咧着嘴哭似的横说:"我要是能生就好啦!洗了三天襻子了还是个丫头!咱免谈吧啊!"他那表情像是徐冬梅为他生的。

别人不看跟弟我得去,好歹人家带我去过大苇塘啊。看跟弟可不容易,拿啥礼都不称意。她若送人糖和酒,因糖过多其酒难喝。于是由己及人。母亲给买了一兜"不大不小正可好"的鲜淋活鲫鱼,一只很大但不老的母鸡,由天霞陪着我去看跟弟。

一进门祁二正在忙活呢。瞧见我们来高兴得没可不可的,一人给拽过来把椅子,不是说不让坐坐月子人的床嘛!怕踩了奶什么的。然后他还热情地紧着向我们张罗:"你们、俩、吃吃、大便……""去一边儿去!"跟弟杵了祁二一下子斥打道。我一看,他手里端的是屉包子。跟弟说:"牛肉萝卜馅儿,刚出锅儿的,吃吧!"天霞镚子没花,大包子吃仨,连人家那下奶的猪蹄汤都喝了一大碗!但见那小嘴儿上蹭的那油珠儿噢,我心说了:不怕下奶呀?

等出了门后还是那话:"吃她狗儿的!"跟她那回吃刘剑家的那仨馒头、两大海碗热片汤、划拉多半盘子炸肉皮一样,说的就是这句。"谁是狗哇?""哎,她如那狗吗?"

有了孩子是难事。产假后,二位老弟的家门口就实实在在地埋上了地雷且还总有人踩着:不是你轰就是我炸,老是男女声二重吵!百巧百能的跟弟这回可真麻了爪:厂里是没托儿所,家中是两头不给看。跟弟说:"你妈真占着茅坑不拉屎!就知道整天价跟着老和尚跑哇!"毛弟去年爹死娘嫁人,据说他的新爹在年轻的时候曾给庙里撞过几天钟。毛弟不服气地回敬她说:"你妈不是也没拉嘛!"

这个众所周知,有个夜叉青云拦路虎。托人弄脸地找了个外单位托儿所，但人家提出必须持有一张"本厂无托"证明。这回又轮上宋质斌挠头了，说是没开过先河吃不准政策。我差点气乐喽，刚想吱声就挨了青云一拳，只见她脸上隐着过多的春风喜色道："待着你的！瞎掺和什么？没人把你当哑巴卖喽啊！"

跟弟扒在中屋桌子上大哭。她那哭声跟着上班铃声起步，它不响她不叫。自然招来了里外三五十的围观者。小凌子尖声拖着京腔趁火打劫："孩子！眼泪救不了你爹——"芳春见局面这么混乱，噩地一下子起身去找宋质斌。

"哎，我说大厂长，我今天可得问问您，咱们厂到底有没有托儿所呀？""你自己听听这是不是废话？这不是秃子脑袋长大包——明摆着的问题吗？"宋面带愠色手扶眼镜，不扶就掉，所以她老得扶着。原来她错戴了副厂长的眼镜，副厂长刚才坐在她对面的办公桌前擦眼镜，她说你就事儿吧。谁知半截子有人喊她，她抄起一个来就跑出去了。完了她又跑回来了，可副厂长人不见了。芳春想起来怨不得刚才来的时候见那副厂长一人正在半道上那儿瞎摸呢，也说是找宋质斌。芳春因有事就没追问，原来他是想换回镜子。

"你让我废话！没有，你干吗不给开证明啊？""芳春哪，你别急呀，咱不是没开过这东西吗，回头犯了错误谁兜着呀？""哎，不就证明个事实吗？犯得着哪门子错误哇？噢，咱这当干部的不给工人解决实际问题，合着就成天价坐办公室里剔牙、硌自己屁股哇？敢情您这辈子是不生了哈……""你、你……"气得那宋质斌一时直做了祁二。

芳春脸上像拉拉着水脚步欻欻欻像踩着谁似的走过来，劈手将证明"啪"地拍在桌子上，又于脸上拉拉着水脚步欻欻欻踩着谁似的走过去。青云翻着其小单眼皮儿努着大黑眼珠子撇着红而薄的俏嘴角狠歹歹地冲着她的后影,嗓门有多大扯多大:"真是下三烂!到了多会儿你也是狗改不了吃屎!贱嘿!告诉你啊,修桥补路双瞎眼啊!"芳春回过头来,耿着那永不屈服的脖子,气不忿地朝她说:"咱就说这个理儿!"青云一口啐在地上:"啊呸!说你婆婆那个纂儿!"

跟弟永远不打水,和我一样的赚现成的。青云为了治跟弟出了一个馊主意:每天无论谁打水,每人一碗倒完后给跟弟留空壶。她又特别补充说这个方法则绝不是冲肖冰,大伙一致说:"对对,咱每天打来先给肖冰倒上。"于是我每天又有人给沏茶了。可新问题又来了:我们厂那大暖壶两壶倒完后,刚好剩一杯!怎么办?青云说:"好办!"顺手给了水池子。于是每天眼睁睁地看着白白浪费掉一大缸子开水而跟弟没得喝,她每掂空壶时,大伙就不出声地憋笑。

"美女"姜环与我同年,只是进厂较晚只看到我的锦簇花团没见着我的艰难,正所谓光看见着贼吃肉没见着贼挨打,每每露出不惯常的气色,但人还是较为善良的。美女长得并不美只因其姓而得其名,对人们奉送的这一美称喜不自胜,错认为是实至名归,就连"姊妹易嫁"时她还喊呢:"怎么都不提前告诉我一声呀!让祁跟弟这小子白捡了个大便宜!"啊,那是捡的吗?

环身子单薄赢弱、面色萎黄无华、目光没有神采,青云老说冲她那干瘪的屁股结了婚也生不了儿子。芳春说:"我就爱看肖冰下雪天蒙着露珠的长睫毛和穿什么都好看的身材!人要是长得细法跟穿什么没关系。"环便追着问:"那我呢?"青云便不等到别人言声就抢着说:"你也跟穿衣裳没关系，穿什么什么好看!"

　　厂里各班的钥匙均挂在传达室里供早来者取之便。环独出心裁地主张将我们班的自挂胸前，人说你定保证总来得早？她说敢向毛主席保证！因无所谓也就没人再拦。环胸前挂了钥匙在走进小胡同回家的一遭里脸上有了光，能让人认为她当了干部而身价倍增。为此她废了寝忘了食，每每睡至深更半夜惊睁鼠眼："哎呀晚了！我还有任务呢!"

　　环自封半个金嗓。我们同是歌迷又同属五音不全，但我善于调整音韵注意以情代声，她则反之，唱出歌来冰凉硬梆能砸人一包！听起来还不如从前那南方人的那南方鸟。跟弟凡事儿都爱从中作梗："哎美女，咱们班要论嗓音那可就是麻袋里倒甲鱼——属了你啦！你看这也快过年了活又不忙，赏个脸给提前来上一段让大伙过过耳瘾，算是彩排吧！大伙儿要看好还能往上给你推荐推荐呢！没准上厂里的春节联欢会还有戏呢。"她又转身问大家："大伙说是吧？"继而她还提出，由于人太熟了，近距离不好意思看，令环只可背对着人唱。美女每每上当，然唱一段必是不行，跟弟定要继续作祟："这沾腥不到口的，谁听得够哇？就是回子吃上这点猪肉都不够腥啊！大伙儿说是不是得再来上一段儿？""是——"那有说不是的吗？

　　对跟弟说话办事得拿捏住分寸，弄不好就贼人看家，所以大家都不言声。眼见着环就被她捧至声嘶力竭处（类似"铁梅你应该挑上这八百斤"等句），环那俩小黄眼珠险险从眶子里努出来、小细脖子上那小细青筋都要抻断了似的险象环生，真叫人于心不忍。

　　环跟我一样热爱文学，于饭盒上肥皂盒上以及工作间的抽屉上到处书有"柳思"二字，就差着文身了。她曾很认真地给我们解释过这是她的笔名。说是在恋爱期受挫而将"柳丝"改作柳思的。不久后,在跟弟的百般怂恿下,环竟将其改作了"柳思春"。

思春恋事越累,病势越重。她有时善于故弄玄虚,内里像有多少深奥的玄机,却将人缘得不偿失地给错过了,众人皆不爱搭理她。那会儿的班后会极多,四点半下班,常于四点收工,给半个小时写稿时间,人人都得发言。于是平日爱外露自己闷中肆外的我便忙碌起来。内容只一个稿子却十多张词汇又不雷同。后来形势从内到外泛滥开去,内容亦由专业发展到业余:孩子的请假条、爱人的辞职报告,甚至竟出现了一份遗嘱!大概是小凌子的,可我记得她娘好像是早就死了,分明是伪造,但有两个原因促使其一蹴而就:一是我有求必应,二是并不经官,而面对的只是他家那群扛着枪于窝里反的耗子!所以像是还生了效:小凌子回来后又绣鸳鸯来着嘛。

劝人改了名后,跟弟仍恶习不改:"美女,那你干吗开会的时候也跟我们这帮子没水平的似的,让肖冰给写发言稿啊?"环说:"我那是杀鸡焉用宰牛刀!再说也是给肖冰一个锻炼的机会呀。"青云说:"人肖冰生气了,以后不给你写了!"环瞧着我问:"人家肖冰不生我的气!肖冰你生我气吗?"我只好笑笑。青云大叫:"肖冰!你不生她气我生你气!"环还有词:"再说能人也不外露哇?"青云直白地说:"就您这还不外露呢?您这相露大发了!"

跟弟还总问她:"你发表过东西吗?""发表过!"环说得流畅极了,她由于心脏不好时常面泛潮红,所以此刻她本人和我们都不觉尴尬。"我们怎没见着过柳思春这个笔名啊?"跟弟一说起这个由她本人作怪而得来的笔名来便常偷偷窃笑。"我以前是以'万方'这个笔名发表的。"环郑重地解释道。"那不是曹禺的闺女吗?"我忍不住问。跟弟用胳膊肘一拐,我忙高声地继续诱她:"那你得过奖吗?""得过!"环兴奋至极说得更加流畅了。"我是以'王安忆'这个笔名得奖的。""那不是茹志鹃的闺女吗?"我禁不住又说。"就你话多!"青云在未跳火坑之前有时是和跟弟一唱一和的。此时她忙瞪我又瞪环:"你也是!怎么不说是李莲英的闺女呢?照我看呀,你们俩的嘴是都该缝了!"金萍忙问:"李莲英怎么啦?"青云一怔又挤眼道:"噢没怎么,他没闺女、没闺女!"金萍更纳闷了:"那怎么了?霍师傅还没闺女呢?"青云无奈说:"噢他也没儿子、没儿子!"金萍:"那怎么了?凌师傅还没儿子呢?"青云一蹦子扠起老高朝着她就嚷起来:"我就没法跟你这人说话,一个大姑娘家家的!干脆这么跟你说吧,他就是缺东西!"金萍见状不便再开口,自己嘟嘟囔囔地小声嘀咕:"也不知缺什么?皇宫里要再缺东西那可就真新鲜了。咱厂发那电影票演的,他不是西太后的长工吗?"青云气乐了顺口接道:"噢对长工、长工!要以我说呀,赶明儿你要么把嘴粘上要么把耳朵堵上。"金萍说:"那回头让人看着我跟个残疾人似的!"青云这回眼睛可是瞪得忒大了,我觉着都给瞪成方块的了:"噢,就这我们看着你就不跟个残疾人似的啦?"

我们厂小资金少,每人每月半块肥皂。环无论和谁分无论怎么分都觉着吃亏,急得脸上青一块紫一块的。于是我说咱俩分吧,故将肥皂掰成个斜茬给她多的那部分,她便乐不可支。后来大家都嫌麻烦了便不掰而是按月轮着拿,我便让姜环先拿。可下月发的竟是洗衣粉,是开天辟地第一回。环又露不惯常之色了,我说:"喜欢就拿走!"她说:"要是下月不发了呢?""没事!"她便欣喜若狂。

环一直惦记着库房小徐,我们班无论到库房领什么料都非她莫属。她还自备签字笔决不给徐添任何的麻烦,披肝沥胆自觉自愿。人要揿时她忙说"我这儿有,文化人哪能不随身带笔呢?这就是印!"厂里一会餐她准提前买了面包给徐送去并煞有介事地嘱咐其说:"别空着肚子喝酒伤身子!瞧这份让人操心劲的!傻了巴叽的也不会照顾自己,更甭说赶明儿管别人了!"她说时从第二句开始即用眼四处撩人,生怕白白浪费了情感。

"我说你什么时候多一妈呀?"毛弟故意激小徐,徐怒,骂道:"别跟着瞎起哄啊!"

环总嗔着这个那个的不去给她搭顾小徐,青云说:"也不瞧瞧自己什么模子刻的!谁去了不是找'尅'去呀?"有回在人机礼堂看电影,芳春我俩先到的,她锁好我俩的车刚坐好,江海波借由子来找她,我便识趣地腾了座。散场后,我的车钥匙不知怎的被江海波给鼓捣走了,芳春还全然不知。看车的人挺负责,任谁去都给轰了回来。我无奈亲自前往,自幼好打趣,见了老北京全叫大爷大妈:"大妈,今儿个可真给您添麻烦了啊,要不然这个点您早该吃饭了,您这责任心真是难能可贵,车搁在您这儿多放心哪!您看我和这车是配套的,您放心错不了!"要回了车砸开了锁全体迟了到,大家骂芳春:"你就知道搞对象啊,你跟男人好嘛拿人家肖冰的车钥匙做人情啊!"芳春恼怒道:"都谁跟谁好啦?你们家拿个车钥匙就做人情啊?""我说你怎么不跟人家肖冰过了呢?怨不得你不签字呢!原来如此!"

正乱得不知所以,见环老远冲芳春摇头又摆尾:"嗨!我那事怎么着啦?"芳春一听更是气不打一处来:"还没容工夫呢!""嘛不抓紧呐?""也得等机会呀!"也不知她俩说的什么也不知她俩谁有理,反正是一个比一个更急赤白脸。"什么事呀?"我问芳春。"她让我给他介绍库房小徐!"芳春说。"这……"不是我一人瞠目结舌,众人那话头比我厉害！徐冬梅有时便说："要我说呀小徐干脆要了她得啦，要不然你看她还活得了哇？"青云死瞪徐仿佛要把她瞪死："您别损了啊！要了她那小徐还活得了哇？"

过春节时小徐因炸年货不小心烫了脸，那么抠的姜环竟是买了那么多的东西前去看望，回来后喜形于色地对我说："这回我俩没准有门！"不会儿她又补充说明道："哎你不用为我保密、不用保密啊！"我点点头。事后一个人也没敢传哪！我心说不用为你保密，还不用为小徐保密吗？

那是参加工作的第二年，这一年顶了我十年的历练。元月八日清晨，我像往常一样来到厂里，因我老来得早，就像往常一样在传达室里等候大家。传达室里的灯开着，小凌子因为家远来得非早即晚，听车的安排。此刻正用她那酱唇卷着从厂南边小饭馆买来的一摞荤油素馅饼，嘴上手上袖口上均沾着腻味人的大油珠正忙活不开。我一脚踏进传达室，身子还未站稳，她即木头木脑地来了句："哎肖冰，周恩来死了。"我听了就是一愣，愣到了平生仅见的程度，倏而又产生了平生仅见的质疑："说什么呢你！"我愠怒地斥责小凌子，她以为我没听清就又原字原味地重复了一次。她的口吻表明她根本不知周总理的为人，也不知事态有多么严重。"你放屁！"我平生仅见地骂人。"真的！早起坐汽车的时候听广播里说的，向毛主席保证！街上人都知道了，就你新鲜！"

她后面在为自己的蒙冤辩解着什么我均未听。掩不住的陨灭感铺天盖地而来，头上一声惊雷，眼前一片眩晕，我忙用双手扶住门框，因身子尚未进便将脚撤了出来。喉咙被什么卡住了，因我终年不感冒，从未有过这种喉咙被卡住的感觉。来到传达室与工作间的夹缝里吐过后我便忍不住哭起来，扑簌簌的热泪如江河奔涌，但泪亦不如我心，我的心在哭！祈盼着小凌子弄错了，因她对的时候少。

我不愿再回传达室，就默默地往车间里走，脑子里一时空了：总理，您若去了，我们那上下五千年的文明古国将何去何从？我们那历尽艰难从水深火热之中得已解脱出来的中国人民该怎么办？

小凌子在后含着馅饼嘟囔："嚄！好像是惩家人似的！"她将那韭菜馅一节一节地蹭在紫脸上和塞进黄牙缝里，像点缀了绿芝麻般异彩纷呈。我无言地一任她说，那去了的岂止是我们的家人，他作为一位职业革命家，肩负着神圣的"为了中华之崛起"之使命，无私地奉献人类而自己只获得了身后的万事空！他的人格之魅力可以感召整个世界！他是我们心中永远的丰碑！他波澜壮阔的一生撞击着历史的河床，发出最起伏跌宕、经久不息的依旧涛声！

小凌子只在这一次、唯我祈盼她错了的这一次没有错，我们的总理与世长辞了。在全厂的大动静后，小凌子如同上次挨了她男人那大耳刮子似的，摸着大脑袋瓜子不明不白地说："不是说咱国是孙总理吗？"那还是她曾听到过她婆婆说过的国父孙中山。

晚上，全厂职工戴黑纱扎白花，从电视中最后一次送别自己的总理。电视中反复播放着画面，耳际反复萦回着哀乐，整个楼道里无声无息……人们无法克制自己的情感，不知该以怎样的哀悼来平复失去自己总理后的心灵创痛，我们全体窒息了。我在工作台前摆放了总理从印尼出访归来的那张照片，那能够使任何明星都黯然失色的音容笑貌、那永远的一脸慈祥、那脖颈上的胜利花环……我把那扎得过多的白花围绕在照片前，心中暗念我那纵横捭阖的总理啊，敢问您此番出访几时还？

想昨日闲聊，跟弟还挖苦我"肖冰之爱总理就像是总理的亲侄女!"很久以后才得知了周秉健为牧民,青云立刻叫我周秉健二世,还说快改行吧,别当农民代表了。

我几日不进食,那永不知愁的川妹子红着眼来到跟前,特地为我带来什么宫保鸡丁,可怜见地用勺子舀着颗颗油光锃亮的花生米恳求说:"姐吃嚜。"她一说即哭,她一哭我即哭,我一哭大家即哭,好大一阵子人们找个茬儿即哭。

事隔不久的夏日,唉!一九七六年这个可诅咒的年头!我们又失去了我们敬爱的朱总司令!"敬爱的总司令,革命的老英雄,您一心为我们能过好光景……"这一年的春节联欢会上,老贺的一曲《绣金匾》只唱了半截便成了泪人。一曲《绣金匾》怎能唱得完?在这之前,每每听到"五四式"步枪便由衷地想起总司令的音容与高龄,而这以后的日子里,只有"五四式",没有了总司令、没有了总司令。

老天爷,纯朴善良的中国人再也扛不住任何打击了,让我们喘口气吧。老天爷不让喘气,那件我们认为根本不可能发生的事发生了。

九月九日巨星陨落。快要下班的时候,大喇叭里传来副厂长的声音,叫各车间各班的头们速到厂办公室开会,说是有重要事情传达。届时因宋头两天前去了医院得过几天才能回来,厂里的一切事均临时交给了副厂长。继而人们都被召集到厂东头的空场上落座,我因素爱干净就在厂东门的台阶上欲铺张报纸,徐冬梅突然声音颤抖地叫道:"肖冰哎,就别那么次序嘞!"她那哭腔使我立刻悟到了刚才广播里副厂长那颤音……情知出事了,出了那根本不可能发生的事。

副厂长那老头过于实在,不具备什么演讲能力,话还未出口即已泣不成声:"同志们,同志们,今天,就在今天,我们敬爱的伟大领袖毛主席,我们敬爱的伟大领袖毛主席……"副厂长一句未了便掩面大哭,厂里立时悲声四起。老贺"哇"的一声昏了过去!继而一个又一个地昏倒!好在我们会场正面对着医务所。

生在新中国长在红旗下的我不知何去何从了,感觉太液池中再也荡不起双桨,"祖国的花朵"就要枯萎了。

七月二十八日的唐山大地震,晃醒了一直以来认为能够背上我一辈子的母亲的迷梦。当年垂杨柳分房时,因母亲曾为父亲到过他单位,惊呆了一把手二把手三把手等,日后的因人设事时有发生。头儿提醒母亲说:"你孩子那样,住一层吧。"母亲说"没事!我背着她!"头儿又提醒说:"那你住大屋吧。""不,花娘孩子多,大屋给她吧。"幸而头儿再三再四说大屋里带个阳台,你孩子可以晒太阳。这下母亲才动了心,又忙去找嚷着要和她住一个单元的花娘:"你和别人一单元吧,好也住大屋啊。"花娘说:"嗯,我不住大屋,嗯,我不和别人一单元!"

那一夜不知怎的,辗转反侧总也没睡着,朦胧中只觉窗外有光在闪,似黄似蓝;有声大作,似飞沙走石!接着又觉对面的四号楼似要向我们压来,倏地它又回去了!从未接触过的场景!脑子里接连闪过三个念头:刮风?下雨?第三个就在同时呼了出来"地——震——啦!"

声音失去了往日的平静,既不文明也不清亮。用手企图推动姐同时口中呼唤着爹娘,就手披上了衣裳,绮华赠我的一心可三用之美誉此刻得以淋漓尽致地展现。

姐不醒,母亲过来背起我往外跑,母女俩同时口中继续呼她。父亲老西拉胡琴——自顾自地首先冲到了街门口,却不拉门闩而是不知所以地蹲下了!因而挡住了所有人的出路。他对于突发事件极没有应变能力。人们刚要乱,我忙于母亲背上伸手拉开门,于是看到了满楼道的赤身裸体,人们在那一刻羞涩皆无,看来人类是懂得以命为天的。连同酸三色亦是如此,这回可看清了她那碍事的地方真是高耸入云。

姐在起身下地时蹚翻了便盆,反披衣奔下楼时又将我攒给她的一兜钢镚洒落殆尽。当几分钟后她不顾劝阻返回寻找时,竟被什么不知死的鬼捡了个一干二净,连一个也没有剩,看来人们并不全是惜命的。

我们毕竟下来晚了,垂杨柳纵横的街头巷尾到处是披了床单或其他什么的人们,赤橙黄绿青蓝紫,看起来都比我腿快。坐已无处,一个三四十岁的老爷们让出一块屁股大的地来给我。无家可归了,老天爷此刻下起无停的雨来,弄得本已惊慌失措的人们身上泥水交流。

单位里派来辆大轿子车让老弱病残们优先避雨。车上的座椅沦落得如泥巴浆汤,母亲届时都没忘记给我铺上那方绣帕,因仓皇中我只带出了它,我虽皱了眉却也坐了。车上只有女子和孩子,有个男婴吱哇乱叫,两口子倒怀抱,他父亲又挣命似的回去热牛奶取橘汁还总左右不得当,被他的踢蹬和妻的呵斥弄得如"一仆二主"。那时节还不是"男人的世界",是在改革开放之后,他们中的一些人才屎壳郎变知了的。男人在那个年代那个时节最为听话,这个倒霉的男人偏还赶上了地震,成了邹振先的三级跳远。

震后的雨淅淅沥沥地像在和来不及哭的人们论着短长以决高低。雨后的彩虹失去了往日的色彩像个失宠的妾。健全的人们怀着说不清的心情披着雨衣搭建了个临时大棚,我们被转移进去,不知于何时我竟丢了那绣帕。

人们像被人捅急了窝的蜂杂乱无章,躺或坐在胡乱铺了些什么的泥地上。举目四望,干什么的都有,各种表情俱全。周身倦得所有的骨节都像是都脱了扣再拾不起来。

母亲把我安置好就令姐去采购。姐接了钱，排了长队后买到几个干烧饼、一根只有在这个节上才敢卖的变了质的粉肠和一堆青色苹果，我不吃那烧饼生怕做了薛伯，因素爱粉肠倒咬了一口，其味道使我断不敢再问津。姐风卷残云后不顾母亲的劝阻，提着酸苹果回了震得更为严重的老家看望三堂叔婶及方草父女去了。

花娘说她怕饿不怕死，回家蒸了锅米饭煮了盆西红柿汤，饭忘了淘米汤忘了打蛋花。两锅一掀，立刻在雨后的冷空气中升腾起细而悠长的诱人热气，招惹了众多的眼目，啊，物以稀为贵了，我和那男婴各分得一杯羹。

父亲与花爹和许多的人们一起住到了段里的火车上，不想花爹从那时起便做定了终身苦行僧再无缘遣返还俗。杏花也无房只赖在娘家。于是她爹在旁人早已还俗后仍怀揣着天大的痛苦还显得脸憨皮厚地赖在车上，事物历来不为特殊人物着想，他须哪辆车不开方能睡哪辆，有时睡得正香便被人叫醒起来而换车，有时竟稀里糊涂地允许那铺盖卷随车周游了大江南北、祖国各地。

我和母亲一道住进她厂的临时防震棚，睡在二十几人的大炕上，不禁想起了那个不能寐的乡下之夜。

在夜晚与陌生人同铺的境况下，每日里看着母亲吞咽下她厂食堂那厨艺拙劣的饭菜，我消瘦极了。母亲总在清晨为我买下玉米面粥及一只咸鸭蛋而她自己只吃咸菜丝。晚上下班回来，她又买来两样饭菜让我挑，我总因那菜而将米饭跟她换了面条，又因那卤将面条再换回米饭，几乎每顿周折几次！母亲竟没有责备过业已长大成人的我半句！想起在家中，母亲从未让我吃过一口剩饭，她对人说："她吃那不到一两饭，再给剩的就永远也吃不上新饭了。"

母亲厂里厂房不多，所以厂院挺大，围墙又矮又破，大家的必经之路是南墙根的厕所。南墙外是庄稼地，庄稼收获后便成为大野地，非常时期坏人比蚊子多，蚊子比坏人狠，平时被厂人誉为老黄牛的厂头张妙相（人均戏谑其为"妙厂长"，我认为他真的姓妙竟也那么叫着），在震后因学了大禹，几经家门而不入，被厂众生改称"两千二百多个包"。

不合口的饭菜是老蒋做的。老蒋老不讲话，如同我烧坏了腿般她烧坏了嘴。她是在成人期致残打击来得突然造成了心理上极大的障碍。她在那时把自己过多的才思奉献给了同厂的男工某某。因其在食堂掌握着锅碗瓢盆大权，便采用饭票夹条的戏法弄来那男人成了亲，男人悔之晚矣走了旁门左道。聪明人愈挫愈奋，故技重施，饭票继续夹条！不想这回上钩的某某某得知贪便宜上当，悔其为嘴伤身、打算功成身退时竟过河拆桥，将事情闹得沸沸扬扬，届时我感到残者做事只许成功不许败，百姓不许点的灯在你而言即是放火，人们鸡一嘴鸭一嘴即能把你啄死！

"两千"设法将老蒋调入我厂。既调入我厂便同来同往，一日夕阳西下的班后，我在前她于后，有人叫她，叨咕半天才知是我。一看不认识？仔细瞧时我惊呼道："您是'广'？噢不是，是张老师吧？"想起入学时黄老师身后曾跟着一个年龄与之相仿的人，只是黄老师若为二十九寸大彩屯她只是那早已过时的九寸小黑白。后来黄不断住医院时我一看：啊，后面跟的那人来了！因其脸上有几颗浅麻子被绮华称作"广林"。

黄老师住院，张老师初代课时期为我最苦恼的日子。因念黄心切于是便不睬她，我不睬别人便不睬，都不睬时班里局面便打不开。正好是珍宝岛事件的那个雪日，雪又厚心又寒。不想张老师竟知我心境上前来主动与我交谈，说今天要游行，不上课了，让同学先把我送回去。到了周六为同学们读课外书的时间，张老师竟独出心裁地礼贤下士，搬把椅子坐在我身边对大家说："今天我和肖冰一起给大家读，我坐在这儿为的是有了不认识的字好问她。"她的这一举措令我汗颜，我们很快做了朋友，班里局面迅速打开。

夏天再上体育课时她竟亲手为我搬了椅子！这实在太出乎我意料，继而她的关心与日俱增，我们之间的友谊越来越深，以至发展到后来和她分别时竟与同黄老师分别一般难舍难分了……

邂逅使我和张老师今天都真高兴，老师踏踏实实地询问了我从小学毕业分别后的学习、工作和眼下的生活等各种状况，说："就知道你错不了，你行，有文化功底，腿绊不住你。"老师告诉我，现在和平三村有一房一夫一女，让我得空前去串门。

"好事不出门，坏事传千里。"老蒋的"百姓放火之事"不胫而走，她误认为是我作祟，后发现始作俑者是跟弟即又与我甘如蜜。

一日，芳春猛然推门问："你们谁买柿子？个又大又便宜！到办公室去两人分一筐！"人们哗的一下跑了去，我不近水果仍继续干活。意想不到的事发生了，我们集体犯下了不可饶恕的错误：原来老蒋不巧正背对着门，人们均没有想到问，且更倒霉的是水果中她竟还最爱吃柿子！几重罪孽如何得了！

当人们抬着柿子筐哼着得胜曲进入凯旋门后热热闹闹地洗了分着吃时，老蒋突然爆发！可说是惊天动地！神仙也要为之落泪了。金萍、青云诚恳地抢着把自己的那份让给她，求她原谅自己的疏忽；芳春闻讯赶来将自己的也加上；人们都竭力表示最该怨的是自己，我当然更是如此。她连连摇头："我不吃、我不馋、我不要！"欲杀人一般。而后也竭力表示不怨你不怨她的。我们刚松口气，她突然极不客气地转向谁赔罪时都在陪绑的我，用她那浑厚而缓慢的"半音阶"说："我就是怪你、怪你！别人不懂咱，你怎么能不管呢？"此时我和人们方知她的生理特点，心里实实在在过意不去。

还有一次，她发烧没有来上班，通常这种情况大家班后都要去探望的，这回当然也如此。徐特派携小凌子、小霍子、金萍、青云、祁跟弟去了，却是怎的去怎的回！老蒋家住在我们楼北斜对过一号楼的一层。人敲门时不巧她正蒙着被子发汗，人们便绕到阳台上去敲窗自然亦是对牛弹琴。她好了后来厂便哭，说是"别人病了都有人去看，单我人缘不好！"无论大家怎样解释她均摇头。

日子久了人混熟了，我又如鱼得水了。

"两千"喜欢我是因有次他正与母亲谈话，我下班来站在母亲身后，母亲不知，便还在那儿接着给他介绍我，我便抢上前去说："就是我！妙厂长。"他对我的直呼以为也同于别人的戏谑，就笑着说："噢，你不是天天在路灯底下看书的那姑娘吗？""您也知道？"

我从不肯荒废时间和学业，多少个新月斜依残云低的夜晚，坐在母亲厂里较幽僻的地方在昏黄的路灯下苦读，真真广阔天地做了课堂。思绪随着历史的往事神往，身旁风吹草低、悠扬的蛙鸣及蟋蟀声声，在这清辽寂静的夜色里盎然地陪伴着我，慰我心忧。

说起我厂来，它于唐山大地震前还先自震了一次。那也是在一九七六年，当时正是拔麦子的时节，天正火热火热地灼人。从传达室与我们工作间一米宽的夹缝处往里走是块与传达室等宽、从我们工作楼开始再连上后院等长的空地。这是多年的一块闲散之地,是一处人们偷闲偷情的好去所。宋早已虎视眈眈地瞄上了此地,她心血来潮地提出要将此地用作盖机加工车间的用场。

简单的想法、简陋的构制,在简易的操作中出现了极其复杂的纰漏。那一日新厂房要上顶子,除我外,厂全体员工被统一调上了阵。正当人们沉浸在就要看到新厂房竣工的忘乎所以里时,位于厂西墙根的人们由于严重违反操作规程而将以钢筋拴牢的直竖于民房东墙根的四块叠加的预制板,在上盖时猛然一下子掀翻!而压在下面的就是发现从而提拔了我的年轻的大学生、副厂长田家喜!

他是我们娘子军连的党代表。人家比我进厂还要晚,可进厂便是副厂长,而我这一生都不是。在看见我的当天,他即建议领导上调我脱产。

届时于屋中只听得人们看到新房一块块地上顶的欢呼声瞬时化作一片哭声。由女人们聚众起来的哭声似疾风暴雨、似洪水冲堤、似无形无状。环于厂大门的里外迂回地乱蹦着,老贺从外面跟头露水地滚进来鼻涕眼泪地哭叫着:"小徐吔,快打电话吔!"小徐在和人们共同参与抢救的慌乱中自搬石头砸了自家的脚,此刻他顾不得脚上还在涌着的血,一瘸一拐地急奔办公室,口里哆嗦着:"是是,我找号码、找号码!"

救护车从工人和住户们的夹道中开进,将一捆钢筋迅速剪断、四块板子掀起时,田家喜的头与脚已叠加一处,头扁如盆,红的血、浆白的脑浆二者交混着从厂房与民房间的小道上顺流直下!我的泪与其他同事的泪一时千条江河归大海……

人们执着地将早已断气的他送往医院,继而送往医院的太平间。宋质斌让小徐自去厂医务室包扎，后带着芳春、徐冬梅和一群男人一起，挤挤摞摞地塞了一车。

炝完了蹦子的环也要到医院救治了，但她不似田副厂长，她还能言语，所以坚决拒绝了脑浆仍在外流的田乘的车，而张毛弟又坚决拒绝了开车送她，比那次不拉芳春还坚决，并且污蔑她是娶媳妇打幡跟着哄！所以环只有坐厂里唯一的独轮手推车的份儿了，偏巧那鬼推车还得现打气，您说急死人不？环见帮忙前来推她的是小凌子、打气的是小徐！一时活了过来，口中反复地说着："没关系的没关系的，你千万别着急啊！"

因是徐伴了路，所以到了医院时环已不治而愈。强似葛朗台的她拿出血本来买了几根冰棍，还在医院门口的瓜摊上买了几块西瓜来请徐他们吃。徐文明不赏脸，此刻他拐着脚到医院急诊室打听田副厂长的下落，听到人已到了太平间就闷闷地走了回来，只在一旁抽着自己的烟说环："你要是没什么事咱就回去。"得以跟着蹭了双份吃食的小凌子一会儿进了医院的厕所。等待她如厕的时间徐嫌长环嫌短，可无论嫌长与短都得等。

因那廉价的冰棍、劣质的西瓜，小凌子得留在医院里了。回来时，陪着环的唯剩小徐一人了。环索性说："可别再累着你啦，干脆咱走着吧。要不我推着你？"她拿小眼一眨一眨地看着小徐，徐无奈地摇头："走回去呗。"

厂人一时被劫掠一空，唯留下派不上用场的霍、我。瞧着人家双双对对地走回来，霍愣了问："你怎么回来了？那谁呢？"小徐没好气地说："别操心啦，反正是留了一个、回来了一个不就完了嘛！"

几天后，田副厂长白发苍苍的老母带领着群芳们前来吊孝，幸而她老人家深谙有权不用、过期作废的道理，在自己得以行使职权时抓紧备下除田副厂长一棵田苗外的众群芳们，得以使自己现而今守而不寡。因我厂工作人员在工作时间都是穿白大褂的，所以他娘一把即抓住了和自己儿子身量差不多的小凌子大呼其子，刚出院不久的小凌子如同被田家喜所抓住一般地大呼小叫，把厂人吓得目瞪口呆。田母在呼叫的同时还倒了下去，和她老人家同步的还有田家群芳们，但由于她们在来时都各备其夫，于是便一夫一妻地被拦腰抱住，样子很类似于当年隋炀帝的恶作剧，只是田母由于寡居多年并无相扶者，便把与其正撕扯着的小凌子依成了临时老头。小凌子又像被田家喜所扑抱住了般地号起来。

鉴于田家喜为人深入人心但青春夭折，他的追悼会受局领导直接关注，开得庞大而隆重，厂附近民居楼里的居民们总说我们厂吵蛤蟆坑，其实不然，那话不文明，什么叫蛤蟆呀？是蛙，什么叫坑啊？是井。在我们弹丸之井的小股蛙队中，田家喜和追悼会如凿刻般不可磨灭。

被一朝天子一朝臣洗礼后的我又乖乖地下放回劳动改造之中。而后来我们的副厂长就变成了如今的这小老头。

小小的麻雀工厂那破桌子烂板凳的裂缝能漏进孩子去。各屋还有水银什么的，处处算是有毒作业。有天正吃饭，只听笃笃的救护车声响越来越大，哎，还进了厂院里来响了！一惊抬头望去，见窗外人头攒动热闹非常。一会儿，几个人从库房里抬出小徐来。怎么回事？刚这么一想，即听见那兴奋得于救护车旁前窜后蹦的跟弟说："小徐吃午饭中毒了！"金萍问："他吃的什么呀？"一个说："凉拌藕！"另一个说："我也吃了!?"另一个说："嗨，不是从食堂买回来就有毒呗！"有一个听了便抢过来说："嗨嗨，别这么说呀！那菜是我从食堂给小徐带来的，别回头再赖上我嘿！

噢，合着是我半道上给往菜里下的毒哇？我一边走还尝了好几块呢，哎我可是没事啊！"我心一动：莫非是有人投毒？

果不其然，接着来的便是警车了。

当脸色煞白的环被带上可说是被抱上警车时（因她已不太能动弹），人们皆惊诧不已，但看到了然于胸的我好多人异口不同声地说："你肯定知道，要不然怎么这么淡定啊？"我一听急了："知道哪样啊？我先知道环要杀人，还是环能告诉我她准备杀人？"

人们七嘴八舌地说，是徐接过人给买的饭后把馒头放在桌上时沾了裂缝中刚洒下的极易被吸附的水银！原来环采取了"不为我用，必为我仇"的方针。

环住了单间、徐入了院不过都是三天半。等她从那儿而他从那儿出来后可就乱了套，自觉吃了爆亏的徐每每像是一簇"扑不灭的火焰"，总欲伺机"燎原"。

而环这个从不察眉眼高低的家伙做起事来极愿火中送炭！咱也不知她怎那么有恃无恐？因芳春住院她抢了几天临时官，一直代收着青年人的思想汇报什么的，等芳春回来后呢，这个也不想交那个也不想接。而我们厂里还有个规定：就是每个从"那里头"出来的人都要交上一份严肃认真的思想汇报来，或是与从那里出来的人所犯之事有关联的就要写出其所关联之处。自小徐一露头，嗬您就瞧瞧她吧，天天追着索命哦！徐见有人时便小声默许："明儿个吧。"见无人即大声嚷嚷："我一时半会儿死不了！"弄得我们徐特派老说，她是不是不跟小徐说话就活不了呀？

一天下班后，小凌子说她男人出了差，她懒得回家看婆婆那张被她叫作白薯的脸，即出主意我俩吃了饭以后一起看电视，说她一人看不懂。我听了这话茫然无知所以，后来才明白。后来一次看电影,当屏幕上打出剧终二字,人们纷纷起身朝外走时,我因怕人碰就先不动,嘿她也不动!正纳闷呢见她冲我道:"哎肖冰,你瞧这帮子人多傻呀!还有一半呢就走啦!"啊?原来是这么回事呀!后来见没人了她也走了,但她始终没弄明白:人们为什么都不看完喽。

说起来我这人也真是背,头一次坐在厂会议室里看那九寸黑白便赶上了徐环二斗!十几米的屋中拥着十几个人,黑暗中大家聚精会神地看着电视,谁都没注意到徐把一个烟头抽冷子扔进环的后脖领里,环"嗷"的一声跳起来,接着朝徐扑挠了过来,但立即被精灵鬼小个子J死死拦腰抱住。徐得了空顺手抄起一根火筷子,傻五短汉子M见了劈手就夺可他不想人家徐握的那头是凉的!

安静下来后M才懂得疼和尥蹶子,他那只手心被烫出了一片紫肉!因医务室早已下班,我忙叫他到食堂去抹酱,他挺听话的,立刻就尥着蹶子去了,可很快又尥着蹶子回来了,值夜班的师傅上了锁不知哪儿去了。电视也看不成了,灯也开了,我吓得也走不了了。傻M的媳妇F气得在那儿骂他:"你真是个头号大傻M!你自己瞧瞧你多好啊:打人的和挨打的都没你伤得重!"我看到一旁疼得哆哆嗦嗦的M,怕他一时恼怒即示意F闭嘴。小凌子也朝着她嘟囔:"你这不是废话吗?你应该自己瞧瞧他多好!他不好你就跟他啦?你怎么不跟别人睡觉啊?"F骂小凌子道:"你才跟别人睡觉呢!"您听听这份乱!

小凌子又唾沫星子乱飞地冲着F说:"我是说他这儿够可以的了,你就别再添堵啦!就你这儿还'爱夫'呢?"M一听这话真挂不住了,"哐"地踹了媳妇一脚:"你跟这儿瞎贫什么?躲开我这儿!我这儿够烦的了!"F哇的一声也如环般叫起来接着骂M道:"你跟我这儿逞什么能啊?烦也不是我给你闹的啊?跟自己人这儿犯横,本事大了你!"您瞧,刚才的事还没消停呢,这儿又打起来了!

"一九七九年,那是一个春天……""承前启后的引路人带领我们走进新时代……高举旗帜开创未来!"届时各行各业沐浴在改革的春风里,整个化工仪表局的经济效益从大河不满小河干变成了锅里有来碗里添。厂一合并升成国营,工资升级奖金提成。任何事物的优与劣均不照应特殊体系,所以人们"上市"我自飘零……

厂子在一个大雪纷飞的日子里撤走了全部人马。稀稀拉拉打了大半年的持久战就此告捷。这一举措无形中打乱了我安寂多年的工厂生活,我被留守阵地看电话收报纸,像个隔离待审的犯人揪心拉肝、忐忑不安。于是朝夕相伴的人们就这样热辣辣地分了手,于她们实是解脱,而在我却是被抛弃,继那次离开同学们之后我再次失掉一切。

我迟钝地坐在传达室窗前,勉强集中着自己几要涣散的思想意识,心累极了。望着对面那自己再熟悉不过的工作间好生纳闷:人们竟然一时惊散得这般干净啊?!像是本没有过的。在心里自我安慰着:不是这个样子,不是这个样子的!那些远行了的人们一次次反复地出现在眼前:

那拐走了厂内唯一的大学生的芳春;那在头几日刚好巧遇了"同桌的你"的性情软款的金萍;那胸无宿物的青云;风韵犹存的徐冬梅;说起话来洒汤漏水的小霍子……

我们已是缘尽了……

我那过去了的工厂生活,那呼唤不回的同事们,"叫我如何不想她?"

最有意思的是有句话几乎为全厂人的口头禅,恐怕今生今世再也听不到了。几乎是一年三百六十五天里每天都在有人说,"咱这厂子是好的不香,坏的不臭"。如今,那臭与香的都在哪里呢?

如同一只劫后孤魂落寞、无望到了极点,与我相伴的唯有那两扇虚掩在风雪中的冷硬的厂大门,仿佛这里已是一个人的世界,一个人的世界原是这样的可怕!我要一个人的世界干什么?

傍着中午时分,大门被猛然撞开!我一惊:谁会来呢?在这种天气这种时候会有什么不速之客呢?只一会儿便了然了。天哪,是高栋林于漫天飞雪中披着将校呢大衣,风尘仆仆地闯了进来。

我且惊且喜,惊定后一串问号似滚沸的开水泡相继冒出。"你怎么有空?"自觉问词还恰当口吻还自如。他微笑着并不接我的话茬儿,而是宾至如归地说:"怎么样?这两天见新厂没你,直觉就告诉我你一定在这儿,咱都不跟谁打听,本人先知先觉!""是吗?"我不置可否地付之一笑,不敢直视这个使旁的男人感到自卑的主,仅那浓重的鼻腔音便足以使人欲仙欲死了。他匆匆摘下手套甩掉大衣,连同肩上的马桶包一道统统丢在值班室床上,然后抄起火筷子迅速将炉子撅旺,一连串的旋转揪扯着我的心。火苗顿时升腾起来,屋中即刻添了暖意。他在火上搓着手神采飞扬地说:"好家伙,这一道,那汽车哪开得动啊,马路上那骑车的嘿,一溜一溜地摔!"那被风雪裹挟的面颊被火光一映,似冷玉初融,凝聚着惊人的魅力,那似隐着玄秘的双唇引发人强烈的非分之想……

他在火上烤好我俩的饭,又炖上一壶水,然后于我桌侧坐下来,脸上浮着无限的深意,兴奋之情溢于言表。他殷勤地将我的饭盒打开,从他那里掮过一块刀工相当不错的缀有青菜叶的粉嫩嫩的牛肉放在上面说:"来,尝尝咱的手艺，清炖牛肉！"我连自己的也咽不下，只求于惶惑中能够做到不卑不亢。他的出现如流星划过我心空，一瞬照彻我的世界，诱发我祈祷时空大幅度旋转，奢望幻化出一个健全的我，与之形成一个完美组合，然而这只是顷刻间就要碎裂的南柯一梦，心中温情与酸楚同时饱和，缠绕着兴奋与痛苦交织的网络。

他似乎觉得我秀色可餐，吃得津津有味。水开了，他从马桶包里取出一小袋茉莉花茶沏在我们各自的茶缸里，我平素爱喝茉莉花茶，可今天不想喝。不一会儿，他先自呷了一口说："嗯，余香满口，快喝两口暖和暖和。"我接茶在手，一时感到无所事事。

他端了茶于屋中踱起步来，仿佛在思忖着什么，继而在桌前停下放了茶，风流倜傥地燃起一支烟酣畅地吸足了一大口，一阵浓浓的可可香味直冲鼻翼，我不由小嗽一声，他笑笑耸了耸肩快速离开桌子，走至值班床边动作又迟缓下来，将烟夹在中指与食指的后端，慢慢从大衣兜里掏出一封信，略一迟疑便面带窘迫地走到我身边声音有些发涩地说："给你捎来一封信。"我听出话语中的尴尬，并迅速扫了一下那空白的信封，心里顿时明白了。

这把戏还未被戳穿他已自顾不暇，寻着退路说："我得马上回医院，待会儿再看啊。"醇厚的男中音再次缩短了我们之间的距离，陡然勾起人想进入他生活的渴望，我心绪迷惘地把抽屉拉开道缝，将信丢进去。

"报纸！"邮递员的一声喝，使人梦里惊回。自己这是怎么了？心燥热而冷却，意念紊乱而清晰，双腿乏力而自信！就在他抢步出门接报在手的同时，我毅然起身跟了出去！跨越门槛的那一瞬是停留于绝望中的永恒。

当他甩过洒脱的头发再回转时，那张风姿绰约的脸惊住了！俊逸的线条扭曲起来，情绪急转直下，心像是一下子沉到了地里，口眼连同那使我每欲倾倒的鼻翼都同时放大，充弥着难抑的无奈，大起大伏地翕动着，手中的一沓子报纸悄无声息地散落于黑亮的长筒靴边……

我感到自身被挤压得在缩小。他突然受了愚弄般地咆哮起来，声音从他的喉咙中滚落出来后拖着苍凉的尾音在寂静的雪幕中显得无限可怖，鹰枭般啄破我的心肺："你你你——为什么——捉弄我？为什么——欺骗我？"我一时措不出适当的词，刚筹备好的情绪被他震慑得蜷缩起来，只百感交集地说了声："我没有……"语气、心力均不足，泣音哽在喉里。

累了大半日此刻已变得细碎的雪花纷纷扬扬地揶揄着我俩。他默不作声起来，似在追忆着我们几次短暂的相识，继而便恍然大悟了，白皙的脸上灰下来，沮丧至极地说："噢，也是我自己捉弄自己、自己欺骗自己，吁——"他浊重地吐出一口气接着说道："就像那次，自己轧死自己一样。"这后一句喉音滞重已是无力的自嘲。我瞄了他一眼又因抵不住那目光忙避开。

我们先后默然地踅回因敞着门而变得森冷的小屋。他眼里没了内容般地审视着我，情绪平缓且有些歉然地说："咳，我还真以为你是个好人呢！""我本来就不是坏蛋！"我想松弛一下气氛，他苦涩地望了我一眼，似在嘲弄我语言中的幽默成分，紧接着便一支支地抽起烟来，仿佛在喷吐着内心深处的怨怼。乳白色的团雾渐化作淡蓝色的薄纱且越来越薄在小屋中弥散开来。我一阵急嗽，他焦躁地走去大敞开门。冷风扑面而来，我身心一阵寒战。

他熄了烟起身撮煤，接连几趟直到把小煤箱堆出了尖。那一行一动干脆利落。最后洗了手，又把脸盆、铁壶中都换上了清水，开始默默地收拾自己的东西。

走至门边，他咬住下唇宽大为怀地说："以后有什么事往医院打电话……"在最后一次饱受那醇正的男中音里，听出他希望我能够懂得他全部的慰藉。"好嘞！"我爽快地应着。天哪！可轮上我潇洒一回。

他走了。留下了令人忍俊不禁的遗憾，望着那有型有款的背影，突然产生了欲将他拖回的痴想……

我吞咽着一腔苦涩，更加颓败地在窗口坐下来。手里擎着那封他由于动怒而忘却、我则有意而扣留的早已全无启封意义的信，那上边似流溢着他强烈的男子气息，引发我无边的回味。我用几乎不听使唤的双手颤瑟地将它慢慢展开，室内光线暗淡，我走去开了灯。于是，一行行俊逸的字迹即刻跳入我朦胧的眼帘：

肖冰：

自那日险些伤损一尊玉观音后，你那令人宠辱皆忘的影子就嵌在了我的心中，像一股不可抗拒的强烈磁场引得我再次到你身边，从而领略了你那恬适静谧带韵的举止。

我极有邂逅这一嗜好，历来厌恶媒人们牵来拽去的驴贩子行径，好庆幸自己以往回掉的那诸多亲事，坚信此番得遇了一位既明快又隐秘且通达之至的女子，一位拥有男子们所乞求的一切丽质的女子，一位可使男人头脑中任何意识都不复存在了的女子。

就在我跃跃欲试之际，不巧被医院派往洛阳进修半年。真是茫茫百日折煞人，在那花开时节动京城的牡丹王国里，我却如失落了国色天香一般，既不敢贸然给你写信又唯恐旁人捷足先登，恐怕这后一成分占的很大，但我深信自己回天有力。

回京后偏赶上你们厂迁，到了新厂又众里寻你千百度，好像老天在故意开我的玩笑。我是个极不愿事先闹得满城风雨的人,所以孤注一掷地用这封信来定成败,愿它成为我们之间一道闪光的彩虹,愿我们下次永远地摈弃这个呆板的方式。

高栋林　于雪夜急就

信,读完了。如同一个术后的患者完全苏醒,其剧痛也随之即到。风猛然把门刮开,室内吊着的那只连灯伞也没有的如我一般无依无靠的孤灯被刮得剧烈晃动,像是在咆哮着不平!一颗没了头绪的心悲观起来,痛苦地强化着一种抻丝拽垛般的委屈,二十几载蓄存起的泪海被搅彻,江河般潺泊凄婉地淌得没了天日。既为残者真的就一切倒错了吗?我那冥冥之中的主啊,还我那份应得的爱!

这一天的这一刻仿佛把泪流干了,感到自己日后再无泪可流了。幽深寂落的雪院,凄清的黄昏里,天地苍茫一片难分高低,一切都僵得无半点生气。我慵软地将那封盈盈溢爱的信揣在手中不忍放却,生怕这一迹爱的履痕会于无意中滑落。

晚上,打开绣帕将信夹入书中,这两份可怜的祭奠连同我一颗纯情的少女之心,一并封冻在了垂杨柳的那个凄迷的雪天。

三 小土豆敲门

　　这场雪下个没完，落点化点，飘零泥泞。

　　是夜，北风凄号，母亲上夜班去了。一阵零乱的敲门声响起。开启一道门缝，但见一线灯光下，一个形骸污秽的小鬼叽叽喳喳地朝我乐着，我本能地向后一退："你找谁？""我乐意找谁就找谁，我乐意找我哥！"他自我感觉良好至极。"你哥是谁？""肖金！"他得意非常。"我的妈——""不是你妈，是你爸。"他似有嘲讽之意地解释道。天哪！人称歪瓜裂枣拉了秧的茄包，名为"小土豆"的我那二堂叔，来了。

　　幼时回乡曾依稀见过小土豆，只是眼前这个小土豆眼珠更混浊，脸上更脏。三堂叔提及他，说他总跑他那儿蹭饭去，动不动就"兄弟哟，再借给哥哥俩子儿啵，我那地你还不知道吗？咋不得多使点肥田粉呢？"那时节农药没发展到什么1605。你说说你拿嘴买了多少回了？"三堂叔气疯了地骂他，"肉吃了还想啃我骨头啊？"

　　一次，他借了三堂叔的自行车说是去相亲，三堂叔本没信，反正车也破就让他骑走了。天大黑大黑的才回来，车就不仅是破的问题了。他没进院子只站在外头喊："兄弟呀车子给你了啊！"三堂叔走去一看，见地上黑乎乎的一堆，知道一准是撞了，抽空便说他："你要是再惹祸呀，那媳妇就省得娶了！"

　　有回他弄了辆小破"蹦蹦"来（乡间不知怎的，管那叫狗骑兔子）说："兄弟呀，拉上你给我瞅瞅媳妇去啵？""让你爸去吧，回头再把我摇晃死！"

土豆那行将就木的爸双眼只留有一点儿残余视力，一摇三晃的身子亦如风中残烛。替儿相亲回来后来找三堂叔。三堂叔问："瞅好了没有哇？""我瞅不好哇，那脸跟驴屁眦的似的，满嘴的牙跟那高粱晒米似的！她没动知不道瘸不。还是你生闺女多好哇，又省饭又省钱！""那没闺女的咋着？先死喽，等有了闺女再活喽？"

土豆爷俩的日子穷辛极苦。割草时常有人说"上土豆家地里去，顶数那儿的草多吧！""哎呀不行啊可别去呀！那儿的草牲口吃了也不长膘，地太瘦哇！"

哪有什么房啊？住着人家不要了的一个又矮又潮的破瓜棚。有回土豆一走多少天，刚露了面不先回家而是前来蹭饭。"我这儿还没吃呢！"三堂叔指着做不熟饭的堂婶说。

俩人来到对面的小酒馆。三堂叔说，我不给他弄好的，要了一锅窝头一碟卤虾酱。谁知那即是好的！他一猛子吃下七八个去！用钢笼勺子把那虾酱碟子刮得嘎吱嘎吱响！这小子咋干啥都那么活腻味死人？不定多少天没吃了呢！三堂叔气得要噎死，索性不动嘴了由着他一人吃。

谁知道喂饱了后，三堂叔前脚到家他后脚又跟来了。"我说你死得屈是咋着？"三堂叔没好气地问。"兄弟吔，快瞅瞅去啵！我爸他不好了哎！""他多会儿好着嘞？""嗯，那不一样，叫我瞅着呀，过不去今儿个！"三堂叔一听，紧跟着来到他家那破瓜棚。谁知土豆又不敢靠前了，老远地闪着。

三堂叔个又高，低了好几头才探进身去，扑哧一脚不知踩在了什么上差点滑倒。一看那人，脖颈都硬了手脚早凉了！"不定死多少日子了呢！就知道有这水（家乡土语：

这手)！不在家待着总死扯（我们乡间对跑、滚等的称呼）哪儿去呀你！这回看你管鬼叫爹去啵！我可不给你当噢！"他怒斥土豆道。

三堂叔向人趸了三十只小羊羔，听说弄好了是一笔不小的进饷。两口子起早贪黑地精心喂养。快要出栏时他到远处打探行情，人说那地方有个大棚菜价挺好，便借了队里的手扶拖拉机打算就手趸车菠菜回来卖，这叫搂草打兔子——捎带脚。

快晌午时土豆来了："弟妹哟！那羊咋不放呐？""你兄弟没在家啵。"三堂婶抱着柴火做着她那永不熟的饭。"那我去吧！总闲着还中？"他逞能地把羊赶到了坡上，嘿，怎么那么寸，土豆一走神羊丢了！

三堂叔回来后刚把菠菜堆放在院子里，就得忙着用鞋底子先后去抽堂婶和土豆。开头只脱了一只，发现打俩不够且脚下高低不平，索性全脱了左右开弓、各司其职。口里先骂那丑女："我要是再会下崽子，要你有啥用噢？"转头再向那丑男："明儿个你要是不把羊给我全数找回来嘿，你就全省了你呀！"

无奈土豆四乡八里地去求爷爷告奶奶还买了盒廉价香烟。俗话说"功夫不负苦心人"，还真有门！但回来后他又不敢进门了，又只朝院里喊："兄弟吧！哥哥把羊给你找回来喽！快出来数数够数啵！"

几天来和菠菜一样打蔫的三堂叔鞋都没顾上穿就跑出来了。挑灯一数一只不少就是全小，嘿这气！想捌鞋底子抽时一摸鞋没穿一看土豆早没影了。他一口气差点没上来，扭头扎进了小酒馆里，酩酊大醉后拽在了炕上好几天。

他不醒时土豆竟敢赶来了："弟妹哟！我兄弟没起呢啵？""还没呢。""没呢，就好哦！我抓紧给你卖菜去啵？

要不全烂喽！再者说了我也不能总白吃饭是啵！"土豆用他那小蹦蹦一连两趟跑了个不亦乐乎。二来来时兴奋已极："弟妹哟，快着点子帮哥哥装车吧，还做哪门子饭呐！待会儿上小酒馆吃去啵！你可不知道那行情忒好哦！"

没一上午的工夫，活还真干完了。他逞脸地硬拉着三堂婶去了小酒馆，那女货哪儿敢往前行啊？走一步捱一步捱一步一回头地到了那儿。土豆嘴里还一直说着："我就不信啦，那就总许他来，你来一趟行啵？今儿个哥哥就做回主，咱们先斩后奏喽，吃他娘的啦！"俏酒娘子忍住乐细眼观瞧：敢情这就是那位"扈三娘"啊？

酒娘子把那酒坊开得活像一把"行走的鸡毛掸子"。反资本时那就是公家财产，时局一松动马上归属个人营生。她本人过得也如同一条让人抓不着攥不住的活泥鳅！人家是也卖着酒也卖着茶也把花戴也把粉擦也守着寡也生着娃！村人谁爱说啥谁说啥！男人有本事别喝我的酒，女人有本事别跟我拉呱！（当然也包括别跟我借上俩钱花。）

后半晌三堂叔醒来，一睁眼瞧见俩丑星正哼哈二将似的坐在破炕沿子上看尸似的盯着他呢。见他坐起来，土豆忙端过缺边短沿的破茶缸子讨好地递过来说："兄弟兄弟哟，你可醒嘞！快把哥哥我给急死嘞！喝口水啵？"他还做作地掏兜摸出三十六块钱来："给你钱！揉揉眼睛仔细瞅瞅是钱啵？看看你哥哥能办事啵？欻一下子就把菜给你卖出去了！要真等到兄弟你醒喽哇，那可就坏了醋喽，那菜早就得扔啦，还不得把你急死？不过那四块钱哪，我和弟妹哟到对面吃了一顿，花了！"他胸有成竹地净等着夸呢，以为弄好了兴许还得赏他俩子儿花。三堂叔也不吭声，将那酒后还不太听使唤的身子慢慢挪至炕沿坐于他俩之间，也不接水也不接钱，一转身左右开弓，啪！啪！一人赏个大嘴巴，完了就又扭头去找鞋底子。

土豆捂着脸咻溜就跑，三堂婶捂着脸在后紧跟。土豆边跑边嚷："哎哟，你别总跟着我吧！快抢他那鞋底子去哟！"三堂婶一缩脖一晃肩："那我哪敢呐！""那你吃的时候咋那大能耐呐？""咋还有你能耐大呐？不是你拉着我我咋敢去吧？"

"这老三头又是咋回事呀闹得鸡飞狗跳墙的？"赶来看热闹的人们问。"不就是花了四块钱嘛！"土豆向没捂着的那半边脸歪了歪嘴说。"那还至于？"有人说。"是呐！那也不是总去，再者说了，挣了不就是为了花的嘛！"又有人说。

"他叫你死去！你死去吧！"三堂叔冲出来朝三堂婶骂着，又将那两只小船似的鞋不管砍着砍不着地分别砍向那俩，那神情像是气一辈子都不会嫌长似的："我那二百斤菠菜是四毛钱一斤趸来的！还等我醒喽'那菠菜早就扔喽'，这不是没等我醒喽就让你给扔了吗？"

酒娘子拜见过扈三娘后就更想拍三堂叔了。在不多几日的一天晌午没顾上吃饭即走了来："三兄弟呀吃了没？我想着把老方家那大小子哟，给你家大丫头说说啵？"三堂叔不在家，三堂婶说自己万事做不了主，等后晌孩子她爹回来再说吧。

"还等后晌干啥呀！酒婶吔，白天您就过去啵！"姐说着挑帘从西屋里走出来，她的嘴、腿这辈子就快过这么一回。

姐夫人长得眉清目秀。难怪当年母亲想要把姐嫁到京郊来伴我时她不肯呢。家乡有个似乎不成文的规定：男方不可轻易退婚，退婚彩礼定被侵吞。

后来三堂叔让小土豆给摇晃死了。三堂叔，我告迟了你一句"断送人生唯有酒"啊!

……那次他和土豆喝人家的喜酒喝醉了,已然是动弹不了了,土豆逞能地叫唤着非指挥人将他抬到自己那破蹦蹦上去,说:"我就不信了,啥叫酒后不能开车呀?那是死废物!人跟人能一样吗?咋没听说过能人背后有能人呐?"三堂叔虽心里不情愿但他人已不能自制,只是俩腿还会蹬蹬嘴里还会哼哼。等到坐完了土豆的车他就不会哼哼了。

人们将还喘着口活气的土豆从沟里的车底拽出来抬上驴车拉到医院时,大夫说只差几分钟就晚了!母亲气恨说:"谁腿儿那么快?"……

"这次来北京噢想做点买卖!"嗝!人不大相大。"你能干什么呀?趁早给我扯回去啊!"父亲还是当年的乡音。"就是想卖点耗子夹子。"土豆打蔫了喃喃地说。我扑哧一笑,我的笑从不避人:看他就像只挨夹的耗子。

土豆告诉我祖爷爷仨儿,我爷爷是他大爷,二爷爷是我爸的二大爷,三堂叔他爸是他三叔。母亲不在家,父亲不理他,老追着我说话,岂能放过他?

当厂子撤走而绮华、天霞都忙活着嫁妆时,我感到了空前的失落,这失落像是失控!又到了事到万难须放胆的时候了,我历来心下决不摇落坠西风。就问他:"哎,我叫你土叔吧?""啊不不,银叔。"他吃了暴亏似的摆着手解释,"你爸我们哥几个不归金木水火土管,属金银铜铁锡。他老大我老二,像你堂兄堂姐他们都是老三的孩子,顶数他没出息,结婚早孩子大,还不到十六呢就有他们'大狗头'了!""这么说,顶数你结婚晚、孩子小了?""让你说对了!咱侄女就是聪明!你爸赶上那时候,都那么早没法子,十五结的……""你呢?""我就五十呗!"他还露出自得之色觉着自家多么幽默。"合着你还没结婚呐?那你现在多大呀?""四十四啵!"他见我一怔再怔问:"咋着?不像啵?""像!前头像,后头像十四的。""这鬼丫头哎!""银叔,咱乡下有愿意来北京入赘的吗?""敢——情!"他把敢字像要搁在嘴里嘎嘣嘎嘣嚼一样。"咱乡下那么穷,我侄女那么好!"

母亲提出了一万个反对,我就有一万零一个理由。

即打发了土豆便开始打发阳台。届时街头包工包料封阳台的俯拾皆是,兹你肯花钱便手到擒来。阳台封好后为其赋小诗一首:

屋侧新修小台凉,窄而长来不见方。顶上两条通风道,南面一水玻璃窗。晨做暮归青春度,光阴不虚读书长。月色洒下和谐意,枕旁犹闻野花香。黉夜招呼嫦娥女,明早一同到工厂。

乡人不信土豆话,令其掏出令箭来。我只得书写简信一封:有女肖冰三九芳龄,腿脚不好品貌补充,琴棋书画博而不精,工资粮票自给自赡。

并附上三寸彩照一张。自幼不上相只那一张行:白衣秀发杏眼圆睁,精神闪烁有情自雍。不想被土豆给招摇撞骗成了人手一册,跟抓通缉犯似的。于是小小的乡村开始了"追捕","跟踪追击"的很快即"走在乡间的小路上……"

小鬼引来一大鬼。中等个头,黑得还不算牙碜,脸上的物件嘛,单瞅着全不是个东西,汇总起来倒还像个人。恰恰搭在了中常人的裉节上,用绮华的话来讲就是受打扮,她说不受打扮的人则是越打扮起来越寒碜。据说家中境况是房子没有顶子,被子没有里子,炕上没有席子,柴锅没有底子,林林总总吧,除了是个男人外再没别的了。

有人说友谊是积累的,而爱是突然的。如同一个什么

三 小土豆敲门

物件突然被人发现了其价值,我女人的本性得到了回归。我们闪电般地向对方投入了自己的热情,一时"爱如潮水"般地冲刷着我长久被晾晒的耻辱。

跟弟与我如影随形,时时处处敲敲打打小手锣一样。有小学同学说:你怎么和她住一个楼里呀?有中学同学说:你怎么和她分在一块儿呀?亦有同事说:你怎么和她又是同学又是同事呀?

她见旱水穷得叮当响,别有用心地说:"说不定哪天给你提搂回来一箱子钱呐!"说完捂着嘴扑哧扑哧乐不停。

龙潭湖是距我家最近的一所公园,与我二十几年来对它的想象完全不同。走上由大作家柳青书写的"濯婴亭",不由联想起他的另一句名言:人生虽然漫长,但紧要关头只有几步。

不想旱水竟也在旁莺莺地吐出一句董老的诗来:竹叶青青不肯黄。我一听,嗯?抬头看去,果见拐弯处有几株细竹竖在那里。

绕过石林踏上曲径,月光下曲栏边悠然地摆放着各种花卉,天上稀疏的星斗、身边优哉游哉的三两游人,彰显出太平盛世的祥瑞气氛。走下斜坡,背靠绿意盎然的小树林于岸边坐下来,望着湖心岛上摇曳的隐隐灯火,耳畔静听着水中欢快的鱼跃,那随之溅起的水浪如飞花碎玉般,湖面在星月的映照下波光诱人。

靠在他身边,我心底里有一种平实。旱水的话比哑巴少,但与之相处却有一种无言之趣,时时令人感到吃惊而不乏味。此刻他打断我的绮思指着月影清波问:"你说看见水让人想起什么?""陶然、怡情。""那为什么人一想自杀就跑水边来呢?""三国上说,月能引人之悲引人之喜,想大概是水与月共性吧?"

爬上景山，由于不知路况，竟是从后山的崎岖小道上去的！把我累了个不亦乐乎。身边被绿浸透，周围不仅是植被，就连脚下的石阶缝里都支出了小草，预示着生命之顽强不息。在我眼里，那石阶上的自然剥落均美不胜收，太喜欢天然去雕饰的美了。从半山腰里望下去令人头晕目眩。站在旧时北京之最高点上，俯瞰着自己生活多年的古城，令你肃然，那威严肃穆的紫禁城真是巧夺天工。我想怕是没有人不被她所征服……

走上团城想起梁思成，若非我们的爱国志士赤胆忠心地四下奔走，哪得这妙趣横生的锦绣河山？遥望烟波浩渺的中南海，叫人想起"毛主席窗前一盏灯"……

领证那天出门很早，晨雾里有路人哼着"十五的月亮升上了天空哟……"那悠然的小调被晨风吹着向远方飘去……

当接过大红的结婚证书那一刻，心中忽而严谨起来，四目相视不由互赠了对方一个会心的笑。我在心底里告别那与生俱来的不踏实感，告别那不堪回首的不与谁相依相属的岁月。啊，我那迟归的爱。

走在宽敞的马路上，路两旁的白杨像在祝福。旱水人不济却颇爱照相，我自幼不上相，不想那日竟创造了最上镜佳照！

回家的时候天亦有情，斜飘下轻柔细嫩的雨丝。自幼无缘雨中行走，如今置身一片清新里。是谁说的？"风雨世界，只有爱情没有风化，你是人类永恒的主题！"

我的被面是母亲和祁妈一起挑的。不巧两人看上了同一块粉红色白桃花图案的，于是祁妈高风亮节起来："快给我闺女，我老东西又不结婚！"而她自己挑了块绿底金菊的。日后无论我看到自己那粉桃花或是祁妈那绿金菊时，都会想起我的祁妈。

没有彩礼的婚礼,只有老天馈赠的一轮喷薄的红日!啊,"北京有个金太阳,金太阳,照得大地亮堂堂,亮堂堂!"

当女人徜徉在爱河中时,对方犹如一道闪烁的光环。静卧在新租房里依偎在他的翅膀下,自己犹如暖巢一稚。他在身边整个世界仿佛都在身边,我感到旱水是我的心我的命我的一切!像山一样的可以靠,像水一样的淙淙不断……

清晨,蹑足潜踪地走至窗前,拉开窗帘,眼前即如屠格涅夫所说"金黄色的阳光一下子侵入"!又悄然来到院内,贪婪地吸着凉爽的晨风,心中、眼中、心目中俱是一片怡然。新婚的羞涩鼓荡着我不由得驻足窗下隔窗望去,还是我和天霞当年在新蕾商场买的压根也没舍得盖的蓝白花毛巾被里裹着我的新丈夫。他是谁?这难道就是将要陪伴我走过未知的后半生的男人?

旱水家不几日便蹦出一个要我留下买路钱的来!我主观情绪大,给与不给都要生气,这使我俩的城乡差别显露了最初的参差。

更有甚之,蜜月没度完他家便扯不开乱麻,他无奈地打道回府了。啊,杜工部的《新婚别》别了那么久,个中滋味不是你你便不知,是你你便不活。

厂原址改作木工班,传达室改作木工休息室,大门边头一间南房做了新传达室,我被留在那里看大门!子承了父业。

离了同伴们,困难具体得细如发丝。头一条,我怎么如厕呀?虽然从总厂先后调来好几拨其他分厂的人,有电工、木工、食堂大师傅还有三个和我同看传达室的,但不知是执行的哪个要命鬼提出的要命主张，全一水是男的！

按说我们厂的厕所是极方便的：紧挨着食堂。可它又是那种、那种，您知道了吧？多年来我那同事们从未让我一个人去过。

届时我急了：活人岂让尿憋死？！出了门心说赶上哪个算哪个，结果拉了一个今天挺倒霉的男人："师傅，劳您驾带我上趟厕所。"那人也愣神也没词。可能他没见过这种如厕法，不知下面包括哪些内容，只得被我捌着走。

踏着连天雪后的泥泞，挽着初次见面的陌生男人，心和腿都实在说不出是什么滋味；该进去的时候得放开人家且怎好让人等候？千恩万谢还重点表明他的大功已告成可告退了。不知他当时是怎样的心情。等进去了傻了：说什么也上不去！

我在一小时后才步履维艰地回到传达室。从头至尾都在想：我的人生究竟错在哪儿了呢？

再就午饭来讲，或买或煸，同事们从没让我发过愁。最难忘的是有回厂食堂吃排骨，我厂规定好菜一人不可二份。大家买回来后，青云见我坐在屋里吃自家饭，眼圈都红了地大叫道："肖冰没排骨——"如同发生了什么事件，那声音何时想来都不绝于耳。于是人们端着饭盒陆续从我身边走过，依次在我的饭盒盖中放上自家份额中最大的那块！因每份六块，没买排骨的我反得的是一份半之多！

世人都想不到窘境只为难了我一天，真的，就一天。第二天总厂调来几个家住附近的生人，但这回是女人——是女人！啊，女人原比男人要好上这样多的啊！一位中年妇女进门即乐呵呵地说："肖冰，我姓何，中午我给你煸饭，上厕所喊我啊。"

她说着拿起暖壶要去打开水。我尽管已快渴死了但仍忍不住先追问她:"何师傅您怎么知道我的?""噢,你们同学叶知秋是我们老街坊!"其脸上及口吻中的那份欣然溢于言表。叶知秋,好像是年级里的一个男生,记不清哪个班的了,也属刘剑牌的混世魔王。呵,未谋面之人能在这样的窘境里拉兄弟一把,属何等的分量!

新厂有位心灵手巧的木匠小伙子,因说五百年前是一家子拜了我为干姐。听说他曾进过局子而脾气又不好,没人敢招惹!因木匠房与传达室门当户对他像长在了我们这里。传达室四人,除我与何师傅两个女的只值白班外,像"乔老爷"(就是令其带我如厕的那个倒霉男人)、老阎、老王他们三个分别早中夜三班倒。干弟有事没事即点指他们:"你们传达室嘿,除了我姐姐,瞧瞧你们这几块料的那几个狗屁姓!整个一'乔阎王'!还有那几个缺德的电话号码,什么死去吧(478)?能不死吗,都瞧见阎王了!"

一天,干弟心里不痛快,于是午饭时在前边的小饭馆里喝得比平时还不省人事,被抬到传达室值班床上大睡。干弟虽不白却很男人,似一缕阳光于哪里行,哪里便亮亮堂堂。

想这大日头底下人再醉喽醒来得多渴呀!我便将自己的茉莉花茶撕开来,用他的头号大缸子和我的都沏上茶在一旁凉着。

快下班时他才在床上鼓涌,嘴里喃喃地念叨着"水……"我慢慢将水挪至值班床边的小床头柜上,他稍有了些意识便发现这里并不是家,情知不会有水,吧唧着嘴将胳膊做枕在那儿忍还是动弹不得,我端水坐到跟前叫他:"兄弟,不是要喝水吗?"他一惊撑坐起来:"有水!"那神情像发现了金矿。我先递了他的,见其如饮甘霖后意犹未尽忙又递上自己的,他更是一惊,因我平日从不差遣自己的杯。他感动了,喝着水眼里蒙着稀薄的泪认了姐。

干弟总说天老大地老二我老三。于是人们称他"我老三"。我老三来了!人们常这样说。"我老三要打我!"一天某男叫道。开头我不解其意:谁这么不讲理?你老三就打你?

干弟手口嫌廉得比刘剑有过之而无不及!动不动一股恼怒从心头升起,岩浆般地崩裂!和他的人同时腾空而后如野马奔腾,如当年的小周郎也似。他那木匠斧子恨不能睡觉时也随身带着,权当了李逵黑爷爷的板斧!一旦跟谁有个言语不周,嗖的一下就地取材!一次,不知谁因为什么惹着他了,人家都不觉得,要觉着谁惹他呀?他揣着斧子就过去了,一下子厂里外的围了许多人。

我正坐在库房门口的树荫下吃午饭,这是何师傅安排的,她说那个点那个地正凉快。此时她满头大汗地前来喊我:"肖冰哎快看看去呗,我老三要拿斧子劈人呐!"我也走不快也挤不进去!急得她变腔变调地朝我明知故"喊":"肖冰哎小姑奶奶,倒是快着点吧——"我闻听此言什么也不顾了,歪歪斜斜地拿脑袋从人缝往里钻,挨着谁即是谁随手先抓俩将身子立稳,随后急不得恼不得地喊:"兄弟兄弟!嘛呀咱这是?"

他横端着脸生怕眼珠子冒出来似的同时底下跺着脚,仿佛比世人都焦急:"他招我——"哎哟妈吧,他终于还会出声,我有了点信心。极力平和着事态:"哎呀人家不知道!要知道人家都犯不上招!""我可管不了那么多!什么是不是招不招的!先剁了再让局子抓我!""嗨嗨嗨,话不是那么说嘿!咱不去、咱不去那儿啊!快,当着这么多人给姐个面子,啊?快把斧子给……"我想说给我一想自岂能拿动就说:"快把斧子搁下,怎么跟小孩儿似的呀?抽根烟消消气、熄熄火。"我说着忙给何师傅、"乔老爷"递眼色令其帮忙,没人帮我可独木难撑。乔接斧子,何搀我,人群散去,我们回传达室。

　　给我老三点烟时他还那儿哆嗦呢,嘿,真是买理卖理不说理!这回可算是看见脾气大的了!那烟干脆你就点不着,和他哆嗦的一个频率。"兄弟,以后记着,咱可不换个,咱这小伙子跟谁换都不值!今儿你肯定误会人家了,那兄弟绝对不知道为这么点事你会生气。敢情都说你量大是别人造的谣哇!"他可能听着话茬儿顺耳,烟也点着了水也喝上了:"哼!今儿个要不是我姐拦着,天王老子来了也不行!"

　　干弟好给别人讲故事,一如我爱给人说单田芳。常有这种时候:哎,我老三讲故事呢!于是人们去了一帮,跟我们班上华北厂看电影似的。我说你们是真想听故事呢还是不愿干活呀?别人就说,不信你去听听啊!我一去一听,啧,干弟那口才可真是好啊,讲的"春秋配",一个细小环节也不肯落,唱的评剧"朱春灯"唱段让你都不听朱春灯了。我这人不会鹦鹉学舌,一次好像他讲道,从前有个人不认识盐⋯⋯

　　何师傅听了即叫道:"你小子瞎说,谁笨得连盐都不认识啊?"干弟一愣眼(这是有关他的镜头里出现得最多的镜头):"哎,别乱插嘴啊!我没说你不认识啊!"

　　他又说,有次上帝和某人打赌,何师傅又赶紧回头问我:"哎肖冰,有这事吗?"我点头说有。谁知我们干弟的毛病是:兹有人道破天机他便要叫停了!他一叫停人们便叫急了,此后再不敢叫我前去。

　　他跟女朋友闹了矛盾,坐在值班床上起誓要蹬掉人家,大伙儿劝时他说:"都省着点唾沫润自己的嗓子啊,等明儿个把她带来让我姐瞧,姐,成不成的兄弟就等您一句话了!"早听人说他进去的时候,那女的等了三年,这不是当代王宝钏嘛!

第二天那女的来啦,比起干弟,姑娘差得翻了番,光那个利落劲她就比不了,可事不是这么个比法呀。"这是我姐,叫姐!""姐。""哎!来啦姑娘!"人家小声叫,咱得大声应承。干弟就爱于人前臭显其能,从裤兜里摸出钱来命令也似:"去,到前边小饭馆里端菜去!告你啊,要盘羊杂碎、田螺蛳,都得辣的啊,我姐没辣不吃饭!主食一定得买面条啊,哎,面条一定得辣啊!"那女的出去后,他更接着逞能:"买不对回来打你!"等人走远了他又煞有介事地问我:"哎姐,您倒是说说怎么样啊?""你说怎么样啊?单说人家那小个多秀气呀!再说了,人家对你都赶上王宝钏对薛平贵了!"

我当月怀孕。古语说女嫁三日,送食曰:馕!妊娠反应过去后食量大增。母亲一直心悬一念,怕我因而走不了道,可那体重不是突如其来,而是循序渐进的,所以我能走。

厂内两棵核桃树几曾等过核桃熟?如今是自给自足了。孕期中心里像封着火的炉子。亏何师傅百般安抚,想方设法让我吃好,她在火上煨的粥那叫黏糊,从自家带来腌渍久了的咸蒜、鬼子姜,有一股独特的醇厚味道。又让干弟将树上的青核桃打下来,由她耐心地用炉火烘焙得焦香供我享用。一次乔老爷从传达室门前骑车而过,我们同时看到车子后座上有两把鲜嫩的小水萝卜!青的红的着实可人。"嗨——"几人有的指有的叫,何师傅索性追了去,不一会儿手里拿着四个跑回来边洗边叨叨:"呵,这乔老爷这抠!又不是我吃,跟他说肖冰怀孕了才给四个!"我说:"得了何师傅！两把萝卜总共才十个，人家和老婆孩儿才合一人俩！"

我就这样被善良包围着，如此才比较顺利地走着自己残缺的一生。人说人情债须得还，这辈子还不完下辈子还，我不想下辈子还，想这辈子还完喽下辈子好好过。

待旱水返京时，大风大浪都已是过去了。

一日，我在阳光下于传达室外的大门边上拿着干弟用饮料听做的精巧的半导体听着"夜幕下的哈尔滨"。那时就想，王刚这小伙子得多帅呀，您说这是听王一民还是听王刚呢？

干弟那脑袋瓜快得像宇宙飞船，双手仿佛带有仙气，鼓捣个什么即是个半导体，鼓捣个什么即是个电话机。此刻又在一旁鼓捣，敢情是给我做了根实木原色拐棍还涂了清漆。当时我们都不知他在做啥和给谁做，好了后他说："姐，留个念想吧，这辈子无论走到哪儿别忘了您有个兄弟，什么时候有事您弟弟是随叫随到！"听得人心里热乎乎的。

见走过两个穿着打扮人模狗样的人像是在商量着将此地改作厂宿舍，要大兴土木开楼盘。一听是个机会就跟同事们闲聊说想让旱水进厂打短工。没几天乔老爷即对我说："刚一提你头就应了！"我很吃惊："为什么？"他说："头儿问了，'是那天我见着的那个肖冰吗'？我说就是！头儿一听没二话就一字'行！'"我纳闷了："乔师傅，我没见过你们头儿呀！"他解释说："就是你恨不得上哈尔滨那天，他们在那儿……""啊？就那人模狗……"

一九八二年暮春三月，桃红杏粉柳丝鹅黄的季节里，我惊慌失措地在母亲和旱水的陪伴下，坐在自行车上迟缓地于午夜来到垂杨柳医院待产。一路上临街的铺面房中，那些不夜的人们将有关吃喝穿戴的各种买卖仍做得如火如荼。

医院的夜晚永远灯火通明。大肚子们带有迥然的风格,有的身材姣好得令人无端生怜,而有的则母狼也似。上苍真是公平啊!既为女人即都给你机会,是骡子是马日后再遛着看。

天知道我与高栋林竟是在这样的境地偶遇了。那人风采依旧,叫人一猛子可以爱上天下所有的大夫!"她的孩子准漂亮!"窘境里挤兑出他这么一句,我笑着算是作答,母亲惊异于我有如此的相知,接过话说:"真没想到她到了这个月份儿上还能走。"

因双腿有疾,我极怕顺产,亏得在一六八一年即有了剖腹产,要不然我可惨了。躺在白色医疗床上等待旱水为同意剖腹产签字时,望着白磁盘中十八般兵器,我不寒而栗。待产室里一屋子龇牙咧嘴的货叫人不看即烦,忽想起罗隐的句子:酿得百花成蜜后,为谁辛苦为谁甜?

高大夫职位上升已不轻易上手术台。几个徒弟手艺不错,四十分钟的手术我以为自己一定是死了。啊,这才感念起"无影灯"的含义,若此时有影,非惊魂去不可!女儿的第一声啼哭,将一种强烈的责任感砸落于我柔弱的肩上,砸得我不是我了,在这以前的我不复存在了。

被医护人员推回病房后昏昏大睡,像干了多么重的活,以至于有探视的男人说见了我的面色以为怎么着了呢。因院方三天后方可让见孩儿,心里一直打着鼓误当是给共产了,直到母亲拿来天霞送的红花小棉被、绮华送的绿花小毛巾被裹起女儿抱走时才发现:哟,还给呐?

有感于医生护士们那博大的爱,每降生一个无论是男是女的婴儿,人家自家人还要挑挑男女呢,他们却已是欣喜若狂，像是自身得到了什么！

出院时，高大夫和蔼可亲地尽力满足了我开各类药的要求，并保证了药量。完了事他说："你来得真巧，我要调走了。""要高升了？""工作需要。"他微笑着极谦和地说，全无以往医生的威严，所谓见什么人说什么话大概是人所共识吧？他问："看得出来你过得很好。怎么从来不打电话呀？"我笑而不答。他又说："你呀，自尊心老那么强，真像别人说的：你求人也得人家求着你求他！""噢，他们这么说的？"我不屑他写在药单上的新院址及其所提升的新职务，我有旱水和女儿已是无欲无求早足矣。从此为他们生为他们活。

旱水盖楼时我们同行。同事们说求头儿发发慈悲给间房子吧，于是他在那干我在那盼，谁知眼看高楼平地起了，我们要向后转了。厂子当了宿舍，人员得撤，别人回总厂我自下岗。自此再无"肖冰"、"农民代表"甚至"流氓"等称号，好似自己从未工作过，方知那称号有多么的珍贵。

届时，房子问题已成为平民百姓生活的重中之重，花娘也是为了房子闹心，四处放出话去要给杏花寻访个有房的女婿。祁妈这人说是耳音差吧，办起事来听三不听四、听前不听后的，因母亲常说搞对象不能俩人一姓，像她和父亲加之我和旱水都没有过好。祁妈以为就这呢，于是给杏花找了个姓房的来，气得花娘一时火上房："你个老捣蛋鬼，就差着一口气让我上不来了！我要个姓什么的管什么用啊？能当房住啊？"可谁知姓房的和杏花一见面即两不撒手啦！且拿花娘的屋子当了洞房，气得花娘更是差点一口气上不来："等明儿个生了孩子，我不管是男是女就叫'多多'！"

杏花婚后与丈夫、母亲同居一室，如花便在我两家的小过道里每晚现搭一铺，天明即挪。当杏花的儿子房多多（呵，您听她家房这多！）稚嫩地唱起"火车火车呜呜响，一节一节长又长……"时，冷不丁被花娘吼一嗓子："小兔崽子，别再'长'啦！再长你姥爷就老在那上边啦！"

母亲时常给我上演这种镜头，镜头1：一天一掀门帘对我说："看是谁？"啊！天上掉下个"梁"妹妹！

孕中的绮华已是身子很重，这使我们不得搂抱以释放彼此的欢欣！

记得与天霞在芳草地邂逅绮华时，我俩竟兴奋得忘记了问其家庭住址，悔之晚矣时找了公用电话，打114问了梁老师的学校电话。"找谁呀？"接电话的一个女人问。"麻烦您给找一下已故的梁老师家。"我说。"你是找他家的哪位梁老师呢？"她又问。"嗯？难道还有几位梁老师吗？""是啊，老大小都有哇！"原来梁兄也已为人师表，被称作"大梁老师"，绮华又步其后尘为"小梁老师"。哇，教师世家哎！但只是她家又搬了！尽管日后逢人打听，只听说他们从这儿搬到了那儿又从那儿转到了那儿。如今看来亏得我家不似她家那般百转千回，否则这一生里我俩可能都再无相见之日。

绮华前来告知，踌躇满志的梁兄而今得以"金榜题名大登科"了！原来在我们离校不久后，我校即从工厂借调回已做了成人教师的梁兄来。当年梁老师很优秀，其校不放，绮华们只得搬家。恢复高考后，一直想自寻门路从而进清华的梁兄很优秀我校不放：保你进清华！因梁兄此生的志向是：非清华不入！他在填志愿时写的只有：清华、清华、清华！

梁兄进清华了！当录取通知书下来时，梁兄的衣服扣子连张三和李四都没有对上号，两腿不知是怎么倒腾下楼

三 小土豆敲门

的,届时这个以多少多少分数名列前茅考入清华的绝对高才生,业已是稀里糊涂且所答非所问了。

绮华来的这一天,我们都不知怎样过的并且永远忆不起来。只记得她挺着肚子比以往任何时候都快地跨进来,什么主谓语也没有:"我哥进清华了!"我当时正怀着盼儿一时竟忘了,一骨碌从床上爬起来没说出话,哭了!我总在为自己和别人的成绩感到振奋,尤其这回!因一辈子志向为:

自知身已志无酬,愿进清华走一走,北京大学住两宿,此生精神全抖擞!

晚上绮华我俩有意来到校园门口,见学校大门处直立着的黑板上醒目地写着:祝贺我校优秀青年教师梁中华同志考入清华大学!其中"梁中华"三字写得字体飞扬并用了红色套板。

梁兄从工厂进清华又从清华回到工厂,真个从哪儿来到哪儿去也。人家居然一直在搞着令我终生艳羡的成人教育!真乃馋人太甚也!

母亲给我上演的镜头2:带来了哺乳中的天霞。

我在生产后的几个月里只认了枕头。这天母亲一掀帘怀抱个孩儿:"看是谁?"我一怔,见她怀里的孩儿非男非女:穿着裙子剃着秃子,谁认得出来呀!

忽从母亲身后闪出蒸发了一样的天霞!啊,天上掉下个林妹妹!我们两人自婚后至孕、产前均未谋面,我抱怨道:"你图谋霸有了姓徐的就重色轻友啦?我早知今日何必当初呢!"她边哭边笑地从床上抄起块绢子来给我擦泪和堵我的嘴:"得了得了得了!"

二人哭罢多时,才发现后边还跟着那连天霞上趟厕所也要追随身后的徐敬民!您看看咱这媒做的是几全几美呀?

我都得给自己鼓掌啦!

　　天霞向我如实禀报了进得徐家门以来备受青睐的来来去去:那些徐冬梅式的马屁精崽子们、崽子们的崽子们,见了她就欢喜地追着叫这叫那,什么大姐、嫂子、阿姨、霞姑啦一堆一堆的,而把徐弟的"阿丑"给丢在了一边置之不理,天霞由此没少惹来那妒妇因红眼而飞来的白眼。久了即朝着小叔子嚷嚷:"哎徐爱民我告诉你啊:你要是不赶紧管管你那丑媳妇呀,下辈子还叫你娶那样的!"一时吓得徐弟连连应承:"哎哎嫂子,我管我管我一定好好管!"天霞跟我学起这些时笑得什么似的。

　　晚饭上,我详细地向他俩道出自己的婚嫁始末。跟他们诉无房之苦,徐敬民心眼好哇,我一有困难他就睡不了啊!同时也谈了厂里要为旱水办户口之事,徐敬民这人饶了滴酒不沾,在饭桌上那话多得还让你认为他先于人醉。并在临走时一再地回头很认真很严肃地叮嘱我道:"不弄不弄啊!要房子是抬高你弄户口是抬高他!"我说我弄你弄谁不一样,不是说我中有你你中有我吗?

　　芳春住在天边我住在地沿,一个冬日里少有的好天,"偶然值邻叟,谈笑无还期"。上苍让我们在劲松商场门前偶遇了。"肖冰!肖冰!肖冰!"她一路喊着跑过来,把在旁卖糖葫芦的小贩吓了一跳,小贩以为我要摔忙跑来帮扶。芳春抓住我的手后一时还不知说什么就光喊。我也很惊异,芳春历来衣着阔绰,不同以往的是:脸圆起来色润起来眼亮起来唇红起来,完全是一个新的芳春!

　　我笑着叫着:"芳春是你吗?怎么这么巧,能在这儿碰着呢?真没想到!"她亦是笑着叫着:"是真没想到!哎,你怎么样?他对你好吗?"她突然看见不远处的旱水,问。"好。你怎么样?江海波好吗?江月和江春月都好吗?"芳春生了双胞胎女儿,最有趣的是长大后俩人都朝她嚷嚷,"凭什么她带个春不给我带呀!她倒美了!""凭什么她不带个春光让我带啊,她倒轻松了!"气得芳春更大声地朝她俩嚷:"要不然你俩换换名字!再不行跟我换!"

我俩情绪都很激动,声音都在颤瑟,都想一口气问完一辈子的话,这使我们既问不成也听不成。"肖冰,大家都想死你了,头们把你的工作台分给新来的人用,撬锁的时候大伙儿都哭了,说这回肖冰可是真不回来了。"说着她又哭了。"哎别别,见面是高兴的事。""是高兴的事!哎,你吃羊肉串、糖葫芦、毛鸡蛋吗?"她指着旁边的几摊小吃问我,又不等我回答即去买了来。

芳春的小嘴吃东西和说话的时候其俏之程度都不亚于天霞。俩人正吃着,她猛然想起件事来说:"哎对了,你们有个同学在咱们总厂司机班,叫什么来着?沈……沈小宝,对,沈小宝!他跟我们说了好多好多'我们班肖冰啊,特别特别特别棒!'哎哟大伙都炸了营了:这肖冰嘴这严!怎一点也不告诉咱!人家青云说啦,'人家还是跟咱没到那份儿上!'肖冰你怎么不说呀?我们对你好点儿呀!"

我心里顿时翻江倒海起来:没想到事隔多年,在那个遥远的郊外小站边,竟还有如此替我肖冰说话之人!且竟还能在同事们中引起那么强烈的反响!"噢,沈小宝和你们在一块呀?哎,你们对我够好的啦!""那不一样,你怎么不说呀?""哎,我怎么说呀我能说吗?我说自己特别特别特别棒?有那么说的吗?""哎你知道吗?那回咱全厂只有两名整年不感冒发二十块钱奖的就你和他!""是吗?那么巧哇?""说实在的肖冰,一看你总是那么乐着唱着,我们健全人都没有理由不好好活下去!""太对了!咱们都要顽强快乐地活下去!活出内容活出滋味来!"旱水怯场,远远地瞄着。

芳春忽然发现小摊上还有榛子和羊肚丝，没跟我商量即跑过去买了来一样样地放在我的小三轮里。"都是你爱吃的！都是你爱吃的！"她生怕再失去这次机会。

旱水管钱叫爹管活叫妈，就逮住这两个亲，兹说哪个活赚钱，得！就是它了。日益成了加班狂，但凡厂里有一人加班那就是他！母亲每每做完了饭，看天黑了不放心前去找他。他可倒好，不用送我了还得去接他！

母亲自打退休后身体每况愈下。旱水下中班时因如花的床挡着进不来，母亲还得从里面挪如花，怎生得了？

于是我们租下了京郊一间八九平方米大的农民房，还是个西晒的小东屋。因情急，人家盖完还没来得及安装纱窗和门插销，农家的习惯是兹有人租住了一切后续工作便不肯干了。而旱水比人家更是坚决不肯干的，人家不干是人家不住而他住了都不干！在夏天的夜晚无法开窗，孩子热得水洗的一样，我便整夜地在旁扇着。且凡在旱水加班的晚上，就不知在门口挡上点什么好了。

出了家门离了母亲，自幼未摸过厨房里的刀枪剑戟，临阵磨枪磨不光。切的咸菜横宽竖大，煮的面条半生不熟，卧的荷包蛋飞花打籽，和的肉馅非咸即淡，擀的面皮非薄即厚，包的饺子大小不一，蒸的包子东瘪西漏，生的炉子半死不活。

有次提水时女儿抱住我的腿，结果娘儿俩双双倒地。我的腿疾是母亲一生的牵绊，自幼总易摔跟头，每个跟头都仿佛摔在了她的心上，她的心由此而永没松下来。在将军坟时隗娘曾说"唉，老的的累小的的罪。"摔来摔去却也摔出了技巧，有孩儿时则自家垫在下面，自摔时便刻意往轻处摔，那一刻手中拿的什么即撒手撒什么，碎了的要不了了、没碎的捡不了了。

　　一次实在做不了饭时死等旱水。永在加班的他回来得实在是太晚了,不知把谁家的烧饼铺给打扫了货底子,于是我于无意中毫无戒备地做了薛伯。

　　一下雨,檐下的青石板使我不敢越雷池半步,一个漆黑的夜晚,孩子在瓢泼大雨中发起了高烧,炉火灭了,无法烧开水冲奶粉和吃药,无奈我在风雨中大呼邻人向其求口热水。声音比起雨声大不了多少,邻人没解其意令孩子送来的也是凉开水。凉开水冲的凉牛奶孩子竟一饮而尽!望着躺在床上的孩子蓦地想起自己烧坏了的双腿,一时慌了神了。

　　为雇保姆我们转战到一所名副其实的两间东倒西歪屋。那房屋本是农村中最常见的那种三间正北房,因两兄弟不睦扒去了一半,剩下的一半又好歹糊弄上了,听上去像是烟火盒似的糊着玩呢,让人怎么瞅怎么像要塌似的,所以房租绝对的便宜。

　　于孤漠的生地,心情跟白色恐怖时一样,大白天的都不敢打开窗帘,旱水还常于凌晨而归。夜晚为仗胆,我其实不是跟宋小丽(《寻找回来的世界》中人物)学,她不唱我也唱:"我家的表叔数不清……"把孩子吓得说:"妈妈一唱我害怕。"我想:一不唱了我害怕。

　　旱水是个家徒四壁的人,有钱没钱饭桌上看!今儿开支即满盘子满碗鱼肉得兼,明儿月底即清锅冷灶白菜豆腐皆无。如若吃鱼,家中便到处鱼甩籽般满世界皆鳞。我的按部就班进而与之显出了南辕北辙。

　　改革的大潮汹涌而来,冲撞得人们摔跟头顶露水,容不得半点斯文。旱水由于幼年摊上了人生两大恶事:丧母、失学,把个人给糟践了。文化教育的缺失导致了整体素质低劣,办起事来无始无终。心糙得很,遇上天使就上天堂,遇上魔鬼就下地狱。

他总想飞又没有振翅的能力,饶了拖拖拉拉还急功近利,经不住人撺掇,不管三七二十一便私自辞退了我费劲为其找的工作,以壮士断臂的气势将我们娘儿俩带到一个似被黄土包裹了的地方。

卡车在凛冽的西北风中没完没了地转悠,像是永停不下来,到了一个半截子墙垛下背风处一打听,情况并不像他说的那样什么都准备好了,而是根本无人接应!原来人家一切均并未停当,是他逮了个尾巴即跑,您说这人算急算慢?

他便到处去寻,经简单商议后,我们三口被临时安置在一所新盖的独门小院里。房子的墙壁尚未干,烟筒孔都未糊,还有扫地风!这怎得了!刚拢的炉火烘不暖潮湿的屋子,接着他就又忙得跟线抻的似的,不久娘儿俩即双双病倒。

房东虽不住新屋但搁了一圈猪!一日房东劁猪,女儿大哭,我急用手捂她耳,自家只得从头到尾领教个足!那公母俩双双嚎得昏天惨地,在整个院落中拖曳出刺耳的一大条尾音……

旱水不知天多高地多厚地在那个地界办起一家麻雀是小五脏还不全的破工厂。那儿的工人均为三亲六故滥竽充数,干起活来比旱水还懒,论人际关系来旱水比他们还颟!

四　尴尬保姆情

为今之计我们雇起了保姆。结果这个保姆又实在用不下去。第一是比我还笨！来时正好赶上腊八，我说咱熬点腊八粥吧。想年轻人有不会包饺子不会烙饼的，粥大概还是人人会熬的。她去了厨房不一会儿回来问："阿姨，你家一共有二十个枣，搁多少啊？"我说："我准备的腊八米是两份，就放十个吧。"我刚忙完上了床，她又跑来说："阿姨，枣让盼盼吃了两个，再搁多少呢？"我说："那就九个吧。"过会儿她跑来说："阿姨，那枣又被我吃了两个，搁多少呢？"我笑了说："就八个吧。"

第二是比我还慢！前边租的屋子小得进了门就是炕，炕边放个火炉即到了门口。火炉边的墙上挂着煤钩煤铲，地上放着准备刷的盘子碗。孩子坐在炕边玩，保姆坐在炉边洗衣服，准备洗完衣服刷碗。三两件汗衫她整整洗到中午十二点！就听得"啪"的一声，孩子碰掉了钩子、钩子砸碎了盘子！

第三是比我还爱旱水！不论晨昏对其步步紧跟，随进随出，旱水去哪屋她去哪屋！好像我不是给孩子雇保姆而是给旱水雇的随从！问绮华有无此类事时她说："当今雇保姆的准则是：三个月须换！"我家没有等到三个月。

接下来雇的竟是个偷儿！她是旱水厂里唯一的少女小某子，给她安排的活是单管洗洗涮涮，不用看孩子做饭，只在厂里忙不开时跟着干点活，钱另算。

一日厂里正忙,她忽从工地早回,当时三间北房做宿舍,我东男西女中。哎她竟一头钻进了男间!把个铁工具箱翻得乒乓山响,一听茬儿便知不对,难道说十九岁的她还有什么背人的事需要欲盖弥彰吗？

果不其然,就这欲盖弥彰使我蒙冤!

她走后,唯一的妇女老某子前来做饭。吃饭时某男说丢了三十元,我大怔,大伙小怔,旱水不怔。某某说他早前即丢过二十元,某某某说他亦丢过十元。旱水说算了,他总在息事宁人,工人们则极其强烈地逢迎他:"对对!算了算了!"旱水说:"不管是谁,到此为止。"大伙异口同声地说:"对对!到此为止、到此为止!"我一听不对!丢钱的人怎么那么多呀？怎么一律的不言声呀？这帮人应和的口吻怎么那么齐呀？于是我便提高嗓门说:"不行!得开会,必须解决!"众人望我皆大怔!我问某某丢了钱怎不言声？某某笑,又问某某某丢了钱怎也不言声,某某某大笑,嘿!真乃咄咄怪事!

我转而向小某子单刀直入:"某哇,上午十点回来干吗来了？"有人看我粉面含威便不忿地窃窃私语:"看不是,冲人家孩子来了吧？"哎我更别扭了,怎不许问哪!

天助我也!小某子面红耳赤当即就承认了,敢情贼人胆真虚吧!众人立时屏息像全都死了。待退出钱来,旱水大怔我不怔,不想众人竟突然朝着我鼓起掌来!纷纷说我们真的都以为是肖冰呢!因为你一人在家呀!一个家庭妇女所谓头发长见识短呗!"啊？啊——"我不平地大叫。众人说我们为什么不说呀？就是给旱水留面子呢!尤其刚才旱水说算了的时候,我们更以为是在给你打掩护呢!没想到肖冰真有见识!这么会办事。我听了气愤已极死瞪旱水:"让你说算了!让你说算了!该——"这回旱水大怔在那里。

不到一年,工厂全完!

接下来雇的保姆是个进了门便给我发号施令的:"阿姨,我这人有午睡的习惯。"我说:"行,孩子也睡,她睡你就睡。"她说:"那不行,我要告诉您的是她醒我可不醒!""噢?"我抬头不解地看着她,她向我解释道:"是这样的,我睡着了的时候是决不会自己醒来的!您必须得叫我。"我心头不悦暗想:现在的"叫起服务项目"是否由我而起呢?就对她说:"如果哪天没事的时候你可以多睡会儿。"她说:"不行,您必须得叫我,要不然我睡多了要上火的,上了火我是要流鼻血的!"噢,你这儿雇阿姨哪?我倒吸了口冷气!我可是因自己的内务掰不开镊子而找来你的,不是要帮什么人掰镊子的!

一天旱水的人来了,我得叫她了。屋门敞着,"小沛起来吧,来客人了!给沏点茶"。接连几声都没回音,客人忙说:"算了嫂子,我就不喝了。"

那人与我在屋中一时都无所适从起来。他自称某所大学的英语教授,见我听了没什么反应,可能觉得我领悟能力与他的职称相差甚远,竟在我眼前于屋子里反复念起词来:"ABCD……"我:"……"

她也不醒他也不停。晚上旱水回来后我对他说,你的人是什么大学,哪儿的教授哇?

"大烦"走了好一会儿,"二烦"才揉着惺忪的睡眼慢慢从里屋走了出来问我:"阿姨,刚才没什么事吧?"我说:"喊你来着喊不醒。刚才来客人了,要沏茶。"她就问:"那我去沏,人在哪儿呀?"我说:"不用了,人已走了。"她说:"那您怎么也得喊醒我呀!您看,我这儿流鼻血了吧,哎哟……"她捂着鼻子跑进厨房。

接下来的这个不错！只是说好了昼夜带孩子，可不知怎的孩子总在夤夜突然哭叫着跑过来。后来她学说，才知那女人每在那时即要对着她的耳朵说鬼来了！于是从此我便自己带着孩子睡，并且不扣除她的昼夜钱。

然而在某一天的夜晚，我发现她在自虐！妈呀，我不再要什么保姆了，我自己什么都能干！

电视中放着欢快的"卷起一阵风飘过一阵雨……"，整洁的"田教授"家的一幕幕现在眼前，我不由得直呼：知我者，教授也！

多年来旱水带领着我们娘儿俩辗转飘零，东西南北四九城都溜达过来了！真是打一枪换一地！我对母亲说："妈，俗话说，搬家一次受穷十年，俗话又说，人活七十古来稀，我一辈子这穷已是不够受的了。"

是姐多次拖着方草从乡下赶来，陪着我娘儿俩度过了不堪回首的岁月。有回天已晚，走进小胡同时方草问："妈，要有坏人怎么办？"姐嘱咐她说："那你就跑，别管妈。"日后我眼前总浮现着这样的镜头：她母女在漆黑一片中仓皇地疾行在那窄窄的小径上……

四 尴尬保姆情

五 跟弟愁的事

由于孩子须于户口所在地入学,所以被母亲称作大庙不收小庙不留的我们一家三口只得再次搬回母亲家。

孩子入学后我即报名上了作家函授班,看到死灰复燃的我,父亲旧病复发了,他时不时地冲着母亲说:"她这儿又偷偷地学哪!"我壮着胆子带着孩子、答着卷子、惹着乱子。

跟弟愁的事终于发生了:旱水真的提着一箱子钱回来了。那会儿的最大票还为十元,所以占据很大地方。继而厂里为旱水迁进户口,这一年旱水是又娶媳妇又过年。

这天母亲正在厨房做炸酱面。因是插户,一般情况下街门总是敞着的。每每做啥饭,楼道都要有人喊:"这是婶家的啥啥啥饭!"今儿个听得有人词不对味不对地问:"白眼在这儿呐?"我一听,嗯?土豆——来了!女儿问:"妈妈,谁是土豆,什么叫'白眼'?"我说:"土豆就是他,白眼就是你!"于是土豆进来女儿即瞪他,引得他说:"你瞧你瞧,是不是白眼?"

土豆后边还跟着我四堂叔,平日被母亲唤作"大瓢"的,他是三堂叔的一奶同胞。

这下母亲的炸酱面即大大地透了支,于是掏出钱来让女儿陪土豆到楼里的粮店去买干切面。女儿看了看土豆皱了皱眉头:"姥姥,我不用人陪!"土豆吃了五碗面,大瓢扠了面五碗,光那青皮萝卜紫皮蒜他俩就报销了三五个、十来头！醋是对瓶吹的。后来母亲没的拌，只好去炸酱油氽。又听楼道有人喊："上婶家吃氽面去嘿！"母亲即在屋里应："来呗！光喝氽，没面喽！"

相见时易睡时难，父亲自然仍是雷打不动地独睡自己的单人床，母亲、女儿和我则须三人合挤一张双人床，为土豆搭一临时铺，因他个小一团和也凑合了，知自己脸瓦腿长的大瓢见状早早自觉自愿地说："嫂子，我住旅馆去吧。"母亲说那得多贵呀，就让其和旱水同住阳台，旱水悄悄对我说："得了，还是我住旅馆去吧，别回头他再把我给扤出去！"

原是大瓢因久不生养，经我那好事姐多事，向陌生人索要了一私女特前来报喜，并因其眼下要断牛奶，准备在京购些较好的代乳品回去。一提起这个话茬儿自然招惹了父亲，父亲之为人处世已逆反到了无以复加："你说这不是吃饱了撑的吗？你三哥那儿一窝子你不要，也给他腾腾轻呀，倒绕世界寻野的去！不沾亲不带故的到老了她能管你呀？"大瓢嘟囔道："他多是他的，招呼大了再扯喽！这倒没地方扯去呀。"母亲忙又买了花布和饼干什么的，自此又多了一道这一类的程序。

女儿未出生时高栋林告诉我：婴儿生下来身长在四十五厘米左右，体重在三千克左右，月子里一天长上一两左右达标。我女儿生下后身长整整四十五厘米，体重整整三千克，月子里一天长一两！我女儿达标。

给孩子哺乳时，绮华和天霞俩人的饭量彰显出英雄本色：人家的母乳上竟浮有一层厚厚的黄油！在我们家乡管新生儿能够有母乳吃叫"自个带着饭碗来"的。那么说人家孩子就自带了个江西景德镇的瓷碗而我孩儿就自个带了个刚刚不洒不流的小塑料碗！跟弟和青云相继离了婚，青云告诉我说自己后来嫁了根木头桩子。她心灰意冷了，发誓下辈子就是托生个畜类也得当公的！和木头所生的崽因没自带碗来又因不惯牛羊奶的腥膻，而由生下来时的八斤半到出了满月后就不是这个数啦，跟弟管那木头崽叫罐里养的王八——越长越抽抽。

烧死人的祁二住进了太平间处的单间，祁三儿留了什么职停了什么薪后到南方横向联系什么去了，眼下只跟弟带着孩儿搬进了三儿的屋与老两口过。

跟弟看上一个出租车司机。司机个头不高却壮得蛮牛一般，旱水说下中班时曾听到她于车里再度撕裂。

尽管我总告诫旱水，高尔基说"不会生活的人睡觉，会生活的人唱歌"。他还是但凡有空闲即总想着一觉睡到那世里去。一日正晌午，烈日炎炎，楼下的破烂王们的叫卖声此起彼伏，吃过了午饭躺在了床上的旱水焦躁地反复翻身道："怎么没人把他们给收了去？"一会儿祁伯开了广播。祁伯爱新闻爱京剧单不爱祁妈，祁妈怕吵，他开得那声连我们家的人都坐不住。广播里正讲着有什么人用什么"还阳草"吃死了什么人，旱水又翻个身道："哎呀，快，给他们点吃吧！"

睡是睡不着了，那也不起。忽听楼下邮差操着南腔北调："邓——眼——弟！"旱水无奈地哧笑道："谁是瞪眼的？"我说："准是祁跟弟！老有人把那祁字念成邓啊初的。"祁家这家子人光有胃口没有耳朵！我慢慢走去告诉他们，跟弟才揉着睡眼出来，走到楼梯口没好气地对那南腔北调喊道："嗨嗨，谁是瞪眼的？"邮差问："怎么这么半天？""谁知道你喊谁呢？看清楚喽！"那人低头重看后似有所悟地念道："初——""出什么出？看好喽！是祁、祁！"那人又重看："祁眼弟——""啊呸！你怎么老跟我这眼过不去呀？跟、跟你说话的跟，呵！我跟你说话干吗呀？你这人怎么这么没文化呀！"南腔北调挨了抢白讪讪地说："嗨，您说咱这拨人不都没文化嘛。""哎哎，谁没文化，谁没文化呀？"

电报是从广州打来的，但发报人不是祁三儿，轻浮轻佻的祁三儿出事了。打从停取留薪后，他一直在外给人家掀帘子很少回来。俗话说，常在河边走哪儿能不湿鞋，有回他带着自己那"头"给其子嗣们参考什么"交多少多少钱就管多少多少年"的高等学校时转悠晕了，从那边电梯上来的溜达到这边下来了。而这边的电梯正在检修，因是放暑假，于是干活的工人就粗心地没挂检修牌子，祁三儿在头面前总是极尽能事的，说时迟那时快，只见他上蹿下跳地头一个上了，也就手下了那电梯！

那头儿见状忙面如土色地缩回自己的脚丫子，但其心里被惊骇的程度竟如同没有缩回来而是跟着那行子一块下去了。并在日后他还于自己的脑海中永远地像是难以割舍似的追溯着那镜头，仿佛自己总在向那黑乎乎的无底洞里伸出自己的脚丫子！且他再不敢见祁三儿，好像其已成为魔鬼……

祁三儿半条腿了！

旱水问我："哪儿半条啊？"我说："没'哪'了，就半条啦！""那他这回算是吃上了。""你这人怎么这么说话呀？谁爱这么吃呀！"我这人愚钝，谁在没落处同情谁，从未落井下石过，所以在仕途上总不得烟抽。

跟弟打扮好了，珠围翠绕地去广州接祁三儿。她这人哪，就是哪天挺了尸也得着重地选好了美容师！就像那红嘴唇，你今儿个还擦个什么劲儿呀！这会儿还有那心思哪？

祁三儿回来后死去活来地折腾了半年多。他总想让人把他送回那电梯上去,再来上那么一下子得了。都说吃啥补啥,母亲买了猪蹄去看他,他平日里还最得意那口,可这回却惹得他大哭了一场:"不吃啦!补不上啦!"有回祁伯又将那半导体开给世界听,广播里播放着高尔基的《海燕》,当听到"让暴风雨来得更猛烈些吧",祁三儿扯着嗓门仰天大叫:"让全天下的人都半条腿吧!"

祁家为了祁三儿之便从薛屋搬了出去,换到了"永屁股门"那儿重操旧业了。

毕业二十年后的一个仲夏日里,我带着自己十二岁的不高不矮不胖不瘦不黑不白不丑不俊的女儿,兴奋至极地坐在沈小宝的黄色夏利私家车上,前往北京工业大学参加那意想不到的中学同学聚会。

据说不知在近年的哪一个月哪一天里,沈在路上巧遇了跟弟,告之极想念肖冰,若只身前往探望则怯之,若全班聚会则堂而皇之。于是沈祁二人抄手网罗了几个月,费尽心机才把当年那一捧散沙给拾掇起来,举办了此次活动,真可谓用心良苦。

届时沈小宝已变了"知了",雪白的衬衫系在挺阔的褐色料子裤里,大宽深紫色牛皮"腰里硬"上别着新型BP机,车上沏着上好的西湖龙井,放着农夫山泉。他还是个头不高,但业已长成了条车轴汉子,脑门上已有了皱褶,下颏也蓄着黑胡碴,标志着二十几年的劳顿。在车上他告诉我,老婆儿子以有他这样的丈夫、爸爸为荣耀。因熟识他整个的成长历程,真打心眼里为他高兴。

当时如全国各地掀起的"情人潮"般,同时也掀起了老同学聚会大潮。同车前往的除了年事已高的佟老师外,还特邀了当初像妈妈而今已像奶奶的外语俄老师以及当年的年级主任智多星。智多星是唐山人,长得又高又精神。

祁跟弟以及她特邀来为我们拍集体照的祁老大也同车前往。祁老大自打给人做了干孙后很少回来，据说他那干奶穷得只剩下了钱，他除了被其一直供着抽烟喝酒跳霹雳舞外，还玩着摄影什么的。

我见到老师在说话时露出满嘴的白牙忙问道："老师您那牙是真的假的？""假的。""怪不得比我的还好呢。"车上人都笑了。

车上播放着谷建芬欢快的"再过二十年，我们再相会"，不曾想沈小宝也懂得理会这种用意了。一路上心鼓荡不已：啊，想你不到梦你不到的我那远去了的——春风得意的少年时代，你就要再次来到我身边……

车子快达目的地时，老师探出窗去陆续招呼林荫道上早来的男女们。心中不平静地泛起阵阵涟漪：啊，我们的大队人马来啦！

车子在工业大学门口的马路弯处缓缓停下来，人约齐了：一个我们的群体、一股巨大的冲浪、一笼子当年由佟老师亲手放飞晴空的鸟，在如今这傍午驳驳的阳光下如此神奇地被召唤聚拢来，这不能不让人感到造物主的伟大！没有寒暄直接介入！同学们彼此惊悉：你、你还有你，都还活着呐？

我身着一套花色淡雅、清凉丝滑的丝绸裤褂，脚蹬一双在那时称得上高档的墨绿色金丝绒面、鸭蛋清里子的丝线绣花鞋，集典雅、雍容、休闲于一身，加之内敛的书卷气，心灵上的富足与充实，深情缱绻独我风格。

隔窗偷眼窥视：人群中没有薛凝……

不想人家沈小宝下得车来极绅士地为我开门！腿刚落地，还没移动丰腴的身子便目不暇接地陆续握住一只只热情地伸来的手。我努力而迅疾地将眼前的他或她与当年的某某或某某某逐个衔接，时断时续……

刘剑穿得花里胡哨的挤在最前沿，那神情分明流露出对沈小宝的天大妒忌，心说我当初怎没想起来学车呀？看明儿谁不学的！还难得住谁是怎么的？当被昔日令人渴慕的那双大手捏住时，自己也不由得神情柔怯起来。

徐敬民虽已年逾不惑，却依似当年那朵莲花，一件竹布色长袖衫，一条浅驼色腰间多褶裤，仍旧让人念起他初为人师的风华少年时。时下正赶上好运来：知识分子大红大紫。

接下来便不认得。刘剑独揽大权地当仁不让，先指着一黑一白两位男生说："哎肖冰，这不是'癞瓜'和'媳妇'吗？""都成了男子汉了，怎么还叫人家绰号啊？"我边热情地一手握住一个边嗔刘剑。

噢，想起来了："章早立！王子！"当初这俩老在一块，章早立是个愣头青，做起事来不管不顾、拖泥带水、漏洞百出、虎头蛇尾。王子总是情怀懦懦的，他好像乐于抠抠唆唆地把自己的声音分成两截半，不愿一下子亮出来，只给人听一截且又细又弱，另一截像是留给了自己，让人很想替他往外抻但无从下手，而那半截似乎不存在，长大了后才觉出当年那一截半都不存在！只听章早立愣头愣脑、瓮声瓮气地说："肖冰，当初我们都挺佩服你的，就是刘剑老拦着不让和你说话。"王子则慢条斯理还是吝啬地仅用了那一截声音："刘剑说你是公主他是驸马，而我们都是太监！""刘剑，你怎么这么说话呀！""啊，我就这么说！"

此刻他早已支应不开，紧接着又拉过一胖一瘦两位女生："你看，这不是'病猫'和'小草'吗？""李木子！赵小月！"我欣喜地一手拉一个摇晃着道。这两块料也是形影不离，只不过那时候俩全瘦。李木子不爱言语老有病，像是支气管炎，三天两头上不了学。赵小月淘得不得了，比男孩子都出了圈！课间撕了裤子跑到我家求母亲给缝，要不然没法回家啦。她俩最大的特点，人家那是幸福围着转的人，横针不拿竖线的，你没啃上窝头呢人家早吃着虾球了，你没学会刷牙呢人家早洗上桑拿了！

说话总是大张大扬、老爱穿着大红大绿的小草，嘴多会儿也没个时闲："肖冰你知道吗？当初刘剑老说你是红花他是绿叶，而我们都是小草！""刘剑，有那么说的吗？""哎，我就这么说！""怎么那么多话呀？""就这我还没说够呢！"

"现在身体怎么样？"我拉住李木子的手问，哪儿轮得上她说呀，小草在一旁抢答道："还提她呢！没结婚的那会儿她不是脑袋疼就是屁股疼！等过了门有人啃她了嘿，她甲级身体了！"

气色确已大大好转了的李木子穿一身雅致的烟色碎花太太服，一手捂着胸口一手捂着肚子气喘吁吁地说："我再甲级身体也经不住你折腾啊？那车开得飞起来似的，这一路上都把我快给颠倒散了！"

"啊停停停！肖冰你别听她的！其实车开慢了更危险！"赵小月挤眉弄眼地申辩着。"你这是哪门子的道理呀？"我过于奇怪了。"赵氏新传！"赵小月晃着小细脖子歪着小嘴胡搅蛮缠地高声叫喊。章早立挤过来插话道："应该说是'章赵氏歪传！'"说完赶紧一缩脖，赵小月扬手朝那大瓜式脑袋就是一下子！章早立就势一把逮住那手紧握不放。

李木子用手划拉着我的头发说："肖冰一把好头发哎！头发是顺心草，你好它就好。"小草忙叫唤说："哟，合着我们老不好哇？"我说："我这是拙人戴重发！比不得你们。"

小草又抢着话头："哎肖冰，咱就说长的吧，怎么说呢，你扒拉好看的也扒拉不出咱来，扒拉难看的也扒拉不出咱们来。说学习吧，当然不比你了但也都及格了呀！再说人品吧，虽然没有上进心但咱有同情心！"

记得中学毕业不久后的一天，忽然门一开，哟，是淘得发疯的小草！她挑帘一闪身说："还有这个该死不咽气的！"原来后面还跟着病猫。进门后俩人说，毕业这么长时间了我们特想你，今天完成你一个心愿：咱们上天安门照相去！于是姐仨就在那雄伟壮丽的天安门前留下了我们青春的一瞬。

我的同学都是我的命而我是他们的情！我整个一生都与他们交融在一起不可离分，想起凡遇到同学的熟人，无论男生女生、无论内向外向、无论在班上与之交往疏密，我均受了益。

"号外号外！大红套版头版头条，今惊悉：丁先生刘女士喜结伉俪！"刘剑喊叫抓天地从外面蹦进来，人们均被惊得把头扭向了门口。原来娇小秀气的刘清蓉嫁给了班里的制高点傻大黑粗的丁大个！大家一时惊诧不已。

被刘剑称为"豆"的刘清蓉不漂亮也不白，就是让人怎么瞧怎么耐看，在当时个头撑死有个一米五，后来长没长个一二三四厘米的也无从考证。这就是上中学头一天头一个跟我说话的人。当时她主动地朝我一笑："我知道你是肖冰，用我的抹布吧。"我忙抢上前说话，人敬我一尺我敬人一丈的原则那是我的命："噢知道我！对不起，我不知你叫什么？""我叫刘清蓉。""小名真俏嘿！"

跟弟把我的好恶记得比我自己还清楚！闻听此言忙掉了"眭苑"（与肛门处接壤的大肠头）似的撒嘴叫："哎哟肖冰！你不是最不喜欢什么叫'荣'字的吗？"她弄得我

一时好尴尬："你记性既然这么好，就该知道我还特喜欢带'清'字的，你说有清字配着什么字会不好听呢？"她依旧起着哄说："哟，那你赶明儿还不带个清字呀？"恰大个走来，打趣地对我们仨道："要带都带！"绮华连忙说："美得她！不让她带，咱也不带！人家'清兵'她'清帝'呀？给她称臣呀？"……

头一个炸窝的是铁头："嗨！强奸民意啊！我说'豆'你傻呀？没的可嫁啦？全天下的男人都死光了吗？你嫁我呀！怎么跟了他了呢？就他那牙不怕把你啃喽哇！这可好嘛！两口子一豆一丁，整个一'豆丁'！"极不服气的刘清蓉羞红了小脸，食指尖尖地点着铁头对大个说："大个，我追不上他也打不疼他，你去给我抽他！"铁头一睖眼说："干吗干吗呀？你们还想打人啊？嚯！要不人怎说锉子杀人不用刀呢！三十年河东三十年河西，老皇历可就别翻了您哪！嘿大个，你当年打我鼻梁骨那拳到现在还疼哪！你抢我那窝头弄得我到现在还饿着呢！你横是到现在还都不用吃饭呢吧？""放屁！你说话损不损呢？几十年不吃饭那是僵尸！"丁大个龇着虎牙似笑非笑地骂道。"铁头，你真是信口雌黄！你们家蒸的那是金窝头哇？你们大伙瞧瞧瞧瞧他啊，连胡说带八道的，还说两句话骂三句人！"刘清蓉又抢着说。弄得铁头大叫："哎哟你们俩挤兑我一个呀？我今儿个怎么没带媳妇来呀？哎呀小草吧，快过来临时替班吧！"他一挠自己的铁头又自言自语道："哦这倒是啊，我怎么老觉着不带这点佐料，一句话老好像说不通似的！"

哎呀，我们班也不知要成全多少对？这简直是在抽人家梁绮华的嘴巴。在这之前我们还知道，那"才子"的"佳人"是种梨花，不知她和李玉成俩在一起到底谁真正为"打死也不说"。

人们永远惊现了新大陆似的咂摸和品味着这个陈旧的话题,"每一次发现都是新感觉……"绮华因上中学时走得早,对薛我之恋印象模糊。自打嫁了以后她常对我说:我认为咱们班男生都不可为人夫。我点头以示同感,自然在心里刨去了薛凝,只是不该自讨没趣地在天霞面前表白我俩的英雄所见略同,惹得天霞震怒道:"告诉你们,刨去我们敬民啊!"我方悟觉。姐仨各自抱定自己的男人,在三口之家的战线上过了个不亦乐乎。

女人们正待慵倦姣好的时节笑容催人欲化。天霞自是熟透了心的知己,陈佩斯小品讲话"没啥说的了!"领着女儿徐曼一露面即贴我身边再没分开。绮华也早已嫁得金龟婿叫什么隋路的,此刻开着班上最贵的私家车载着她和女儿隋心前来赴宴。天霞一手挽着我一手拽着绮华:"哎!这就你家那'隧道'哇?""隋路隋路啊!"绮华急辩。"绕嘴!绕嘴!改了改了!"

今儿的场面让绮华从前的话好没道理:这一相聚让我定睛一瞧这份纳闷:怎么一个个全跟个人似的了?尤其在提到或是面对着佟老师的时候,无论哪一类的男生都如此说:"咱们佟老师真是忒实在了!"我一听,呵,怎么说的又都跟人话似的!不信您瞧瞧那刘长青那沈小宝,那不是正在那儿说呢嘛。哎刘剑也看见了,他立马冲过去捣蛋,哪儿也不能少了他呀:"啊扁担长——啊板凳宽——"

刘长青抽出棵烟来堵上他嘴:"得,得,快老实着点!哎哟,肖冰!"说着便大步奔来和我握手。他还是那么高还是那么瘦干狼,并还长出了那么浓重的胡须来!看来混得可以。听说后来老师还是管了他。

我被同学们簇拥进了一间装有空调,摆放了各种炒货、饮料的会议室里,女儿真是狗仗人势,说了句"要五马分尸喽！"便初次大方地挟了徐曼、隋心两人的手满屋子里外乱窜。想不到三朵小花竟在这里绽放！

除了"三朵金花"之外，铁头还带着个男孩。小草上前拉住手问："小伙子来我问问你，叫铁什么呀？"男孩一甩手扭头就跑，口里恨恨地道："我干吗姓铁呀？"铁头连忙将其拽住教训道："哎发财，不许不礼貌，过来叫阿姨。"小草挺过意不去："噢姓发呀，怨不得人孩子不乐意呢。是姓你妈的姓吧？""你才姓发呢！是你妈的姓！"那崽子更不乐意地跑开了，弄得小草好不尴尬："这孩子嘿！"铁头也气乐了："你听说过有姓发的吗？看来你真是属鸟的！""你还是属猫的呢！"铁头朝李木子一撇嘴："那是她！我要是属猫哇我就掐……"他双手合谷对比画成掐状，嘴里同时也相应狠歹歹地表示着撕、咬的样子。

还有个秃小子被丁大个用双手揽在怀里走到我们面前问："哎你们瞧瞧这是谁？"我一看那瓜形脑袋心说就这还错得了？但被李木子摁了一下抢着说："我们可看不出来。""笨死你！"大个朝她说。小草噢地一下站起身，逞能地从桌上抓过几听饮料、两袋天府花生："噢，瓜秧来喽！快，这都给你！""就是，看人小草多念旧情，肖冰真是贵人多忘事！忘了种瓜得瓜这话啦？"大个嗔怪我说。噢，癞瓜也带了儿子。此刻他走过来骄傲地拉过瓜秧让其挨个地叫我们阿姨，等到了小草那儿了癞瓜说："儿子，这位可得叫亲妈啊！"小草又一巴掌打过去，亏得癞瓜事先就缩了脖。李木子说癞瓜："你就贱！缺她打呀！"

呜呼呀，真不知是几时孟光接的梁鸿案，怎么个个儿女忽成行？

几十张嘴同时劳作，几十对耳朵都在劳神，几乎所有的人都在提问和抢答。男人们吞云吐雾侃侃而谈，被当年的男女界限包缩紧了的情感一下子释放了出来，锐不可当！像是在找补着二十几年的亏欠。

中午，我们在一家曲栏回斜的川菜馆里聚餐。同学们举杯热情地从各桌上转过来，刘剑自然是先敬头杯酒、喝完也不走、候等末杯酒。

几杯美酒，浓缩了同学深情！时间没有拉开我们，啊，二十余载过去，同学们竟然待我如初！我几乎承受不了那幸福，何德何能？愧煞人也！

有人说，"学生时代是个最美好的梦"，一个总在月光里的梦，一个永不破碎永不消逝的梦。

转瞬即逝的友情回放飘然而去。我依依不舍地坐回沈小宝的车里和同学们一一握别。心中荡漾着无限激情，脸上亮丽逼人，带着实现了二十几载夙愿的巨大满足回归。

夕阳过度地渲染着天空，把这美好的一切染进我心中……

房租、房价一直在暴涨，办厂失败后旱水便如闲云野鹤。说是在外面奔房子，可不是吗，他一提房就赢了！为了房子我舍了一切，一辈子都在那么困难地操持着一件事。

转眼几年过去了，房子依是杳无踪影。我对旱水在外的事情一无所知，这使自己感到鞭长莫及。

生活不断上演着令人心碎的事，我承受着巨大的感情失落，才下眉头又上心头。只有阳光依旧那么耀眼地照耀着我，像待旁人一般。

面对走了形的旱水，不知该是亲是疏。他的贪欲恶性膨胀起来病态地发展，为了排场能豁出命去！给孩子买瓶北冰洋都敢拿着支票付款。大概是在蜕那张穷皮，恨不能连身上的肉一起剐，毁尸灭迹一般。那穷奢极欲劲不堪入目，让人心里蹿起火苗子来。

旱水永远想吃螃蟹但永不愿去分清所吃的是螃蟹还是河豚。他做起事来惯于杀敌一千自损八百！不称别的，用单田芳的话来讲就是"晒干了比倭瓜还大的胆子"，专捅天顶上的窟窿！舍命地开了家缺屁股少脑袋没心没肺的什么屁海河公司，干起了恁人干不了能人又不肯干的总经理，人就没影儿了。

寻找旱水的路曲折而漫长。在那年的八月十五，我们娘儿俩可怜巴巴地奔向那公司。我让孩子用小三轮车将我送到后就打发她回去了。

一座看上去还可以的红墙绿瓦三层小楼他租着二层。全体员工共三四个人：一个挂着拐棍的看门烧水白胡子老头，一个细长脸瘦高挑的眼镜助理，一个二十出头却也蓄了小胡子的小会计。在我看来这所谓的公司实是没架没皮没肉亦没内脏器官的骷髅。

我不与任何人打招呼直接闯入，见一瘦得不能再瘦的女人，唇红得不能再红，鞋跟高得不能再高，像是要杵进地里去了，坐在办公桌前的椅子上一人把着两部电话，旁边是那小会计和另一男人。由于我的到来，不一会儿他们便悄悄张罗来另一个给人的感觉像是光有鼻子、嘴而没眼睛的女人。

原有的和新添的都不理我，我便住下，饥肠辘辘且一夜惊魂。夜晚来临时用椅子顶好门，怎么在家里外头都得如此啊？

身处灯火如昼的陌生地，门外尽是昼夜颠倒的陌生男女。说是自家公司吧，我却有一种"人为刀俎，我为鱼肉"的感觉；说是别家公司吧我为何来？真乃咄咄怪事！

想自己简直是在颠沛流离，好叫我一时悟透那跋千山涉万水的秦香莲之苦衷。一颗心先是骤然冷却得紧缩而后亦如岩浆般迸发，继而热辣滚烫地扩散，这大概即是那杜十娘所说"冷水浇头怀里抱着冰"吧？

想旱水这人此刻在哪儿呢？在干些什么呢？有没有丝毫惦念起如此牵肠挂肚的我？有没有丝毫念及起在盼望着他早日归来的女儿呢？若是这么不顾念家，不如无家！

打从他公司里出来，泪似断了线的珍珠，心中恍如隔世。

有时又到别处去，从白天直找到晚上，知其任重道远抑或徒劳往返，依然踯躅流连在长街深巷，霓虹交错闪烁，街两旁灯红酒绿乱马人花。

旱水已然如同鬼追也似，突然的匆匆来去都为取那箱子钱。一直以为他是不愿跟老人家一起过，分开即好了，加之母亲那房快要撑崩了，我便火燎眉毛眼前急地放下正上中学的孩子，用箱底钱匆匆买下月坛的两间永无出头之日的小筒子房。搬往月坛时，心中对未来仍充满了希望。

六　月坛冷雨街

驿外断桥边，寂寞开无主，已是黄昏独自愁，更著风和雨。无意苦争春，一任群芳妒，零落成泥碾作尘，只有香如故。

——陆放翁

初进月坛是一个雪日，大地一片肃杀。树的枯枝上、房的屋脊上、将胡同里拥得过于狭窄的车顶上，像是秦始皇统一六国般，均将其不可辩驳地化作一片白色，如同凄凄哀哀地穿着孝，叫人想哭。

这里僻静得像个"红色联络站"，若没人领路，敌人是很难摸上来的。四周林立着楼房，唯此路静人稀如坐井里。

从南北向马路往西的丁字路口上走着走着会出现一条幽静的囫囵胡同，从西头数第四个门为我家，门口有条向南延伸着的更小的丁字街，与北面的房、东西的街、向南的路像是特意构成一道曲径通幽的景色，看去挺有情趣。各家屋对面也都隔出来作为相应的棚子，从我家出来向东走至街心有间和我们的房子并排的一劈两段男女各半、整条街上唯一的茅厕，不知为何，只各自修有一个蹲位，还总让一个拉琴永停留在一个水准上的孩子占着，她爸一让她拉琴她就上那儿去了，成了那里的门卫。

窗外的小煤池是前一家人弄的，码的是活砖，上边覆着油毡和塑料布，另盖上几块没地放的玻璃板。玻璃板没些天便少一块，没些天便少一块，后来没的可少了就开始少砖。

一天正晌午静悄悄的,听得哗啦一声响,有人克制不住啊了一声,听得出来那是我右邻"拉琴的"她爸、被人称作"挨刀的"(因两次被其妻用菜刀砍中同一个地方而得名,其真名叫作吴开堂)。我知既如此便不好作声,他不好走开只得开始码。正在恼羞成怒之时偏赶其妻打从外面归来,愤愤地:"吗哪?"他喏喏地:"给碰塌了。"其妻更愤愤地说:"那就码呗!"其妻没好气地说着走开了。他于后面更喏喏地说:"嗯。"好嘛这通码!我在担心其是否要挨第三刀了?

他在挨第三刀的时候我女儿对拉琴的说:"瞧你爸怎么光挨打也不知道还手呀?"拉琴的说:"你废话!我爸哪儿打得过我妈呀!"

这第三刀并未砍着。只是第一刀时他没防备,第二刀是从后背砍过来的,而这第三刀则是明晃晃直奔其咽喉!所以此次总令他感到惊魂不定,于是从老家搬来老娘疗其心伤。

"挨"老太太十分精明强干且特爽快,得空把自己一辈子的苦处向我倾诉:她是在十六岁上被媒人骗至婆家的。她爹相其家时,那家人把盛粮食的缸展示给他看,谁知只那上面放的是层粮食而底下全是糠!最可气的是见面时那男人捂的特严,把条白灰色的大围脖直从胸脯子糊到了下眼皮,单露俩大眼,因是冬天谁也没有在意。

等入了洞房才发现敢情就那俩眼能瞧!她哭了一夜后没等天亮就跑到村公所,一进门扑通即给人家跪下了:"大哥哎不是、大叔哎不是、哎大爷!求求您给我断离了吧!我们全家都会死乞白赖地感激您的!"

不想媒人那块死料竟是男方正经八百的亲叔父!不但

婚没离了，那男的还是个混混！她一人把俩孩子拉扯大，那小脚哪挑得了山区的水呀！老了老了那老鬼回来了，进门非给她干活不可。她说，您说搓煤能从煤堆根儿那弄起吗？一下子煤没搓了把自己给埋在那儿了！

听得我一旁也不敢乐，她的话让人想起吴开堂那天码小煤池时的情景来。老太太临走对儿说："儿呀，俺给你跪下，求你答应娘跟她离了吧！娘从家一往这儿来呀，那心和两腿就是哆嗦的，可等这一回去呢，晚上闭上眼就又见着那刀向你砍过来！要总这么着，等到娘入土的那天也得是睁着眼的呀！"挨刀的说："娘啊，我劝您老人家千万别跪，我已经给她跪过了求她别离！您说又没砍您！""哎哟我的儿吧，那还不如砍我呢！砍我是我的肉砍你是娘的心！"

无奈老太太只得诚恳地向我道："他嫂子，您是明白人，这些天咱娘儿俩聊得挺好，我走了有一样不放心，求您得空劝劝我那儿媳妇，别再打我儿子了行吗？"我的本性是在自身条件允许的情况下乐于助一切善良的人们，就点头说尽力办到。

永在独闷中。一个初秋但尚热的下午，无意地开着的电视中，张恨水的沈凤喜正哀哀凄凄地泣着《四季相思》。我冥思苦想着自己的处境，丝丝缕缕地拾掇着那些暑往寒来的事，想起哼着摇篮曲织着旱水衣、树影晃在院墙上的那温馨的日子是那么的遥远而陌生，我曾多么珍重那些如梦如诗的自然界恩赐啊。扪心自问：那些情深意悠的春朝秋夜是怎么过来的呢？怎么变成如今的这般如剑悬颈的呢？

在家中坐立不安，又不愿当着孩子难过，便于暑中独自默默走出来。窄窄的街在通往宽宽的马路的拐角处有家小卖部，小卖部里的那个不知从什么地方来的什么来历的店小二，面部表情像总也不会因娶妻生子或是丧考妣等诸事物而能有所变化。我一出巷子口即泪流满面，我向那小二赊了卷卫生纸在小店边坐下来。

如血的残阳笼尽了大地。街上车少人稀，我得以挥泪如雨。人其实只愿想自己愿想的，不敢轻易拨动痛苦的心弦，是无奈，我无望地在心底里将旱水往回抡上千百回。

日头西坠了，房子和树现出影子，阴凉街巷里有人了，一个妇女走过来，也是这条街上半熟脸的，同情得脸上一汪水似的劝慰道："回家吧。"我之所以理解成极同情皆因她这没头没尾没主语的三个字。我不知该何时回，怕回去了还得出来！

半熟脸是这条街上拾荒的女人，由于奇瘦加之面色呈青黄而被旱水称为"干葱"。干葱后来成了我的干姐妹。她在下岗后一直为这一带搞卫生外带给自己家捡点东西，因扫地时见我那样便时常到我这添把手，一来二去的俩人就熟了。

一天我见干葱又抽巴了些即问："做流产啦？"她脸一红嚷道："瞎说什么呢！""那怎么啦这是？""老头也下岗了。"这以后我有活便不再找别的小时工，并有些富裕食物或衣物便送给她。

挨刀的之妻"穗"对我"情有独钟"，不愿再与任何人分享。兹谁与我说句话她便要来找我说话。干葱刚走她即推门进来："我说你搭理她干吗呀？瞧你男的穿得多好，瞧她男的穿得多孬！"我嘴上不好说什么，心想瞧你男的那挨刀！她和干葱一样也曾见过旱水一两回。

我的左邻主妇因其身材干瘪脸型扁平皮肤苍白而被旱水叫作"风干肠"。风干肠在和我说了话后穗又来了："我说你搭理她干吗呀？瞅你长得那俏瞅她长得那糟！"我心说瞅你颧骨长那高!

　　风干肠之东施效颦的意念达到了极致。听到挨刀的之女拉琴便急令自己女儿拉，看到陆莉拿奖紧着吆喝自己的孩子练习双杠，一瞧田亮上了领奖台又赶忙让男人练习跳水，把她老爷们那脑门子给磕得哟! 您想想，他哪有人家那么好的跳水条件呀? 旱水说，要是时传祥还没过世的话……

　　说来她倒也以身作则，看到"李大巴掌"（因巴掌大而得其名）的女儿进双语学校后，她即刻于家中没日没夜地忙活起来：一句不知什么意思的"Blanc"读了半年之久都不上口。隔她墙有我耳，有天旱水回来正碰上她，进门便问我："哎她今天'不拉客'啦?"大兴纳米那会儿，一时春城无处不"纳米"! 那风干肠连熬粥都"那米、那米"的!

　　干葱的男人在下岗后，怕其妻断了自己的酒菜便喂了几只鸭子，因而被人们称作"鸭子李"。鸭子李常在众多遛狗的人群当中遛鸭子，这让我验证了狗撵鸭子——呱呱叫的实例。穗豢养着条比她老人家还高大的德国黑贝，气势汹汹的样子令所有的人望而生畏。那鸭子一在前头走它准保在后头追，穗就在它后头急叫并忙三火四地赶上前去一手抓起一只来对鸭子李说："快给你拿起来，你也快着点挪个地吧，不介回头它一口一个!"

　　穗同时还豢养着只针鼻大的墨西哥小吉娃娃，那俩货哪一个都比挨刀的吃香得很，最起码的先说人家不挨刀哇! 她每天不伦不类地"左手一只鸡右手一只鸭"地满街上优哉游哉。要是哪天出个门从外头回来，不管天多么热也得急急地追问其夫："俩宝吃了吗，啊? 俩宝吃了吗?"其夫吓得连忙立正稍息了说："吃了吃了!" "吃的什么?" "和我一样吃的方便面。""吃了多少?""一共一包,它俩吃三分之二我吃三分之一。""就吃那么点哪行啊?怎没给它们狗粮啊?"又一次:"俩宝吃了吗?""吃了吃了!""吃的什么呀?"挨刀的本想说吃的狗粮但一害怕给说成了猫粮,可又一害怕把个猫字给说成了卯音,致使外面的众邻们久笑不止。又一次:"俩宝吃的什么呀?""和我一样喝的粥。""嗨,光吃稀的哪行啊!赶紧过来再吃点,我买回来啦!"挨刀的以为叫的一准得包括自己,就也跟过来了,一看人家敢情刚买回的狗粮!穗见他过来了对其宽宏地说:"这儿不用你啦,歇着去吧,我一回来你就解放啦!哈哈哈……"他心说:哼哼哼。

不多时日,每况愈下的吴开堂又退居为挨老四。因那针鼻又产得一针鼻,穗更是如获至宝。

得知到月坛后旱水仍不归家,母亲拖着久病的身子来回奔波。她在我家小棚子下种上葱姜蒜和我爱吃的小辣椒。不想那刚离土的新鲜姜片煨在肉里后竟是那样的香哎,这若是天霞见了还得了。

母亲浇菜时发现院墙边上长出一棵特殊些的小苗苗,说是爬山虎吧,伸手要薅。干葱走过来说:"大妈别忙,先搁搁,看着像棵葡萄树。"

她拿来几颗莜麦菜给种在院子里,说是又好吃又败火还能接个短。没想到在第二年春末着绿的时节,那未曾泯灭的新莜麦竟在小院中端端正正地自己出来了!郁郁葱葱独立着夺着春色,不负我;像棵葡萄树的是棵葡萄树,不负干葱。在我孤独拮据的窘境中,整整的十年不用去买葡萄,是老天对我的恩赐。

后来母亲就病重了。当日子只剩下娘儿俩时,屋子里像是什么都缺起来!绮华说只缺人!她平时总谑称旱水为我家的"太阳",当阴霾笼罩时,长夜漫漫何时旦?

到了夏天,窄得像溜肩膀男人似的房门竟还关不上了,亦不能锁不能插,只用扫地笤帚顶着。

孩子住校了。每当可怕的夜幕降临,便觉一股寒气袭心。白天受苍蝇的气,夜晚着蚊子的急,一度做了陈老总的部下,"猎取野猪遍山忙,捉蛇二更长"。不敢睡,总看着门窗和床下。整夜脸对着门方向躺着不敢翻身,实在累透了便将整个人调过儿,保证脸还对着门。祁妈送的绣花鞋是她做姑娘时的,果绿色的绸缎面上绣着芙蓉花,她先前没舍得穿,人家跟弟时髦女不屑这个,因我整天介吊古寻幽的就送了我。可眼下却觉着放哪儿都让我想起正流传着的手抄本《一双绣花鞋》来,从而又勾出"绿色尸体"什么的。

在漫长的月凄月晦的日子里,多少个过久的企盼,女人的哀愁是不甘。想起新婚别,心里是那样地盼望着他,因他一来便照亮自己的世界。先是因想而寂寞后又因寂寞而想。再后来,他回时已带不来希望走后却仍留下失望;继而又带回危险走后留下绝望。后来人已再无须牵挂,只有伤痛更加无尽。

他不在家的日子如同钝刀子锯齿人,心是饥之又饥渴之又渴,早已如同无源之水,多少次夜半惊醒、惶悚难耐,或是昼夜无眠。心中充斥着酸涩、体味足了一病百病的洞伤。于灯下步履蹒跚,家里的灯开了关、关了开,周而复始。思绪混乱地倏而站立或喟然长叹:除却天边月,没人知。

入夜,整个街巷沉浸在寂静中,秋雨里的孤寞真正令人别有忧愁暗恨生……

真是黄鼠狼单咬病鸭子,我被狠狠地叮住了:一个北风呼啸的夜晚,我因急带气犯了急性胆囊炎而住了院。后体会,你自己先别成为"病鸭子"!兹你自己成了病鸭子,四周便净是黄鼠狼!

母亲带我进入医院楼道时于拐弯处见一辆平板停尸车,那东西是那般的阴森瘆人。母亲怕我怕,没敢言声,我也怕母亲怕,没言声。

我的此生真是与这家医院结下了不解之缘,在这里完成了我人生中所有必要的程序。像这里的妇科李翠芬大夫,外科之首脑徐主任、刘副主任,等等,都是极令人可亲的(自然定包括了那已然调走的偏疼偏爱的高大夫)。尤其那刘副主任长得那么如假包换地酷似郭冬临啊!一见面就从我的表情上极其领悟了精神,自己主动交代着说:"有事您说话、有事您说话。"

急诊室里敢情不分男女大伦!这不成了当年我们的那地震棚了吗?徐大夫给人的印象真是好极了,那温和的话语让你的病痛立刻减半。他耐心地告诫我,必须痛下决心尽快实施胆摘除手术。摆明了不做手术的话就像是在体内埋藏了一颗定时炸弹,我听得清楚想得明白,但一个怕字又令我逃之夭夭。这个私自决定使我受到了惨痛的教训!

没几天,我便在一个更为寒冷的日子里重返故里!

虽时隔不久但须重新彻底体检。手术前的头天晚上,我遵医嘱,为止渴略喝些薄粥。我无限依恋地抚摸着自己光洁的腹部,心想它只能滞留这么会儿光阴了。第二天清晨,我被剥赤一光后由一位年轻护士给插胃管,自幼娇性得很,那生硬的胃管刚一入鼻孔我即一下子干咳得泪水盈盈,年轻护士马上同情地用纸为我擦拭。

只见众医护们磨刀霍霍,好大的阵容啊:外科顶级医生徐主任、二把尖刀"郭冬临"副主任,且男女大夫护士们人员甚众。他们分别在不同时候走近你，脸上和蔼得像是要切别人。我感悟大夫们的职业道德，二次被置于无影灯下。

不知为何，他们还要细数术前的各样器具包括纱布或更为细小的东西。后来方知，那是一个极其重要的环节，如若在什么人的腹内留下一点什么如何得了！徐用针在我腹部试了一下麻醉程度，我不好张扬只轻吟了一声，他便说再过会儿。躺在那里候等着过会儿，他与我聊着，有小大夫给我吸上氧气还不时地帮忙擦脸。他们在想尽办法分散我的注意力的同时刘即与大夫护士们一旁忙活起什么。感觉腹部像被人轻划了一道，程度很浅酸而无痛。但我想徐说得过会儿，还没通知我呢不会吧？一会儿徐拿着件什么东西出去了一会儿就又回来了。大夫们的脸上情绪均好极了，这一点极大地感染和安慰着我，人们有条不紊地分工合作着，紧张而有节奏感，面部表情很是平静但没有人再言语。尽管非同于上次剖腹产，那一次是我怕影响女儿的智力而要求的局部麻醉，而这次我何惧全麻！但依是没能睡去。只默默地望定墙上的时钟一分一秒地过去。

三个多小时过去了，感觉到有了点疼痛，即恳求一直在旁监工的徐说："徐主任，能再给我补点麻药吗？"他笑容可掬地几乎是唱着道："不用喽，咱们这就回去喽。"那一脸的成就感说明了一切。哇，真的是已完成了吗？谢天谢地！

旱水被女儿费尽周折地叫了回来。

人们将我推回病房。医务人员走后，旱水叫家人也回去了，而由他一个人独自值班。我已精疲力竭，全世界的事都不想了。周身寒冷难耐，上下牙颤抖得说不出中国话来，整个人近乎不理智。旱水见状把闲床上的被子们全集中在我身上，但我仍是颤抖不止，原来这症状正是术后之必然。

　　一房三床。我略活了时便要造次，一翻身看到靠门边上的床上躺着一个刚做完几天阑尾手术、脸上干而老、气色苍而白、轻声弱气的小老太太！旁边像是她的挺俏生的儿子和略有些闭塞的儿媳妇俩，在倒着班守候。后方知小老太太竟年方十一！那俏男人、"涩女郎"竟为其父母！人动手术真如同脱层皮啊！

　　自幼心中生就一条底线，但凡人或事、物搭在了这条底线上，便着！这个活泼可爱的小姑娘，俏丽的模样、脆亮的名字，尤其是那大红色圆领黑边缀有两个毛绒球的外衣，穿着起来像个小公主一般，恰全搭在了我这条底线上。

　　旁边病房有一老老太太，老来找聪明伶俐的小老太太，祖孙俩极有缘。因届时小老太太的父亲正在与母亲别扭扭，不良的情绪恶劣地影响到了其女。老老太太在这痛苦之地成为她幼小心灵中一份不可或缺的寄托，后来老老太太病好出院了，那天小老太太便不吃饭了。由于其父母撒怨气已是习惯成自然，便对孩子大抱其怨，把那么可爱个小公主给弄哭了。我一看，心都哭了。即大行其事但绝对真诚地进行了三头劝道，俩说我心善了，孩儿也乐得吃饭了。我时常与她一起说歌谣唱儿歌，涩女郎说我唱的《妈妈的吻》和《我爱北京天安门》什么的听不出什么岁数来。小公主出院的时候其姥姥其奶奶的这一通好言语，叫我心里好生高兴！同时也好生难舍。

　　中间的病床上是位患有怪病的怪女人，其脾气秉性很类似于当年的二百五小凌子，后来我管她叫"二号小凌子"。二凌子头一天见了我即指着旱水劈头盖脸地问："这是你儿子吧？"旱水一皱眉头到病房的阳台上抽烟去了。我瞧了她一眼心说呸！什么眼光啊你？平日里人都说我比旱水看上去要年轻着七八岁的！等到自己一照镜子：啊！我是谁？

怪女人的怪病，是在其难言之处长了一食指般长短粗细的良性纤维肿瘤，正赔等着挨刀。她一天到晚闲话不断，主要内容是在抱怨其夫不疼爱她，屡次地告诉我，其夫曾因她用一斤扁豆丝焖上了供其公婆、小姑及其一家三口共六个人所吃的三斤饼丝而与她大吵其架。结果一次她又在为此喋喋不休时刚好其夫赶来听到，那男人就又接着与她打那一斤扁豆三斤饼的仗。她男人不惜一天不落地每次须爬十一层（我竟不知这里有十一层之楼！）的楼梯前来看她。正点有电梯但他不正点，因其患哮喘须得起床晚。等其真正做完了手术，哎说啥那人也不露面了！最可恶的是他在看她的时候从不搭理她而只搭理我！而她又只顾着搭理旱水也不搭理其夫！真乃荒唐！搞得旱水我俩哭笑不得。并且那男人每次看她时均使人难以置信地两手空空，吝啬得连一口吃食也不肯为其带来，这使得她委屈至极。一次她火撞胸口赌气地自己跑下楼去，顶着五六级暴土狼烟的西北风买回了五六个半青半红的半大苹果来，进门便全洗，洗后便气吃。那女人平日里极洁净的，洗苹果错用了脚盆实是因被气糊涂了。不想还没来得及咬上三两口即被领头进来的徐主任叫了停。

大夫们是来观察她的近日病情和通知她前两天身体全面检查之结果的：她意外地被查出了糖尿病。我听了也被惊骇得停了口，半截香蕉颤颤地托在手里瞅着徐主任不知如何是好。而徐主任瞅着我托在手里的香蕉乐呵呵地解释说："我说的是她，你吃你的，糖尿病有它的本质特征，你就是坐在苹果园香蕉园里也没事。"她哭了，她男人还数落她:"挺大个人哭什么呀?就你这还怕死哪?"我赶紧给其递眼色,小声说:"哎师傅您先不说了啊。搁在谁查出病来不伤心呢?"

当大夫为其检查那怪病的时候问她:"你绝经了吗?""嗯。"她点头道。大夫又问:"这病平时影响夫妻生活吗?"她极痛快且随便地答道:"噢,那倒是不影响!"大夫纳闷地走后涩女郎瞥了她一眼又赶紧假装瞅墙似的摇头自语:"东西长在了那儿能不影响夫妻生活?我不信。"她被人家的表情惊骇了,于是就惊骇地问我:"哎什么叫夫妻生活呀?"我说了,她大为吃惊。涩女郎又故意问她说:"你还这么早就绝经啦?那你早就有别的什么毛病吧?"她又被人家的表情所惊骇,于是就又惊骇地问我:"哎什么叫绝经啊?"我面无表情地告诉了她,我怕我若带了表情就会毫无价值地得罪人。此刻感觉着叫她二凌子似乎有些仓促了,准确地来讲应该叫她"二(金)萍子"。

她再也顾不上什么,披上棉衣趿上棉鞋径直追向已然走远的大夫们,一路摇旗呐喊着:"大夫——"因她总也记不住哪位大夫的姓氏所以没有哪一位大夫为此而停下来,只是回头瞅了瞅她又接着往前走。于是她只得追在后面穷"喊"不舍:"大夫——我根本没有绝经!我这里长的这个东西——特别影响夫妻生活——"

医院的楼道里少了山谷中那悠悠的回声,医院的楼道里多了众病人们那惊惑的眼睛。

三天后,在我刚刚把那令人难耐的冷冻滋味忘得差不多了的夜里,听得打楼道里老远即传来的一阵爹呀妈呀的呼天唤地之声。接着声音直冲我门而来!门大开,大夫们推进一位带着口音的外地青春美少女:"哎哟哟、哎哟哟、哎哟哟、冷死我喽!冷死我喽!我的腿一点也动弹不了喽,冷噢冷噢,冷噢冷噢——"她哭着闹着叫着,由远而近地感染了整楼道的病人们,并马上又深入浅出地勾起我前几日术后的战栗!我一时难以自控颤瑟得又开始上下叩着牙,同时二凌子在一旁也哆嗦起来。我当然不言语她当然要言语:"我说你这一叫唤弄得我都不行啦!哎哟喂我不行啦!"大夫们马上制止"新学员":"不要再这样了,你老这么喊,别的病人还睡不睡觉了?"新学员立时老实了,但在大夫们走后立时更厉害了:"哎哟哟哎哟哟,我冷噢冷噢、冷噢冷噢……"

新学员和随行的小伙子是一对外地新婚夫妇,在京郊一带自烙自卖带有家乡风味的贴饼子。前几日女的突然患急性阑尾炎,刚刚做完切除手术,届时躺在床上哆嗦,男的立在床边哆嗦。旱水已是过来人,便赶忙把余下的被子递了过去,我瞧着他说:"我这会儿也又冷了。"他说:"你那是刚受的传染,轻伤不下火线。"

那男的对旱水千恩万谢并向我俩大诉其苦:"您看人家娘家人要知道我把新媳妇给做了手术,赖我照顾得不好可怎么办呢?"二凌子听了不顾自己的疼痛一骨碌从床上爬起来撇着嘴叫:"我说你这孩子说得怎那么悬哪?怎么就对不起她们娘家人啦?她那手术又不是结扎!"赶上涩女郎正前来为其女儿拿最后的东西,我忙将为其攒的那孩子平日喜欢收留的一摞医用小塑料碗交给她,她谢后小声于我耳旁说:"不错嘿,她还懂得结扎呢。"二凌子说:"啊,我结扎过。"她一吐舌头:嘿,她听见了。我俩相视而笑。

我一看小伙子这么憨厚就心疼上了:"小伙子你千万别这么想,你现在的想法应该是怎样把她照顾好,她娘家人是会理解的。"

小两口在吃饭时实为可怜,男的只吃女的剩下的病号饭，剩多少就吃多少，决不再花上一分一厘，竟从不舍得自己买上一点咸菜吃。我便把自己剩余的饭菜及母亲拿来的各种小菜分给他们吃。

旱水兹在人前即想攘钱，每每除却病号饭外还自发地在我床边的小桌上把各种吃食堆成小山，一次竟还买了个四十二元一听的提子罐头来，把个二凌子惊得目瞪口呆："哇！你瞧人家男的！你们瞧瞧人家男的！我们家男人就是这辈子也不会给我买这个价的，你们信不信？"她用眼睛挨个地询问着全屋子里的病人和看护病人的人，人们均用眼睛呆望着她不作声。挨过了一夜，第二天她心里实在是不平衡了，即祈求着母亲道："大妈，您把那四十二块钱的罐头也让我们尝尝是个什么滋味吧！"母亲忙笑应着用勺舀出两颗提子来先给了她，而后分给了小两口几颗，搞得那小夫妻很是不好意思。

小两口在近一个星期的接触中与我们交谈了许多。要出院的那天，男的大早起就出去买了盒比他自己常抽的稍贵的烟来，点烟时慌张得找不着打火机，旱水便递去了自己的，给旱水和自家都点着后诉说了几天来的情意，原来小两口的实意是非缠着我要认干妈。

由于旱水近年来把自己打扮得跟什么似的，贴饼子即以为他怎么怎么着，于是说："叔叔，您老吃山珍海味的也腻味了，等赶明儿个尝尝我那贴饼子，嘿您就吃去吧！"旱水闻听此言一个响嗝翻上来，差点喷出早年间的贴饼子渣。我对他俩说，咱们年纪差不了几岁就做朋友吧。男的见我没应允临行时眼泪生生地把烟交给旱水说："叔叔，送给您了。"旱水谢绝后他又还回打火机，旱水说："你留着做纪念吧。"

旱水对事物不知由于不通还是求成之心过重，经常举措失当、哀梨蒸食,屡见不鲜!我屡屡告诫他,谁不在意生活谁将被生活所弃。别只惦着水涨船高岂不知还有水高船没?他鬼画符似的已不进烟火,全不顾打草连枝为我们屡酿险情。他终于走上了万劫不复之路。

面对走了形的旱水,我不知是亲是疏。他每每在出门时那种集茫然的愧疚与无法控制的木然于一身的样子可怕至极,我一看再说也就这话了,可真没本事化腐朽为神奇了,心里似乎什么念头也不复存了。于是打开窗户说亮话:"分手吧!你往你的高处走,我往我的低处流,咱们完全可以两不相涉!"他不懂尺短寸长的道理,根本不屑于接受我的提议。离他不离,回他不回!

日斜深巷无人迹。

一日大雨滂沱,暴风猛然将门大敞窑开,雨就打在我心上。我形只影孤地坐在门边任凭风雨吹打,妒火怒火欲火,心中的一切可燃之火就要将我焚烧殆尽!我快不认识自己了,意识又要涣散。我冲天呐喊:"老天爷,我怎么了?我做错什么了,请明示我!我不是不改,是不知道!"然而雨巷无人。只得无助地向着空巷灰天大放悲声,然而无论怎样,终压不过雨声,回答我的只有那更加猛烈袭来的暴风雨……人生又到此,又到此!

窗外秋的煞气侵吞着我的精神和肉体,大片枯黄带哨的叶子飘落开来,势不可挡。我泪眼凝重似黛玉悲秋,想来自己半生与生命的角逐是在紧自身这张网上的扣,盲目地差点勒死自己!幸福于我只昙花一现,老天爷要饿死瞎家雀了。田震又唱了:人生本就像一台戏谁能逃得过去?

小北窗外树叶跳芭蕾似的打着旋,那树活得好累像是旱水一般,当他自己的树欲静而其邪风不止时便尝尽了自酿的苦酒。我时常感到那窄窄的街心充弥着狰狞的杀气。

杀人者终被他杀，杀他的来了……

一连几阵散乱而不规则的敲门声令我预知了事情的危险性，一辈子仿佛总在被别人追跟着敲门。隔纱一看，一高一矮一胖一瘦四男女混合站成一溜横排，像是极怕我如展南侠那样脚尖点地夺路而逃，不必劳心各位，看看我这样就是被展南侠背起也跑不了哇？我速顾四人问："找谁呀？"多么盼望他们走错了门。"肖旱水在这儿住吧？"没眼透不了气！别给自己打上难堪的句号："噢，他不在家。"一个女的显然在明知故问："那他爱人呢？"我大大地减了音速："他爱人……就是我。"

几人同时闪开又露出一脸！是在海河之夜见过的那给人感觉像是没眼的女人。其他几人纷纷解释着那些废话："怕您误会就带她来了。"我心说带她提我来了。

他们对我轮番轰炸：逼令交出旱水来！

生活要把我拆了呀！我怀着一腔的屈辱满世界也没有找到旱水，疲惫不堪地回到家一开门：家翻宅乱！

整个夏季惊恐万状，贫病交加且坐以待毙。

轮上天霞敲门时已不敢开，就说她有多窝囊：竟回去了！到家后又寄信来说那天还带着病中的大姑姐！一听怎么大姑姐还关心老同学呀？原来咱不知，人家是搞心理学的，听天霞老提咱怎的怎的即想见见。看来还是咱外行了。

久了邻人便悟出。在一个冬雪日又听得有人敲门，不敢开时那人先自说话了："嫂子，我是隔壁开堂呀，我火灭啦，您给我一块炭引火吧。"开门一看：哇，这就是那位挨刀的？还嫂子呢，我该叫您大叔，我因总不出门还真没见过。忙说："行行，大哥您自己拿。"

人说六月债还得快，我这寒冬腊月也够快！没几天这儿火又灭了，慢慢走去轻叩其门不好意思地说："大哥您瞧今儿我那火又灭了,像让您还炭似的……"不想没等我说完呢他竟如获重释般地叫起来:"哎呀快来呀嫂子,我媳妇把我给锁屋子里了,给您钥匙受累从外边帮开一下。"他从窗口递出钥匙,他又矮我又小还又站不了脚!因此两相够了老半天才开了门,他谢恩地从自家炉子里夹了红火炭给我拢着了火。

这一年,旱水杳如黄鹤。

又到了八月十五,是家家团圆的时候了,而我家则更显得冷冷清清。用雅马哈思绪不宁地弹着《彩云追月》时想,我之云在哪儿自己又为谁之月呢?人最为可怕的不是别的任何东西,而是别人不再需要你!

一轮冷月平展地铺在门前,凄清里一缕青光令我借以遣愁。现在对我来说家成了最可怕的地方,一丝垂暮的苍凉感过早地袭上心头,好像这辈子要冷丁一下子过完了!

淘得赛过小子的小草敲不开门时直着脖叫:"肖冰快给我开门来嘿!你这是住在天边藏起来啦?快把姑奶奶累死喽!"急急忙忙开门时见天还下着细雨,小草一手托个西瓜,一手端着只漂亮的小瓷锅,已无手打伞和开门。"我的天,你就浇着呀?""嘿嘿,我不是你的天,肖旱水才是你的天呢!"她挖苦我说。背着包跟在后面一路小跑的病猫,一手捂着嘴一手打着伞口里忙活着:"伞在这儿呢,伞在这儿呢,这该死的下车就跑,我也得追得上啊!""啊?她还没改车速哪?""说什么呢你!那狗还改得了吃那个啊?肖冰哎我要死了!要说我这人也真没记性,就是走着来也不该坐她的车呀!""哎别死别死!你死了不要紧,我哭死可怎么办呢?"

"这大雨泡天的,你们这么辛苦我得值几分情啊?"都坐安稳了后我问。"不欢迎啊?不欢迎我们就回去!"小草用毛巾擦着湿漉漉的头发说。"要回去你回去！我可得歇歇了。"病猫说着躺在床上。

"嘿还是她这好哈，男人不在家真随便！"小草叫道。"好什么好？没搁你身上！我可知道，我们家那主要是一天不在家我都睡不好觉。"病猫矫情地说。"没羞没臊！不好你给我滚起来！"小草过来捌她。"去去你给我一边去啊！快给肖冰弄肉去，一会儿凉了，这会儿可能都凉了。""要像我们家那口子似的老上夜班，你还不死喽去呀？"小草说着把漂亮的小锅打开：呵，炖得烂糊糊一锅鸡胗鸡肝还冒着丁点热气！"真好嘿！"我说着坐在了桌边。

"这回你该知道我为什么开那么快了吧？"小草又拿抹布擦桌子又拿碗筷嘴里又得说着，动作那叫一个利落！"别卖乖了啊！不管为了什么你都开那么快！我告诉你啊，你还别说，像你们家那样的我还就真受不了！噢家务活全是你的，他承包了全厂的夜班！"病猫说着也坐了起来，从包里拿出一盒粉肠、一屉小笼包和几听露露。"呸！有承包那个的吗？再说人家肖冰都没死你就非得死去！"小草抢着说。"嘿嘿我不死啊！"我抢着说。看到病猫摆桌的东西，小草说："傻不傻呀肖冰？瞧瞧你吃这东西，搁在一块还不够一壶醋钱呢！"病猫骂她道："放屁！我给你一壶醋钱你给我买去！"小草说："去去！别打岔我这还没说完呢，肖冰，刚在半道上还说呢，那香肠、火腿多好哇，李木子说，知道你不爱香肠爱粉肠，不爱椰奶爱露露。""对！知我者你也。"我一指病猫。说着我扇子面儿交朋友，拿出了刘剑和沈小宝分别送来的长城干红、雪碧、豆皮鸭包和米粉肉："哎，这还有我蒸的茶叶饭、煮的五香蛋和自制八宝小菜，你们尝尝咱的八宝小菜和六必居的有啥区别，咱的八宝小菜不仅仅限于八种，灵活得很，或多或少均可！"我指挥着她俩把东西摆上桌，兹有第二人我便退居二线。"废话，是得有区别，不然的话你成六必居了。"小草说。

我那小菜中的莲藕片不仅让病猫赞不绝口，那朝天椒还着实让小草火了一把！直把个自称"辣妹子"的她给辣了个凿凿实实！以手做扇扇其舌头！病猫说："那不管用，得往脸上扇！"小草说："那扇你！"病猫："我又没那么馋！抢人家辣椒！"

走时将小菜给两人各装了一小袋。东西挺可口聊得又尽兴，这个八月十五过得好，这情绪可以延续好久。"什么时候用车言声啊！"走时小草张罗道。"得得，肖冰你还想活不？"李木子推着要往外送的我，然后她俩为我掩上门。

夜间猛然下起雨来且响起雷，这是今年最晚的雷声。我即刻惊骇不已，想喝口茶，见暖壶已是空了。一颗心也要干瘪了。

人说婚姻是选择的艺术，我感觉很对不起自己，在生活中没有找到适合自己的位置，更重要的是女人的尊严，这不是任何物质所能代替的。在整个婚姻上搬起石头砸了自己的脚并砸得骨断筋折。多少次危机袭来根本意识不到，究竟我对人是决不胡乱猜疑的，什么事敬请直言相告，只要人家没说即是没做！绮华说："这就是你善良过度的恶果！谁要杀人还提前通知你'肖冰注意：我要杀人啦！'想想有那事吗？"

天开始落小冰碴，我大有尼姑庵里望夫来的感觉。生活在处处围追堵截着我不留活口似的了。原先见别人家摊了事后，在向人述说时像是在谈着别人的事，后来才得知在那种时刻谁都像是在谈着别人的事，因为无奈，所以无奈。

我极力地安慰自己：每天都是将要过去的，不能用别人的错误惩罚自己，更不能像他那样让自己把自己打倒，要谨防病由心生。并且不想再让人"剥我身上帛"了，不想再给他撒谎的机会了，不想再让他游戏我的人生了。鲁迅先生说："不在沉默中死亡，就在沉默中爆发。"我不想死亡，我选择爆发，开头沉默是因还没有看到濒临死亡，我要从被各个方面伤害的麻木中警醒过来。目前的题目是：必须清楚认识自身应如何取舍。

最后一次长谈竟是在自己向往已久的紫竹院公园！啊，终于走上了紫竹桥。不知众生们是否同我一样渴望了许久？偏赶今日来，桥上游人如织。我很快被撞伤了腿，进医院打上夹板。在孩子的搀扶下打了的艰难地回到冰冷的小屋。

拖着更加累赘的双腿无奈地躺在床上，每日只借得门窗那一线光。一辈子的酸楚又蜂拥而至，想起母亲每提到当年抱我去看病不巧摔了一跤时必说的那话"娘俩摔死也罢"。此刻想来并非多余。这么着来一世为何呢？不曾在人间跑过路、飞奔上过楼梯，不曾上过火车飞机……这过多的不曾让我来得好没意义。

忽有男敲门："喂，您现在填张表方便吗？"我隔着门说："不方便。"对方又问："那您什么时候方便呢？"我说："实在对不起，什么时候也不方便。"我心说你哪知道哇？我还不光是什么时候都不方便，还干什么都不方便呢，我这一生被不方便包围着。

他走时对扫街的干葱说："这家人不实在，哪有什么时候都不方便的！还爱隔着门说话！"干葱说："还叫你说对了，她还真的什么时候都不方便。她现在还就只能隔着门说话。"

忙活了好一阵子我才卸了夹板勉强地站起来。心爱的紫竹院公园我再不敢念你，永不再来！

多年以后方知竟有了分手紫竹院之说！看是多么的鬼使神差啊？

在那些痛苦的日子里，姐和方草不知陪着我度过了多少酸涩时光。

后来方草长大了进京打工了，有空便来陪上我一天。那孩子又体贴人又极会安排用钱，和草儿一起吃的一顿饭是极难忘的。那是孩子刚搞对象、令对象初次到访我家的时候。方草喜眉笑眼，小嗓子细声细气，一路上对开着车的男友说："到我姨家，你就会看到一位多么健全的残疾人！"俩孩儿在路上用其微薄的薪水买了羊肉片、豆腐、粉丝、青菜和少量的虾。吃饭的时候俩倒着班地频频起身"为您服务"，整一顿饭没让我动手。

饭后草儿说："姨儿，咱玩个游戏呀？""好哇！""那可得听我指挥，我说什么您就写什么！""行！"我拿起自己的笔来，服从着人家的指挥乖乖地在纸上交代起来。"首先写上您的名字，然后……然后……"然后就成了这个样子：

"啊！"我叫道。娘仨大笑了起来。

我在旱水的不归中失落，旱水在我的失落中失踪。小草和李木子每每打电话来总说："他会回来的，自己的家嘛！就在月底。"月底？对不起，这么快就到了，她们又安慰我说："他会回来的，就在年底……"到了年底我问时，她俩乐道："我们是想让你安心。"敬民又接着续篇："我告诉你就在这几天，绝对、绝对！"几天过后我说："绝对了吗?"敬民说:"我想让你安静。"人们善意的谎言给了我以极大的安慰和幸福感,我肖冰好在有人骗和值得人骗。

经常接连几日不思饮食,绮华送来大好的水果:碗口大的橘子、尺把长的香蕉。又有李木子赵小月送来的娇小玲珑的南丰蜜橘和寸长的袖珍小咸黄瓜,细线般让人吃着看着均可妙趣横生。

怅然回首已告别了青春,真是来时辛苦去时寂寥!

在二〇〇三年"非典"蔓延、万人空巷、人人自危地躲在自家的小方格里、别有一番情景的非常时期,旱水终于同意离婚,从而结束了我们之间的十年冷战。但由于当年他曾在街道办事处立下了当时人们所说的周瑜打黄盖之军令状,所以决不肯出面而是让我一人前去赴死。

他首次用轮椅将我推出了我们所谓的"家"!酷暑中高耸的华腾园层峦叠嶂般映衬着龟缩在轮椅上的我,炎炎烈日无处藏躲。轮椅买了近十年,我想错非在这样的情况下他肯推吗?

他将我推至娘家后便扬长而去。母亲见我突然到来惶悚不安地问出了什么事,说吧那是她所惧之最,不说吧往下何以进行?

接着我便被干葱陪着"到处流浪到处流浪,啊……"奔往快成了律师一条街的那条街请律师帮忙,请求法院允许我主动放弃"打"之权。

不知干葱的丈夫为何也早早地下了岗,在路上她反复追问我去哪儿?我回答说去律师事务所。她问干什么去,我说给孩子走后门。见到警察她又问:"怎么不问他呢?"我说曾挨过警察呲,不敢问。

待到了那条街上她问我找姓什么的?我说是我丈夫的朋友,忘了问他了但见了面我会认识的。走着走着干葱又问:"有他们的电话号码吗?"我说没有。当走到第一家时我们即进去了,被拒绝又出来。到了第二家我说你先进这门去打听。干葱问要找的人是男还是女?我说是两口子合开的私家事务所,但不知今儿是他们哪一个在值班。干葱问戴不戴眼镜?我说有时戴有时不戴。回来时她说:"是一个男的咂。"我说那就对了,只有在忙不开时他媳妇才来帮做。走到门口我让她停下而自己进去,说:"你在外头等,我怕递钱的时候他不好意思接着。"我因忒没有经验就挨了黑律师骗,两千块钱到他手人家立马开步走!

接下来便纸里包不住火了!无奈对干葱说:"明儿咱姐俩到法院玩玩去?"她被烫着了一般:"吃饱了撑的玩火自焚去呀?"您别忘了人家也上过普高呐。

因是"非典"时期,干葱烦人家总拿着那玩意儿在额前晃来晃去,说是没"非典"倒传染了!就没跟进去。

当自己艰难地转动轮椅爬上法院大门前缓坡的时候,一腔子血像是于烈日下给晒爆了,一股脑地朝天喷涌上来!一切的决定即在那一刻产生了:此番离去再不回头!这可不是什么好马不吃回头草啊,而是从不吃草的人!

法院二门有几级拒我千里的台阶,于是,您见过这样的情景吗:几名法官抬着当事人走上法庭前去办案?

心再次被掏空。在女儿刚刚降生的一刹那心像被人猛然拃了一下继而又被按上了,但按得一点也不服帖,感觉是稀里咣当的;然而这回还没人给按了。大晌午头上,田震不知又在谁家唱"无法后退"呢。

自己此刻宛如院落中那一蓬衰草,无论怎样的季节更替都改变不了自身的命运。窗外的雨雾迷蒙中,行人们该干什么仍干什么去了,谁都和我没关系。把人生的什么都搁置起来,心里仿佛什么念头也不存了,每天坐在床上码着一副扑克,从下午五点码到黑也从不开灯,昼即是夜,夜即是昼。

越起越早甚至可以整夜不睡,这一载占去我半生的精力。感觉自己目前的生活已被截成了寸段,在一节一节地过。

一次重大的失利应该成就一个辉煌的清醒。

俩中伏过去后末伏依然肆虐。生命到了苍茫时刻须舍了昨日的黄昏。我要以理智收敛心神,但如果重整旗鼓将如何应对那些婚变后的尴尬呢?

我最对得起旱水的就是自打嫁给他后便从心底里抹去了薛凝。但从他与我貌合神离后,北皋便成了我心中的悬念。

"当年不肯嫁春风,无端却被西风误!"思念自己的王牌杀手锏薛凝是个永不褪色的梦:常常在想,现在的你,就在我身边露出笑脸……立刻把你手儿牵……

反复在琢磨:今天的你我怎样重复昨天的故事……能不能接受彼此的改变?

在那还不知什么叫底商的年月,即曾梦见同薛凝居住在一所四圈都是底商的朝北向二层楼上,那是一个风雪之夜,很晚他才身穿着黑呢子大衣归来,我已蒸好了米饭炒好了鸡蛋,自然有酒也必是二锅头的。

永在梦中寻找他的电话号码,逢人即问、个个摇头,即使千载难逢地问出一回时,手中定是有笔无纸或有纸无笔或笔纸皆无!找张报纸又必将那字迹混入铅字里模糊难辨,哪次好难得笔纸俱全、电话俱在,惊喜中又发现那话机竟无按键!急醒来时一身惊汗。

此刻自己像涨满的一条河急于向东流去,去讨回那逝去的青春。我想,自己不曾有过纯情少女的生活,亦不曾有过恬适的少妇生活,要努力使自己过一个从容的夕阳晚景。

七　三访潮白河

　　幸而有姐。天救自救者，下乡找姐去！

　　离开城市那逐耳的喧嚣，于倾斜的雨丝中双脚一蹬，上了那颠簸得被人称作"摇嘎嘎"的长途汽车，满车的乡音即起：三河的香河的宝坻的，挑挑的担担的，"早穿皮袄午穿纱"的……

　　车里的电视中，费玉清正在用他那温润清净的歌喉荡涤着尘世的污淖。

　　天于半途中下起小雨来。雨滴自自在在地洒落于路上，缥缥缈缈地浸润于田野，轻轻盈盈地斜打车窗，使其逐渐变得迷雾一般；隔着迷雾由近而远望去，那立时显出朦朦胧胧的齐茬茬的半尺来高的庄稼，浑然绿色薄纱也似；啊，你这遍野的青苗，不知是在衬着还是夺着景色。

　　阵阵思绪犹如潮白河上升腾着的蒸汽，冷暖自知……

　　一八八〇年，我那玉树临风的祖爷爷肖春龙出生在冀中平原这块热土上。他的本意是要做一名医生的，因看到人们是怎样地因缺医少药而挣扎在这贫瘠的乡土中，许多病者直到最后都没弄清眉目就稀里糊涂地结束了宝贵的生命。但天不从人愿，在刚读完几年私塾后，他便因其母病逝而辍学还乡务农。后来他成了一位好庄稼把式，在十八岁上娶妻，陆续生下三子。

　　爷爷与三爷爷两人平分秋色，因此祖爷爷为他们取名一（肖子）风一（肖戌）云，都属"横空出世"之物种。

祖爷爷将他俩先后送进学堂里读书，而后三爷爷出逃。爷爷的本意要做个教员的，但天还是不从人愿，他又因其母病逝过早地辍了学，后成为一位好庄稼把式。

父亲与三堂叔两人难分伯仲，因此祖爷爷为他们取名一金一铜，均属炎黄子孙之本色。后来又将他俩先后送进学堂读书，而后三堂叔出逃。父亲的本意是立志做一名火车司机的，因他看出运输在国家事业的统筹发展中不可或缺。但后来天更加不从人愿，他又因"鬼子来了"而投笔从戎。直到新中国成立后才来到北京做了名火车司炉工。

祖爷爷一米八三的个子，堂堂正正的长方脸庞眉清目秀。三堂叔一米八三的个子，出逃后的他在十六岁上即为自己忙活上了妻、子。堂兄一米八三的个子，人家虽长相平平但身为长孙之男且日后竟又为单枪独马的他，是生得早也是时候晚也是时候并且永远是时候。因祖爷爷属龙所以为之取名肖辰喜，又因其亲爷爷属狗所以我堂兄乳名"大狗头"。

接下来便是我和姐了。因两人一切均风马牛不相及而被祖爷爷区分为：清凌凌一树瑞雪白梅与红彤彤一株端午石榴。

冀中平原的冬来得早、待得长，田野上白茫茫光秃秃的净剩下空气。人们穿得又厚又破，大襟棉袄前挺后撅，棉裤腰裆鼓鼓囊囊，任你再苗条再俊也显得傻里傻气，每人还就这一套装裹，扒了棉花就是夹袄。全家俩被，买块豆腐算是过个小年，买两块臭豆腐，那是下酒菜！

我的父母是由他们的父母包办成婚的。

人家都说父亲的脾气喘口气即能撅上人一跟头。看他如今的这个状态让人很难想象出当年他是怎样出色地抓住战俘并缴获一支崭新的卡宾枪的。不知为什么，父亲总在掩盖这段历史，还在我为女儿女婿讲完之后极力地否认，令他们对事情的真伪性产生了严重置疑。

母亲给我讲过小时候跑返的事情，那真是令人要跑断了气呀！说她永远也忘不了那情景：因从院子已出不去了，姥姥只好俩胳肢窝夹着俩孩儿穿越堂屋的小北窗但卡在了那里，小脚和小纂同时地打战……此后我也永远忘不了那情景了。

母亲略大了些，有回赶在大年除夕，常年吃不上丁点荤腥的庄稼人就巴望着除夕的这顿年夜饭呢，不想一柴锅的猪肉炖粉条刚要起锅，村人的一声"鬼子来了！"全村即刻撒光！结果那次鬼子没进村。后半夜摸回村时进屋掀锅只见了一锅坨坨。母亲说，那时候睡在炕上，只要窗户纸在风中响动大点，便疑是敌人来了。

父母在十五岁上赶上了小鬼子的末日，父亲当了民兵，母亲入了党并当上了妇救会长。一次执行任务回来不巧正迎头遇了鬼子，母亲脚大腿长飞也似的就近蹽进姨家，因姨有纂又有崽，她进屋跳上炕包上头抱起崽还未喘定，鬼子就挑帘了！

忆起这些，脑海中即浮现出了清寂的旷野上，一位携龙握雨、风骨风魂的女八路走得风驰电掣，如胡兰子似叶秋红。脑子里随着车开着、仗打着……

由于祖爷爷永远地不容分家，母亲不但被人撮合了不遂愿的父亲，还要与偌大的一大家人相处，且无论多少人的吃和穿都是要由心灵手巧的她来新做！事无巨细。所以她心中的白昼短得似一眨眼，而夜长得像是一整年。她自己策划着逃出这牢篱与妇救会的几个伙伴们一起参军的计划，在被她自己的封建父母奋力阻挠下错失了良机，后来只能是无语怨东风了。

七 三访潮白河

因此她提出要与父亲同奔京城。临走的那天,爷爷难舍难离地手搭凉棚,奶奶心存侥幸地颠着小脚在后面紧着嚷着:"到喽北京要是不好混呐,就再回来——再回来啊——"父亲回过头去应着,而母亲却坚定地大踏步前进着,像是已然参了军一样。

她不敢回头哇!她怕这一回过头去,就会被身后的那个令人不堪回首的破窝里的寒流再把她给卷回去!看来母亲也是个叛逆者,身怀六甲时便伙同父亲双双奔至北京,自此再不回头……

当我还在小芽芽时曾随母亲到过乡间。母亲每每贴上一大柴锅饼子,同时于锅内熬上大白菜,里面只点了点油星、放上几个干辣椒和几条三堂叔从潮白河里摸来的那大小不一的毛鱼,全家便一窝蜂似的一拥而上一抢而光,而后一哄而散。不知为啥那么的香啊!连刺都没人肯吐,脚下竟还有只跑来跑去想觅剩菜的瘦得耗子般不要脸的猫!

下乡后我和队长的儿子林头结了缘。跟着姐、林哥及老方家那一窝子成帮搭伙地饶世界去走。走过大片散乱交错、枯寂荒凉的乡居,见各家的院墙外或杂乱地堆放着柴草,或将其一排排地捆扎好,靠着院墙摞起来待用。

走过土坡下大片整齐的菜田,走过野花香径,花气濡染着树木及空间,风掩苒着众草浮动摇香。一会儿过一群羊一会儿过两头牛,真是人在画中游;隔不远处不大点一坑里几只鸭,隔不远处不大点一坑里几只鹅,乃天然乐趣也。

再往远处走,放眼望去,现在眼前的竟是个嫩黄的烟柳世界!我纳闷:北方有那么众多的柳吗?是否也为黔之柳呢?

哦,要么我们屯叫柳林屯而林哥叫柳林头呢。我们家乡的风俗是每个人的名字后面须加"头",不然的话像要开除你的村籍似的,比如我叫冰头而姐叫榴头。

玩累了时便于黄土上坐,搭上几块砖头点着了火烧麻雀吃。也没盐那也吃!狼多肉又少,合不上一人一口,不抢没有!

老方家那一窝子是多少您数不过来!在当地留有一句话:方家吃上饭,屯里没穷人!那时他们只知自己那屯全然不知有外面的世界。据说方娘个小人挺俏,人家那生孩子是保质保量一年一个,由打出嫁后从没空过怀。将十二头忙活完后不幸得了产后风,即溘然长逝不在人世间白吃饭了。留下了好死不敌赖活着的包括老酒鬼在内的十三太保,好似一圈再无人给渣食的猪!

叫他老酒鬼他也着实冤。三堂叔讲话除了陈年老咸菜疙瘩他就没用别的下过酒。

玩过家家时林哥知方老大含糊而方二头贼乎就思量着对其下手说:"我娶冰头你娶榴头行啵?""行个屁!你咋不娶榴头呐?干脆,我也不让你吃亏,我娶冰头你娶我妹儿行啵?"七妹九妹都比我俊,他家孩子们特点是白而细,而林哥您哥俩则是黑而糙。好比那"方家男"若是小生而那"林家男"即为武生。听了方二头的话,林哥合计着并不吃亏便默许了。柳二头见状忙对方老大说:"我娶九妹你娶榴头啵?要不你咋娶你妹儿呐?"方老大见除了自家姐妹外,女孩中就只剩榴头一人了,只得无奈地应允。

啊,我儿时的生活怎么可以没有此次乡下之游呢?那幼年的感触多少年后仍在心中回旋。

母亲一来,那种垫面子的活计即准得由她去了,留下我陪三堂婶。

院中的绳子上晾着已然是不晾不行了的被褥,上面过多的卤汗使其从里至外干巴得能站立起来。潘冬子运盐时若找到了她家,定是收获大大的。

　　院中的地上铺着一领长席。那做席子的轮到她家且再到了地上也就用不着形容其"席面"了,谁的屁股坐于其上谁认倒霉。三堂婶坐那上面搓着被她们称作"色莲籽"的葵花籽,三岁的三头两岁的四头和一岁的五头在周边爬来爬去,有了尿就在那上面撒。我两手很不熟练地也搓着,三堂婶一直在让我吃都被我拒绝了。她误以为我不好意思便说:"吃啵!啥好的?"

　　林哥走进来问:"三婶子,我哥呢?""知不道上哪儿死扯去了!""那我姐呢?""也知不道死扯哪儿去了!"三堂婶头过进身的日子过起来没个完,堂兄堂姐便为其备下一整套相应对策,俩见着活就比着头疼。林哥说等回来让他们到队上领结算分得的那把水果糖去。

　　三堂婶找了个口袋来装剥好的色莲籽。那口袋上不知有多少窟窿,她忙又拿针线来缝。方二头跟到走进来:"三婶子干啥呢?""缝口袋。""我当是您坐在那儿缝自己裤裆呢!""你丈母娘那裤裆!"方二头自家一样坐下便吃。他觉着身后有东西鼓涌伸手一摸:"哟,我还当五头是狗呢!"三堂婶骂道:"你咋这会说话呀!"五头要吃奶,三堂婶就给她含上一个,四头见了不干了三堂婶就给她含上另一个,三头见了仰天长哭!方二头见了说:"我说你在那儿穷号丧个啥呀?你妈又没长猪那么多'妈头'(家乡对乳头的称呼)!"三堂婶又骂道:"你是真会说话呃!你妈才长那么多妈头呢!""我妈长多少我早忘了!"

　　黄狗从外面跑来,嘴上叼着块不知哪儿弄来的也不知是什么的骨头,三头抢过即放在嘴里啃。方二头就骂:"这小死崽子!要是死人骨头呢你也吃啊?"堂婶就又骂他:

"又是咋说话呢？你才吃死人骨头呢！你可别在这儿气我啦！"方二头理所当然地申辩："那咋是我气您呢？我说您是真瞎呀还是护犊子呀？瞅瞅是我吃呢啵？"

快要回京时，林哥给我弄来对刚出生不久的红眼睛小白兔，"真是乐死人！真是乐死人！"回京后薛伯马上给它们做了个笼子。车子一颠一颠，思绪一段一段……

二到潮白河是在一九九六年。是姐来京接我后坐长途车去的。时节正值桃花汛，潮白河上浪细风轻。届时林哥与方二头两人合包了辆长途车，我来这天他俩都不在，是老队长和柳二头替班。那车梯虽陡但有特点：横向里窄，我刚好一手扶一扶手就上来了。柳二头一见我憨实的眼即直着说："吔，妹来啦！爸，瞅我哥这倒霉骨头啵？总念道妹是仙变的，今儿个妹来了啵，他不知扯哪儿去了！"

自打寻旱水的人走后我便卧床了。姐见我转不开磨就带我去乡下散散心。

自打林哥包车后，乡亲们出门即可接送到村口，我若来时便可直接到姐家门口。姐家的门口我叫它"鬼难行"，我说我不是鬼我不自行！于是姐前去叫姐夫套毛驴车。一屁股拍在车尾整个车板瞬时被压悠得张起来，眼看着就要"苹果落地"了，姐夫一把将我拾起来。"啊——"我们仨及路边的放羊娃同时叫起来！真个异口同声。敢情那车竟不是那个坐法的，先行者须得往前坐。

小毛驴拉着我们爬上"鬼难行"，真也难为了它！车子随那难行的鬼道陡得要直立，将我们所有前后坐的均呈张状！又是一场虚惊。可算进了家门可算坐在炕上了，我向姐姐姐夫发誓："这辈子就算是自个爬上来也决不再坐那鬼车了！我差点成了'直隶总督'！"

姐眼下住了老祖宗的院，因她送走了祖爷爷、我爷爷和她爷爷而劳苦功高。

每当黄昏时分，家家户户的屋顶上冒出袅袅的炊烟，那种燃烧柴草的独有味道极拨动你的心弦，用柴草的灰烬在大柴锅里煨透的农家特有的粥，嘿你就吃去吧。

姐那庄稼院里的活真是"农家少闲月"，撂下耙子就是扫帚。姐家每年换鹅，把一对老鹅拿到养鹅专业户那儿去换当年的。这回让我赶上了，套上驴车，车上放个竹筐，两口子将那两只老鹅一人绑一只装进筐里，拿一块黄苫布将整个筐蒙严，怕路上有事惊了鹅。姐夫手软没绑，推到人家时还未过秤呢，鹅即飞身下河与那家鹅群共舞了。

我一来便和姐同住，姐夫被赶至西屋。姐那一直令我羡慕的大土炕上摞着的一床床被头子，全是用三堂叔、婶的孝布包的！我大声说："不盖这个！"心说把它们盖在身上能做好梦吗？

三堂婶身体忒不好，死得忒早。她一辈子没有像别的女人那样站街聊过天，就过早地到阴世间串门去了。邻人们都知道，他们家老在摔盘子摔碗，摔了买买了摔，残存的没有不缺边短沿的，上他家吃饭都得特别注意别拉嘴，倒是除了土豆那不开眼的东西轻易也没人去吃。

说起来咱那三堂婶，人家还只身一人闯过北京城哪！我就纳闷了：怎么什么人什么事都找我妈啊？我妈忙得就够呛了！有分身法呀？还是在将军坟的时候。是日有人说，祁家小铺前有个女的哭着要找我家。我妈急急火火跑去一看，不认得：一墩子高的个、用了看不出来什么色的抹布似的头巾包着头的糙女人正那儿抹咪呢，也没张纸巾就往自己身上那紫粗布棉袄上抹，那下身的黑粗布裤子活儿又糙、城里又少见，洋相出大了，一时间招揽了整条街的人。

母亲将其拉家来一问方知是扈三娘到了！"嫂子，他不要我啦！"刚进门三堂婶就哭：说是刚过了门三堂叔就看不上她了，非打即骂，要么往娘家轰，实在没辙了才撇下刚会走路的儿和尚未断奶的女，只身来找那比母的老嫂。"他总说我连您的脚趾头都比不了，您那脚趾头都啥样儿呀？"母亲十五进婆家，事无巨细一把抓！堂婶十五进婆家，一切事物均抓瞎！

妈说："我先问你，愿走愿留？""他就是打死我，我也在他跟前挺尸！"女人的态度很坚定，不像是个没主意的人。"既是这样，回去以后你就光干活别说话，打不还手骂不还口，非得说话的时候就两句：'我从娘家来的时候是大姑娘，现在没人要我了！'跟他死磕！"

三堂婶像只被打足了气的蛤蟆，挺着令人误以为孕的棉裤回去了。来时她对三堂叔说的是她妈病了，可等回去的时候因得了母亲指令一时高兴把这茬儿给忘个干净！脸上竟带着喜色。一见面三堂叔劈头盖脸地问："你妈死啦？要不你咋这高兴呢？咋没给那死老囡子（家乡土话：老太婆）戴孝呢？"

俗话说，不怕硬泡就怕软磨！磨着磨着她就磨到三堂叔的岁月里去了。左一儿右一女、一女一女又一女地生了一炕，像一窝伸着长喙待哺的鸟，哪儿还离得开人呢，好过歹过的日子就这么过来了。三堂叔心里好生纳闷：这老娘们这是得着什么尚方宝剑了？回了几天娘家怎么长了那么大的谱呢？一天到晚跟我国早期那无声片似的，沉默寡闻地干这干那、任劳任怨地挨打挨骂、不言不语地生俩生仨？

无可奈何三堂叔只得跟她约法三章：人前不许轻易出现；不得不出现时不许轻易露脸；不得不露脸时不许轻易说话。她就在三堂叔的一系列"不得不"中活死了。

学校的大门对于三堂叔家的孩子们都很陌生。在儿子大狗头还不大点的时候,他到远远处去干自己的老本行——泥瓦匠活的时候,就将其带在身边了。

土豆也时不时地给人家搬个砖和个泥什么的。总看着别人比自己拿得多,不知是手还是心痒痒了便抢了回行市,张罗着给一家人搭了个较正式的鸡窝,三堂叔骂道:"你是又作死呢啵?"他不服:"兄弟呀,别总把哥哥往瘪处捏哟!你盖了多少年人住的了,哥哥说啥了没有哇?这回垒个破鸡窝还咋的?轮上你哥哥一回就不中?"

结果不知把灰使错了还是水兑多了,不单单鸡窝垒歪了,不单单钱没挣着,还把人家和他自己的脚全砸了。当然,他自己就是把脚丫子砸烂喽也不舍得去瞧,可人家当然要讹他了,结果是又接着白给人补了些时日,什么也没挣着。

一回给较远处的一户人家盖西厢房,土豆又厚着脸皮跟来了。三堂叔打刚出了门就总瞪他,到那儿干了多少天活也没搭理他。土豆也尽量避着他,只有在吃中饭的时候须得一桌了才不得不露面。那他也尽量少伸筷子夹菜且尽量吃得快。

领头的一不搭理就谁也不搭理了。歇着的时候大家伙都找阴凉地,他就自觉退一边去,等人家把大桶的凉水喝够喽,他才讪讪地蹭过去。

忽而那家的闺女走了来递给他一碗茶!他正口渴难耐,见此情不知怎么接也不知怎么喝。一喝咋还是甜的呢?心一慌洒了一身。天黑以后回来的路上他心里一直嘀咕:怎么那么老些个人单给了我一碗甜水呢?瞅着我岁数大?准是,总不会是瞅上我了啵?那闺女倒是忒差了点……

他也不知道自己什么时候睡的什么时候醒了的,反正一睁眼日头老高了，人家都老早出工去了，他怕挨抽没敢去。

下午下雨了，他们那活再急，兹一下雨也须得收手的。所以吃过了午饭三堂叔也领着人们回来了。土豆一瞧，噢你们回来了那该我去了。因他老琢磨昨天的那个事，就在头上顶个破褂子溜出来，反正三堂叔一在家也没他的好。

一路小跑地到了那儿，在半道上还滑了一跤。脸上身上都是泥自己也看不着。来到那家门口一瞧哎，老远见院里还真站着人呢！他就走过去，她就走过来，他见人笑着也紧跟着笑。人家让他进屋，他在门口逡巡地看了看自己的鞋，人家说这碍啥事呀？咱这庄稼地里人还怕脏咋的？

他听了这话就进去了。人家又给倒了糖水他还是不敢喝，看人家紧着劝又不敢不喝，跟那儿傻傻地不知所措。人家还请饭了！黄瓜丝拌凉粉、西红柿炒鸡蛋，有白干有捞面，泼了芝麻酱来拌。他一见着那酒就小做活的打东家——顾（雇）不得了。多少日子了谁还知道那玩意儿是个啥滋味呀？直到醉醺醺地把人家盘子里的菜汤都装到了自家嘴里，才在手上拎着人家送的什么玩意儿回来了。

第二天他没起，觉着身子一点也不想动弹。抬头见炕头上人家送的那敢情是槽子糕，即抓过来吃。有点渴也没辙，懒得起来一鼓涌翻个身又睡了。

第三天的时候一睁眼又晚了，但估摸着赶过去干活还来得及。见门口不知谁搁的伞？噢那天……那家人给了包点心给了把伞，对了，我说的话……啊我的话……我说什么来着？哎哟不好！他一下子全想了起来，同时也就一骨碌跳了起来。一瞅前儿那衣裳实在没法要了给撇在盆里，找了件稍干净点的凑合披上；一瞅前儿那双鞋都让泥给糊上了，也找了双破鞋好歹地蹬上转身即往外跑。可他跑不了了，为什么？院门口堵了！

那救命的人是锁柱头妈，可爱的她是前来拉驴的。土豆单等锁柱头妈和驴去后，刚想跑又见三堂叔转身去关院门，大白天的关门干啥？哎哟不好！他在那一瞬转身窜进了三堂婶屋，他倒历来脚步轻，因这一辈子总共没超出过八十来斤沉。您说这不是请君入瓮吗？但往别处去已然来不及！转念之间他叫这为大隐隐于朝……

不一会儿他便"隐"不了了。

接连下了两天的雨，三堂叔也是第三天才来干活的。他没想到天上雨过自家还"有晴天"！早上刚一到那家，人家全家老早地在那儿远接逢迎着呢！活还没干即点烟倒水起火做饭了，个顶个的嘴里一口一个亲家的把他都给煽呼晕了。

咋回事呢？那家人说哟，孩子他二大爷没跟您说呀？反正就这俩孩子的事呗！前儿个他二大爷一听说咱家的这个条件当时就拍了胸脯子啦，说是一准做得了主，说昨儿个就让您定亲来，那咋没来呢？小子昨儿个咋也没来呢？俗语说，男大当婚女大当嫁，咋还这么脸薄呢？

三堂叔一听那火噌就起来了！但他平静地说着，我这两天没在家，可能是跟孩子说了吧，我先回家问问去。他从不让人看出来他管不了家中的任何人。出了门即抱丫子往回赶哪！这一路上打不着土豆急得差点扇自己脸哪。一进门还遇着那锁柱头妈不开眼哪，心说你非这会儿跟我这儿说长道短哪？

把她给糊弄走喽等到闩上院门进了屋见没人，再绕进西屋一看仍是没人，一想自己才刚在门口问了闺女："你二大爷呢？"闺女说："在自己屋里头死扯着呢！"他琢磨那院墙就他那个没梯子绝上不去……心说那没跑哇，准是躲进东西屋里啦。又一想，哎他傻呀？跑那儿去等着我瓮中捉鳖？可再一想：嗨，我总在这儿为他着什么想啊？等进去喽看看没有再说！

一冲进那愁人的屋，哎还真没见人！但他心说：你呀今儿逃不脱！想着才刚听那家人说的那女的竟也是个如三堂婶般不要财礼的！这话吓出了他两辈子的汗！可别不要啊求求您要吧！他干脆一下子堆在炕上！

"你个死东西子，瞅见那个死东西了没有哇？"三堂婶遮遮掩掩地又不敢说又不敢不说，那张老紫脸上霓虹闪烁般换着色。三堂叔见状心说我倒霉就倒在你身上了！联想起早些年个去她家当麦客，就是土豆子那货给拉呱的活，结果被这女鬼缠身后这一辈子再也没拔出腿来！于是那攒在心底里的"新仇旧恨涌上了我的心"，他被心底里升腾而来的怒不可遏所挟持着冲过去一把搛开三堂婶："快躲开我这儿啵！"

他从她那不知是啥味道的被窝垛里薅出已蹲得过久了的、甭说跑就连站一时半会儿都站不直了、脸憋得也青了、气都喘不匀适了的土豆，不能说是像武二哥打虎，您说那土豆他哪儿如虎哇？只能说是痛打落水狗般地给暴揍了一个鼻青脸肿！

三堂叔饶了自己是打人的，却比那挨打的还委屈！火气还越来越往胸口上撞，便把心里想的在嘴上给吐露出来："是不是当初你个死东西子也是图喜着喝人家那点子猫尿哇？"别瞧挨了半天抽没事，这话可让那土豆深感沉冤莫白！真乃士可杀不可辱，顿时蹦出他的话来了："告诉你啵兄弟吧，这你可冤枉死你哥哥喽——她家的淞老子和咱那爹不一样哦！""呸！把你的狗屁给我分清了放！啥咱爹咱爹的？谁跟你一个爹呀？""啊，我不是那个意思！""那是哪个意思呀？""就是那个意思：她那个死爹就连自己个撒的那尿都得留着自己喝喽！也不是说能治啥毛病！不信你就问问我媳妇去？哦不是不是、问问你媳妇去！""我问她去？那哪如我自己个扎泡尿里浸死哦！"

谁知后来我那不给他爹做劲的大狗头堂兄哎，仍与当年其父如出一辙，给一家人没干上几天的泥瓦匠活亦被人家死死地套牢了再不肯松扣。这回又把个三堂叔给吓得险险拉尿！他可不舍得跟自己那眼里瞅着心里爱的小子使气，只得于里里外外地追跟着："狗头喂跟爸说说啵，那丫头长啥样啊？""人样啵！""那咋也得跟爸说说她家啥姓啵？""人姓啵！"

提起了三堂婶又想起来色莲籽。姐说这色莲籽是我们乡下各家各户都要年年种年年搓年年换的。这些年来都是由三堂叔下地砍回来的，他不敢放权于堂兄堂姐，怕是不够他俩吃的；而后又是由爷爷亲自套上小驴车拉到镇上去换东西的，他也是不敢将其放权于三堂叔怕是换了酒都不够他一人喝的！

姐说开头我家与锁柱头家、老酒鬼家合买了头小驴，因需套"铲子"家车，所以驴属各家一条腿，每家半个月一轮换地拉走去喂养。每轮到老酒鬼那儿，他说啥也得找出理由来推托上几天。那时我总纳闷：一条腿的驴在那儿单巴棱地蹦着，怎能活呢？

姐说后来就不这样啦咱家得了驴啦！今儿个那小驴呀就是咱自个的！自打咱家得了那驴后哇，爷爷再套车进城可就方便多啦！凡是拉脚的活都是它，主要的是那有驴使驴没驴使人的垫面子的破活，咱再也用不着犯愁啦。

说起那头小毛驴来还真有点来历呢。当初队里修路时，也不知该说队上倒了霉还是老酒鬼走了运，反正他那所谓的破家刚好碍着事。于是在好长的一段时间里，乡民们坐在自己的炕头上琢磨，老队长也坐在生产队里发愁，老酒鬼也醉在自己家里打着愣。

在要动工的头天，老酒鬼去向老队长借三轮车，老队长见了就骂："借那干啥呀？卷席筒拉自个呀？"到了第二天老队长一看：敢情是要卷我吧！

只见老酒鬼用那三轮挡着队上修路的人，招了大堆的人堵在家门口看热闹。他自己已经于吊车起吊前爬上了三轮，吊车在起吊时就连人带车地均给悬在半空中了。老队长见了即朝他嚷："死东西子那是干啥？耍猴呢是作死哪？"他醉眯着双眼："那啥，你们修路逼我进棺材铺！"老队长喊："趁早给我滚下来啊！有啥屁你还不能吣哪？"他说："我吣得出你可得咽得下？"老队长骂道："给你脸了是吧？要再不赶快给我滚下来，给你留的那个院可就不作数啦啊？"

他一听，就没等那吊车落稳即骨碌滚了下来。老队长说："就你那地窖似的俩小破黑屋还至于坑得慌？你说你那帮死崽子们这些年是咋过来的？就是把你家那箱子柜子的连那灶坑再塞鼓上俩也搁不下呀！就说你下那么多死崽子干啥使呀？没听人说过嘛，'好虎一个能拦路，下窝耗子是喂猫的！'"老酒鬼赶紧接茬道："是呐！要不介我干吗非得生了你这只好虎了呐！"老队长追着他啐骂道："我看你个龟孙子王八蛋是真不想住那房了！"

老酒鬼那两间光有窗户棂子买不起窗户纸的鸟笼子，连院墙都没有垒得起，这回让老队长给换成了队里头年新盖的三间大瓦房还带个院子！只是家搬得稍远了点，所以他就此又从老队长那里讹出了一头小毛驴来。

他去索驴时老队长见了说："我说你个老东西，都从那骨灰盒挪进那棺材里去了，没死咋又出来了呢？倒是想咋的呀？"老酒鬼自知理亏，那也得强撑着呀："那不成啊！院换院各对半谁是东家谁说了算！事你可得分清喽哇，不是我老东西上赶着你们哪，是你们公家讹诈我了！俗话说，'关公不斗势力'，这我忒懂了，可左右你们拔跟汗毛比我腰粗啵？"老队长说："那我说你那腰也忒细了点了啵？这么着吧，再给你搭上这两瓶衡水老白干，那还是上回咱队上为修路去（潮白）河南、河北办事剩下的，拿家里饮去该成了啵？"他一听有门，即登着梯子爬起高来："成个屁！我告诉你啊，没个牲口我今儿是不走了！"说着一屁股坐在了生产队的办公桌上。

他那死皮赖脸的本事不小，老队长也着实不想跟他再扯皮，又念及那些早年没了娘的崽子们，心也着实硬不下来："哟嚆！我咋瞧着你咋还像个客（音 qiě）呢？那你是还想坐在这儿拿着自个换头牲口咋着？"他听了仍坐在那儿不吭声。老队长想了想说："要不这么着啵，反正是你媳妇也没了，就把咱队里那头最小的母驴给你牵走啵！那我也不能忒便宜了你老东西咃！到时候跟乡亲们也说不过去咃！咱可得说好喽哇，等到年底结算的时候可得扣下你二十块钱呐！"

老酒鬼心生暗喜地跟着老队长到牲口棚里一瞅，妈咃，那小母驴岂止仅仅是小哇？那是又脏又瘦又丑又小。"我说你真也拉得出来呀？这是驴呀？""不是驴是你呀？配你个老东西那还咋的？叫我看着那就富富裕裕的！"老酒鬼就叫那驴："咳——起来起来，咃，咋不起来呢？总一人拽在那儿干啥？走咱家去啵！"老队长在一旁看着他和它说："可不是啵，它比你还没成色呢！"他心说要不然我咋舍得把便宜给了你呢？当了这么多年的"柳子头"了（柳林屯的头）我是谁呀？我万无一失！（我心说老队长啊"让我轻轻地告诉你"：你是百密一疏！）

老酒鬼牵着驴往外走时把那脖子要扭断了似的回头瞅着桌上那两瓶酒："哥哟！那酒……""你快得了啵！蹬着鼻子够'粉儿'吃呢是啵？"（我们屯歌：一个小庄住着七家：两家养蚕两家种花，两家漏粉一家磨豆腐！这也是一个谜语，打一人体器官。）

走出来后误以为老队长听不见了他便嘟囔："那你说你又不咋喝留它干啥……"谁知老队长还停在后面瞪着他呢，听了这话马上朝他怒道："不咋喝！我还不会倒吗？"他一听吓得把个脑袋缩得快要进了腔子里去了，赶紧灰溜溜地拉着驴一路小跑起来。

跟当年接过人家赔偿的那笔孩子钱似的他根本不回家，而是怀揣着酒葫芦牵着驴到路边上去了。驴啃那路边草他摘那树上枣，就着"高粱烧"喝了个饱，然后呵呵咧咧地也不知是哭是唱地吆喝着卖起驴来了。哎，只刚吆喝了一声即来了一个买主。

天还不算凉快，路上还没什么人。正赶上咱那拙了一辈子的三堂婶就巧了这么一回，背着刚打的青草回来啦！要不说"愚者千虑，必有一得"呢。三堂婶问："驴打算咋卖啊？""哎哎我说你这老娘们咋着说话呢？倒是问清楚喽哇？不是卖我，是卖驴！""噢是是，那卖你谁还买呀？你那驴咋个卖法呀？多少钱呢？"老酒鬼这会儿早已经不识数啦，他恍惚记起才刚谁说来着，什么二十块钱？于是张嘴说："咋还不得二十吗？"

三堂婶一听一愣又一想：他这不是醉着呢嘛，哎哟可别等他醒喽，就说："那我先把驴牵回家去，马上求（取钱的意思）钱给你送来行啵？""说的嘞！还想先牵走后求钱？"三堂婶一看不行又说："那你等着我求钱去可别走啊，也别再卖给别人家！"老酒鬼答应完后还接着嘟囔："我还走？你要是给我二十块钱那我还走？"说着扑通一声醉倒了！

三堂婶刚往前走了两步闻声回头一看：哎！她就走回来顺手牵驴，那驴见是个女的，在生产队的牲口棚里很少见着，再说了咋的也比它好看呢，且背上还背着草，就顺从地跟回来了。顺手一牵上那小母驴，三堂婶心里这个美呀，心说凭空掉下这便宜我有多么得呀！把驴牵回来藏在院子紧南头拴好，又用秫秸秆扎捆好的排子给遮挡得严严实实，生怕出点什么差子。

返回头来即往老柳家窜，这回也顾不上丑了，柳嫂子说，队长在队里呢。她扭头又奔了那儿。"老队长啊，快支给我俩钱啵！"老队长一看，怎么刚走了一个腻味人的，跟脚又来了个更腻味人的呢？"想支多少哇？""那支少了不顶用啊，就二十啵！""干啥就二十、二十的呀？""哎呀您就先别问了，我有急事呐！您看我多咱支过钱呢？""啥急事呀？还多咱，你也得敢呢。哎我说老三头知道不？""哎呀就别三啊四的啦！""那你这又不三又不四的，我咋敢给你支呢？""嗯知道、知道他知道，要不我咋敢呢？""要说也是呢，瞅你也不敢呐！"

老酒鬼醒来后就扭着头找驴："咮——咮——咮——"

三堂婶拿了钱就跑，到了那儿赶紧塞给他："别咮咮啦，快拿好喽钱啵！别丢喽回头你再不认账！""谁呀，挺大个老爷们说不认账就不认账？你呀准又当我是喝醉了呢！"三堂婶心说你这还没醉哪？又一想，今儿亏得他醉了，我赶紧走别回头醒了酒！

伸手一拿上那二十快钱，老酒鬼心里这个美呀，心说这我得香多少回嘴呀！伸手一接过这钱，酒娘子心里这个美呀，心说这回我得兑上多少水呀！

三堂叔在半道上即听老队长说了支钱的事，他不敢说不知道，怕人家笑话他管不住老婆。回来后没等进屋呢先捯了鞋底子朝着三堂婶就过来了："你妈死了？敢到队上支那些个钱？指着我卖喽你还哪？"多年来三堂婶就牢牢地记着我妈嘱咐的话，骂啥也没说的！她赶紧跟他解释："不是为我妈……"她的话也慢，三堂叔也急："那是为啥？""为驴！""咱们家也就称个你呀，哪儿还来的驴呢？""那你跟我过来瞅瞅啵！"她说着走到院南头掀开柴火："这不是！"三堂叔跟过来一瞅哟，虽是破了点到底是头牲口哇，比我媳妇强啊！他心里头一高兴就不言语了。

吃饭的时候，三堂叔一喝点酒对三堂婶的腻味程度就相对减轻太多，再一想起院南头拴的确实是头驴真不是自己看差了。就开口说了这辈子不知是第几次主动的话："咋有个便宜还让你个瞎东西给拾来了呢？倒是哪儿来的驴呀？"

谁知那随心可人且便宜的小母驴，是多么的随心多么的可人且多么的便宜，竟在初时且初次地怀着孕！所以才歪打正着地撞到了三堂婶的怀里，还弄了个老队长不知老酒鬼不觉！

真是有福之人不用忙。经三堂婶精心精意地喂养后，待它生下了那小的来竟锦上添花地又是头小母家伙！见着了新生驴，三堂叔心说，我那丑娘们这辈子还真有一回鬼呀！他一合计，看我这二十块钱花的嘿！就好像是三堂婶给他下的似的，当时激动得差点亲她一口！把她给羞得哟，其实还没亲着呢。她想要扬手装嗔又不敢，任其如何如何吧，又实在不好意思，因为像这样十分难得的场景令她过于尴尬、一时感到无所适从。她还没有来得及揣度完呢，事情已结束了。

这一年来三堂叔这个得呀三堂婶这个美呀老酒鬼这个悔呀！敢情那老酒鬼竟也有醒来的时候。他一瞅哎，咋觉着从队上回来的不是我一个呀？咋好像还有个谁来着？是谁呢……噢对了，是驴！怎么样我说是俩来着啵！瞧咱不是死傻子啵？

方老大、方二头哥俩长得再好也挡不住打光棍。等着人家七妹九妹紧着提前嫁了人，接下来的节目竟是老八头又紧跟着排上队来打光棍！好吗，一家子人等于爷七个光棍！

于是他但凡有点工夫就于三堂叔家门口磨磨转转，见出来个人马上凑上前去搭讪两句。三堂婶见状把那大门闩得跟如今的防盗门似的总也不给他空子。那看着也闹心呢，等到那小母驴断了奶又长了些时日后她跟三堂叔商量："当家的，我说句话行啵？"三堂叔是见她无时不瞪眼："谁堵着你嘴呢是咋的？""我想等赶明儿个咱把那驴还给他啵！这乡里乡亲的回头让他那孩子们咋想啊？好像咱趁他喝死扯了谎讹他了似的！"

三堂叔低头一琢磨，心说这老娘们还行，但他决不抬头，他怕看她，看一次悔一次。三堂婶见他没吭声，知道这便是法外开恩啦！就又仗着胆子说："我想连那二十块钱咱也甭费事了，让他年底直接上老队长那儿结去啵，省着倒手，他这一会儿醉着，一会儿醒着的再不算数啥的，行啵！"三堂叔一听这主意也不错但他更加绷了脸："那还不紧着办去咋的？总死扯在这儿干啥呢？还你想、你想的！就你那死脑袋瓜子还会想？"

三堂婶熟知他脾气，那话听着心里即美滋滋的了。于是那把老脸上呈现出少见的神气来,她就带着那神气走出大门来对老酒鬼说:"我说你这成天介在这儿老干啥呢?不是想瞅着空偷我们家点啥东西啵?""咂,那你们家里除了比我们家里多一个你还有啥好偷的呢?那谁还瞎了眼偷你不成?瞧瞧你说那话脸皮有多厚啵?他三婶子哎,这不还是为早先个我办错了点事,自己个心里总不得劲嘛,总觉着怪对不住那伙子没娘的孩儿嘛,想着来跟他三婶子你求个人情啥的,万一他三婶子要冲着孩子们给我个面子呢,我就再把那事给圆圆啵!""不是你自己个乐意把驴卖给我们的吗?""是是,那时候我不是喝醉了不办人事了吗?就我这点毛病你还知不道吗?乡里乡亲的让着我点啵?你看我这儿拉扯着这么一帮子一年到头的有多难啵?"三堂婶心想,谁知你何时醒何时醉呀?就敲打他说:"上回我可给了你二十块钱呢!"老酒鬼赶紧诺诺连声地应承:"那是那是,我给钱我给钱!"

说着他还真的做转身状像要回家拿去似的。三堂婶心说,瞧你那样子啵!你家准有吗?她问道:"你这会儿子可是没醉着啵?""没醉没醉着!瞧你说的,老醉着还中?那还咋过日子吔?""就你这还过日子呐?那横竖你知道我这可喂了一年多了,那时候这驴是这模样吗?""啊是、啊不是,我说可不是,不是这模样,那我再掏上一年的草料钱!""快搁着你的啵!要是等分了红能交得上那二十块钱都算是瘦驴拉硬屎啦,还掏?拿起话来吹啵你!这么着啵,钱呢,等年底你直接跟老队长那儿结去啵!喂的呢,你就给我打上一年的青草中啵?""那中中中,还是乡里乡亲的你疼我啵!""这回你可得想好喽喂,别再一回一回地喊醉喽了啵!""那是,我得想好喽得想好喽,这回一定得想好喽哇!"他心说哎哟我的妈、我的妈的妈我的姥姥喂!我还敢不想好喽哪?""那狗还改得了吃屎啵?""改得了!改得了!这回……哎我哪回吃了屎了我?咋让这老娘们给绕里了呢!"

我一想起这些来,心说老队长你这可真是"一驴能称百人心"哪!可又一想,等老酒鬼还钱的时候,你得心说:我这不是卖醋蛋的吗?弄这俩货把我给折腾一溜够!让人听了回头都得笑话我!

三堂婶在生了堂兄之后,从堂姐开始生的就全是女的了。人家管她这叫公鸡拉屎——前半截硬!她虽生了这不老少的孩子,可是都没有吃着鸡蛋!而乡村的规矩是不管谁家女人坐了月子,别人家和娘家都定要送鸡蛋的。头一回土豆讲话,奶奶说还没打手印呢,等生了下胎再吃吧;二一回奶奶说是个丫头片子,等生了小子再吃吧;可下回下下回她又不争气地都没生小子,也就都没吃着鸡蛋。就有那嘴欠的总得给三堂叔提着醒:"哎我说老三头哇,就这一回一回李子栗子梨的摆果子碟似的,你那家里的她想干啥?以我看她是不想吃鸡蛋了啵?"有那嘴更欠的又说:"我看她是想戒鸡蛋了!"三堂叔敷衍道:"那不中,回头我得让她戒饭了!"回到家就不出好气:"我看你是想戒饭了!你要再敢净给我生些个丫头片子,我弄死你呀!"三堂婶可能极怕戒饭,因此在日后诸多的岁月里,无论是男是女均再未生养。

三堂叔虽对三堂婶这般说,但对自己的几个孩子可是没的说!不管是儿是女,见着面他这人敢情是会乐的呀?就爱听从孩子们口中蹦出来的那俩字。甭管日子多紧,兹得来就要花得去。拿那回来说吧,天早已入夏了,分红的那俩钱也早所剩无几了,堂兄看见别家孩子脚上的新凉鞋就提了过来给他看:"爸爸,我就要锁柱头这样的小皮鞋！"三堂叔马上应允了，回家时手里一孩儿一双！只是没他和三堂婶的，当然，就是有了他的也总没三堂婶的。

年底的时候三堂叔从队上分红回来，打了两瓶散酒约了二斤肥肉买了一包点心，还扯上了好几块棉布。三堂叔无所不能，为自己买的深蓝色的，为儿买的学生蓝的，红花的是姐的，紫花的是三头的，粉花的是四头的，黄花的是五头的……而这一回三堂婶偷眼看去：几块棉布里除了三堂叔自己和儿子闺女们的，分明另外还有一块素的！一块素的是给谁的呢？给谁的呢？

这还用问？当然不用问了！再说打死她也不敢问呢。

三堂叔把酒放到柜子上，肉撂在灶台上，点心包放在桌子上，随后打开来，把点心一块一块地亲手递到儿女们手上，和颜悦色地说："吃啵！吃啵！"接着又把为他们买来的棉布拿过来问："看爸给买的好看啵？"

孩子们吃着点心，分别在自己身上比画着新衣裳料子。等到最后把另外剩的那块暗绿色小碎花的棉布拽在了土炕上，用那三堂婶本不敢看的目光示意了她。啊，那是她的！是她的！"就你还不紧着自己缝张皮，等年啦节啦的，回家瞅你那死妈去的时候还不装裹上！"

她一听喜不自胜地里外忙活得不亦乐乎：把二斤肥肉先切下一块来等着炖熟了后用来熬那大锅的粉条；再切下一块来留着包大白菜馅饺子；再切下一块来准备为三堂叔单弄上俩菜下酒；再切下一块用来煸点油渣炸上几斤酱，那老三头就爱吃大葱蘸酱，全家也就手吃顿带荤腥的炸酱面；再切下一块来……

吃饭的时候三堂叔又喝酒了，于是对三堂婶话又有了："今年呐，你个瞎东西子赚了头毛驴，虽说赔上一年的草料啵，也赚回你自己个一年的口粮来！里外里是背着抱着一般沉!"三堂婶听着既不敢乐更不敢恼,只拿捏着那难拿捏的话和表情,依旧里里外外地干活。

那小母驴和它娘长得一模一样,如同堂姐与三堂婶。老酒鬼给人家背着草纳着闷:我说他家弄这老些个草也没见着卖都给谁吃了呢?他琢磨这些的时候,手里的镰刀头差点伤着自己那老爪子!

不多时日,姐家又牵出一头驴来!老酒鬼一瞧,嘿,这是咋回事?抽空偷回去了咋的?赶忙跑回家一看,见自家槽子那儿还拴着呢!更纳开闷啦:倒是咋回事呢?买也没处挑去呀就这模样的!

直等到姐和方老大成了亲摆了席,这驴母女才得以聚齐!老队长听说了"驴传奇",越思越想越有气,心说看那驴玩意儿老不立起来以为害啥病了呢,想把它早点处理喽,省着传染了别的牲口!谁知它正怀着崽呀!他就在婚礼上敲打老酒鬼:"你个老东西真成了'王耆买老子'啦!整个生产队上就这么一个便宜还让你老东西给鼓捣来了!"老酒鬼当时已是晃得不行了,他将身子打着几十度的弯子说:"啊啊同喜!同喜!哎算你一份、算你一份啊,算咱俩的老子啊!"

柳二头不爱言声说出一句是一句,见方老大看驴母女时的高兴样子说:"是我早先个让你娶榴头对了啵?你不是那会儿子没娶够这会儿子又给娶家来啦啵!"方老大听了朝他骂:"不着你个倒霉东西还不至于呢!"……

姐说等到了卸磨杀驴的时候可麻烦喽。俗话说,好日子就怕三股子流!那条又小又老只一层皮包着骨头架子的瘦驴呀也就是百十来斤沉,剔了骨头剥了皮,卖了下水与头蹄,跟那没有差不离,还急坏了两家子人:一心惦记着二一添作五,而我家呢,当然要提三一三十一了,铲子呢更有甚之,说是得四二下加五!嗨,真乃一驴三吃哎。那两家对我家的提议表示可以考虑,对铲子家则大不然:"凭啥呀?"铲子说:"我有损失啵!"那俩说:"又没动你车,有啥损失呀?"铲子说:"咋说没损失呢?我好没影儿的没了驴使啦!那合作的时候咋啥都四、四的,到了分肉的时候咋另有新词了呢?反正那驴本来不是四条腿吗?那多好分吧!就给我一条不中?"那两家说:"不中!"

铲子见人两家的态度十分明朗,无懈可击,琢磨着退出身来,可又一想:哎凭啥呀?我明明好像是有份来着?要不然咋让我使了这么些年呢?那我那条腿到底扯哪儿去了呢?

真等到了吃驴肉的时候可又不得了了,分剩下卖剩下后反正就这么说吧,凡好一点的部分自家人就不配吃。三堂婶把那骨头拆巴拆巴给老爷子、老老爷子们"煮啊煮啊快快煮啊……"煮了多少回汤啊?兑上点啥菜就下酒哇!她还端着那汤问她大狗头呢:"你听听(家乡话,意为闻)香啵?"

完了,听说剩下的那点子死猫子肉是剁上了七八棵大白菜,用搀上大量红高粱面的白面蒸的大饺子一拃多长一百来个!三堂叔一家子七口子加上那俩老爷子,赶上瓢那时也娶了妻,咋还躲得过那光吃不干的土豆?这些人谁吃起来有个够呢?三堂婶咋不得偷偷让大狗头往娘家送点子去啵?还赶上铲子那冤孙的委屈岂肯自负,招别人不敢;对三堂婶岂肯饶?呵呵咧咧地她说她说她说……这些年来已经人驴合一了!听着这驴味已是肝肠寸断啦!

得,还搭给她俩!呵,肠子寸断后的人吃起来敢情是这样啊?

瓢妻烧着火地问:"三嫂子,驴肉是个啥滋味呀?"三堂婶说："那你咋问我呀？那谁知道呢？等会儿蒸半熟喽不就听见了吗？"三堂婶就帮四瓢妻就烧，这一大伙子人吃饱了就蹽……

五头手里拿着一个刚咬一口，黄狗寻着味用头拱着门帘钻进来一下给叼走了！五头哇的一声哭了，三堂婶刚骂出前半句来："你个废物小丫子……"三堂叔马上把她那后半句给瞪回去了："那咋还有你废物呐？"

这回姐不知怎么的没在自家门口而是在去接站的途中，并在身旁带有一女，原来是"瓢"家有女初长成！"小妹儿叫啥？"我入乡随俗地拖着乡音。"我叫肖遥！""嘿！你可真'逍遥'嘿！""可他们都叫我小'瓢'！"据说是瓢托付了姐，让其先把我接到他家去。

老酒鬼在半截腰上上了车，他脸上的肉比例好像不对，有一边的腮鼓鼓着如同续着下顿的酒菜。他俩眼眯眯瞪瞪的穿着大裤衩子、举着两把刷子、低着脑袋瓜子。老队长乜斜着他说："干啥呢？死脑瓜子快扎裤裆去了，捡钱呢？挨斗轮不上你呀！别回头再把自己俩眼珠子砸地下！买那干啥？自己油棺材呀？"老酒鬼和老队长兹一见面就得叽咕，不叽咕白不叽咕："快留着那事你自己省省啵！"

车上已经很挤了，别人一拽差点把老酒鬼的懒筋给抻折喽，他"嗷嗷"一叫唤老队长又嚷上了："抻折喽就省了，路死路埋啵！"姐让出座来说："爸您坐这儿来！"瓢女叫起来："姐吧！叫我说你就贱啵！管这号的还叫爸？"老酒鬼忙说："这孩子说的！不叫爸那还叫哥？"他又瞧着老队长说："哎你个老东西！老了老了咋又捣上骚了呢，那车也是你开的？""噢，就得像你似的整天介拿着个酒葫芦！不定哪天醉死、磕死哪儿呢！""我拿酒葫芦咋着？我有那福气！有我那七妹儿九妹儿给我买！不像你呀只会揍小子呀？瞅瞅你那俩儿媳妇一个'狼'一个'狈'！就我说那都是人姓啵？百家姓里有那姓啵？你那二头还属个羊！打有历史起谁听说过羊进了狼嘴里有个好的？甭说别的，就冲那一个'狈'，你老东西子能顺得了啵？"说得满车上的人都笑起来。

从他们的话里得知，那两个倒霉姓氏还真的凑到一块儿去了。还有七妹九妹都已长大成人儿女成群，轻易见不着了。

坐着的我又骗了他时，老酒鬼可能是喝酒喝的，一说起话来还老吱儿哑的，他瞅着我问姐："咃，那谁呀？"姐说："我妹儿。""啧啧干啥的？多大了？""和我一般大。"老队长啐他："睁大喽你那俩瞎红眼好好瞅瞅，那是冰头。你个瞎头捂障的老家伙！""冰头？就是旱水头那媳妇？咃，可不是冰头咋着！哎呀咋这年轻哎——旱水头这小子命好噢，要不是吃上市里饭他小子能那么白净了？"他又摇摇头转向姐说："和你一般大？就瞎说啵！可见鱼在哪儿都腥，糖在哪儿都甜！"我怎么听着他这话怎么琢磨都没棱没角，老队长紧接着来了句："你在哪儿都惹人嫌！"

老酒鬼蹭饭的本事比土豆不落的，脚前不离脚后地跟着。瓢这几年混得不错，三间大瓦房两间西厢房也盖上了，前后院子也垒上了，"狗骑兔子"、大彩电、鸡一窝猪一圈。

瓢一见到我悲喜交加地说："冰头喂——咋总不上叔这儿来呢？叔是真惦记你吧！"他咬着"真"字以示真情。看来这几年忙活得够呛，那瓢脸更长了。"叔这儿不像那几年啦！养活得起你！这回快别走了，反正你那家也没啥可惦记的了，旱水头这倒霉骨头也不用替他劳神了，那受罪的脑袋瓜子让他接着受去啵！你就在叔这待着，粮食有的是，不就是爱吃个鸡子儿嘛，叔这儿有！赶明儿个叔还给你宰个小鸡子呢!""我说快得了吧你啊!别人知不道我还知不道吗?就你喂那小鸡子不是差着色(shǎi)就跟那俩腿耗子似的,下的那鸡子比你那眼珠子大不多少还总抠唆的哪舍得吃呀,就跟是你下的似的!""那是你的眼珠子啵!咂,今儿咋还把你露出来了呢?亏得早出了声,不介一不留神再把你踩喽!"

男瓢女瓢以及小瓢都里外忙活得够呛,瓢叔问:"吃凉汤啵?"瓢婶说:"行。""买油皮去啵?""行。""回来赶紧洗西红柿去啵!""行。"我听着女瓢有点祁二那意思。

姐被其侞摁住不让干活只照顾我。她沏了茶让我俩喝,我望那茶而生畏,老酒鬼抢过来一大口差点没烫死,因为还差点就又抢过那壶来自己斟上。姐拿过来家乡的糖和色莲籽,老酒鬼不等她让即没死地嚼起来。

"什么是凉汤啊?"我问。姐恍然大悟乐得嘎嘎的:"呀,还没告诉你呢,就是捞面。"噢,不是说上马的饺子下马的面,我这不刚下马吗,可不得吃面嘛。"那什么是油皮啊?"我向来定要打破砂锅问到底的。"呀,又忘了告诉你啦,就是芝麻酱。"姐又乐得嘎嘎的。噢,一会儿要吃芝麻酱面的。

芝麻酱面在三小时后上了桌!就说人多就说手擀,原来还要炸酱还得打卤?我看都不用煮面了。到时还混在一个碗里拌着吃!姐刚给我捞面,瓢就紧着给我往碗里混,吓得我操着比人家还要浓重的乡音:"啊瓢、不是叔啊,让我自个来啵。"

瓢为我用一簸箕玉米豆从街上换来一小筐苹果,老酒鬼抢着灌黄汤后吐了,想用一个苹果来压酒,瓢女就捡了个核桃般大小的给他。他就说瓢:"瞧你这崽子比你还抠!"后来瓢经常用一碗黄豆从街上给我换回一块豆腐或是一卷豆腐丝，要不就几节高粱秆或一把煮田螺蛳什么的，这类东西是家乡的好吃的。

姐在头睡前对我说："我得先给你姐夫打个电话。"瞧瞧如今咱们乡村也有电话啦。叔婶抢着为我送被子，一瞧，瓢妻跟瓢像到什么程度呢？跟您这么说吧，俩加起来就一整葫芦！瓢女则不然，跟怹没血缘，粉嘟嘟的脸水灵灵的眼，说羊女不好人生七月间，刚好水草肥美正足适！

说起来还是姐的狡诈呢。当年瓢夫妇总因无子嗣愁死似的，瓢说姐："我说你们老方家到了这辈上咋不说多下崽子了呐？"土豆子抢着说："那好几个打着光棍还说啥呀？"您听听，就像他没打着似的。先是人家从道边上捡来一个男娃，土豆抢着说："给咱兄弟啵！"

喜出望外后才得知，原是一对夫妻赌气扔掉的，没几天消了气人家就又领走啦！弄得瓢还搭上了一箱刚启封的奶粉和剪开来做褯子的两口子好几条旧裤衩。后来又听说有人卖女，那土豆子又在那儿说："给咱兄弟啵！"人说："你倒是有几个兄弟不下崽呀？""那不是上回偷鸡不成蚀把米了吗？"

瓢夫妻俩狠下心从肋条骨上抽出血筋将其买了来。结果又是人贩子倒腾来的，警察上门来找时吓咱一跳那是活该！孩子带走了那是跟咱没缘！闹得翻天覆地咱都没话说！谁让咱自己个嫌脸来着呢！可瓢还差点跟着蹲了笆篱子！这下不但把他们两口子吓惊了，连那总爱前后地紧追跟着给人家瞎搭个闲事的破土豆子也给吓尿啦，对着谁都抖落着手说："哎呀呀哎呀呀，这回还不敌上回呢，饶了没打着狐狸还闹身骚！"

这回姐隔山买老牛地打听到，远处有一怀双胎的贫女正怕生了养不起。她出主意让瓢急令妻奔至娘家装上几个月孕，到时与那双怀女同坐同出。

那瓢妻过起日子来抠唆得比姐甚！接过人家孩儿行，令其表示表示意思便不行了："她不是说养活俩费牛劲了吗？"姐说："咋着你也得出点血！买上二斤蛋糕、几刀草纸（那一摞一摞的方块形纸于我们家乡至今尚存！只是颜色也已发展至白的了），再抓上自家俩小鸡子，不就得了啵！"

姐说要不咋说管闲事落不是呢！没想到半年后那双怀女突然找上门来。瓢隔窗一看：啊？以为又是前来索孩子呢，吓得抱起孩子从后院蹽到姐家，瓢妻跟着将屋门从里面闩上。

那人进了院子，见堂屋门连推带拉都弄不开，转头奔了姐家的院。看来是有备而来轻车熟路哎！瓢抱着孩子刚窜入姐屋没想到马上隔窗又见了那人！啊，冤鬼缠身也！姐于是赶紧丢卒保车主动从屋里走出来，用身子挡住那人的视线将其让进土豆屋。土豆后来说："还当是给我找的媳妇呢！"瓢趁此机会抱着孩子又逃了回去。

姐一瞧女人那一脸的晦气赖知没好就问："咋的啦？""咋弄二斤蛋糕就把人给糊弄了呐？"姐说："咋胡说呢？""谁胡说呀？先者我是说啦：咱不是卖孩子！可那咋说我这肚子不也疼了一回啵？开头咱觉着人家横是没工夫？就在家里抻呀抻的，你说这都半年多了，那咋恁不懂事呐？不会养孩子咋连个蛋也下不出来呢？不信哪就自个问去！"

姐即去追问瓢："你们是咋办事呢？往里作我是啵？"瓢又去追问妻，妻朝他解释道："那我不是得躲在屋子里装那月子人吗？咋敢在街上晃呐！是我妈把东西给送过去的！""你那死妈她也得送呀？"俩又去追问其死妈。那不开眼的丈母娘嗤笑道："我说那小鸡子忒小了点不经吃，想着再给喂上些日子……"瓢听了这话快要七窍生烟睒着眼问她："喂多少日子呀？这早都过半年多了！""我说那手纸咋送人呐？就给擦屁股使了！"瓢说："你说你又不坐月子使那干啥？就你有屁股哇我们自个不会擦啊？"瓢妻紧拃瓢："你是咋的跟我妈说话呢？她咋的也是个老的啵？""就冲她做那事还配当老的？""那是小的呀？""她还不如那小的知道事呢？还配叫她妈？""那还能管她叫大嫂子咋的？"听了这话瓢才真咧了嘴说："咄，瞅你说的！她咋还能跟我大嫂子比呐？"……

  瓢从他乡接了母女归来，逢人便恨不能将那声音扯出了半里地去：生了个女孩——姐还不时地到处助着纣、为着虐：生了个女孩——

  三五天下来姐须得走了，她惦记着家中的姐夫和猪。"跟着我啵？"她的跟在这儿念做哏。瓢死留我，我本不喜那儿的饭菜及被子上的潮气味，又见瓢妻脸上眼中那比说出来还分明的意愿，我坚决跟姐回去。

  等回去后就更怕吃怕睡了。姐家包子饺子馅饼从不舍得买上毫厘钱的肉，只用自家院里产的韭菜，鸡下了蛋就磕上俩，鹅下了就磕上一个，来十个人烙百张饼也是它！院子里自产的莜麦菜，蘸上酱我们仨午、晚各一盆！您要看人吃那盆菜就像是在喂羊，看人用那大水瓢咣咣地喝水就像是在饮驴。我心说，方老大呀方老大，你"受苦人何时把身翻"？

  此番在姐家还听说一个令人哭笑不得难以置信的消息：土豆竟有时还到旱水家蹭饭去！哎呀他家有饭吗？

  姐说土豆蹭饭有招。村前有个不大的关帝庙，人们常在旱季里到那儿去祈雨。母亲说关老爷忒对得起咱这些脸朝黄土背朝天的庄稼人，兹你祈了定下雨，尽管有时可能他老人家不得暇,哪怕是下上点点滴滴呢。离关帝庙不远处垒着个高、长各一米多、宽半米多的三面墙带顶的小祭台,那可真是小哇!供百姓们为祖宗祭奠用,不知人们是巴望着自己的亲人能够受到关帝的庇佑还是乐于让自己的亲人们日夜守卫着关帝。有回扈三娘拿着点心还没摆完,土豆即开始上前抓。三堂婶回去后一学说,三堂叔当即气火火地跑了来,土豆那儿还没咽利落呢,被三堂叔上前一个嘴巴下去:"吃死你呀!"

有回三堂婶炖了三堂叔从潮白河里摸上来的鲜鱼,甭管炖出什么味来了,那家子人都在那儿等着呢。快要起锅时土豆突然从外面进来一脸的是是非非:"快瞅瞅去啵!大狗头在他姥家不知出啥事啦!"三堂婶一听就急了,因她才刚(我们家乡话:刚才)偷派堂兄到娘家送了点鱼去。她把铲子往地下的灶灰上一撇头一个撒丫子就扯,差点被门槛子绊死!三堂叔因只那一个宝贝儿子也风风火火地追了去,接在后面的是姐、三头、四头、五头……

待全家气喘吁吁地返回来后,那无事生非的土豆早蹽得无影无踪,一锅鱼也只剩了鱼刺,那只不要脸的猫正在那儿打牙祭。那回三堂叔可是没饶他,罚其下河摸了鱼来赔后才开始抽的他嘴巴,然后再说话:"这你也别觉着就完了!"土豆手捂着刚交上鱼税后的回报问:"哎哟兄弟吔,那你说倒是咋着算完哟?"

姐还说就连当初队上分得的那把水果糖竟也让他给冒领了去含了吃了,我一听气得要死:遥想那三头四头五头的是多么需要那几块糖啊!在那以后,我几次给他们捎去巧克力、果冻,看着她们吃心里特别痛快!李子栗子梨的就是不给旁边看嘴的土豆一丁点吃……

冀中平原上月夜下的小村落四野阒寂,给人依是那亘古不变的感觉，只是眼下农村里的狗倒没有城里的多，整夜竟无犬吠之声。只有猫还比城里的勤快，因城里的猫已不拿耗子了。

乡村的气候冷即骤冷，晒即暴晒，和村民一样的直率。身处乡野，流一身酣畅的汗水似蜕去一层鳞，身心松快了许多。我又结识了乡邻"老木匠"、"鼹鼠"和"大烟鬼"，从而得到了暂时的解脱。

老木匠的儿子小木匠，在京郊开了一个卖家具兼有装修的店铺，姐夫与方家所有的光棍们都往来于城乡之间为那里做着活，姐在农闲时便来京给工人们做饭。

记不得是哪年哪月哪日的哪个时辰了，那在平日连自己都懒得搭理的方八哥把个自行车骑得比"肖飞"还快！滋溜一下钻进我家楼前的小胡同，啪的将车扔在了树边，连锁都没上，就边往我家跑边喊："冰头，快、快点！单田芳、单田芳！"

世人都知道我堪称单田芳最早的粉丝！对单先生那炉火纯青的"平爆脆帅"顶礼膜拜。朱军主持的《艺术人生》里讲到，全国有多少多少单先生的观众，我在电视旁急切地呼唤："朱军，最忠实最最忠实的听众给落这儿啦！"

我不顾一切地上前打开电视，同时在口里连连问方八哥："八哥八哥，哪台呀哪台呀？"不连着也罢了，这一连把他给连起来了"哪台呀哪台呀？"嘿！单田芳讲话：模仿能力真强哎，和我一字不差哎！"救人救到底啊！"我边调台边叫，这一叫又把他给叫醒了："那台！"

啊，二十几年苦苦寻觅的艺术家的形象出现在眼前，竟和自己往日幻想之中的一般无二！这使我整整一个星期都没有睡好觉。

自打单先生复出以来，我人就疯了！自从听了《隋唐》

后,"到处逢人说项斯"。什么程咬金卖耙子、张丙元脸上三环套月的麻子、常遇春一见那茂太爷:没你我不烦别人!哎不错呀,德国人进来没五分钟,你学会了德语了!

我是听起来说起来都没够哇!揪住一个个的同事们强奸民意地现趸现卖,饶了舍脸还附带着给人家干活,还把人们吓得不知如何是好。一次青云从我手上夺回自己的袖子:"哎哎我今儿个可是已经听完了!"可到了后来,我从她手中夺回我的袖子:"哎哎我今儿个可是已经讲完了啊!"

大烟鬼因抽得一口徐烟而得名。她不嫌贫爱富嫁给了方八哥,可她比九妹还要小上一岁,调皮时即说,我叫你姐你让着我得了。九妹听说我来,撇下了家里的鸡鸭鹅猪猫狗,"十八湾的水路到我的家哟……"还为了我而作践大烟鬼的瓜,被看瓜的大烟鬼逮住了时她比人家还凶:"嗨嗨,你老人家还没改嫁呢啊,这瓜还姓着方!我八哥还没说啥呢。"大烟鬼比她声高:"你那八哥说话吗?他连放个屁都是过滤别人的!哎对了,你才改嫁呢!"

我一吃人家那瓜,嘿,那叫瓜?那是蜜!苹果绿色、小枣花、西瓜个,熟透了后龇开牙咧着嘴像个石榴,我说:"姐,像你呗!"

姐俩方针既定后,在风云多变的六月天里一同返京。姐走时未回头,姐走后更觉愁。

八　北皋是白本

很小的时候，即听说薛凝的老家在京郊的北皋。就不知那里有多远，也从未想到有一天会去那里找他。

薛凝这一去，几十年再也没有回头。

酒仙桥附近有几家国有保密厂，薛凝插队回城后分在了那里的"738"。薛妈去世后，他孑然一身默默地在那里荒度着自己宝贵的青春年华。"738"厂我们很向往，尽管这许多年来它几易其名，但我们仍留恋地叫它"738"。

当我把这些原原本本地告知绮华而绮华再告知隋路时，他的态度比我俩更果断："快去、快去！这是大事、是大事！"届时绮华的车刚刚开熟了，因女儿隋心当了空姐，每每要送她去机场路，所以她也恰巧刚刚认识了北皋十来天！搞得姓隋的说："敢情你老人家是为了她老人家学的车识的路哇？随调随遣！"当时，绮华正和梁兄操持着要去十三陵附近的百姓墓群给病娘与梁父上坟，姓隋的又说："改天吧您呐！"

二〇〇四年的七月一日，绮华我俩驱车直奔北皋，义无反顾！

绮华的车，开得相当娴熟。车子缓缓行驶在越走越陌生的乡间路上，心中却大有回家的感觉！公路两旁的树木后，遍野生机勃勃的嫩苗绿得那么无可非议，那么超然物外。

啊，高高的路标出现了，哇！北皋原来是"白本"！你这高高的路标是否知我今日来？不知你在风雨街头被侵蚀了多久，劳你在此候等我这迟归的人！

老远见一所院子的西墙下围着一圈下棋和看棋的人。我未下车，只绮华一人前去打听："师傅，跟您打听一下，这儿有叫薛凝的吗？"一下棋的老者问："干什么的？""738保密厂的。""长什么样儿？""白净脸儿细高个儿。""薛老二吧？"一看棋的妇女说完又问："多大岁数？"绮华一怔，我忙于车内伸出巴掌来远远地晃晃。"没错！就是薛老二！"原来在乡下就得搭上他那叔伯哥哥薛平叔伯兄弟薛擎什么的，所以人称其老二。妇女说完冲着旁边一个年龄约四十出头的显得极闲在的人说："哎'八糟'！找你们同事！""噢，'薛家哥哥'呀？"他问道。"'跟我走吧！'"他唱道。

薛家哥哥是人家薛凝美妙绝伦的绰号。我感叹自己一生得了那么多优雅的号，与之相比都大大地逊色。

载上八糟没几步就到了一所有着四间瓦房兼有东西各三间厢房的院前，一个租住厢房的外地小民工操着没听出什么地方的口音告诉我们，这里只住着一个老人。"老人"？在这陌生的乡间听到这突兀的字眼，给我以无尽的悲凉。他，怎么会成了一个老人？人说他没在家，你们可以上东院找薛老大或是上西院找薛老三。

我始终没下车而车轮一滑即到了东院，薛老大告诉我们薛凝住厂里，抽冷子回来一趟是逮不着他的。他没有让我们进屋的意思，也没有接我信的意思，只将两眼瞅着八糟对我说："要不您……"绮华便瞅着他对我说："要不咱……"我只得瞅瞅他再瞅瞅她而对八糟说："要不您……"八糟瞅瞅我们仨只得点头称是。我在信中写道：

薛凝，我来看你，有话要说，速回电话。我的电话是

×××××××××××
———肖冰

绮华我俩归来之时已是日头偏西了。我们在街上唯一一家还没有关门的小饭馆，吃了点素食。我俩不管明天会怎样都已是沾沾自喜，好像事情已取得了决定性的胜利。所以她也吃多了我也喝多了。

耳边响起了电视剧《生死路上》的插曲：望断云天盼哥来……

想着今儿或明儿的就一定够能听到他的声音了！心里说不出是什么滋味。

七月二日上午八时薛凝来电！铃声滴铃铃一响，我心中掠过一丝淡淡的怅然。走过去拿起听筒："喂……"对方一阵静默。"喂？谁呀？"我又问。于遥远的他乡传来他那似有些沙哑的声音："我是薛凝！"我不相信自己的耳朵，一下子悬心吊胆起来，比那年为李月久在赛场上磕牙吊得还悬乎。明了后依然再问："谁？""我是薛凝！"他再一次开诚布公。

呵，时光过去了几十载，我如一个大漠孤烟里跌跌撞撞的寻觅者，终于又听到了他的声音，那声音沙哑而苍凉，从而使人想到"一个老人"。

我们"你不用介绍你，我不用介绍我……"地相约零四……

等待薛凝的时光五味杂陈，那日子是数着天过来的。二〇〇四年的这个夏的夜，魂幽幽亦梦幽幽，不断情思不断愁。月明星稀时，夜风卷动窗帘，盛夏暑中亦觉阵阵心寒。电视中播放着邹静之的佳作、对老少皆宜的《五月槐花香》，徐沛东正颇具成就感地唱着：半掩纱窗，半等情郎……

喝！瞧瞧这个半那个半的，一个整的没有！

薛凝在电话里定于七月底放暑假时来，但日子到了竟连一个电话也没有打来！一进八月我们都沉不住气啦！一日二日三日四日五日，绮华来电话了天霞来电话了母亲来电话了，姐来电话了："'薛家哥儿'来了吗？是咋的啦？"我其实心里也一点底没有，但蒙一时是一时，就在嘴里同时糊弄着人与己说：准是把电话号码弄丢了！

薛凝这人一辈子就差没把自己给丢了！这次，我虽然特别怕他丢号码，但仍坚持没有叮嘱他，因如若叮嘱了而他没丢就会为此而倒打一耙的！

可我竟没有在电话里要他厂电话，尽管多年来那么想找寻他的踪迹！因想着马上就见着了吗？没想到……亏得薛老大当时给了一个其家的电话……

时至八月六号上午九点，电话铃声再次骤响：薛凝说他已动身前往！

我忙打电话给每一个关心着我的人。绮华说："我过几天就去啊！什么时候用车你说话啊！"天霞正在洗澡，兴奋得竟于卫生间里跳着脚拍起屁屁来！打长途告知姐，她说即刻来京，打短途告知母亲，她哭了说："没想到过了这么多年，他还要你……"

我又忙备饭，荤素搞了一桌子，因当年他那饭量不得了。七点半，他下车走来，刚要开口向人问门牌，我即开门回应！

电视剧《遭遇昨天》中唱道：还是当年的一颗心……

他来了。上穿一件褪了色且过了时的浅蓝色T恤，下边是一条旧米黄色长裤、一双浅黄色旧皮凉鞋，日后方知那敢情还是人家的上盖！

以往的薛之白皙已令人不敢恭维，瘦而颀长的身材令人那么的酸楚。啊？怎么成了薛老大了？但依是那么令人感到熟悉可亲，我心头一热：啊，还是那善得如同白开水般的人。不想他竟脱口说出："啊，还是我那肖冰！"

从冰箱里拿出为他备下的两瓶啤酒问："够吗？"他点头道："够。"后来才领教了敢情够什么够！人家早已是"一连喝他八大碗"了！他说由于我的背信弃义，他无辜地沦落为有酒便是娘了，这使得他在村里别称"酒仙"。他之望酒如曹孟德之望梅，有时十几颗瓜子即可饮得酩酊大醉，有时甚至一盏清茶也可使然。酒在这里被诠释为别的什么，不再单独是酒的含义。日后，我对绮华说，他兹有酒，屎都能吃，没酒，金子都不吃。绮华说，就你说的那两样能吃吗？我说怎么不能？你看人家焦大你看人家尤二。我习惯于四大名著不离口，平日曾戏作歌曰：

四大名著案头放，小人书们匣中装，主题曲儿不离口，均可信手拈来尝！

吃半截饭时，体育新闻开始了，他便提着一瓶啤酒和一点点菜，从饭桌旁走到电视旁去，依似当年那么着迷。

晚上他说，若信中写明或是电话中说明情由就不来了，就是一见到我又不走了。

我俩如同前世被惊散的鸳鸯，整整三十二年的相互守望！心泉都要干涸了……渴望了半生的新生活从这一晚即开始了。酒染的风采使得一路趔趄走来的薛凝在初夜里一败涂地，这使得他羞愧难当且仰天长叹……

薛凝把我小时候的样儿吃到灵魂里去了。他说脸怎没色了、睫毛变短了、眼也不大了、深酒窝也浅了、杨柳细腰往前腆了？就剩俩小牙明显啦。天哪！怎么比我自己还清楚哇？"废话！我从早到晚地往你们家跑为的什么呀？"想起年幼时即已隐隐感到，他看我时眼里有一种东西别于旁人。原来"那就是爱,说也说不清楚,那就是爱,糊里又糊涂……"

我说:"你怎那么狠心呢?几十年一去不回头!"他说:"当初你妈不让你嫁给我,咱还当是你一辈子不嫁了呢!后来嘿,结婚了!差点把我给气死!怎么连个竞争的机会都不给我呀?听说你过得好,我也就放心了,也就死心了。"我说:"我去找你的时候心里一直在打鼓,万一你要是有家的,我可怎么向亲友交代呀!"他骄傲地说:"你找我来了!别说我这没人,就是有人,也让她该干嘛干嘛去!"他说你是我的"邻家女孩",我是你的"邻家二哥"。

问其婚恋史,说处过两个女的,领回家里,全不是你,就没敢娶。啊,我悲悯薛凝,我不愿意他这样。

他说:"这以后就是有一碗粥,也是你喝稠的老头喝稀的。"听到这话,我的泪差点掉下来。我们今生来世生死相约,我说:"来世早早嫁给你,生上一儿和一女。"又说:"十六嫁给你吧?"他气说:"十三!"我说我伺候你他说我伺候你。我说,哎呀咱俩怎么全都得用伺候呀?我说,听电话里你怎么像没了牙似的?他忙近前张开嘴让我看,啊,我又看到了当年惹人的那一口齐整的白牙。我说:"去!你真像个大猩猩!"他面对窗子停了片刻说:"咱们唱支歌吧。"我问:"唱什么呢?"没一分钟,我俩即同时回头:"九九艳阳天!"

薛凝兴奋了说:"赶明儿老头带你去哥本哈根!"我惊讶地问:"你怎么知道我想去哪儿?"我历来不想出国,全世界只惦着哥本哈根,因为《海的女儿》,因为安徒生。

时隔三十载,我们竟存留着连自己都不相信的那会心的默契!啊,"绿荫不减来时路,添得黄鹂四五声"!

接连三天三宿的彻夜长谈,我们恨不得把一辈子的话都要说完了。问起薛妈他说:"要说呢,这么多年都挺过来了,我爸一平反,哎,她倒垮了!"啊,我那曾几何时闪亮登场的薛伯薛妈,没想到竟都是那么来去匆匆、那么默默无闻。

当我说出在地震中丢了绣帕、败家时又被卷失了那书、已什么也拿不出来时,不想人家竟说还留有当年我为其织补的一条旧毛裤!那蓝毛裤上仍缀着三十二年前我因一时没有蓝线而织补的红线……问其为何不丢,他说:"留个念想呗。"多么贴切而又无须动问的理由,我又像当年问是否想到俩人能分一个位子时似的问他:"想到咱们有今天吗?""没有。"他老实得真让人生怜。

生活一下子骤起波澜。穗老人家那张黑脸上动不动就有买卖,青眼白眼的可分明了!干葱只要一见着挨刀的里外挺闲在必说:"那个不定又上哪儿散布谣言去了呢!"

还有的人干脆同时做了人与鬼。跟弟永远在自说自话又永难自圆其说,让人感觉像是两个人。旱水刚进京时她有事没事即捂着嘴乐:"'黑不溜秋的靠边站',穷得就剩下裤裆了,可惜了肖冰这个人儿!"等旱水挣了钱置办了大量的行头后,她又叫:"哎呀瞧人家肖旱水这小伙子,真是个人才呀!娶了你人家算倒了霉啦!"等我们离完婚,她那鼻涕差点抹我身上:"早瞧着不是块好饼!俩小眼比那瞎猫那儿还窄别!跟了他你算糟践了!"

看到日后我的形只影单她又说:"哟,怎么歌唱得不好了?"听说薛凝来了,同学们要聚聚,鹤势螂形的她头一个跑了来。虽说当年人家为了祁三儿之便而重操了旧业,可等站到你跟前了,你一点也别想闻出人家是刚从猪肠子堆里爬出来的。

她上一眼下一眼左一眼右一眼地横睚了薛凝老半天,

搞得他极不客气地问:"我说你这人怎么老不认识我呀?"等锁定眼面前这位薛凝之如此尊容后,跟弟喧宾夺主地对了他一拳:"哎哟喂薛凝,你还敢怪我不认识你哪?快照镜子瞅瞅你自己还认识你吗?赶明儿个快让雪儿给你拾掇拾掇吧!来,今儿我先给你弄弄!"

跟弟的雪儿和她妈差不多地心灵手巧,在其被劝退学后干起了被旱水称作"毁容毁发"的工作。

绮华定抢头功,早早地把那漂亮的小卧车停在了我家窗下。她连日来比我还兴奋,十分感念我的缘分和她本人的办事效率。看到早行的跟弟恨不能当即给她指出两条路来:一是让其自行消失,一是允许她立即把她掐死。

紧步其后的是敬民天霞夫妇俩,说是早点来帮我忙活忙活,而他这早点乃名副其实也,竟是从方庄骑车而来的!我跟您说,徐敬民的日子要是过不出花儿来,那可就是点儿背,别赖社会了。此刻天霞指着敬民说:"他说肖冰'有情人终成眷属'了,激动得一宿都没睡!"敬民说:"他俩几十年百转千回的,总算水流千遭归大海了。"

看到单枪匹马的李木子,我忙问:"哟,怎么一人呀?小草呢?"她说:"今儿我自己打的来的!再坐她车呀,那我以后就用不着吃饭了。"我问:"怎么,跑得快就有人管饭?"李木子反问我道:"你见过死人还吃饭吗?"

薛凝略一梳洗便像个人似的,李木子一手拉我一手伸向薛凝,喜泪盈盈地说:"来呀帅哥,也让我们拉拉手,真是衷心地祝贺你们哪,天可怜见儿地,这回终于'第二次握手'了!"

没等蹭了车的铁头张嘴,李木子就抢着发问:"没把你的铁头给晃得吃了'摇头丸'啊?"铁头说:"嗨!咱这也是大姑娘上轿——头一回呀!"李木子撇嘴一乐:"哟,就您还大姑娘呢？"小草窜下车来，进门就朝着我声嘶力竭地喊："肖冰——这回你俩终于可以闷得蜜啦——"

那个装进笼子里也老实不了的刘剑，把汽车喇叭按得要震惊整个世界，衣服的颜色及滑溜程度均让你感到他像是在裸奔，带着那不知为何岁数也不知属第几任的老婆，兴冲冲快步如飞地进门便高举着黑色公文包敲薛的头："你小子最后还是'凤凰巢'了啊！嘿肖冰，我一听好日子定在了八月八日星期八，兴奋得差点窜上房！比我自己入洞房还高兴哪！"他又扭头对绮华说："哟，'陈快'，噢梁快腿，行啊你！"绮华得意地说："千里姻缘由我牵！"刘剑转身又眉飞色舞地冲着跟弟叫道："喝！'陆军大院的'来得早哇！"

当年祁双伴淘气时被人追逐，那三儿哪儿逮得着哇！那二哪儿跑得了哇？被捉住后人问："住哪儿呀？"当"鹿圈"俩字从二的嘴里滚落出来后即变作了"陆军大院"，于是一切手续从简。从那时起，跟弟就一直受累跟着封了军衔。

那时候我们班因家庭住址而被分为如田字形的四大派：刘剑派：和平三村小河边住着一帮马屁仁；铁头派：酱油厂的小平房住着一群小流氓；薛凝派：垂杨柳的一窝狗；华北派：厂里进出的一圈猪。

铁头晃着铁头过来，用了被宋定伯捉住似的声音叫道："哟剑子，还带着孙女来了？哟——"他故意又叫着往后一稍："有什么人被杀了吗？"那女人不小且不薄的双唇上涂得口红颜色叫人立时想起华老栓手上的那个馒头。刘剑又接着敲他的铁头笑骂道："孙子！说什么呢？"铁头一捂铁头道："哎哟喂，姑娘您听听！您看他这一骂咱俩成了什么关系了？多不文明啊这人！"

刘剑这活宝干活你比不了，进门即喧宾夺主地沏茶倒水嗑瓜子，还时不时地拿起什么来旁若无人地喂那厮，那厮不知因难为情还是怕蹭掉口红，左右躲闪着不肯吃，刘剑就拿了个南丰小蜜橘塞给她："来来，装兜装兜。"他又冷不丁地问铁头："现在干吗呢？"铁头说："嗨！谢了顶坐家等。"

李木子在欣赏我的绣品。徐敬民一人溜达到小厨房，见洗衣机已满就给洗上了。天霞和敬民都可让人感觉到活是给人干的。天霞在书柜前左右翻弄着，绮华挖苦她说："看你倒像是你们家的大知识分子似的！看看人家敬民在那儿干活呢！"天霞说："活以后咱不干啦，干活的来啦！"

柔心善性的天霞，真是我走哪儿跟到哪儿，常带着敬民和女儿前去看望。有一回我可是真正领略了敬民的吃醋本领。以往天霞说的全被同学们当成了笑话，根本不信。天霞记性不好，哎偏不忘李雪健！大家坐那儿看电视聊天嗑瓜子呢，偏赶上李雪健出来了。天霞一把扔了瓜子一顿杯又洒了茶水，腾出手来指着就嚷："雪健——"她一惊呼，女儿徐曼即用手拍了一下她腿，随后朝敬民努了一下嘴。可不知她不解还是不顾，仍就喊着她的雪健。于是她喊一声徐曼就拍一下腿努一下嘴……

铁头晃着铁头里外走遛地踅摸了一遭我的房子，看到墙上的一副对子：金马石羊田范周，四万大小黑心狼。把嘴咧歪了说："这不成了野狼窝了吗？我说你这吓唬谁呐？反正咱这水也浅了点啊，就您老玩这个谁受得了哇？当年那茅庐倒霉就倒在你身上啦！""哎哎，殃及池鱼啊殃及池鱼！"我大声地为自己申辩着解释道："这上边是我们当年几个头的姓，这下边是我们如今要去的一个地名。""哎肖冰你不上网，我这也是转答啊，才子在网上问：咱那肖博士的《三都赋》何时问世呢？哎那仨都是谁呀？""别理他，他那儿挖苦我哪！人家那是左思，你这谬以千里！""噢，他是左思你是右想？哎你怎不上网啊？""眼下顾不上，将来很可能要上的！"然后他又冲着刘剑喊："哎那谁，我说肖冰这房子可有点'陋室'那意思啦！我说你弄那么些房子留着怎么吃呀？不是倾慕人家肖冰一辈子了吗？给留一间！肖冰，让他签字要一间！"

铁头说的是过了我们陆军大院不远，他们厂的那几排小平房，类似于将军坟的那种，我们班住那儿的同学大有人在。后来被人占了地派上了生意用场。刘剑近年不知什么时候鼓捣了什么鸟生意，也在那弄了不少房子于家里办什么鸟公。

此刻听了铁头的话，他哎了一声猴也似的窜上沙发扶手说："我倾慕人家两辈子你甭管！你说我能让肖冰住街上去吗？"铁头直着脖子喊："那你签字啊！"刘剑说："嗨，你还真别将我的军，不用别人操心，我们俩什么关系呀？还用得着别人往一块拴？本来就正摘不开呢！""讨厌！"我瞪了他一眼说。刘剑不理我反而对着薛凝："哎对了薛凝，正经该你签哪！你可是责无旁贷啊！"薛凝被气氛捧起了兴致，未饮酒即醉地高声道："谁说我不是责无旁贷了？谁说我不签了？我们俩什么关系呀？拿——笔——来——"

绮华天霞唯恐天下不乱地颠颠地笔墨伺候，薛凝拉开当年朗诵"自白书"的阵势枪上膛刀出鞘，不想一提起笔子弹便卡了壳："哎肖冰，'遗嘱'俩字怎么写呀？"我说："你缺德不缺德？写什么……"薛凝这些年来把知识权且当酒菜就着喝了下去，于纸上笔下近乎子虚乌有了。三两句中竟只会三两字，除了自己名字就剩不下什么了，不比祁二口中的话多。铁头不耐烦地说："哎，就我说还有你会写的没有哇？我说肖冰咱就跟一'流氓（文盲）'过呀？"

啊，腕中笔目中情，有幸：化作丹青酬知己；心中语意中人，无疑：自此魂魄一体身！

进门来只顾了扑向一包江米条的小草，说了句："这玩意儿现在可少见！"嚼了一嘴后凑过来，一把抢走薛凝手上的纸嚷了句："干吗呢你们，让咱瞭瞭！"只见她看一眼就甩手给拽在了地上："妈呀这是什么呀？哎我说你这儿作死呐！我怎么一见着这个就跟见着你真死了一样啊？"薛凝反唇相讥："你才死了呢！至于的吗？"

街上三五步远的小酒馆里雅间为十人座，而我们恰十一位，铁头就招呼跟弟："来来，'陆军大院的'，坐咱腿上，您看人家都是两口子，谁笑话谁呀！""呸呸！谁跟你是两口子？谁坐你腿上啊！""嘿，你别人坐我还不让哪！你问问小草我让她坐吗？"小草嚷道："呸！我就是坐地下也不坐你腿上啊！"

外面的东西净弄玄虚，鸡嘴里叼着根绿香菜，鱼口里含着颗红樱桃，豆花敢情就是豆腐脑，几片胡萝卜还刻成了哪吒脚下的风火轮！一盘子老辈子的炒鸡蛋还什么摊黄菜，恨不得连上古人都吃过！一看有道名为"鞭打红娘"的菜叫人生怜，赶快加以解救吧，待端上一瞧，哟，素炒胡萝卜丝！

小草嚼着一嘴爆炒河虾，喷着比瓶里的啤酒、杯中的雪碧还要飞溅得高的沫子，兴奋至极地走来走去喂这个抢那个并嘴里还不闲着："等哪回呀咱在家吃啊，让你们尝尝我炖的带鱼，还有和饺子馅丸子馅的手艺！"铁头赶紧说："那你就先让我在家尝尝啊！""啊呸！又胡吣什么呢你？吃还堵不住你的嘴！"小草说着顺手抓起一只丸子塞在他嘴里。"哎哟你啐我一脸珍珠霜！啊堵不住我堵得住你！"铁头边嚼着丸子边还叽里咕噜含糊不清地说着。

"老实点吧,回头噎死你!"李木子告诫他,铁头摇着铁头说:"没事,赶在小草前边,她好发丧我!""有病啊你?你们真吃饱了撑的,一个写遗嘱一个抢着求人发丧他!"薛凝瞅了一眼小草,朝铁头说:"她那嘴是该堵了。"

薛凝自点了盘大丰收便了事,如同他的光喝酒不吃菜一样,铁头是光吃菜不喝酒。敬民不抽烟不喝酒不沾饮料,只是斯斯文文地就着一盅菊花茶,用嘴轻轻地吹拂着一只刚出锅的滚烫的麻团,好像在自家的卧室里就他一人一样。

我因不常出门,误将那一盘可口的炸土豆丝认作了粉丝好好地领略了一番。那橙红色泽的拔丝西瓜透着明使我茅塞顿开,光看即行了还用得着吃?刘剑那孙女手里摆弄着个精致的黄色小窝头翻来覆去地相看,比起刘剑的裸奔来,她打扮得像匹红鬃烈马。

薛凝和我从不为人夹菜,但我还可吃别人夹过来的,而薛则绝对不可。席初跟弟眉飞色舞地夹起一段肉质细腻、滑润非常的清蒸黄鳝并给蘸好了油,刚要往薛这儿送忽又想起这茬儿来就没敢,很识时务地缩回来,谁知她刚放入自己口中又觉不对了,她心中不平:我倒是怎么着算对呀?就听铁头嚷:"嘛呢嘛呢,自残呢?"跟弟吓了一跳,眨巴眨巴两只细眼纳闷:"没听明白,什么意思?"李木子慢条斯理地吃着说:"他说你是美女蛇。"铁头叫道:"美的她!我说她是眼镜蛇!"跟弟一听急了:"嗨铁头!怎么还总叫人家外号哇?"铁头说:"哎哎你们听听你们听听啊!谁叫谁外号啊!"

在人们兴奋之余跟弟还趁机再爱我一次:"嗨!你们记得当年肖冰还有一个绰号哪?""叫什么?"众口一词,哗众取宠在此达到沸点。"叫什么?"我也蒙了,我的绰号倒是全对得起我,不知她今天嘴里是否能吐出颗象牙来。最后也不知是她没说出还是我没记住,叫什么呢?

　　酒捉弄得人们丑态百出。刘剑醉乱了,管徐敬民又叫哥又叫老师:"哎徐老师徐老师我跟你说呀,在文化和过日子方面我得管你叫祖宗,可在赚钱和潇洒方面我是你爷爷!"徐没喝,但据说有种人闻了浓重的酒味后也醉,他稀里糊涂地竟也没说什么。反而是铁头着三不着两地瞎掺和了句:"我是你爷爷!我是你爷爷!"所有的人在夹鹌鹑蛋时都做了刘姥姥;我也喝了别人的残酒,薛也兴致斐然地张口接受了跟弟喂来的吃的……

　　最后上的一道杏仁豆腐强我所难,可由李木子建议上的一只"合家欢"奶油蛋糕被"Waiter"切成绝对等分的十一份,以它漂亮的外表引起从不青睐甜食的我之兴趣,我的我吃、薛的我吃、不知又将谁的我也拿来吃……

　　小餐馆五脏俱全,席间两个小时的卡拉OK轮唱把聚餐氛围推向高潮。其间天霞攻击我说:"先让肖冰唱啊!不是就喜欢什么宋祖英啦祖海啊,快给我们来一个什么辣妹子辣,辣妹子辣,辣妹子生来辣辣辣么……"

　　我的一首当年被旱水录了盘的《九九女儿红》唱得成绩斐然,又被薛凝当场宣布:锁定在日后的保留剧目中。而后是敬民天霞的"东方之珠,我的爱人……"唱得"情深深雨蒙蒙";敬民的独唱《长大后我就成了你》独领风骚;刘剑捋胳膊挽袖子"祖孙"俩粉墨登场:"我又爱你我又恨你我又离不开你……"铁头忍不住气骂道:"这不纯粹下三烂吗?你们到底想说什么呀?莫名其妙!无病呻吟!"他和小草对唱的《夫妻双双把家还》怪声怪气,词不对味不对速度还不配,引得大家前仰后合。铁头说小草:"你瞧你唱得咱都不像原配了!你看,还不如这盘夫妻肺片呢!"我和薛凝被人推举重唱的《涛声依旧》曲终奏雅。

当我们喜不自胜之时,跟弟说:"我五音不全我当观众。"绮华说:"我五音特全但一唱就嗓子疼,我也当观众。"李木子说:"什么全不全的我不管,我不唱还喘呢,更当观众。"绮华此生初次与跟弟合作并拉上李木子,三人共同冲我们笑着,比手画脚地数落起当时流行的街歌"十大傻"来。

铁头一手搂着薛凝脖子,一手挥着拳头呐喊:"当年,我们十一勇士强渡大渡河!"铁头跟薛凝比起别人来近着一层,全班只他俩是学校篮球队和区里青少年象棋组的,上学时在每周有两次双双共勉的机缘所以过从较密。刘剑用筷子鼓击着他面前的酒杯说:"哎哎那是十一吗?你识数吗?"铁头道:"噢,咱们十八……"刘剑又嚷:"哎哎我再提醒你啊,那是你呀?那……""噢是你?""我说是我了吗?那是人家杨得志!"铁头已不能自制地喊道:"不管是谁!反正我是'大渡桥横铁索寒'!"薛凝此刻也情绪饱胀、激动地放开歌喉,将此番欢聚推向高潮、拉下帷幕:"红军不怕远征难,万水千山只等闲……"

啊,毛主席的诗词!当年的歌声当年的情,人们再也抑制不住感情的冲撞,李木子顾不上什么五音不全,支气管喘与不喘,和我们一道引吭高歌:红军不怕远征难,万水千山只等闲,五岭逶迤腾细浪,乌蒙磅礴走泥丸……

街灯初上,提步至家。临分手时,李木子拿出一瓶山东人爱吃的用鲜韭花与青尖椒合捣成、名作"辣椒花"的绿色辣酱来说:"哎你尝尝这个比你那八宝如何?这是沈小宝托我带给你的,他说过些日子再来看你。他这一阵子特忙,光往山东老家跑了,他奶奶病了很长时间了。""哦?他还有奶奶?"我吃惊地问。李木子不紧不慢地解释道:

"不是他奶奶,是他爸的奶奶,嫌费事就这么着叫了。"一人吞下了一整个东坡肘子的铁头暴怒道:"哎我说他们家怎么除了没妈什么都有哇?哎我说你有这玩意儿怎么不早说呀?"他打着饱嗝又吞下了一个薛凝为我蒸的头号馒头。

刘剑借着酒劲搂这个贴那个的与之告别,李木子也稀里糊涂地被铁头架上了小草的车。我想:此刻若遇上街头巡警查违章车辆,定要认我家为一所"酒后驾校"呢。薛凝眼里蒙着依稀的泪光,在后面身子歪歪斜斜地朝着远去的大伙恋恋不舍地目送手挥……

照片洗出来后,我们以后谁也不要再见谁了:原来那天当我们均不知自己姓啥、吃几碗干饭时,不知是哪个嫌脸的人拿了哪个嫌脸人的手机,将众生丑态暴露遗尽:跟弟终于紧紧紧紧地搂住了薛凝;小草一时竟变作了小鸟,温约可人地偎在了铁头怀里;而一生自视洁如皓月的我,竟然鬼使神差地步入了鬼子刘剑的圈套!这组镜头简直可以取名为"鸳鸯错"了!同合佳照的还有在一旁惊愕得张着血口瞪着"缝"眼的红鬃烈马……

薛凝反反复复端详着照片说:"哎你还真别说啊,看样子祁跟弟还真挺中意我!哎你以后可别招我啊!人家腰比你细眼比你媚!"日后,他动不动就拿要去找祁跟弟的话来吓唬我。

薛凝的到来首肯了我们过去的感情积淀。我自知这只是"万里长征走完了第一步",至于"红旗到底能打多久",那谁又能稳操胜券呢?

薛在头一个回归日里即爽了约!莫非有什么人劝其打退堂鼓了吗?时间过得越久,我心里越没底,七点半时彻底地绝望了:关火吧,没人吃了!但我仍要给厂里打过电话问完后再哭。正在此刻就听得啊"梆梆梆"敲门声起!

我一下子打开门，薛凝大呼小叫地骂着自己走了进来："走错道了！不认识家了！"原来他本想早点回来给我个惊喜，结果前后没赶上车，起了个大早赶了个晚集。在这以后，我每天都要提前将前后门全开好，任其自便。这就又成了我们过去的那种默契。第二天薛凝下班后回到家从后面一下子环拥住我："老太婆，想我了吗？"我心说这是一句何等的废话，我这一辈子何时将你遗忘过？一直是拴在了心上。

　　那天，碰瓷由打老远就朝着他喊："薛家哥哥，这儿有你的好东西哎！""是不是又馋酒啦？我连裤裆那都提前'退休'啦，还能有什么好东西呀？""嘿，不信不是？不信请往这儿瞧：请客不？"薛凝见是封信，不屑地说："你蒙鬼哪？我爹妈早死了！老婆没娶，儿子没生，谁疯了给我来信，我疯了没事请你客玩？""嘿，你是真不见棺材不掉泪嘿！瞧——"他将信于薛凝眼前晃着，因我在那信封上没注明地址，薛凝就说："拿着张白纸哄谁呢？有本事你把它撕开！"碰瓷说："私拆别人信件犯法！"薛凝将了他一军："不是说是我的吗？我现在让你拆！"碰瓷听了忙乐不迭地将其扯开把信瓤在他眼前一抖落，薛凝一眼看到上面分明写着：薛凝，于是伸手就抢，碰瓷转身就躲。他就说："这样吧，你单把那落款告诉我一声就行啦！"

　　"肖冰"二字一经出口，薛凝马上中了邪般地叫起来："你说谁？"碰瓷就对着他的耳朵又大声地叫唤了一回："肖冰！哎你不是说这不是你的东西吗？哎薛家哥哥，这个要命鬼'肖冰'她是哪个疯子呀？""废什么话呀！""还横！想要不想要啦？不想要我还就真撕了呢！""好好好，我请客、我请客！"

　　于是他带头往厂内的小饭馆里走。碰瓷见状将信给了他:"哥,你怎么也疯了?"接过信来的薛凝哪儿还顾得上理他,一瞅信的内容先一炮蹦子后一挥手:"弟兄们,走,外头吃去!"就又带头奔了厂外的饭馆。走至半截,碰瓷更加纳闷地说:"哎我说哥,您这儿遛傻小子哪?是哪个疯子那么疯啊?把你这么快地就给勾得这么疯啦?罪孽深重啊!本来吧想弄几个饭票糊弄糊弄哥几个得了,怎么这么会儿就又改了屁啦?"薛凝扬眉吐气地叫道:"那是咱的老同学!"碰瓷把俩眼瞅着大伙把嘴朝着薛凝、把自己的头都快要摇晃掉了:"我看……不光只是同学吧?"

待薛凝头一次从我这里回去后可就又不是他啦:"弟兄们,走,找个大馆子吃去!"碰瓷就真有词啦:"薛家哥哥真疯了?你好可怜我好害怕!这是怎么档子事啊?"他脸上煞有介事地五官挪移。这回就轮上薛凝眉飞色舞一次啦:"嗨!告诉你们,是打小一块儿光屁股长大的伴儿,要跟着我过!"

他回来跟我学说这些的时候我叫道:"你光我可没光啊!""我想了你五十来年了!""你从娘胎里就想女人哪?"

命运让我在爱恨之间荒废了大半生的精力,处境使我实出无奈地切中他的七寸子。有意将实质内容在信中电话中含混,又幸而那回首的容颜炫惑了他的眼攫住了他的心。

绮华的车一时成了我家的专车,母亲来送母亲、姐来接姐,情知姓隋的又该说什么了。

再停水电时,啊此情景原并不是那么可怕吧!那是一个淅沥沥下了一夜小雨的清晨,薛凝独自撑伞顶着风雨去买回了还冒着热气的馄饨。想十几年来曾有过多少个如此这般的日子,自己是怎样过来的呀?我所感念的决不仅仅在于一碗水一餐饭,而在于那种日子里,我的心中没有任何企盼!生活不是一朝一夕的时令水,而须得点点滴滴地不断注入新鲜血液……

薛凝每下班后,手里提着菜口里拉长了音唱着自编自演的一曲四字小调:"老太婆呐——"随着这一声呼唤,我家的晚间剧场即拉开了序幕。他从来进了门屁股不沾炕即开始做饭,用他的话来讲就是:伸头是一刀,缩头也是一刀!

最佳果蔬是:西——红——柿!薛凝永远在买西红柿,无论何时何地何菜,他均要"搁一西红柿!"

我家的保留剧目是西红柿热汤面。薛凝之吃热汤面亦如父亲之吃牛奶桃酥,百吃不厌:清汤,放一个西红柿,每人卧一只鸡蛋,临起锅时撒上几刀黄瓜丝或菠菜末、淋上点香油。薛凝时常在吃了面后将里面的鸡蛋留给我。有一天下班回来后,明明家里已做好了饭他却仍要自煮热汤面!敢情不远万里地赶回来还是热汤面呐?结果吃的时候看到我们的剩菜汤又将其用来拌面下酒,气得我说:"就活着吧你!"

我们都是从苦日子过来的,因此生活上很节俭,一般是一个热菜一盘熟食一个汤。面条是不离口的,每每吃面时他总是从厨房盛好一碗面,走进来边用筷子拌着边唱着自编的一曲一字八循环小调:"诺诺诺,诺诺诺诺诺!"将面递到我手里……

我们因错过了青春相守,所以特别珍惜眼前的夕阳岁月。有人说秋千是午后的童年,那么我俩就是坐上了午后的秋千。

我家的早间新闻是每天早上我都要送他出门,看着他骑车远去没了影才肯回身关上门。闹得穗笑话说:"嚄,还是日式的呐?"我不管日啊月的什么式,反正和他生活起来,人老处于悸动之中,我们一时都不知如何是好。真是如同《关中往事》中所唱的：面对面睡着我还想你……

　　我俩互相步步紧跟着，像是在和时间抢生命，抑或和生命抢时间，过着"相留畏晓钟"的生活！有哪天他稍回来晚些我便坐立不安。早回行，什么时候早什么时候好，有次他刚走后我坐在院中准备织毛衣，人还没落定呢，抬头一看，人家回来了！我欣然极了大惑地直了眼睛，"看什么看！不认识我？"我说："嘿，你这话说祁跟弟呢？"他故意停下脚步用眼睛扫着满院子说："跟弟在哪儿？"我越瞪他，他就越提高嗓门仰天拉长了声地喊："跟弟你在哪儿？"

九　薛凝是头猪

不知薛凝是经过了怎样的艰苦历程才致使自己的心理战术变得那么匮乏的，整个的人像是被裹挟在了自己设置的矛盾里，意识里的乱流总在不停地骚扰着自己，倒是与旁人无涉！

这些年来我本已想为自己修一篇《伤仲永》了，这可倒好，更得另续新篇。

当我谈到小时是在他家阳台上长大的，他说："你们家没阳台呀？"见到他户口簿上只填了一米七五就问："干吗少填三厘米啊？""怎么了？""人家历来就是喜欢你这大个子。""我小个！"他的执扭还不止表现在这里。

因其总是出言不逊我怕他跟人家聊天。动不动即指着挨刀的鼻子挖苦人家："瞧瞧你也算是个大老爷们！过得还不如希望工程那儿的孩子呢！我问问你，天借你胆子也不敢反抗啊？"

皆因那大黑贝迟于前针鼻而早于后针鼻的到来，而它自身又只一根筋：就认先来后到！所以只容得其前而容不其后，老是用那大黑老虎爪去拍那后到的。无奈穗只暂将那难以割舍的大黑贝送至了其胞妹小穗子家。每每娘仨溜达至街头巷尾无灯处便不时传来犬吠之声。穗便以大其几倍之声来制止狗，薛一醉便出来以大她几倍之声来制止她："我说你这是不是给自己仗胆呐？"遂又转向那俩："再叫唤把你俩炖肉吃！"他那吃字说得既死狠又迅速，像即刻得需其下酒似的。

一个周五，见一只大黄猫面朝窗子卧在樱桃树下，想是饿了走不动了，我赶紧拿个小碗撕碎半个烧饼浇上萝卜羊汤，装在塑料袋里放在地上叫它，它怯我我退，不一会儿偷望时，那袋子竟被它拖往树下边吃光！还于桶里喝了水！

薛凝带着醉意从厂里回来后，误以为人家就不再喝了呢，敢情说是要用酒来醒酒："谁让你给我冰的呢，剩下该馊了！"醉后来到院里，追着猫用自行车的弹簧锁抽在了门柱上，气得我狠狠地瞪他，他便屡次三番地模仿起宋丹丹来："伤自尊啦！伤自尊啦！"于是初次创造了夫妻同室却以笔交流的纪录。

我心里好别扭，故意写出让他明天买什么菜而他则不声不响地写道："明天我不回来了，还买什么？"一会儿不会写了又在纸上问："某某字怎么写？"亏得还会用拼音！因事情发生在双休日里，所以这种状态一直持续了两天两夜，搞得我心神不宁。结果人家周一一走，回来什么事儿没有！

还有一次，他在厂里喝醉了打来电话胡说八道了一气，我就在电话里呵斥了他，于是心下又很矛盾，不知在他进门时该怎么办。结果，人家下班时手中提着脑袋般大的土豆，得意扬扬地晃着土豆般大小的脑袋："老太婆呐——"

就是醉成什么样子他也是要回家来的。三年来，薛凝只在一天里因实在是烂醉如泥而未归家。他在第二天上午即从厂里打来电话："老太婆，我还活着呢！"我一听这是一句多么冒失的话呀。回来后他告诉我，当他醒来时厂里人人都自告奋勇，说他是在其家讨扰了一宿的。我说："你们厂这碰瓷术敢情是相互传染的呀？"

我总在他百分之一的略有起色之处抓住不放。他决不沾米饭，但对我蒸的茶叶饭却情有独钟，于是我便隔三岔五地做，却又天机千万不可泄露，否则他将永不沾边。且眼下他变得似狼虎一般！启瓶子盖或是果子上有个虫洞什么的，他定以"牙"试法。

薛凝的嘴上现已变作我们班上那行子了，口里口外的不带引号便不能够说话了，虽然眼下的他已"那样儿"了（在这里"儿"音偏重，与"缺折磨"一句均为738哥们儿的口头禅），但他依然是我的梦，一个永远的梦，幼年、童年、少年、青年、一生的梦！是我一生的企盼：童年时相互追逐，青年时相互躲闪却彼此更加牵挂；分手后是一种无望的牵挂，牵得人心疼！除此之外这一生别无他望。多少年来独自端起酒杯时，即想起远方的薛凝，一想起眼下他就在身边，心里既充实又着实不平静……

薛之撒酒疯如同那婚礼上的猪八戒，本来挺是个人，喝着喝着就露了相。一次竟忘了厂大门冲哪边开了，生生给砸掉了。头儿因曾宣布过此类事要索赔二百元的，只得在厂大会上说："薛凝喝高了，也没人给提个醒，误得了过失，念他无意又不富裕，就赔一百吧。"头儿满以为自己够宽宏，哪知他前脚走薛后脚跟，办公室的门又幸免于难，见其又已醉成那样奈何他不得，头儿只说："得了，薛家哥哥，麻烦您去吧，那一百块就我掏吧，当着厂子里那么多人我这话没法说呀。"

薛时常大醉而归。有次买鸡蛋归来，醉得比那蛋还想骨碌。门推得很重，红着眼赤着足口中骂着，蛋从袋里滚落菜筐中，他将其倒腾进去，继而又滚出，他反它复。我于门口也反复："不装了，再说吧。"他非装，我便不再说。越说袋薄蛋重，须一手提一手托着先放桌上，越是光提不托且来回走溜不放桌,好容易放了又立马忘了:蛋在哪儿?

他那无谓的电话打得过多,一次从厂食堂里给我买来四个大馅锅贴,但这个仅差着把自己也丢掉的人把它们丢掉了。晚饭后醉了酒的他打电话给值班的,不管是谁让其吃掉。电话一抄起来,兹对方一搭茬儿,他还永远这样发问:"哎,哪位呀?"八糟和碰瓷俩总值一个班还总是酒不醉人人自醉:"嗨嗨我说,好像不是我找您呢吧?"他这头就做自我介绍:"薛家哥哥!"一旁没抢着电话的八糟即问那抢着了电话的碰瓷:"谁呀?""'缺折磨'的薛家哥哥!""谁?""告诉你薛家哥哥、薛家哥哥的呐!""你嘴里含着热茄子哪?""你耳朵里塞着鸡毛哪?"

薛凝问:"我把锅贴落那儿啦,谁值班就吃了吧,不用给我留着!"那头就说啦:"哎我说薛家哥哥,你不觉得这话说得晚点了吗?那锅贴啊,您就别惦记着啦,早变了粪啦!"

酒被潇潇洒洒地喝下去又默默无闻地溢出来!它在这里化神奇为腐朽;在一次薛凝醉卧时,我猛然发现了他右手上的一根断指!头即刻涨起来,心血和着泪交流,急急地追溯着那似曾得见的岁月……失去了父母、离开了我,再截去那连心的手指!一个人自此以酒为伴,是怎样的落寞、怎样的孤寂、怎样的撩不起心思?我品味着他过去了的苦涩,谴责着自己对他的所作所为,于是夜不能寐,作下了拙劣的打油诗:

酒仙桥上伴酒仙!三十余载话当年;劳燕分飞青春逝,白发携手落日圆!

在我们无尽的闲聊中,薛凝无意中提到小梳妆台!我一惊便大叫:"快给我拿回来!"他说东西太旧了,我说才不怕呢!他说你去问梁绮华她说拿就拿。因他平时只听信绮华，所以第二天我赶紧给绮华打电话并叮嘱她："你坚决说'拿'！"

小梳妆台是我的梦！没想到这许多年后它经过了辗转飘零，竟同薛凝一起回到我身边！虽已是锈迹斑斑，与薛凝我俩三位一体地"好汉不提当年勇"了，然而它在我心中永远是闪光夺目的！

望着这小小的梳妆台，我快要喘不上来气，那里曾浸透着多少深情多少爱，一时都涌上心头，两行清泪默然从脸颊上滑落……

它使我想起那些前朝旧影，想起我那难忘的童年岁月，想起那聪明灵秀的薛妈妈，想起那些憨厚善良的人们；我在这一辈子里没有看到过薛伯薛妈绷脸，就像没有看到过卢志远的后脑勺一样。

我用心将它擦拭放至我的卧室里，每天早晚都能看到它。我在薛妈放过针线放过毛衣针的小抽屉里，放上自己的针线毛衣针，在它中间的那个略大点的抽屉之上摆放一只小小的香炉，每每于那里插几炷清香，任那缕缕的仙烟慢慢地弥散开来……

啊，小梳妆台，让我和你共同留住那段岁月，留住那份以往的恬淡。

十 九九八十一

　　基尔·凯斯勒说：婚姻的桥梁，沟通了两个全然孤寂的世界。

　　薛凝不喝酒的时候像是一个老奴，寒冬腊月顶着风雪怀揣着两盒酸奶苦哈哈地奔家，夏日里泪如雨下地推着轮椅街头巷尾与我耳鬓厮磨。他真是已将老师所教的知识权做了下酒的菜。于笔下口中都极难以表达情感了，于家中随处写下了可能是脑海里仅存的几个字吧："肖之冰我爱你"。日后被我们简称为"六个字"……

　　情血交融的日子是在一个月以后。他燃着一支烟徐缓地抽着，将身子疏懒地侧于床边，长吁出一口气道："真舒服啊！""刚才还是现在？"我问。"都舒服。"他心绪蓬勃起来，如同自己成了路易·波拿巴特。

　　薛凝头一次用轮椅推着我上街，如同那首儿歌中唱到的那位老奶奶："走一步挪一点，走了半天没多远。"从家门口到街上没半里路之遥他竟是歇上了四五次之多，且气喘吁吁、大汗淋漓。我说："咱不去了。"他说："没事，我背不过气去！"我说："我要背过气去了！"薛凝在来了几个月后初次犯了病。病是那样的使人无助啊！他先自轻车熟路地躺在了床上，指挥我取出枕边药喂给他，我即揪心地守候在身边，久握其腕望定他。他面色灰暗表情极其暮气，我没有见过这种情景，心中很没底。药真是灵丹啊，薛凝他那么快地就好了！将将能言语时即动情地说："别着急,我经常这样。"从他无力的话语中我听出自己刚才所表现出的焦急让他看在了眼里,也看得出他在勉强说话,就示意其不要再说。

八糟的全名叫"乱七八糟",八糟只是他的简称。其在京东的一个东得不能再东了像是快要接着太阳了的地方,有一所三间正房的独门小院,时下因我的到来薛凝要办病退,而他还要跑蹬上十来年,所以干脆来了个两全其美:八糟携"八妻"拖"八崽"和我们换住了。结果薛到我这儿后病好了不退了!得他每天跑了。

搬出月坛我不敢回望一眼。这个使我失去尊严、失去做女人的信心、几乎失去了一生所有的地方!

生活渐步入正轨,薛之哭即改作了唱。我们看到什么唱什么,当唱到"上道的骡子……"我就指向他,二人总唱"秦胡(我一指他)打马奔呀乡里,行军路上马不停啊蹄。都只为家贫难度日,因此上我是撇家撇业撇母又撇妻……见一位美大嫂……(他一指我)……"我们常常没早没晚地用着单田芳的口吻,互报着天气预报或是随时随地背诵起"人生在世天天天,日月穿梭年年年。富贵人家有有有,贫困之人寒寒寒。升官发财得得得,两腿一蹬完完完!"

看完小品《心病》后,俩人的心就比着"拔凉拔凉的!"看完工保长就喝着"滚起!滚走!"看完乔志庸再从电视旁离开,俩人于口里同时"走嘞——"看完《吕梁英雄传》,口里一时全都变作了"说甚嘞?"哎呀我俩实是一块儿长大的啊,说出话来两心就像相通的一样,一个起音一个落点,双双互相模仿着陈小春的那千古奇骂:你爷爷的!不厌其烦……

较之父亲,他还能够感知和热爱祖国的体育事业,薛之爱体育就像爱当年的我和如今的酒般如醉如痴。一次在鲍春来胜出后我问他："哎这是不是你舅舅哇？"他将俩眼一睒："找我宰你呢是吧？"他每次买报纸都是为了看体育新闻，也只有为《亮剑》和蒙哥马利，体育节目方可失宠一时，这是我们真正的焦点。对于《亮剑》我们有三叹：一叹和尚、二叹孙德胜、三叹李云龙飞手榴弹之战！在"纪念抗日战争胜利六十周年"的日子里，我们每晚的遛弯都以《亮剑》的台词开场。彼此向对方叫嚣："我告诉你'孔二愣子'！"叫人一听不知我俩谁为李云龙、谁为孔二愣子。如今《亮剑》完了我们都没完。对于蒙哥马利我们有三赞：一赞他为战无不胜的象征；二赞他演绎了爱情绝唱；三赞他竟立下的那样极其朴实的墓碑：战士——02506！

从接着太阳的地方出北门放眼望去，是一片青绿无边的野菜，绿得那么透彻那么正气浩然。

双休日里，阳光像流水一样进出五彩金星的早晨，薛凝推我去吃早点，活这么大几曾领略过坐在早点铺旁，边看着路人行踪边剥着茶鸡蛋并把一勺勺的馄饨放进嘴里？那里蕴含的内容实是不在于吃什么的。我们去买菜，初次于路边亲手几个萝卜几头蒜地跟人讨价还价。买一根糖葫芦举着，买一个熟玉米啃着，买一卷五香豆腐丝就着，我行我素。我们去赶集，轮椅走中间货物摆两边，东西或许物不美价不廉，有时也实在不是为了购买而在于某种别的意义。

一天清晨，天上下着一些雨星星，他非还要去。进了商店让我等，心说这会儿可别碰上熟人。"肖姐！"一个男人的声音传来，猛一抬头见是干葱的男人！"鸭子……李兄弟！"我马上感到直呼其号的不合适。忙笑问怎么会在这儿碰上呢？他说："嗨，您说我们两口子能都下岗，横竖不能都喝西北风吧！""您不是养了鸭子吗？""您甭提那鸭子了，到现在连屎都吃完了！"我大笑他也笑。"这不是把城里的房子给租出去了吗，我们三口子全搬回我妈这儿来了，老人如今老了也愿意儿女在身边。""是这样的啊，咱们真有缘啊！"我高兴地说。"可不是，真没想到您在这儿住呢，回头告诉我们那口子，让她找您去！""太好了！"他说您今儿个到我们家认认门吧，我说等机会吧。他连连比画着："就这么一拐弯、这么一拐弯、这么一拐弯……"

他这儿还没拐完呢。薛凝回来了，敢情是买伞去了。每逢阴天必出门且必不带伞！兹老天爷敢下雨他就敢买伞，我看我家该办个伞展。鸭子李就问我薛凝是谁，我脑子里迅速嘀咕：说是我男人吧，万一他从前见过旱水一时就不好解释了，不说是我男人呢又不甘心，便反问他："您到过我们家那么多次都没见过我们那位呀？"他大悟道："噢，是大哥呀？"他反复地感叹着薛凝的人品又反复地说："您说我去您家那么多次还真没见过大哥！"整整十年的街坊都没见过旱水！难怪外面总有人说我是个"嫁不出去的姑娘"呢。

八糟的西屋半厨半厕，地方虽不宽绰却有个浴盆，加之院外早年为其奶奶修有几级扁梯，薛我两人居住起来那真是日本的快餐——便当。

薛凝来后不久正赶上我五十岁生日。我说，咱全家喝点酒吃顿面条就成了。薛凝不干，非要大办。从头一个礼拜就开始操持：到超市买来鱼、虾、肉馅、菠菜、韭菜、芹菜、香菜、青豆、豌豆、大豆、豆芽、红酒、白酒、饮料，又搬了一箱露露外带一卷胶卷。自行车带不了时于半道上打电话来问："儿子在家呢吗？"我纳闷地反问："不是说明天才来呢吗?"他小声地说:"我知道。"

盼儿小姐俩说,由他们负责买长寿面和蛋糕。结果面条没买到,薛凝即擀面给我们吃!一家四口高高兴兴地照了一卷的相片。

我对女儿说,头天薛凝的电话听得我心里不好受。女儿听了更加不好受。俩孩子对他表示:以后有事您不用操心,就等着吃现成的吧。于是,门口的几家饭馆便成了我家的专膳厨房。

八糟的堂屋是我俩的棋牌室。我们坐在那里继续儿时的角逐,依是兵来将挡,互不相让,我们为了那棋牌榜上的每一分而厮杀。薛凝拿了笔本写上我们各自的名字,规定我若赢他一盘他要付上我百元,而我若输他一盘只需给他一元即可。三年下来,我羞涩的囊中竟无分文,仿佛极其对不起这个貌似宽容的规章。他的棋牌技艺谋略,我此生不可及。那黄绿格子的棋桌上于楚河汉界间写着的棋逢对手将遇良才,于我们真真地浪费了,棋,我不是他的对手;将,他不是我的良才。

雨后不出门的阴天里,小雨淋淋烧酒半斤。猪肉尤其是我们的共同嗜好,我们夫妻像在推崇人家祁跟弟的事业。八糟的东屋是我们的卧室,每晚看完电视,薛凝搀我如厕回转时,他又要于我身后"小鸟在前面带路……"自来后,他每晚关了前门关后门,切断各屋的电源,而后必端往卧室一杯热茶。

我于枕边为他唱遍了我们熟知的民间小调,不知彼此间共同点竟有如此之多:珍如生命的《九九艳阳天》;绝无二至地敬慕少帅的为人;喜好肖飞买药时一个人捆绑了何志武爷俩以及蓝菜花的《何书记吃元宵》。

我们忆起那纯情的少年时光,每每似两个童言无忌的孩子坐上了挪亚方舟,信口开河地追忆着过去,大肆挥霍着感情。我们说着我们共同的熟人:东头的老婆、西头的妈、铁头、小草和癞瓜……他饶有兴趣地模仿了祁伯喝粥时的动作。提到东头无论在将军坟或垂杨柳一直都在打老婆,人说打人别打脸,他可倒好不打脸不打!弄得西头老说他老婆的脸比别人的屁股都经打。有回打的动静太大了,招来了那么多孩子,他发现后即止并迅速拉上窗帘。当时街上正盛行着李润杰那"迟急顿挫"的快板书,薛凝回来后告诉我时我便随口说了句"忽然间嘴巴停止拉窗帘,一霎时什么也看不见了",薛凝听了,笑靥如昨。我抓空问他:"哎知道咱们年级叶知秋什么样吗?"他说:"嗯有印象,高高大大的,不白、够模样。"

  静谧的夜晚,躺在他身边,月光透过树影、窗帘泻在床上,令人想起当年的那个月色朦胧的晚上,想起他敲门时的处境,想起被母亲打散后这么多年的思念……想起多年写笔记时总想着他在哪儿呢?现在写时他就在此……生活与梦有时还真有交点。

  皇天不负苦心人。在我兢兢业业的呵护下,薛凝的灵与肉均逐渐复活起来。转过年来,我的薛凝已经不再吃药了!面容日趋滋润,脸上的陈年旧褶舒展开来,使他不改旧时容颜。

  这一年的全体职工体检时,他哥们儿望着他的体检表均是一脸不依:"薛家哥哥,敢情从前涮我们大伙哪?"薛凝他除了血压高外别的均属正常。体重从来时的一百三十斤增至一百五十斤!夏日里再遛弯时邻人亦不敢相认,从他们认作比我得大上一轮的话改作大个五六岁,继而又同年同岁!

  转过年来的暮春三月,薛凝每休息都要带我遛得远一些，我们有时能走上好几里地。一天我们到郊外去，在那落花如雨、一路清风喜鹊的时节，不时有路人惬意的口哨声，勾起我过多的回忆。"走走走走走啊走，走了那好久……"我们沿着一条农人的水渠走啊走的，看到那里有许多光滑的鹅卵石，各自挑了一块准备回来腌咸菜用，他说他的好，我说我的强，俩人争得面红耳赤，又仿佛置身于青春少年时。我虽无旁的本事，腌渍咸菜还是可以的，这可能也是时势造就人吧。

日薄西山时，我们顺着朝东的马路走着走着，见有条往北的幽静小巷便拐了进去，探道一般。巷子两旁的歧路令人想起了"篱落疏疏一径深"……

没几步绕到了一家于家门口开着的朝东的小门脸。我饶有兴趣地说："哎你看，这不是旧社会的那种吗？"他冷不丁给了我一句："噢，你怀念旧社会呀？"我一时语塞……

屋里住着人，门口卖着货，接房檐上搭个棚，棚下支条案子，案子上摆放着针头线脑。这情景又使我忆起了祁伯的小铺以及家乡的那个村野小店。我们选货时，屋内正放着《银屏公主》那撼人的小过门，让人心里惬意极了。这么多年来，过尽了豺狼当道安问狐狸的日子，哪得几分安生？唯眼下有了种久违了的参与的感觉。

我们常去家附近的一个叫扬州水乡的地方，我对他说，古人说腰缠万贯下扬州，咱们是分文不带下扬州。而古人又说烟花三月下扬州，咱们又是何时均可下扬州！这里有着蜿蜒的小路、翠绿环拥的假山、曲栏回斜的亭子以及扬州会馆；被垂柳拂动着的水面，各类鱼儿畅游着，分明一个五脏俱全的锦绣小扬州。杨万里真是太伟大了，那出水的荷花确实在其才露尖尖角之时，即早有蜻蜓立在上头了！

我们在弯弯的小桥上久久驻足。绕至一个僻静的有着各形各色的石头围绕周边的水湾处,见那里停泊着一只小小的却也挂着一灯一幌的乌篷船。

忽然天街小雨润如酥了,他不归去,说这叫"雨中情"。柔而撩人的细雨斜丝令人感到意蕴无穷,雨中的景色扑朔迷离。我抓着空气,一种超脱凡尘的恬淡袭上心头。

过超市时,他把我放在人家檐下,进去给我买芦荟护肤霜。从伞底下隔着雨帘远远地望其背影令人生怜。坐在轮椅上将伞撑开,只遮挡一人。雨越来越急了,街面上像是唯剩我两人。偶过条狗也是浑身上下毛湿漉漉的。他开始推着我小跑起来,一路上嘻嘻哈哈,到家时两人均已成了落汤鸡,原来那是把旱伞。

八月十五我们在家附近的大排档用晚餐。背后没日没夜的饭馆里,我那青春偶像刘若英正放纵地唱着"……想要问问你敢不敢,像我这样为爱痴狂?"几杯啤酒两碟小菜,好像是一下子回到了幼年时光:幼时因吃不起田螺,每见有钱人家孩子买就馋成了这样的感觉:以为有田螺的夏天才叫夏天。

我们就着熏风,说着胡乱点题随意结尾的话耗到很晚。思绪一时间又退到了那早已远去过久了的青春时节……

我们吃的时间过长,中秋的夜深了以后清寒怡人。薛凝说,你越觉着冷就越冷,就甭管它!也不知是不管谁。

我们忆起共同吃糠咽菜的童年以及那纯情的少年时光,谈到那令人心驰神往的六一节,唱起那永不过时的儿歌:"小鸟在前面带路……"当年那幼稚的终生相伴的信念,怎么不懂得将有一天会天荒地老呢?那时候头脑怎么那么简单呢?好像心空中就是蓝天、白云、红旗、小鸟……

清梦初回,我们不知在何时用完了饭,不知在何时踏着月光走了很久很久,是《刘海砍樵》里唱的吧?"只要你我月下常相伴,胜过了天上做神仙",春情如风吹入我心中……

起身时一辆车似要擦着我,薛凝在那一霎里奔了去立于车我之间,同时用双臂将我揽住,那一瞬的呵护仿佛圆了我一生的女儿梦……我们走在秋云飘逸的悠扬里,忽一片青黄混色的落叶,浸润着带秋韵的露水飘至我手上!啊落叶,你我是多么大的缘分,恰我此时到来,恰你于此刻飘落,恰恰落于我手中……

乔·赫伯特说,欢乐的气氛,能使一盘菜变得像一个宴会。结束了苜蓿生涯后,自己竟在这么短的时间里将那孤凄岁月忘得一干二净!因为四点半就会有人奔家来。转年再看《五月槐花香》的时候,完完全全是另一番感受。目眩神迷的我,原以为泪眼早已看倦了天涯,自己再也走不出这片沼泽了,以为任何事物都溶解不了失却旱水的痛苦。薛凝的到来搅彻我死寂的心海,我有了种了却夙愿的感觉。

经过了九九八十一的兜兜转转,薛我两人才磕磕绊绊地走到一起。

亲爱的巴尔扎克告诉我们:"胜利和眼泪,这就是生活。"想来自己一生的渴求都是在不再渴求中得来,工作、旱水、钱、房,只薛凝不是,他是我一生的渴求,永不过时。

托马斯·曼海涅说:"痛苦难道是白忍受的吗?它应该使我们伟大!"经过了月坛雨巷,走过了枯寂,我就明白了一个道理:人呐,是啥日子都能过的。

我以为自己的人生应该只有开始而没有垂暮,因此我要重新拾起信心。老天爷,我肖冰这半辈子坎坎坷坷到如今才算是真正有了自己的家！既已是"不用扬鞭自奋蹄"的时节，就让我"而今迈步从头越"吧！那些艰涩我将它们弹指一挥，而那些关爱我要将它们化作永恒……让我和自己所爱的人在一起，做自己所爱的事吧。我觉得自己仿佛应在《伤仲永》的续篇之后，再写上一本《北京人在北京》了。送走了薛凝，我提起笔来。

十一　取回无字书

就在我的故事即将结束、新生活就要开始的时候，一个晴天霹雳震碎了我心中所有的祥和：我那一生闪闪烁烁的母亲与世长辞！

自己如同唐三藏，历尽艰辛后仅仅取回了"无字书"！于是故事没有结尾……

我那聪明一世而又糊涂一时的母亲，急流勇退了！

萨克雷说：在孩子的嘴上和心中，母亲就是上帝。天呐，我的上帝没了！母亲在辛苦了一生之后撒手人寰。走得这么急促亦如她之干活；走得这么清爽亦如她之办事；走得这么无求于人亦如她一世的生活。啊，母亲去了，世上最疼我的那个人去了，人鬼情就是这样未了地了了。

眼前的一切均风凄月暗起来，心中暮气沉沉，对一切都撩不起情绪来，如昔日的卢志远。感觉着发生了一件何时也不该来的事！

赶到家时见母亲当年救助过的、东头的白白胖胖的儿子，已做了某公司经理的董达生一直在家中陪着父亲。

母亲是农历腊月二十四的生日，想来她应为灶王爷回宫后降下的吉祥，而这如意的吉祥恰降临了我家，给我们带来了一生的吉祥。母亲就像是一棵可以荫上十里的榕树，荫福着我们这个家庭里的一切。她这一生，在最低生活保障下，在最窄小的空间中，在我和父亲共同营造的最差的境况里，最无奈而最努力地使我们过得最好！我的母亲她简直是"世界之最"啊。

啊,我那俨然数九隆冬里一株"不为无人而不芳"的独放寒兰的母亲,标准的东方女性肖氏永垂不朽,万古长青!

两棵母亲素日喜欢的花,我将它们带回家,一棵朱顶红一棵不知名。我不愿让它们因母亲的离去而枯萎,虽我自己都活不起了却仍日日继续培育着它们,仿佛它们是母亲生命的延续,看见了花就想起了妈。

这些年来母亲被病魔缠身,凡有关近人病故的话题人们即不向其挑明了。在较清醒时方听如花说,杏花因心脏病突发早已于两年前过世!唯留下孤单单的老房和尚涉世未深的房多多。

想那诸多的露天电影都是谁带着自己看的呀?想那憨实的姑娘若有口什么好吃的或是好看的小画片,就是不给小妹如花也是要给我的!有句什么肺腑话,我都早知晓多时了而花娘还蒙在鼓里!我那已是好久没能得见了的杏花、我童年时的小伴儿,你的短暂而不尽如人意的一生,将在我自视豁达的心田里永远着色浓艳,四季不败!

杏花,在那边可要厚待自己啊,努力将沃土拓展得够自己享用!你不是一直自愧不如我肖冰吗?那么就请你由此而放心吧,如花小妹还有着她的"知心姐姐",你的房多多还在唱着"阿姨像妈妈……"

母亲上演的镜头3:是在二〇〇二年垂杨柳一带虚晃一枪的拆迁时我回去填表,一进门母亲又问:"看是谁?"

这一回我可实在认不得了,把脑袋都想疼了。她从床上噌地站起来:"你要老认不出来我可走啦!""哎别介呀!"我死活地拦着人家可就是想不起来!她提示我:"小学同学……""噢……""三年级的时候跟我爸妈支援三线去了。""哦,难道你是刘——素——心?"当年的那个一米二的小个?如今这个!"啊,刘素心!"她理所当然地应承道。"你现在这个子还不得一米六五?""对,一米六五!""咱不带这样的啊!什么时候升值的啊?""二十五。""你可气死我了!人说二十三窜一窜,你倒好,二十五补一补!你这跟孙悟空似的,怪我想不起来吗?""不怪不怪!人都说我怪!"

素心放下水推开糖:"先不吃先不喝我得先说!快让我说说吧,哎哟肖冰你知道吗?走了以后我这想你哟!还记得小时候你是怎么帮助的我吗?"我忙说:"还记得小时候你怎么帮助的我吗?"我俩说说话拉拉手、拉拉手说说话,都老想着掉泪。

见到小学同学感受不一样,像是可以勾起你一种童年情愫,教室门前那大槐树、夕阳小路,还有那个永驻心中的黄昏……

素心说:"回北京以后老也见不着你,听你妈说你们家怎么老搬哪?"我说:"唉!这几年早水带着我们娘儿俩是'小蜜蜂呀嗡嗡嗡,飞到西来飞到东',我说我娘家不像梁绮华家,嘿,没想到我家倒像她家!"

老天爷是多么的厚待我肖冰啊,又为我从天上平空降下了个"刘妹妹"!是母亲在医院看病时遇上了一位瞧着面熟——不敢下笊篱的老太太,"我闺女是您闺女的老同学!"于是那老太太给了这老太太电话号码。

素心在我家出事后可没少帮忙。

周身不适地惨淡经营了一个月后,我迎来了有史以来最为烦恼的一个春节。没有了母亲的春节实不知该怎样过。这回到娘家方知娘是真的没了。阳台上原是母亲弄得小花山一样的地方,在她离去仅数日后即只短短地孤立着几株枯草。

娘家的屋去了娘，只剩下那颠三倒四的老爹。由于他体弱，母亲几乎一生都在怕他没了。结果，她没了。

母亲曾对我说："没有你的时候没挣巴开。有了你就是能挣巴开也不挣巴了。没有他，我一人可养活不了你。"悲哉母亲！哀哉母亲！她的思绪像是一张网，她生活的内容就是自己在紧这网上的扣，为了我，就是这扣自己松了她也要紧上一紧！而这一紧就是一生！

从娘家回来后，见桌子上放着半盘凉粉、半碗热汤面，心中好一阵抽搐：薛凝你要干什么？

母亲离世后，我的心绪及身体状况一时都走到了低谷，薛凝极度的善良充分彰显出来。起夜后我已再上不了床，我呼着："张军长，看在党国的份儿上拉兄弟一把！"我冰冷的手无力地拉住那双渴望多年的大手，日复一日，夜夜如是……

薛凝他如同一块浑金璞玉，他的人生纯净得没有任何淫邪与绵里藏针的成分。我之至爱他缘何起：至善！

他常说想把家乡的房子卖掉，以女儿的名字买套楼房，免得他去世后还得花过户费！我嗤笑他的痴，同时也感念其过于善良，就和女儿闲谈说："从'911'后许多年轻人都写遗嘱，妈也跟你啰唆几句：别看妈身体好，俗话说，黄泉路上没老少，万一妈走在前面，你可要对得起他。"孩子说："妈，从姥姥走了以后我就知道什么是亲人了。我知道怎样对待他。"

十二　经文又落水

二〇〇七年四月十二日傍晚噩耗传来：我此生至爱——薛凝，惨死于车轮之下！呜呼哀哉！上天夺我命也！我肖冰这是几世为人啊？

如唐三藏山重水复地取回的经文，复又坠落于水中！

曾几何时还在想，等待薛凝的那个二〇〇四年的夏，是否可以和一九七二年那个滞在心里的夏相比拟、是否会被载入我人生的史册呢？答案这么快地就来了：不仅二〇〇四年要载入我人生的史册，二〇〇七年也刻不容缓地要求加载！

这天早晨，见天色阴沉欲雨，我让薛凝带上伞。薛凝只在这一天里听了话，带走了我们的雨中情伞。而我俩的梅开二度正是由这把伞而开始和结束的，它成了我们短暂的三年恩爱之有始有终的见证！

出门时他要亲吻我，我说你还没漱口呢。出门后他看了看楼道里的电表笑着说："咱家电表走到一百八十字了。"这，就是薛凝此生留给我的最后一句话。

忽然觉得有些眷恋，想说些什么但一时又想不起来，那就回来再说吧。谁知在这一别竟是生离死别。

只能说是我听到了人们讲述的一个近乎天方夜谭的故事：一辆大卡车准备撞自己的仇人，结果错撞了薛凝！撞漏了他的颅脑，撞断了他的右腿，并将其腿内侧肌大幅度撕裂！人说他一脸的挫伤，后脑一挪即一摊血！说他一腔子血都要流尽了!

薛凝,还要怎样?!你这歧路亡羊,毫无戒备、引颈待戮啊!有那样的事吗?茫茫人海中,有这样离开尘世的人吗?

啊,太平世界,朗朗乾坤,他竟能那么冤屈地走了!走在了我俩的无限夕阳里,这是为什么?为什么?天哪!天!他拖着那样的身子骨,在这三年来每日风风雨雨地往返百里路回家,何罪之有?老天爷,让我怎么能够接受这个残酷的事实?

午夜,眼巴巴地望定天花板。脑子里如一节被浓烟堵塞的烟囱没有了思绪。我那人呢?联想到他那被撞飞的始末,心如刀绞,即刻想见到他……

仿佛自身须长出数只手来按住自己的一切:心、肝、头、脉、手和脚。它们中的每一个几乎都要蹦起来!

尽管一夜闭不了眼,仍不知天是在什么时候亮的!

我涕泪横流地收拾着要给薛凝烧去的东西,望着他的半边衣柜、半边写字台及那床、那枕,这回他不再用了,又唯剩孤零零的我这半边了……

逃出这个家时我更不敢回头。

抱定黄鹤一去不复返的心思,便也将小梳妆台抱回娘家。到娘家后的夜晚更为难熬,头一落枕便悲从中来,竟每每似要按捺不住自己,须从口中迸发出"啊……啊……"的无声之呐喊。

想起那天早起乐乐呵呵走的活生生的他,当天就被撕皮捋肉、伤痕累累地冻在了太平间里!想起天明时还在相拥,现在要抱一下竟是万不能!

想到每天于家门口的相送,想到那天稍回来晚点我即不安,可他从此竟永远地不回来了!不回来了!

想起十一日洗的衣服被风刮掉,他下班后即捡,试想如若在此日掉,我心若何?

想头天他因错热了剩饭而没吃上平日最爱吃的热烙饼,不想这以后竟不能吃了……

想起从娘家回时的那半盘凉粉、半碗热汤面,薛凝你活得、死得都好憋屈啊!仰首伸眉的日子你没过过呀!

想起多少年来,曾多次于飞雪中举杯一邀远方的薛凝:"你在何处,我们何日相逢?"这三载以来,常在蒙蒙细雨中举杯再邀身旁的薛凝:"情在酒里,情在不言中……"遥想后半世,只得蒙泪眼举杯三邀坟里的薛凝……

啊,我们夫妻没有携手到白发,落日亦未能够圆!

陆续又听到别家在看体育节目、《亮剑》,啊,是谁家在放着……这又是那首曾勾人撕心裂肺的《红旗渠》插曲:

大清早出门我还在把你问,带上的干粮够不够吃到黄昏?

山疙瘩上冬天风吹得紧,别冻坏你的小身子你可要当心。

日头落山沟沟月儿沉沉,见不着你小亲亲转回家门!

提着那小马灯我日夜找寻,天干干咋找不着人的魂魂?

是谁家的笙箫?吹起来了,那笙啊箫的听来就是不一样。啊,是我阵阵的耳鸣!

按捺不住内心强烈焚烧的奇冤之火,终于拖着自己疲惫的残身,打的拼死来到了他的蒙冤之地。一路上想起和绮华开车来时的企盼,而如今他已走远了,就此断去我后半生的念想!

车子快驶到朝阳公园时热泪不由扑簌簌滚落下来,这是薛凝每日往返百里路回家奔我的换车之地!问世间情为何物?却叫人生死相依!

那的哥比我还不识路，我们于街巷里来回地转悠如同在大白天里鬼打墙。车又开了很久，经多次打探，我才神情恍惚地来到当地派出所。

此时的派出所里已是空空荡荡，据说在出事当天这里仓皇得很。轮椅一转进院即有人上前盘问找谁？我说是薛凝的家属。于是人向人传话："星期四撞死那个！"其口吻和以往听到的一般无二。我一下子哭了：啊，他真的死了！

有人叫来相关的某警官，某警官圆盘大脸生得正配穿这身警服。我紧握其手高声连问："某警官，撞的不是我们薛凝吧？啊？不是我们薛凝吧？"年轻的警官经验颇丰一语不发。时至后来方醒悟：好感谢他那一语不发！

薛凝他用单田芳的话来讲就是：倒霉倒霉真倒霉！比薛凝更倒霉的是我！我简直无法活下去！我一路招魂地奔向那曾经的血泊之地，一路呐喊……

正当午时艳阳高照。东西南北的街巷里贫富参差的房屋前，犄角旮旯做买做卖的和居家过日子的人们，都在开始着手做着水准不一的中饭。啊，人家都还在需要吃饭！只有他，只有他不需要了。他为什么不回家吃饭？

又见到了那似曾相识的北皋街！拐过了一条街，这是绮华我俩走错道的那一条，薛凝你此去对不起我肖冰寄予的一生思恋；对不起我为你而生的一颗纯情的女儿心；对不起我儿违母愿、与绮华于烈日下驱车百里寻夫的点点忠魂……

又拐过一条街，这正是绮华我俩从这里拐走了他的那一条！曾几何时，我从这里将他接走，自欺欺人地误以为自己功德圆满，不想竟把人接进了坟墓！若不如此，也许人家还会无论怎样地活下去！怨天？怨我？怨谁？

若非他整整三年一千多个日日夜夜不离不弃的苦苦相

伴，抚平我心中累积的种种无望的伤痕，调节我作为女性身份的心头淤创，令一个残女获取了一份多么难以获取的无悔的人生……

中秋节里那一瞬间的呵护……

就不管醉成了个什么样子，怀里也要揣着给我买的两盒酸奶……

那个停水电的雨晨，独自撑伞顶着风雨买来那冒着热气的馄饨……

那从东得不能再东的地方走至"西圣地"之行，从夕阳红里一直走进一片漆黑的夜色……

那于屋中到处写着的六个字……

我那细条条的高身量，白净净的长脸庞，干松松的大脚板，匀适适的细鼾声……尤其是那一低头时脸与下巴处独有的特质，那酒后得意时憨实至极的难以抑制住的长笑，那用双手全神贯注地比画着某一事物时的傻样儿，全然不知我只在注视他的手而实不是在听他的话之内容……

我的薛凝你那么去了，叫我后半辈子怎得安生？人说痴情是一生的幸福但它伴有绝对的苦涩。你还说最爱写散文的我，带我到将军坟一游？什么哥本哈根？你却凭人把自身撕裂得鲜血淋漓，让我如何完成咱们来世做夫妻的意愿？

薛凝，我童年的伙伴儿！我那"圣主朝朝暮暮情"……我于街头撕心裂肺地呼唤上苍，天哪，知我家栋梁倾否？知我日后如涸辙之鲋否？啊，人生天地囚，为有爱作酬，想我肖冰自此只为"囚"而无"酬"！我之损失是天洞，岂是女娲能补成？

感觉那一刻老天要伤心了！北皋街一时洒满了我的泪……

经警方通知后，女儿前去认尸和领取他的遗物。她给薛凝点燃明烛上好清香，出门后买了四瓶二锅头酒、一套烟色唐装及戒指。戒指是女儿要为他补缺的。薛凝在这一生里没有戴过戒指，他从不弄这些个啰唆。当女儿买好后提着四瓶二锅头酒前往时，突然一瓶破袋而落，她说是薛凝拿去喝了。

女儿拿回来了薛凝的死亡通知书和他平日里惯吸的业已压扁了的半盒希尔顿香烟！两张他身边从不间断的餐巾纸和几许零用钱……

薛凝他善良得叫人心疼，想买点什么东西总羞于启齿要钱，而只一人坐在那儿蔫蔫地"枉凝眉"。我一见其状便知一切，赶紧拿出钱来对他说："该买什么就买什么。"他觉得这样一来，既解决现实问题又没失他大老爷们的面子，好像一举两得了似的，乐得地连说话都是唱歌的调："哎！好嘞！"

他忒想买件唐装了，就把厂里发的三百元季度奖留在身上。可醉后不由己了，钱从兜里滑出来了。第二天他找不到钱但绝不问我，就又在那儿"枉凝眉"。我见其状忙问："有什么难言之隐啊？"他肯定地摇摇头继续"枉凝眉"。我实在不忍就死乞白赖地求着他："是不是少了钱？"他高兴了但仍羞涩："我其实不是……就想买件一百元的唐装。"我说："干吗非得定价啊？哪件款式颜色合适咱买哪件！"

这就是他去后所剩的那几许零用钱！这就是他想唐装想得都要回唐朝去一趟了，但最后亦是没舍得买！留下它们来撕扯我的心！

眼前的这些物件就代表着在那个使人永难忘怀的清晨里、乐呵呵地离开的他，来与我相见……

绮华有泪不轻弹,于一般情况下皆喜怒不形于色,我的电话打过去她于那头即已泣不成声。当时她正在修家中的洗衣机,人家现在早已成了家里的多面手,她把所拆下的各种零碎以及一用家什全抛在地上,随手带上门就跑了来。

她在该回家的时候才想起钥匙的事情,忙打电话给姓隋的爷俩,问他们谁有空能赶回家。那爷俩听她电话里语气不是很对头就双双都赶了回来。姓隋的进门后望着自己那一片狼藉的家直说:"这是跟人家私奔了呀!"隋心还诚心地起着哄:"爸爸,是劫持!看样子肯定是劫持!"姓隋的望见正进门而来的绮华故意说:"这就不大可能了吧?照你这么说那贼可有点太冤孙啦!成了只连死耗子都逮不着的瞎猫了!劫财吧,你爸爸我没有,劫色吧,你妈她没有!"绮华就说:"'多嘴隋'你说谁?没听见人家说我年轻的时候不年轻,老了的时候不老吗?"

素心得知了薛凝的死讯便匆匆赶来,在一进门看到薛凝遗像时即泪流满面地说,这不是当年的那帅哥吗?没想到我这么多年回来见的竟是他这个!

火化日定在二十四日上午八时整。我彻夜未眠,就要见到我的薛凝!一刻也不愿再等,我们已等得太久、太久……

凌晨五点即下楼烧枕。天色尚早,潮湿的雾气还没有退尽,使人感到浓重的凉意。由酒精燃起的烈焰把天提前点明,燃得是那样的参差那样的散碎四溅,似烧赤、灼裂的心痕。无人的静默里只留有我无望的悲切之声。"昔日戏言身后事,而今都到眼前来":老头没了你可怎么办呢?这是薛凝问得最多而我从未答过的话。薛凝你可知以往我为何不肯作答了吧?我怎敢往那儿去想,怎敢往那儿去答?

你此番离去，叫我如何继续打理那定会更加孤漠的人生？什么再为我生命的支点？谁再似你那般视我如和玉隋珠！要知道在多少人的眼里，我肖冰只为一株道旁苦李啊！呜呼哀哉，我的薛凝！你不容商议、独断专行地提前结束的非你自己，是我肖冰！

六点三十分整，开车前来接我们的738几兄弟准时到，准得像是格林尼治时间，叫人好不落忍。

在垂杨柳医院殡仪馆门前，我见到了前来追悼他的领导并近距离地接触了曾在电话中交谈过的众兄弟们。碰瓷兄弟为我一一介绍着，我感伤地依次与一个个早已熟悉名字的人握手，像是最后一次地拉住了薛凝……

女儿在殡仪馆临街的大门北侧为他烧盆纸：那黑色的盆黄色的纸，伴着我和孩子眼里血色的泪，随那红色的火苗升起那乌色的烟……薛凝你是否会知道我们心中的痛？

几兄弟在那里汩汩地洒下为他备下的大桶薛此生之最爱！"大哥！今天喝够了到那边别——喝——了！"

我感到那阵阵飘香的佳酿已随风渐入了冥冥之界，供我薛凝得以豪饮；仿佛已看到他在那嬉笑着接纳弟兄们的盛情：像往常一样地邀人共品、玩世不恭……

哀乐骤起，椎心泣血！女儿推起我冲在最前面，这是她有生以来初次的精练！碰瓷、八糟紧跟其后。啊，听过了多少次的贝多芬第五交响曲，从没有过的痛裂！

在垂杨柳的殡仪馆里，不久前躺过母亲的方位，今天看到了连日来思念的薛凝。墙上是他四十岁时照下的俊逸的照片，灵床上是一俱过于瘦小的僵尸！不想他被冻来化去后竟变成了看似七十多岁的一具使人极难相辨的木乃伊！那俨然是一个陌生鬼。他们是谁？谁是他？我这无奈之人又到了一处无奈之地！此时感觉自己是那么的无奈！

虽胸中涌动着如洪峰般的情感，却"只是当时已惘然"！除去三呼那照片两唤那木乃伊："薛凝！怎么不回家呀？怎么不回家呀！"竟无话可讲！我那面容、体态均为小伙子一般的丈夫，你去了哪里？让我何处寻觅？要是安卧在绿叶黄花丛中的这老头儿，我可不认！

这才叫咫尺天涯！那哥俩于我后面哽咽着说："哥！这回咱们可真的是'啥也别说啦'！"

我忽感到想要说的太多而又难以说出！就这样无奈地做了我们夫妻最后的诀别！

瞻仰完遗容后，八糟说是心里太难受拒绝上车，而是一个人独自踽踽而行，不知去向了何方。

跟弟由于描眉画眼而误了点，她那拉着张三李四王二麻子的专车赶到时，薛尸不巧刚进入了灵车。仓皇下车后被人左搀右拽着的她，挣扎过来口里尖利地嘶号着："我的薛……"她意识到不合适就没喊出"凝"字来，而是侧头转向一路搀扶她的雪儿"雪儿噫！你舅舅死得好惨呐——"弄得在另一边搀着她的祁二直瞪眼。"是哪个天杀的、瞎了双眼的、缺了八辈大德的王八蛋兔崽子撞的我们薛凝哟！我操你八辈的祖宗哟！你给我们偿命噢！薛凝哎——帅哥噫——别走喂——你走了我可……"她瞥见我又觉着不合适随即改口道："肖冰可怎么办噫？我也照顾不好她咄——薛凝哎——回来吧——"跟弟有事没事即昏厥过去，双手紧抽搐一起像跳大神似的。

我万分感念她于大庭广众之下留给薛凝的声泪，愿有过多的泪水为我可怜的薛而抛洒，仿佛那便是洗冤露。

女儿摔盆后令灵车启动。灵车载着我肖冰几十年的爱、载着我仅仅三载的欢愉、载着我冰冻三尺的一颗心无情地缓缓而行，去向那个世人没一个愿去而又没一个能躲的地方。

　　我怀抱着他的遗像，望定前面长身型的灵车，在心中自欺欺人地遐想着，如同在相送着一个远游的知己，抑或感觉是肩负着圣旨在押解着薛凝的囚车去准噶尔流放，走在荒尘古道上。但一想到躺在车尾处的薛凝那冰冷的干尸……

　　不！薛凝，你不似远游人，远游人尚有回归日。不，薛凝，你不是被流放！流放自有心相知。可我肖冰却是什么都没有了！

　　九点零五分，薛凝终于与我永远地分道扬镳，我们夫妻从此两世为人。一颗心如同在炉里与夫共焚！

　　他的身体入炉后，碰瓷兄弟开哭，说是多年来开着厂车先后送走了那么多先逝人，唯有这一次最为割痛。

　　十点半，我那年轻的老头变作了一把灰！

　　灵车继续启动，我车跟定他车。从环路奔往土路，从城市奔往乡村，从人间奔往地狱……

　　四野的荒凉，使我原本寂寥的思绪更加凄清起来。走上那连日来我业已熟视的、此番就要断道的北皋之路，来到北皋小树林。

　　小树林为刚栽下三两年的树木。身量不高，齐刷刷地正嫩正水灵；果木还是常青松、柏树分不清。自知它们从此伴你，我的薛凝！如是花果树，开花结果时定是一番风景，愿你遍尝累累硕果；繁花似锦时，愿你常笑在花丛中；若是常青木，愿你也常青！

　　从北边进林往东一打横便是薛家老坟了。依他的嘱托在其父母的坟边，一个约一米来深由于边上堆着刚挖出的土、看上去显得更深些的坑洞现在那里。我的薛凝就要留在那里！再不回家。坟坑原是如此窄而深的？我毛骨悚然：

那里就是他的归宿？啊，他怎么变得那么小了！

有人递过苹果，敢情还搁苹果。又让孩子们各捻些土壤在坟坑里，还有这程序？我忙叫女儿捧土同攘。坑开填了，我永远都无颜以对薛凝，惦念了人家这么多年，把人惦来，给埋了……

在薛伯薛妈的坟包边上，一个小小的新坟堆了起来。人们在坟东侧里放上一盒开盖的点心，即刻就有浑身是土的民工伸手来抓，差点抓着放点心人的手。民工尴尬地吃着，人们说："有人吃好。"意在告诉我们，意在默许民工。

想他已无父无母无兄无姐无子无女！我在那里哭，哭那陌生鬼？哭那水池子？薛凝！你千呼万唤不出来，一抔黄土永遮面！"今生咱命薄情未了，来世我早早地等着你！"（《关中往事》）

整个的程序结束了，"旧时王谢已无家"！

我一步一回头地上了厂车，碰瓷兄弟安慰地对我说："嫂子，再带着您从坟前兜一圈。"这是多么的体贴！

北皋小树林中这小小的坟头啊，从此你攫定我肖冰的一颗心！从开着的车窗口我最后三呼薛凝，拉着长长的尾声向他道别，自知从此衡阳雁断！

正午的太阳明晃晃大权在握地笼罩着乾坤。兄弟们不容我于路上请饭，车水马龙的归路上，一行人心焦似火、饥肠辘辘地赶往家。一路上，大家彼此都默默无言。

至家，极想留人用餐，而兄弟们再次紧握我的手极其体谅地说："嫂子，以后的日子还长呢！薛家哥哥活着的时候怎么样，今后咱们还是怎么样。"

感觉有无形的绳一根，一端牵着我的魂，一端牵定那坟。

啊，进家又见梳妆台！薛凝他经过了我三十二载的朝思暮想，只身携着小梳妆台活生生地来到我身边，梦幻一般；度过了三载即又飞也似的离去了，更加梦幻一般……

啊，薛凝你去了，唯留下这小小的梳妆台与我继续今后的岁月，这岁月是多么的无望和未知……

啊，他走了，走得好快好远，并于此后再不回头！不同于中学时代的那次邂逅，不同于我们三年前的此番结合，不同于一切，索去了我的命一般！心彻底地空了，空过离开旱水、离开母亲，空过一切的一切……仿佛失去了一切包括自身，我又仿佛觉得，除却眼前的这个小小的台，就从不曾有过一切，包括薛我几年的恩爱！蓦然三载，只留下一片空白……

月坛的两间"愁上愁"几年来怕拍死人偿不起命而不敢出租，怕拿不出倒找的钱来而不敢出售。此番想起它时，不错，人家还真觍着脸地在那儿戳着呢。将其抵押后的仨瓜俩枣，权且做了给薛凝送往冥路上的盘缠。

我再不回八糟的屋，因那里到处充盈着三载以来薛我的欢欣。无端更渡桑乾水……

我进入了不知有明天的日子。不敢再往738打电话，感觉既无权又无颜。薛凝他带走了我的一切！

日后又反复地琢磨那个七十的他：那由于冻得过久业已削尖了的下颌、由于冻干而合不拢的下唇里露出的整齐的牙齿……如同刚来时，他张开嘴让我看时的一样，只是那时的他是多么的活生生，而那日躺在灵车尾处的那冰冷的干尸，对我是多么的折磨！

令我最锥心的，就是那被汽车轮下轧扁的且不可复原的半盒烟！就像是看到我们夫妻俩不可复圆的梦！我将他留在家里的那半盒烟及遇难时轧扁的半盒归在一起，竟总共是十三颗！啊，这个倒霉的数目。

不想当年那个我亲眼看着他，经历了怎样的一生的小小的男孩儿，一个憨厚成那个样子的人，竟是遭遇了这么一个无情的下场！我悲悯他的一生没有留下一儿半女；悲悯他每每酒后说的因我的当初没嫁而误了其生；再望娘家这道门，遥想当年立于门外那个实诚的小伙子的哀乞声，我觉得自己好像要抱愧终生！

痛苦把我因薛来而兴起的心绪无情斩断！它由浅入深历久弥坚，是与薛凝成反比的：他不回了，它不走了。原来想他费我的脑，现在念他挂我的心，自己曾那么努力地想使自己度过一个从容的夕阳，不想今又孤凄！

细想来薛凝他一直没有在生活中找到适合于自己的位置。尽管有些人也没有找到特别适合自己的位置，没有找到适合接受自己的人，但依然找到了自己要自己的理由，但他没有，他至死都没有看清和看重自己，他极不适应这个复杂而多彩的时代。

薛凝，家乡流行的你的"六十纸"到了，我梦到你坐在轻漂于水面的小船上，像生前一样肆无忌惮地唱起"小船儿轻轻漂荡在水中，迎面吹来了凉爽的风……"只是再没了咱夫妻的琴瑟和鸣！

在母亲去世后的好一阵子里的心悸刚刚有些缓解，眼下竟从头再来，二十斤的体重像是从汗毛孔溢出去了一样。全身上下能够发炎的地方全都举了手。双腿肿胀得要透出亮来，要把肉皮爆破一般，看上去若真破了定会点点碎片！从嗓子、口腔至整个头部被一股无名冤火在焚烧着，像在陪着火化炉里的薛凝。我就这么无意识地被人陪着，对生活没有任何打算。

于仓皇中丢了通讯录，记起薛凝平时不止一次地说过："老太婆记住啊，要是哪天老头没了，铁头是可靠之人。"

那堪作知己的铁头在哪儿?

　　经同学们四处打捞,电话中终于传来了铁头的声音:"我是铁头!"我一惊二惊连三惊,激动得如当年听到薛凝的声音!

　　啊,泪痕濡湿了来时路,牵动了我们少年的余韵:敬民刘剑沈小宝章早立王子李木子赵小月,白莲教那俩,没德行那仨,继而丁大个刘清蓉两口子带着承袭了他俩的一切优势的女儿丁丁……连同得知了消息的佟老师都陆续来到我身边,像在我周围扎起一个爱的花环。

　　继而铁头、又只听那清凌凌的阵阵哨音沁人心脾:"彩灯把蓝色的大海照亮……""卢志远?"心一惊,卢志远闪过一边:"后边还一个。""卢志永!"我叫出来。卢志远他哥、高我们两个年级的校办厂小副厂长兼学校舞蹈队队长,就是当年在学校操持舞台上跳《红色娘子军》时托举吴清华那人!那是一段多么遥远的遐想啊……

　　您知道当年那一托托出了多少罗列纲来吗?在我们那男女界限炭雪般分明、五花肉也似的红白相间的氛围里,上边那一托下边炸了窝!直把个刘剑魂也飞了铁头魄也散了丁大个裤子也尿了(这不是我说的啊,是他们说的);连人家程大彪子那么大的嘴巴都给人纵成单田芳讲话:一丢丢了!并且足足地"哦……"了有一分钟,回不去了!

　　把个"吴清华"的娘都蹦出来了:"你们学校给我盯着!老师给我听着,男生给我等着,我闺女要是出点岔子,有个……"刘剑本来戏没看过瘾正有屁没地放呢,嗖地从人群中冒出来:"哟嚯,你还倒(扬声)那儿去了?够远的呀!还没入殓呢就想着托生啦?也忒急茬儿点啦!"他还奔过去用手扳住那吴妈的肩头,强迫人看他那自知上得了台面的大手:"别你闺女,谁都有三长两短的时候,不信你看我这儿!是不是?是不是呀?有什么呀?"见吴妈愣了他更不依不饶:"就你闺女那瘦也就是卢志永,要搁着我我都不托,硌手!"

铁头:"要不怎么这老娘们跟阿Q睡觉呢。我没念错吧才子?"他又回转身来问李玉成。李玉成每每这种时候总不理他,他还总问、他还就总不理。

"我没跟阿Q睡觉!"有人理他了。冤枉疯了的吴妈急赤白脸地朝铁头辩解,又胡乱地问旁人:"谁是阿Q啊?"这回是没人理她了。她下不来台就冲铁头反击:"你才跟阿什么睡觉呢!"铁头一板一眼地纠正她说:"错!我才不跟阿什么呢!我呀跟就跟女的——"那吴妈也是急性子:"那人不叫什么阿Q……""哪人呢?"铁头又转脸去问李玉成。跟弟忙挤过来煞有介事的挤鼓眼说:"你问他干吗呀?他哪知道哇!回头我告诉你!"

阵阵对答阵阵哄笑阵阵骚动,操场上一时间大乱。校长瞪了智多星一眼,智多星瞪了佟老师一眼,佟老师瞪了刘剑一眼,刘剑瞪了吴妈一眼略小了点声说:"好像就她闺女是闺女,显摆就她闺女有……"佟老师忍无可忍了:"刘剑你给我闭嘴——闭嘴!"

刘剑的闹是司空见惯,佟老师的火可是凤毛麟角,且他此刻也似刘剑叨念吴妈似的叨念着刘剑说:"闭嘴,闭嘴,闭嘴……"

校长见状一甩智多星走了,智多星见状一甩佟老师走了,佟老师见状一甩刘剑走了,刘剑见状想甩吴妈一下出出气,见其已走就只得一甩袖子走了。程大彪那么大的嘴又纵成一丢丢了:"哦……"铁头又得了疯了:"气一个呀走两个呀……"是祁三儿那禁歌的调子。唱完又对大家说:"同志们哪!俗话说鸟无头不飞,我也亚——非拉!"丁大个一看急啦,他正是那个因个大而唯一被佟老师选中的班委,还是比较负责的:"嗨!别见你妈走你就走哇!"铁头欻一扭铁头回击道:"你妈!"大个说:"我妈早死了!嗨——"他又转向大家嚷道:"我说同学们,'看在党国的份儿上,再坚持最后的五分钟'吧!"

跟弟也是校舞蹈队的,舞也跳得不错,那腰也和那"吴女"一般细,就是没拔上去,她就是为这而舍得跟自己的"偶像"队长翻脸的……

此时她正憋着一口气,这儿便成了用武之地。她那人称得上手疾眼快,狗拿耗子的事不少操持,任凭你什么人什么事什么时候,她都能顺藤摸出几个瓜来,兹你敢在何处秃噜扣,她就敢在你的七寸子上玩出点幺蛾子来。叫人一时又想起了匈牙利人的香肠。

她趁正乱时溜了号,去了和平三村小河边那吴女家。闯进人家时吓人一跳不说,强索了桌上的一碗冰糖水喝,激下了满腔的邪火后她"咕咚来了":"快!卢家那小子托你闺女屁股呢!全校都闹翻了天啦!人也摔了,刘剑那小子你还不知道吗?那儿骂你闺女呢!这一起哄羞得你闺女跑茅房去了!你说这会儿她要在那儿自杀喽,女的不敢进去救,男的不能进去救,那你闺女还有个救哇?我们那茅房窗户棂还特结实,地上还经常有什么人掉条裤腰带什么的……你说现在这人都怎么啦?"

她边嚷嚷着头前带路跑,那个边提鞋边系裤腰带在后紧跟,嘴里比她还嚷嚷:"亏你来叫我,不都说你不是人吗?这不挺是人的吗?可不得了,我当年就让人强奸过……"啊?跟弟对她的第二收获大为震动,张大了脸上所有能够张的东西回过头去看她。

待等到进了校门,就单那"吴妈"一人大仙似的暴露在大庭广众之下了。她又张大了脸上所有能够张的东西回过头去寻跟弟。那主早不知在何时何地翻了墙头入了伍。

卢志远在这种时候根本不说话。你也不知他家住哪儿,他也不跟任何人交往,真真独往独来。三年来与其兄的关系鲜为人知,所以导致了后来的校办厂事件。

跟弟和她的队长翻脸后,站在校办厂门口破口大骂卢志永。"好男"卢志永只是立在一旁有用没用地解释着,人们越聚越多,跟弟愈战愈勇,一时连那两只左右向长的眼都变作了上下向宽。她神情激愤地离卢志永越来越近,那鼻涕眼泪哈喇子已蹭得让人误认为是卢志永流的;卢志永本能地向后捎着,直捎到了没边界再捎。

但见从卢志永身后伸过一只手来把他拦在了身后,接着又伸过一只手,当时四周围看热闹的人以为是劝架呢就没理会,但等理会了也晚了。祁跟弟以为自己眼花了呢怎么是他?怎么是他呢?随着"啪"的一声她真的眼花了。

人们唰的一声撤退了,跟弟一手捂脸一手把书包抡圆了来抽卢志远,边抽边哭边骂:"卢志远我告诉你,好男不跟女斗!"卢志远闪过她的揪扯,声不高但气不小地说了句:"我不是好男!"跟弟不屈不挠地哭叫着,刘剑说笑着:"就少说两句吧,不说话能挨打吗?"虽事后老师进行了调解,但卢志远与祁跟弟直到毕了业,连兽语也没有再通过一次。

好男卢志永,当年为这个称号付出了其所有。

遥想那时卢志永可对我好。对我之好缘由何起?不光是我的产品保质保量,对待检验工作一丝不苟,更重要的我曾为他有惊无险地"挡马"一次……

我班在校办厂劳动的某天中午,干完活一看嘿,门旮旯竟还富余半盆清水,一百只手恨不得同时伸去,自然是刘剑腿长脚大眼疾手快,骂骂咧咧地将大家挡在身后。在这么龌龊的地界、经这么多人这么长时间的转换,能容得如此这般清白的东西存留至这么久?我陡然想起化学老师讲过的什么什么来!同时也在推翻:哪儿那么巧哇?但还是说了声"别动!"同时举过一锈蚀透了的薄铁片向那巫师般的擘盆之中投去——唰!一声轻微的细响,锈迹斑斑的铁片顷刻间化作白银一般!众人"哇——"的一声……

可能我在喊时过于声色俱厉了,把个从圈外赶来的卢志永惊吓非常,他误以为已有人身先士卒了。当看到全班人马安然无恙时欣喜若狂:"我走半道突然想起来这酸还没收呢,当时俩腿都不会走啦!往回跑的时候肠子都快断了!"刘剑没好气地冲他说:"那就算不错啦!你肠子倒没断哪!我这手要真是去了嘿,我就一脚把你的肠子真给踹断喽!"好男感激非常地对我说:"今天真亏了人家肖冰这人想得周到了。"我说:"我就想咱这帮子人,能把一盆净水留上那么长时间?不说别人,那刘剑就非得死喽不可!"听到这里,余怒未消的刘剑腾地一下子窜过来冲着我叫唤:"哎肖冰别咒我啊!"

后来薛凝对我说,悬呐!要不他那手非变成森森白骨不成……

"看出来了?"此刻卢志远骄傲地问我。"看出来了!"我比他还骄傲地说:"人家就比你大着两岁,是又精干又踏实又开朗又活泼,不像某人似的蔫土……"他不等我说出后面的话即拍了我头一下说:"陈年旧账啊!"

卢志永恰似刚才其弟口中的那一曲哨音般沁人心脾地闪亮在你面前。他上前握住我的手,卢志远于是也握;他又深表同情地轻拍我的背以示无言的安抚,卢志远于是也拍。铁头不禁在一旁道:"我说你这'模仿秀'哪?"

卢氏哥俩的迥然中有个共同点，也就是我们中华古国最看重的，那就是孝敬他们的寡娘。

啊，我的志向永远兄弟，希望你们这永远的志向能够使众多的青年朋友们得到这样的启迪：从前"白发"距离我们很远，现在"白发"距离我们很近，将来有一天"白发"就是我们！

卢志远又将身子一闪："看这是谁？""温墨玉！"我激动地上前拥抱。"有薄有厚啊！吃水别忘打井人，还没过河呢桥拆啦？"卢志远不平地叫道。

温墨玉是年级干部的一把手，也是唯一的在校入党生。现已属正处级。为了咱草根竟能偷得浮生半日闲，她的语速让人感到其训练有素："肖冰，我既了解你与薛凝的关系又理解你如今的处境，你自己能够拼搏出那样的生活，说明你还是当年那个永不言败的肖冰，我们就从没有拿你当过残疾人看。希望你能从今天的不幸中走出来！你不是孤立的！看看我后面是谁？"那一刻叫人悟得什么叫"良言一句三冬暖"。

温墨玉的身后还有一个人：高高大大的、够模够样……"叶知秋！"我惊呼出来，他于同时伸过手，但生性拘泥近于异性的我，没有去接他的手而是不顾一切地有生以来初次主动地抱住一个陌生的异性！

再抱叶知秋时卢志远已忍无可忍："过啦过啦啊！嘛呢？寒碜我们呢？我们可是同类项，还都是我弄来的！"于是我不得不被他拥住。卢志远真是一改常态，从前的他像个腼腆姑娘，现在一下子变成了泼妇！先后的调侃周旋如海绵一般，着力地吸附我过多的泪。

铁头只是将原先的平房原地不动地升成楼房，"这帮人这个笨，好像是我地遁了似的！"走时他提臂看表说："肖冰千万要想开,有什么事就打电话,我们随叫随到!"

身段与面容均摈弃了什么叫年逾花甲的芳春,白皙的脖子上吊着俏生生的橘红色长带小皮包,双手提满时令果品突如其来地闯进,使我连惊带喜,一时忘尽了连日来的生离死别。嫩紫色的山竹、橙黄色的菠萝、鲜红欲滴的樱桃……丰富多彩。

二人相互抱定泪飞顿作倾盆雨。"你怎么知道的?"我忙着擦我俩的泪。"要么不知,大伙都退了有事得不着信,这不是我们街坊过去的街坊的闺女过去的男友……""你给我讲从前有个山哪?""不是不是,那人是开灵车的要不怎么吹了呢?上个月拉的是宋质斌……"

"宋质斌死了?""啊,我一听说就去了。有点后事没办利落,我再往医院给跑趟腿,看见祁跟弟那儿正捶胸顿足呢,就劝说,'宋质斌都死了一个月了你还哭哪'?跟弟说,'去你的!'旁边的祁二告诉我说,'肖、肖冰她、她男的死——死了'。我一听吓一跳忙问'肖旱水呀'?二说,'不、不是,是、是她第一、第一个男人'。我说第一个就是旱水呀!跟弟一解释才知道。哎呀肖冰,哎你怎么那么命苦哇!"

接过纸巾她又忙着擦我俩的泪接着说:"就祁二那话多的跟没日子说了似的,抢着说我'你们厂、厂人、上、上我们这儿排、排队来了?'我说排的都是谁呀?二说,'去年前、前半年是、是小霍子'……""小霍子死我知道,是小凌子告诉我的。"我说。"还说呢!后半年小凌子也死了!""啊?真的排队去啦?"芳春:"人家小霍子倒是七十五了不冤呢!小凌子她可倒好:五十七就滚啦!"

我告诉芳春,去年薛凝推我去医院看脚时见到了前去复查糖尿病的小凌子,她说汽车改刷卡了,这回住咱这块儿的可麻烦了。"我今天在车上听见售票员说的'请乘客们到前门刷卡上车'。以后咱再坐车还得到前门那儿刷卡去!"

我懒得提及那个能气活喽死人的江海波,单只打听俩女宝,敢情人家双双都已各自嫁了人,买了新房子,生了大儿子!

还是二〇〇五年的春节,金萍的祝福电话打到了薛凝手里,薛凝说:"哎,你的电话!你们厂那傻子来的!"在入冬的时候薛凝到我们厂里领取供暖费,回来后对我说"碰到一个也去领钱的傻子问你好呢!说分开好多年也没有你的电话,也不知道你住在哪儿想死你啦……"我惊喜地问他是谁呀,他理所当然地摇头说不知道!我遗憾地说那你怎么不问她的名字和电话呢?他更加理直气壮了说,她让我告诉你,让我给忘了!我很是无奈:"嗨!那你就把咱家的电话给她、让她给我打呀!"他更加令人无奈地说:"她主动问了,我说不上来!"我心里话:谁傻呀?

接过电话来:"喂!谁呀?""哎!我那'农民代表'、'牧民代表'的'流氓'师傅,你好哇!""哇!是金萍小鬼子呀?哎哟太激动啦!""哎你怎么样啊?""挺好的!你也挺好的吧?哎,怎么知道我电话的呢?""从祁跟弟那儿弄来的!""嘀!还没念完经呢就打和尚呀?""瞧你把她给夸的!还和尚和尚的!""还?啊……她连和尚都不配啦?""哎你男的好帅吧!""还能有你男的帅啊?""有!有!"

想当年,金萍曾带了姜环前来看我,俩一进门都忙不迭地对我各说各的男人好并且好得不得了。金萍说:"我那个除去了瘦哪儿都特好!"姜环说:"对对对!我那个也是,除去了瘦哪儿都特好!"弄得我一时不知该怎样地偷着乐她俩。不一会儿姜环去了厕所,金萍赶紧抓空对我说:"哎肖冰,她那个一点也不好!不信等明儿个你瞧!"后来还真万分有幸地见到了二者之夫！萍夫除去瘦确是挺好，环夫除去了瘦……

想来这一晃已是三十年过去了，我们那一代欢快活泼的小姑娘已被如今的后浪推成了前浪，就要逝者如斯夫啦……

"我告诉你我的详细地址，有空来玩啊！""地址必须得要，但见面还很遥远，知道我住哪儿吗？""你嫁到法兰西去啦？""哈哈，干脆你说我成了'大西洋底来的人'得啦！"

后来我那"真帅"的"知心爱人"没了！一个电话打过去，人家金萍连奔儿都没打即从"大西洋底"赶了来！

姐携妹来。姐自草婿买了车已自己给自己升了级，经常往返于城乡之间。回去不几天便携了九妹来，知我自幼吃瓜不吃果，九妹就又琢磨起了大烟鬼苦哈哈种下的八哥的瓜来。九妹进门即惊呼："妹咋变了呢？"我说："怎变的？"她说："眉毛咋不打卷了！脸咋没色了！咋也跟我们似的像个小老囡儿了！"

草婿车小，摆了半地瓜便没地放脚，可怜我那姐和妹一路上须各自抬着自家的脚。不然就得脚踏实"瓜"了。

我对绮华说，你有梁兄我有九妹，这回可是和你站着一般高躺着一般长了。我因薛凝之事而误了绮华给病娘上坟，要知道病娘于我也是有着诸多恩典的啊：当年只要是瓢泼大雨，她在家中想到今日绮华必得背我了，便要支派梁兄前来接应。因此为表达我的歉意，在不久后即与绮华、梁兄一行三人来到十三陵。

此番完全出乎我意料的是，绮华在我以为我俩之间实无秘密可言时，于车上爆出一条隐瞒终生的令人难以置信的秘密：她竟是梁父梁母的养女！是梁父的一位牺牲在朝鲜战场上的战友的叔伯侄女!

"'王文清'啊?"鉴于她的见外我怒道!她极力地跟我解释:这也是她在其父临终前才知道的,并且只限于她一人,就连梁兄今天所听到的也是同题新闻!

我这才恍然大悟:怪道人家三口俊逸,单绮华一人用母亲的话来讲就是貌不惊人呢!

当年梁父刚要准备去一所学校任教,得知所在部队要到鸭绿江边去迎一批回国的抗美援朝前线的伤员,身为部队优秀文工团员的他,受魏巍《谁是最可爱的人》之感染,想亲历一下志愿军英雄们的风姿。于是与同分配在一个学校里任教的战友们匆匆去学校报到后,强烈要求着去部队参加慰问演出了。

一位伤势过重的伤员在看完节目后对他说:"同志,你的沂蒙小调唱得真好啊!你是沂蒙山人吗?""不是。""我是。"他说着一激动竟晕了过去!

后来每到周末,梁父便从学校到野战医院去探望他。"兄弟,你是好人……"他对梁父道出了自己的身世:他早年丧失双亲,只有一个叔伯弟弟,因其也是孤儿,哥俩相依为命,因其尚未成亲十分挂心。"看如今我这个样子也照顾不了他了……"梁父泣泪如血地令其放心。后来那同志伤口严重恶化,不久便牺牲了。

梁父恪守着自己的诺言,向组织上申请下优抚任务,九曲回肠地奔至他乡找到其堂弟后,不想那人倒是已自行成亲并生有一女,只是患上了严重的地区性传染病已气息奄奄!其妻怕受到传染已半途而"跑"了,一条大凉土炕上只两个月大的绮华正嗷嗷待哺。那人像见着亲爹一样地哭着对梁父说:"梁哥呀,你对我们家是大恩大德呀,你看我这个样子也照顾不了她了。我哥这抚恤金你也带走,孩子求你也带走吧!"于是,届时梁父便上演了一场"托孤救孤"。

抱上绮华回来的半道上,他才想起回家一时难以说清,就将这个孩子先抱到了学校里,他想万一有人想要个女儿呢,送给他也是件好事。谁知进门还没等他问呢,大杨先说了:"我那儿都俩丫头片子了,我老婆还想再生个小子!要把这个带回去不成绊脚石了吗?"又待开口时小牛又说了:"我的老婆还没娶呢,说什么也不能要哇?谁一听还来呀?不成拦路虎了吗?"

他一生气给抱回了家。病娘笑说,定是你在外面私生的!再说我也照顾不了她呀。梁父一听:行啊,你们众口一词吧!都是哪个老师教的呀?比我这梁老师教的强啊!

梁父最大的疑点和最难以圆的谎是:将自己的复员费也留给了那人!病娘说,这还用说吗?定是给人养月子用了!你到鸭绿江边上水光潋滟地去跳舞,我们娘儿俩在家等来等去等的就是这个不知姓甚名谁的小野丫头哇?梁父说,真的如你所说,部队还不把我给毙喽?

那时虽然病娘还没病,但梁兄刚刚不到两岁,病娘说这一个我还弄不过来呢,那个你就自己瞧着办吧!于是梁父就自己瞧着办了。

绮华是在梁父的自行车大梁上长大的。白天送到其所任教学校的托儿所去,晚上下班时带回来。绮华说坐在车子上的时候爸爸老拿胡子扎她,后来她每忆起这些即哭。

绮华说,病娘虽是嘴上那么说,却从没有错待过她。冬天若出门不戴手套和围脖、不抹擦脸油时就真跟她急,空腹吃萝卜柿子时真跟她夺,和梁兄抢任何东西时病娘都说:"挺大小子了又招孩子!"

绮华说父亲在临终告诉她这个秘密的时候说:"你妈老

说你忒可怜啦！连个叔伯大爷都没有保住!"

大概因久积的私密得以抒发，绮华索性释放一下，忆起儿时和梁兄抢吃时父母对她的偏爱，她于坟前直跪得双膝站立不起，一时走路真变作了病娘久怕的那样。梁兄则更甚之，一是由于当年发送父母时为了安慰妹妹应了绮华的花费，今日便以跪为谢父母养育之恩，复加上想起自己曾有这样的父母而振奋不已，用单田芳先生的话来讲就是：磕头亚赛鸡唊碎米！

我肃然于坟前为病娘及梁父献上一束鲜花，望着一双久跪的儿女心中慨叹：

啊，十三陵你这帝王茔，

啊，你这帝王之茔的青山绿水，

啊，我的梁父母我的中华魂！

祁跟弟一而再、再而三地打来电话安慰，正聊半截时听到父亲在厨房里跟人抱怨：干吗买这么多小茄子！我赶紧放下电话前去阻拦但为时已晚，因我走得太慢而他又听不见。"不错啦，好歹那玩意儿没毒哇！没把那水仙给炒吃喽你就知足吧。"连日来一直来我家的天霞说。刘剑总说肖冰喜欢清丽的东西就买了水仙给我。可不是吗，那天说买冬瓜吃丸子汤，姐看到水仙头即说："还买啥菜呀？今儿个晌午炒那葱头不就成了吗？我这就炒去！"我想对她说不买也行，那就白菜丸子汤吧，结果给急成了"那就冬瓜白菜汤吧。"

父亲这一生只牢记住了两个人：绮华和天霞。她俩来了是吃也吃得喝也喝得，别人可就另当别论啦。

干葱的突然到访搞得我措手不及。家中只还两个土豆一个西红柿及十几个鸡蛋。午时我准备因陋就简：炒盘鸡蛋、一盘土豆丝，做个西红柿鸡蛋汤。干葱到厨房淘米时我打开冰箱拿西红柿、鸡蛋，父亲走过来把冰箱门挡住。我小声对他说："爸，这不够，因为菜少得多拿鸡蛋。"他一瞪眼大声问道："多少是够哇？"又颇似宽大为怀地转身打开冰箱递了一个给我，再不肯放权。干葱走进来见状说："够了够了，吃不了多少。"趁她去炒土豆时我又小声对父亲说："爸，我到人家家时人家每次都热情招待。"父亲即刻大叫："她家是她家，这儿是我家！她招待你是她乐意，我不乐意！"

我如兔起鸟举般拖着残病的身体带着残破的思绪反复地跑医院。隗娘见了就招呼我坐，连同陆续聚拢来的大妈们都很关注地陪了泪，这情景使我想起了小时候祁三儿唱的那禁歌："姑娘哎二十多，来一个走一个……"我曾想，此歌的作者是不是留不住人呢？今天是这样的：老太婆八十多，来一个哭一个！

我一生生活在社会的关爱下，如同裹挟在和煦的春风旋涡里的一只春茧，作为终生残疾者我此生无悔。感谢家乡的皇天后土、父老乡亲在我身处的"盲人骑瞎马，夜半临深池"之际，补给我的厚爱！在此为他们送上自己的保留曲目《故乡情》：

……他乡也有爱，他乡也有情，我却常在梦里故乡行！

有个夜晚初次梦到他！薛凝他风采依旧，但已变得十分豁达，看上去分明已有城府，依是米色裤了米黄色毛衣、憨厚朴实地笑着的老样子，让人感到极亲切；依似生前那般身段灵活地坐在一只小凳子上，我因腿已好便蹲于他身边，如八卦里的阴阳卧鱼，彼此不是可以靠得很近吗？夫妻俩就这样毫无声息、眉目传情地好谈了一阵……细雨梦回鸡塞远……

我在失去旱水、失去母亲以及此番失去薛凝时都没有失去自信，这大概就是绮华说的"得意时别拿别人不当人，失意时别拿自己不当人"。离开了与薛凝的柴米油盐酱醋茶，挣扎着再提起笔蘸着阶前雨枕边泪，从此又开始了偃武修文的日子，我感觉自己怎么跟文姬归汉似的？

秋雨如泪，到黄昏点点滴滴。如同当年我刚离开薛凝时的那个秋……那个秋，心中尚且有渺茫的企盼，不管有没有结果。而这个秋则不一样，什么都没有了，不会有了。老天爷，我怎么连个企盼的份儿都不配呢？

此番来到垂杨柳，别样心酸别样愁！这里已没了娘、没了花娘、没了祁妈、没了东、西婆、没了……

垂杨柳真是越来越"繁华"：越来越烦越来越滑！不知谁在什么时候因何缘由伐去了我那相伴青春的对窗柳！这一时勾起了我几多情思几多愁，那令人眷恋的大苇塘也早已消失殆尽，取而代之的是诸多撩不起人情丝来的陌生之无情物。不知日后有否那逃课的学生，他们将会到哪里去？反正我们那个时候逃课的都是为的这苇塘情结……

面临拆迁的垂杨柳，已走完它的青春之路。薛凝，这回垂杨柳真的要拆迁了！此次拆迁于我们娘儿俩真像是拆家，连仅仅能够追忆你的家园都没有了！

在这短暂的三年来，确切地说我们只有短短的三十二个月，但是我们有幸在一起度过了三个春节、三个中秋团圆节，相互为对方过了三个生日！这是多么大的安慰啊！虽他一生都默默无闻，但这短暂的三年时光，是他陪我度过的我生命中最为困苦的阶段，还了我那丢失过久的做女人的尊严，给了我残破的人生一个完整的青春，这使我有种心灵上的富足，感觉自己已如一位健全的女人。

我们三载夫妻因有着多年的相互守望，这就是永生！只这三载即够了，虽然你走了。但我有着永远的回忆！

薛凝,你是我心中特定的人,我们于彼此都是极致!这决不仅仅限于因你的离去,更加深对你的弥补不了的情感而爱,我的爱不打折扣,像是我的人。对你的爱不管到什么时候都永远如初,是一辈子!不会随时间的流逝而淡去,无论走到哪里,都不会将你忘却!

想来年我只身下"扬州",行至那咱们曾多次驻足的小桥之上,耳畔充盈着吴涤清那悠悠荡荡的《烟花三月》,祭奠你——我的好人!

我要到咱们"夕阳依旧垒"的家,上苍啊,可记得有过那个良善的人吗?大地啊,可曾记得三年以来随着椅轮滚滚,薛凝他的大脚板曾踩起过多少这乡间小路上的飞尘?这小路上留下他多少痴心不改的履痕……

小桥旁的柳丝垂在桥栏上,垂落于水中,"柳丝长情意长,想你想断肠……"想你每至此必说要带馒头或米花来喂它们!可直到今天你离开了我,我们都没有想起来带过!真是徒有羡鱼情啊!

薛凝,尽管是痛彻肺腑,我的故事也要结束,夫妻就要作别……请君试问东流水,别意与君谁短长?

作为一世生生死死的恋人,衷心地祝你一路走好,祝你的灵魂早日安息,为你的来世虔诚祈祷!

再见,薛凝,我一生的爱,我一世的情!

图书在版编目(CIP)数据

人生一世 / 清风著. — 北京：华夏出版社，2017.10
ISBN 978-7-5080-9300-0

Ⅰ.①人… Ⅱ.①清… Ⅲ.①自传体小说—中国—当代 Ⅳ.①I247.5

中国版本图书馆 CIP 数据核字（2017）第 219046 号

人生一世

作　　者	清　风
责任编辑	黄　欣
出版发行	华夏出版社
经　　销	新华书店
印　　刷	北京建筑工业印刷厂分厂
装　　订	北京建筑工业印刷厂分厂
版　　次	2017 年 10 月北京第 1 版 2017 年 10 月北京第 1 次印刷
开　　本	880×1230　1/32
印　　张	11
字　　数	24.36 千字
定　　价	30.00 元

华夏出版社　地址：北京市东直门外香河园北里4号　邮编：100028
　　　　　　网址：www.hxph.com.cn　电话：(010)64618981
若发现本版图书有印装质量问题，请与我社营销中心联系调换。